AF211448

Das Buch

Es war diese eine große Liebe. Jess und Cem schienen füreinander bestimmt - bis eine Tragödie sie in Scherben zerbrach. Scherben, die nicht mehr ineinanderpassten.

Ein Jahr später schlägt das Schicksal erneut zu. Als Cem kurz darauf aus dem Koma erwacht, fehlt ihm nicht nur die Erinnerung an die vergangenen Monate. Er versteht auch nicht, warum Jess und er kein Paar mehr sind.

Jess hingegen erinnert sich an alles. Sie weiß, dass damals mehr als ihre Beziehung gestorben ist. Und genau deshalb muss sie nicht nur die Vergangenheit, sondern auch Cem hinter sich lassen. Doch was ist, wenn entgegen ihrem Willen ihr Herz mit der Zeit immer häufiger etwas anderes flüstert?

Ein Buch, so sanft wie eine Feder, so gewaltig wie ein Sturm. Poetisch, intensiv und voller Liebe.

Die Autorin

Elja Janus lebt mit ihrer kleinen Familie in Aachen, wo sie 1982 das Licht der Welt erblickte und ein Weilchen später Deutsche Philologie, Psychologie und Theologie studierte. Angetrieben von dem Glauben an die Liebe, arbeitet sie heute als Paarberaterin und schreibt über eines der größten Gefühle der Welt.

Immer schon liebte sie Bücher und Worte. Ihren ersten Roman verfasste sie in der Dunkelheit neben einem wundervollen kleinen Mädchen, das nicht ohne ihre Mama schlafen wollte. Im FeuerWerke Verlag sind auch „Immer noch wir" und „Zwei in Solo" der Autorin erschienen.

Zwei Nächte und drei Leben lang

Ein Roman von Elja Janus

Mehr zum Autor finden Sie auf
www.facebook.com/pg/eljajanusschreibt/
www.instagram.com/eljajanus/ und
www.feuerwerkeverlag.de/elja-janus/

Abonnieren Sie auch unseren Verlags- und Autoren-Newsletter und
erfahren Sie so als Erster von unseren **Neuerscheinungen,**
Autorennews und exklusiven **Buch-Gewinnspielen**:
www.feuerwerkeverlag.de/newsletter

Originalausgabe Dezember 2020
© FeuerWerke Verlag, alle Rechte vorbehalten
Maracuja GmbH, Laerheider Weg 13, 47669 Wachtendonk
Herstellung: Books on Demand GmbH
Printed in Europe
Umschlaggestaltung: Chris Gilcher (Buchcoverdesign.de) unter
Verwendung von Adobe Stock: 94990849, 212880832, 297314856
und freepik.com
Typo: Fischel Bold und Austhina Brush Calligraphy Scratch
Lektorat: Claudia Grundschok, Berlin

ISBN: 978-3-945362-69-3

Für all die kleinen Seelen,
die auf Erden und in unbekannten Fernen leuchten.

Für alle,
die sie so gern noch ein Weilchen gewiegt hätten.

Im nächsten Leben.

Kapitelübersicht

Prolog

Es genügte ein einziger Blick. Als er plötzlich auf dem Bürgersteig vor mir stand, war es dieser eine Moment, in dem ich mich gleichzeitig verlor und auf eine mir nie gekannte Weise fand. Seine Augen waren so anders – tiefbraun, beinahe schwarz, doch jemand schien in ihnen liebevoll eine ganze Reihe Lichterketten arrangiert zu haben, die mir entgegenleuchteten.

Als ich meinen Blick von seinem losriss, bemerkte ich die Pappkartons, von denen er auf jeder Hand einen balancierte. Sie schienen schwer zu sein, also machte ich ihm schnell etwas Platz. Dankbar für die Riemen meines Rucksacks hielt ich mich an ihnen fest, da sein Anblick mich so aus dem Gleichgewicht gebracht hatte.

„Danke."

Ein perfekt dahingelächeltes Wort von ihm, und ich konnte ihn nur stumm und ein wenig ehrfürchtig anstarren.

Ohne den Blick auch nur für einen aufgewühlten Herzschlag von mir zu nehmen, schlängelte er sich langsam zwischen mir und der an der engsten Stelle des Gehwegs platzierten Mülltonne hindurch, um zu seiner Haustür zu gelangen. Doch gerade als er vorbei war, geriet einer der Kartons ins Ungleichgewicht. Trotz meiner albernen Verklärung reagierte ich tatsächlich schnell genug und griff zu. Während er sich bemühte, die Kiste wieder mittig auf seiner Hand zu platzieren, streifte einer seiner Finger meinen – sein kleiner Finger musste es gewesen sein, weil die Berührung neben allem, was mich selbst so übertrieben aus dem Gleichgewicht brachte, etwas unaussprechlich Zartes an sich hatte. Der winzige Körperkontakt ließ ihn wie mich zusammenzucken. Ein Stromschlag.

„Okay", raunte er mehr zu sich selbst als zu mir. Es klang wie ein *Das war krass*. „Deine Sommersprossen sehen aus, als wären sie alle genau an die richtige Stelle getupft", sagte er dann.

Noch nie in meinem gesamten Leben hatte ich etwas so absurd Kitschiges gehört. Ich riss mich zusammen, um nicht loszulachen – es gelang mir nicht recht. Sein unsicheres, beinahe irritiertes Lächeln verriet mir, dass er sich selbst fragte, warum er das gerade gesagt hatte. Und mit dem gleichen Grad kitschigen Schwachsinns erwiderte ich das Erste, was mir als Antwort einfiel:

„Deine Augen leuchten, als hätte man darin Lichterketten aufgehängt."

Nun lachte er einmal auf, und ich biss mir von innen auf die Unterlippe.

„Mein Arm bricht gleich ab." Er sah mich ohne Frage so an, als wäre es echt okay, wenn es hier und jetzt dazu kommen sollte. „Trinkst du Cappuccino?"

Ich nickte benommen.

„Ich muss nur die Sachen oben in der Wohnung verstauen. Wenn du mir fünf Minuten gibst, dann mache ich dir den besten Cappuccino deines Lebens und bring dich sofort, wohin auch immer du gerade willst."

„Okay." Mein Grinsen sah vermutlich aus, als wäre ich bescheuert. Aber auch das war in seiner Gegenwart irgendwie komplett in Ordnung.

Sobald er im Flur verschwunden war, zählte ich zum ersten Mal in meinem Leben erwartungsvoll Sekunden. Es dauerte gut viereinhalb Minuten, in denen ich kurz davor war, mir die Fingernägel abzukauen, dann öffnete sich endlich die Tür. Zwischen seinen Lippen klemmte der Stiel eines Kaffeelöffels, in seinen Händen hielt er eine hellblaue und eine gelbe Tasse.

Rasch nahm ich ihm die gelbe ab. Als hätte er meine Wahl vorhergesehen, schwamm auf dem Milchschaum in dieser Tasse ein kleiner Schwan.

„Wow", murmelte ich.

Er nahm den Löffel aus dem Mund. „Also", fragte er dann, „wohin darf ich dich bringen?"

„Hast du ein Auto?", wollte ich wissen.

„Ja."

„Amsterdam?", schlug ich mit einem möglichst entspannten Schulterzucken vor. Einfach nur, um zu sehen, wer er war. Für einen Moment blitzte in seinem Gesicht Überraschung auf und die stumme Gegenfrage, wer wohl ich sein könnte. Dann musterte er mich mit leicht verengten Augen, ehe er sein Handy aus der Hosentasche zog, wählte und es sich ans Ohr hielt.

Ich nippte am Cappuccino. „O Mann, ist der gut", seufzte ich leise. Was waren das alles für Aromen? Meinen glücklichen Gaumen kitzelten gleichzeitig so viele von ihnen, dass meine Zunge gar nicht wusste, wo sie zuerst forschen sollte. Sofort sah ich vor meinem inneren Auge den Beeren-Kuchen, der diesen Schluck vollendet hätte.

Sein Lächeln strotzte nur so vor Zufriedenheit. Er zog ein Zuckertütchen aus der Hosentasche und hielt es fragend gemeinsam mit dem Löffel hoch. Ich schüttelte selig den Kopf, und er ließ beides wieder in seiner Hosentasche verschwinden.

„Hi", sagte er im nächsten Augenblick ins Telefon, sein Zeigefinger bat mich, kurz zu warten. „Kannst du heute Abend für mich übernehmen und abschließen?" Pause. „Bitte." Er war ein Mensch, der *Bitte* sagen konnte. Das allein verriet viel. Und dass er es meinetwegen tat, sagte noch so viel mehr. „Ich fahre nach Amsterdam." Pause. *Wie heißt du?*, formten seine Lippen lautlos.

„Ich bin Jess", wisperte ich.

Der auf meinen Namen antwortende Gesichtsausdruck wirkte, als wäre allein das eine wirklich gute Nachricht. „Mit Jess." Pause, gute Pause, denn sein Lächeln wurde breiter, und in seinen Augen erwachten in Sonnenstrahlgeschwindigkeit noch ein paar zusätzliche Lichter zum Leben. „Wer das ist?"

Ich zuckte mit den Schultern. Darauf konnte ich ihm nun wirklich keine knappe Antwort geben.

„Ehrlich gesagt, habe ich keine Ahnung. Aber mir bleiben jetzt ja ein paar Stunden Zeit, um das herauszufinden."

Ich brauchte definitiv keinen Kuchen. Sein Satz rundete den Geschmack des besten Cappuccinos meines Lebens perfekt ab. Genüsslich trank ich die letzten Schlucke, während er noch ein paar Dinge klärte, die so klangen, als hätte er dort, wo auch immer er später eigentlich hatte sein wollen, etwas zu sagen. Währenddessen ließ er mich keine Sekunde aus den Augen, als wäre ich etwas, worauf man um jeden Preis aufpassen wollte.

„Ich muss noch mal Pipi", sagte ich, als er aufgelegt hatte.

Grinsend hielt er mir seine Schlüssel hin. „Zweite Etage, rechte Wohnung, erste Tür rechts."

Ich griff nach dem dicken Bund und musterte ihn aus schmalen Augen. „Ich könnte eine Diebin sein", gab ich zu bedenken und nahm auch seine leere Tasse, um sie mit hinaufzunehmen.

Er zuckte nur ungerührt mit den Schultern. „Ich könnte ein Serienmörder sein. Und du steigst gleich in mein Auto."

Das war ein Argument. „Ich werfe einen Blick in deine Gefriertruhe."

„Ich sehe schon, du wirst ein hartnäckiges Opfer sein", erwiderte er mit einem Seufzen. „Das ist sehr vernünftig."

„Bin ich immer. Ich kann nicht anders." Mein Seufzen klang noch theatralischer als seines.

„Jetzt muss ich nur noch versuchen herauszufinden, wieso ich daran so meine Zweifel hege", erwiderte er kurz vor lachend.

„Glücklicherweise hast du nun ja ein paar Stunden Zeit, um der Sache auf den Grund zu gehen."

Ich ging zur Tür, doch gerade als ich den Schlüssel im Schloss gedreht hatte, rief er meinen Namen. Ungelogen, bis zu diesem Moment hatte ich keine Ahnung gehabt, wie schön er war. Langsam, beinahe genüsslich wandte ich mich ihm wieder zu. „Ja?"

„Du kommst doch wieder mit zurück aus Amsterdam, oder? Ich will dich echt ungern sofort wieder verlieren."

Die Worte waren noch so viel besser als dieser cremige Schwan. Also nickte ich. „Ich komme wieder mit zurück. Entweder zerlegt in Einzelteile oder wie ich erschaffen wurde." Ich machte einen angedeuteten Knicks, um Gottes Werk noch einmal zu präsentieren.

Sein nun tatsächlich erklingendes Lachen war womöglich das Highlight meines Tages. Und ich hatte einen wirklich guten Tag gehabt.

Ich lächelte ihm noch einmal zu, ging hinein, stieg die Treppen zu seiner Wohnung hoch, und während ich auf der Toilette saß, wurde mir klar, dass es mich nicht interessierte, ob er ein Serienmörder war. Ich würde so oder so wieder runtergehen, in sein Auto steigen und darauf vertrauen, dass er auf mich Acht gab, anstatt mich jemals zu verletzen.

Kapitel 1

Sechs Jahre, zwei Monate, die eine große Liebe und eine Trennung später

JESS

PLING.

Verräterisch hüpft mein Herz, als antworte es auf Cems eintreffende SMS, noch ehe ich sie gelesen habe.

Bin in fünf Minuten da.

Ich bin sicher, dass er die Nachricht mit in Falten gelegter Stirn getippt hat, genauso wie er die Bestellungen im Café notiert. Erst heute Morgen habe ich ihn dort bei der Arbeit gesehen, und in meinem Bauch sollte jetzt nicht diese Nervosität kribbeln, die von mehr erzählt als nur von der baldigen Ankunft meines Ex-Freundes. Zu hart haben wir im vergangenen Jahr für diese Freundschaft gekämpft.

Ich atme Kribbeln aus und platonische Liebe ein wie so oft, ehe ich Cem treffe, und blicke ein weiteres Mal auf das Display. Noch drei Minuten. Also schlüpfe ich in die Chucks, ziehe meine dünne Jacke über, verlasse die Wohnung und steige möglichst ruhig die Stufen hinunter. Gerade als ich die Haustür hinter mir zuziehe, biegt Cem in Mercy um die Ecke. Das Geräusch des Motors ist so vertraut.

Als ich mich auf den Beifahrersitz schwinge, zuckt auch sein Lächeln nervös. „Hey."

„Hi."

Unsere Umarmung dauert einen Moment zu lange, ehe er mir meinen Shake reicht und losfährt. Eine Weile schweigen wir einvernehmlich vor uns hin.

„Ich kann es nicht fassen, dass du Mercy wirklich verkaufen willst",
murmle ich dann. Meine Hand fährt zärtlich über den zerschlissenen
Bezug des Sitzes. Als ich aufsehe, bemerke ich Cems lächelnden Seitenblick.
Trotz der Laternen, die die Wege säumen, sind in der Nacht nicht nur seine recht
kurzen Haare schwarz, sondern auch seine Augen. Und doch scheinen
gleichzeitig ein paar der mir so vertrauten Lichterketten in ihnen zu
funkeln wie die Sterne über dem kleinen gläsernen Schiebedach.

„Hängen einige Erinnerungen drin, hm?", meint er, und ich bin mir
nicht sicher, ob er von dem Auto oder tatsächlich von den Bezügen
spricht. Um nicht weiter über letztere Möglichkeit nachzudenken, die
seit unserer Trennung eben keine Möglichkeit mehr ist, nehme ich
rasch einen Schluck meines Shakes.

Übertrieben langsam und genau im richtigen Tempo schlängeln wir
uns die beleuchteten Wege zum Lousberg hinauf, um das letzte Mal
hier oben auf Mercys Kofferraum zu sitzen, die nächtliche Stadt zu
betrachten und uns von dem Wagen zu verabschieden, in dem wir so
viele tausend Kilometer zurückgelegt und genauso viele perfekte und
auch ein paar miese Stunden erlebt haben. Ich schlucke die
aufkeimende Wehmut herunter. Passenderweise schmeckt sie noch ein
wenig nach Erdbeer-Shake.

„Danke."

Fragend sehe ich zu ihm hinüber. „Wofür?"

„Dass du hier bist und so." In jedem einzelnen Wort schwingt eine
leise Nervosität mit, die ich kaum von ihm kenne.

„Klar", murmle ich, auch wenn es das nicht ist. Wann waren wir das
letzte Mal zusammen hier oben? Nicht erst seit der Trennung haben
wir diesen Ort gemieden, sondern bereits seit dem Unfall. So lange …

Ich drehe die Musik lauter, damit sie ein bisschen Leichtigkeit in das
Innere des Autos zaubern kann. Zu spät fällt mir auf, dass es sich um
Jack Johnsons *Better together* handelt. Ich komme nicht um die
Erinnerung herum, dass wir dazu einmal hier oben in der Sommerluft
getanzt haben, ehe wir auf der Rückbank auf dem Bezug voller
Erinnerungen leise stöhnend nicht getanzt haben.

Links von mir erklingt ein Lachen. Als ich Cem mein Gesicht
zuwende, blickt er breit grinsend zu mir herüber. „Der Versuch ging

wohl nach hinten los", stellt er ganz richtig fest und sieht wieder auf die kurvenreiche Straße vor uns.

Begleitet von einem Schnalzen schlage ich ihm leicht gegen den Arm und bin gleichzeitig froh, dass er einen Witz macht, statt mit mir in schweigender Peinlichkeit zu versinken. Gern würde ich ihn ein weiteres Mal schlagen. Einfach nur, um ihn noch einmal zu berühren. Als wir oben ankommen, hantiert er noch mit seiner Jacke und am Handy herum, während ich schon aussteige. Gerade als ich, den Shake in der Hand, auf Mercys Kofferraum kraxle, öffnet Cem die Fahrertür, und aus dem Innenraum des Autos dringt wieder Jack Johnson zu mir heraus. Im nächsten Moment erscheint Cem, um sich neben mir auf den Kofferraum zu schwingen. Leise und lächelnd singt er den zu hoffnungsvollen Refrain mit.

„Halt die Klappe." Meine Sehnsucht danach, dass er weitersingt, gibt den Worten einen etwas zu scharfen Unterton.

„Wow", macht er übertrieben getroffen. „Seit wann singe ich so miserabel, dass ich das verdient habe?"

„Ich schubse dich gleich vom Auto", erwidere ich nicht weniger übertrieben grummelig.

Er lacht auf. „Klar. Lebensgefährlich, diese zierliche Frau."

Gerade als ich etwas schrecklich Schlagfertiges erwidern will, was mir nur leider noch nicht eingefallen ist, fährt irgendein prolliger Wagen an uns vorbei. Die schlechte Musik übertönt den Lärm des zu laut justierten Motors noch. Glücklicherweise parken sie ein Stück entfernt auf der anderen Seite der Wiese. Dann wird die Musik aus Mercys Innenraum wieder hörbar.

„Hast du das Lied ernsthaft auf Repeat gestellt?", frage ich ungläubig, als Jack in die nächste Runde von *Better together* startet. Und aus irgendeinem Grund lässt das mein Herz ein wenig schneller schlagen.

„Jap", erwidert er, zupft die Jacke zurecht, um es sich richtig bequem zu machen, und lächelt zufrieden die Sterne an. Dann wendet er mir sein Gesicht zu und lächelt nun zu mir, als wäre ich nicht weniger schön.

Gott, bist du schön ... Mitten in meiner Brust treffen bei der Erinnerung an seine Worte ein Funken Hoffnung und ein Funken Schmerz aufeinander und entfachen einen lodernden Gefühlsbrand.

Sein elendes Lächeln hat die Fähigkeit, auch die härtesten Herzen in Watte zu verwandeln. Und meines ist in seiner Gegenwart ohnehin schon dauerbaumwollweich. Ich kann nicht anders, als zurückzulächeln.

Je länger wir uns ansehen, desto stärker zuckt sein Mundwinkel. Dann holt er tief Luft, als wolle er etwas sagen, nur um im nächsten Moment wieder den Mund zu schließen.

„Alles okay?" Fragend lege ich den Kopf schief.

„Ja." Er ahmt die Geste nach wie jedes Mal. Seine böse Zunge behauptet, ich sende ihm damit ein Zeichen, mich küssen zu dürfen. Und weil er damit in diesem Augenblick nicht ganz falsch liegt, lege ich den Kopf provozierend noch ein ganzes Stück schiefer.

Er lacht leise und ungewohnt peinlich berührt auf. „Du fehlst mir, Jess."

Seine gemurmelten Worte klingen unsagbar laut in mir nach. Ich öffne den Mund, ohne zu wissen, was ich eigentlich erwidern soll, damit das hier nicht in einem Kuss endet. In dem es wirklich nicht enden darf, wenn wir uns wenigstens irgendetwas bewahren wollen.

Die Türen des Autos auf der anderen Seite des Rasens schwingen auf, und die Musik plärrt heraus, als riefe jemand aus dem Off laut *Cut.* Obwohl sie so weit entfernt stehen, kann man den leise im Auto vor sich hin singenden Jack kaum noch hören.

Cem seufzt genervt. „O Mann ... Lass uns zur Aussichtsplattform gehen, ja?"

Statt zu antworten, rutsche ich bereits – begleitet von einem leisen *Plopp*, als sich das Metall wieder von meinem Hintern erholt – vom Kofferraum. Hinter mir ertönen ein zweites *Plopp* und das Zufallen seiner Tür, ehe Cem neben mir auftaucht. Er stößt leicht mit dem Arm gegen mich, sodass ich ins Straucheln gerate, fängt mich aber sogleich wieder ab. „Schrecklich gefährlich, Lady. Sie sind tatsächlich eine Bedrohung für jeden in Ihrer Umgebung", stellt er ernst fest.

Ich lache auf und will ihn zurückschubsen. Natürlich hat er damit gerechnet und weicht aus. Und als er zu mir herabsieht – wir beide lachend, wir beide so überraschend zwanglos glücklich –, ist das hier einer dieser Momente, in denen mir auffällt, wie er riecht, und in denen mir einfällt, wie er schmeckt.

Ich räuspere mich. Doch so tiefe Erinnerungen, eine so wahre Sehnsucht sind etwas, was mehr benötigt als ein mickriges Räuspern, um den Rückzug anzutreten. Also bleiben sie hartnäckig an meiner Seite wie ein fein geknüpftes, doch erstaunlich robustes Seil, das mich auf ewig an den Mann neben mir bindet, der nicht mehr zu mir gehört.

Als wir gemeinsam mit der Sehnsucht an das Geländer treten, ist die fremde Musik kaum noch zu hören. Wir blicken auf die Stadt hinunter und schweigen ein friedliches Schweigen, in dem jedoch gleichzeitig eine seltsame Nervosität mitschwingt. Kommt sie von mir? Kommt sie von ihm? Von uns?

Leise stößt Cem die Luft aus, als wäre er die Antwort auf meine Fragen. Die ist er zu oft. Ich sehe zu ihm, seinen Mund umspielt ein liebevolles, aber unsicheres Lächeln, das mich auf kribblige Weise noch nervöser werden lässt.

„Hör zu, Jess …", beginnt er zögerlich.

Ein Knacken hinter uns lässt mich herumwirbeln. In dem weißen Licht sieht der Typ trotz seiner hässlich trainierten Statur aus wie der Tod, aschfahl und kalt. In seinen Augen funkelt das Gegenteil von Lichterketten. Selbst über mehrere Meter hinweg rieche ich Alkohol, was nicht nur an der Wodka-Flasche in seiner Hand liegen kann. In der Luft zwischen ihm und uns flirrt etwas, was mich erschaudern lässt.

„Wir haben überlegt, dass du ein bisschen mit rüberkommen willst", sagt der schrankartige Typ zu mir.

Mir wird flau im Magen.

„Nein, danke." Cems Stimme ist so eisig und hart wie bis eben das Geländer unter meiner Hand.

„Ich sprach mit deinem Spielzeug, Kanake."

Alles in mir zieht sich aus einer Milliarde Gründen zusammen.

„Kein Interesse", krächze ich und taste nach Cems Hand. Ich finde sie so schnell, als hätte sie nur auf meine gewartet. „Lass uns gehen."

Ich kann die Anspannung in seinen Fingern fühlen, doch sein Daumen bewegt sich für einen winzigen Moment über meinen Handrücken, als wolle er sagen: *Alles wird gut.*

„Das war keine Bitte", knarrt der Schrank. Er hat die Fähigkeit, seine Miene keinen Millimeter zu verziehen, selbst wenn er redet.

Schritt für Schritt kommt er näher, so langsam, als bereiteten ihm meine wachsende Panik und Cems spürbare Anspannung einen perversen Genuss. Cem zieht mich ebenso langsam rückwärts, bis ich schräg hinter ihm stehe. Zentimeter für Zentimeter richtet er sich zu voller Größe auf. Käme ich mir dabei nicht vollkommen lächerlich vor, würde ich mich hinter ihm verstecken und die Augen zukneifen. Stattdessen sind sie weit aufgerissen und können sich so wenig von diesem widerlichen Gesicht lösen wie meine Hand sich von Cems.

Der Kerl kommt so nahe, dass ich den Geruch aus der Flasche und den seines Atems deutlich voneinander unterscheiden kann. Cems Geruch mischt sich darunter, als verhake sich eine Kuscheldecke im Stacheldraht. Der Tod auf zwei Beinen streckt die Hand aus und greift nach einer meiner kupferfarbenen Strähnen. „Komm schon, Bambi."

Berührung und Worte lassen einen ekelerregenden Schauer über meinen Rücken kriechen. Noch ehe ich ganz zurückzucken kann, wird der Arm weggeschlagen.

„Fass sie nicht an", zischt Cem, der nicht nur kleiner, sondern auch ein ganzes Stück schmaler ist als der andere.

Der lacht auf, kurz und hämisch. Von einer Sekunde auf die andere wird mir so übel, dass ich nur mit größter Mühe den sauren Geschmack wieder herunterwürgen kann.

Cems Hand gibt mir eindeutig ein Signal. Eines, damit ich meine Hand aus seiner löse, und obwohl ich nicht reagiere, greift er in seine Jeanstasche. Warmes Metall streift meinen Handrücken.

„Für wen hältst du Schwarzkopf dich? Ist Bambis Pussy eigentlich genauso rot wie ihr Kopf?"

Ich japse nach Luft. Und genau das ist der Moment, in dem sich Cems Hand aus meiner löst.

„Lauf", ist das einzige Wort, das er mir zumurmelt. Und erst in dem Moment kapiere ich, dass es der Schlüssel für Mercy ist, den er mir in die Hand drückt, damit wir von hier verschwinden können.

Meine Füße folgen seinen Worten, noch ehe ich mir darüber Gedanken machen kann, wieso er den Schlüssel mir gibt, noch ehe ich begreife, dass seine Schritte nicht hinter mir zu hören sind.

„Sie haut ab!"

„Lauf!" Cems Ruf geht beinahe in dem Grölen von rechts unter.

Noch nie war ich so schnell wie in dem Moment, in dem ich auf das Auto zustürze. Ich reiße die unabgeschlossene Beifahrertür auf und schwinge mich auf den Sitz, ehe ich durch die Frontscheibe blicke.

Cem ist weg.

Er ist nirgends zu sehen, dafür stürmt eine Horde Männer wie hungrige Wölfe über die Wiese auf den Wagen zu. Hektisch verriegle ich die Türen, und ein kranker Teil von mir redet sich ein, dass sie Cem in Ruhe lassen werden und er die Polizei rufen kann, wenn sie hinter mir her sind. Im Hintergrund dudelt Jack mit an Zynismus grenzender Heiterkeit *Better together*. Und erst, als mein Blick reflexartig zum Radio zuckt, wird mir klar, dass mich niemand retten wird. Denn die Musik kommt gar nicht mehr aus diesem Radio. Sie kommt vom Fahrersitz. Aus Cems Handy.

Panisch sehe ich mich wieder nach Cem um, danach, ob ich ihn in irgendeinem Gebüsch, irgendwo auf der Suche nach Hilfe erblicke. Dann wird mir schlagartig klar, dass der schwarze Hügel am Aussichtspunkt aus nichts anderem besteht als aus ihm und dem Schrank. Es ist nicht Cems Silhouette, die sich aufrecht abzeichnet.

„Cem!" Nie werde ich mein eigenes Schreien vergessen. Nie werde ich diesen hysterischen Ton aus meinem Kopf bekommen. Nie werde ich vergessen, wie es sich anfühlt zu erkennen, dass man jemanden über alles, wirklich alles auf der Welt liebt, während ihm das Leben aus dem Leib geprügelt wird.

Gerade als ich die Tür entriegeln will, um kopflos, aber mit einem Herzen voller aus Liebe geformtem Mut zu Cem zu stürmen, springt etwas auf die Motorhaube. Direkt vor mir taucht ein Gesicht auf. Wieder höre ich mich schreien und presse mich in den Sitz. Der Schlüssel rutscht mir klimpernd aus der Hand und in die Lücke neben der Mittelkonsole. Die Augen, die mich anglotzen wie Beute, sind glasig und so starr wie die einer Schlange. Meine Hand sucht nach irgendetwas, was uns retten kann – meinem Handy, dem Schlüssel. Irgendetwas, was mich dieses Mal an Gnade glauben lässt. Gefangen in einem zerbrechlichen Käfig, umzingelt von hungrigen Bestien. Ein einziges Mal in meinem Leben habe ich gewimmert. Und gerade breche ich das mir selbst gegebene Versprechen, es nie wieder zu tun, weil es niemanden rettet.

Als mir Cems Handy einfällt, reiße ich es zu mir, stelle mit zittrigen Fingern die Musik aus, und im zweiten Versuch gelingt es mir, die 110 zu wählen. Der Koloss rutscht von der Frontscheibe und macht die Sicht auf die Szenerie in der Ferne wieder frei. Einer steht aufrecht, reglos – das ist nicht Cem. Ich schreie, ich würge, doch ich kann den Blick nicht abwenden, weil es sich anfühlt, als ließe ich ihn dann noch einmal allein. Ich kann weder meinen eigenen Worten noch denen des Polizisten folgen.

Etwas knallt gegen das Metall der Tür. Kreischend wirble ich herum, ohne dass ich etwas sehen kann. Von draußen dringen die Worte „Stein" und „Fenster" an mein Ohr und schaffen es kriechend langsam bis in meinen Verstand. Es wird zu spät für uns beide sein, wenn ich jetzt vollkommen die Nerven verliere, das weiß ich, obwohl ich bereits kurz vor irrsinnig bin.

Etwas schneidet in meine Hand, als ich sie zwischen Mittelkonsole und Sitz quetsche und endlich den Schlüssel ertasten und herausziehen kann. Ich stecke ihn ins Zündschloss, während ich mich zum Fahrersitz hinüberhangle, und genau in dem Moment, in dem ich das Polster unter meinem Hintern spüre, klirrt es zu meiner Rechten. Die Scheibe des Beifahrerfensters zersplittert in eine Milliarde Scherben wie meine Hoffnung auf Rettung.

Meine Hand dreht von allein den Schlüssel herum, mein Fuß drückt die Kupplung und das Gaspedal des einzigen Wagens, in den ich seit sechzehn Monaten ohne Angst einsteigen konnte. Im nächsten Moment fahre ich scharf an, das Quietschen der Reifen mischt sich mit meinem nächsten Schrei, als eine heiße, verschwitzte Hand meine Schulter festzuhalten versucht. Und dann schalte ich die Scheinwerfer ein und halte auf die stehende Gestalt am Aussichtspunkt zu. Sogar jetzt ist mir klar, dass ich ihn nicht überfahren kann, ohne Cem zu treffen, doch mir fällt nichts anderes ein, um ihn wenigstens im Ansatz in Panik zu versetzen.

Und tatsächlich wirbelt er herum, als ich noch ein ganzes Stück entfernt bin, erstarrt für einen Augenblick, in dem die Scheinwerfer seine Irritation ausleuchten, ehe er zur Seite hechtet und wegrennt.

Ich bringe den Wagen mit genauso laut quietschenden Reifen zum Stehen, wie ich ihn in Bewegung gesetzt habe, stoße die Tür auf und stürze zu Cem, während ich irgendwo weit weg von mir und meinem Albtraum Rufe und dann einen Motor höre. Die Geräusche mischen sich mit Sirenen.

„Cem!"

Er rührt sich nicht. Seine Kleidung, sein Haar, seine Haut sind nass, beißender Uringestank steigt mir in die Nase. Doch was mich noch mehr würgen lässt, ist der Anblick seines Gesichts. Viel zu viel Blut verschmiert seine schöne braune Haut, seine Nase ist zweifellos gebrochen. Und dann sehe ich sein Bein.

Sein Bein.

Sein Bein.

Und übergebe mich.

Kapitel 2

Sechs Tage später

CEM

ICH drifte durch die Dunkelheit.

Nacht. Tiefschwarze Nacht.

„Cem?" Eine aufgeregte Frauenstimme. Nicht Jess'.

Und wieder versinke ich im Nichts.

Piep. Piep. Piep. Piep. Piep.

Nichts.

Jess!

Ein Teil von mir steht noch immer an diesem Absperrband und brüllt nach der Frau, die mein Leben ist. *Lassen Sie mich durch, das ist meine Verlobte! Lassen Sie mich zu ihr! Jess!* Der andere Teil von mir ist so unsagbar erschöpft wie nach zig Kilometern, die ich sprintend zurückgelegt habe. Ich bin kraftlos und will nur eines: liegen.

„Jess." In meinem Kopf ist ihr Name so scharf gestellt wie nichts anderes, doch nur ein verwaschenes Brummen findet den Weg zwischen meinen Lippen hindurch.

„Cem?"

Gern würde ich sagen, dass es mir gut geht, damit sie sich endlich um sie kümmern, um diese eine Frau. Doch mir gelingt nur ein nuschelndes Brabbeln, das von einer plötzlichen Angst eingeholt wird: Jess ist tot ...

Wieder verschwinde ich im Nichts.

Piep. Piep. Piep.

Meine Welt dreht sich. Nein, meine Welt steht still, es ist der Wagen, der sich mit Jess überschlagen hat.

Sie ist schwanger!

Ich zucke unter meinen noch in mir widerhallenden Schreien zusammen.

Ein Scharren. „Cem, ich bin hier." Es ist die Stimme meiner Mutter. Ein hektisches *Klick, Klick, Klick* nicht weit von meinem Ohr entfernt. „Er ist wach!" Leiser: „Cem, kannst du die Augen öffnen?"

Jess ist nicht da. Ja, etwas in mir weiß es genau: Jess ist nicht mehr da.

Statt meiner Augen öffnet sich die Tür.

„Ich glaube, er ist wach."

„Jess." Mein nächster Versuch endet in einem Husten.

„Alles ist gut." Der Satz klingt nach Kindheit. Aber nichts ist gut. Ich kann es fühlen.

Dann eine fremde Stimme, eine Frau. „Bleiben Sie ruhig liegen. Ihr Bein und Ihr Kopf sind schwer verletzt worden."

Was redet sie? Wieso sollte ich verletzt sein? Sie soll sich, verdammt noch mal, um Jess kümmern! Sie sollen mir sagen, wo sie ist!

„Sie mussten für einige Tage durch einen Schlauch in Ihrem Hals künstlich beatmet werden. Darum fällt Ihnen das Sprechen schwer."

So viele Wörter. Leere Wörter. Denn in meinem Kopf lässt sich nur eine Frage scharf stellen. Und auf die gibt mir niemand eine Antwort. „Wo ist Jess?"

„Es geht ihr gut. Ihr ist nichts passiert", beruhigt mich meine Mutter, nun etwas entfernter, während sich um mich herum immer mehr fremde Stimmen zu einem Jess-losen Chaos vermischen.

„Können Sie die Augen öffnen?", fragt eine ruhige Frauenstimme. Es ist dieselbe, die eben so viele leere Wörter von sich gegeben hat.

Doch meine Lider fühlen sich so schwer an, als gehörten sie für immer geschlossen. Im nächsten Moment werden sie gewaltsam geöffnet, etwas leuchtet hinein. Dann wird es wieder dunkel.

Knack.

Meine Augen springen auf, versuchen trotz der absurden Helligkeit, den Raum abzusuchen nach nur einem Gesicht, dem geliebtesten, dem wichtigsten aller je da gewesenen Gesichter.

„Jess?"

„Ist das die Frau, die bei ihm war?", fragt die Ärztin.

Als meine Mutter bejaht, lächelt sie. „Ihrer Freundin geht es gut. Sie stand nur unter Schock", bestätigt sie.

Sie lügt. Ich habe sie dort liegen sehen. Und den Wagen, auf die Seite gedreht, mit zersplitterter Frontscheibe. So viele Scherben … unsagbar viele Scherben. Und mittendrin Jess.

„Sie … das Auto …", stammle ich heiser. Und schlucke. Es schmerzt – nicht nur im Hals. „Wo ist Jess?"

„Sie wird zu Hause sein", vermutet meine Mutter.

„Ihre Freundin ist in Sicherheit, aber Sie haben bei dem Überfall ein schweres Schädel-Hirn-Trauma davongetragen und lagen für ein paar Tage im Koma."

Was soll das? Spricht sie von dem Unfall? Ich saß doch nicht einmal im Wagen.

„Wir müssen ein paar Untersuchungen durchführen. Können Sie mir Ihren Namen sagen?"

„Cem Inan."

„Bestens. Können Sie mir sagen, wo Sie sind?"

„Im Krankenhaus?"

„Genau. Wissen Sie, welcher Tag heute ist?"

„Freitag."

„Kennen Sie das Datum?"

Wie könnte ich dieses Datum je vergessen? „Der 5. Januar."

Ein seltsames Aufflackern in ihrem Blick. Moment, sie hat gesagt, dass ich im Koma lag. „Plus ein paar Tage?"

„Welches Jahr?", fragt die Ärztin weiter, während sie mir noch einmal quälend hell in die Augen leuchtet.

„2018", erwidere ich irritiert.

„Okay, Herr Inan. Ich werde Ihnen nun drei Begriffe nennen, die Sie sich bitte merken. Sonne, Baum, Schaufel", sagt sie so langsam, als wäre ich der Vollidiot, den sie mit ihren Lügen gerade aus mir zu machen versuchen. „Ich werde Sie gleich noch einmal nach den Begriffen fragen."

Kurz wendet sie sich mit leiser Stimme an meine Mutter und einen anderen Arzt, blickt noch einmal in meine Akte, testet meine Reflexe und gibt irgendwelche Worte von sich, um damit die Blätter in der Akte weiter zu füllen. Dann wendet sie sich wieder direkt an mich. „Was ist das Letzte, woran Sie sich vor Ihrem Erwachen hier erinnern?"

„Jess, meine Verlobte. Sie hatte einen Unfall. Ich habe das Auto am Straßenrand gesehen." Unter all die Hilflosigkeit mischt sich immer mehr Wut.

„Erinnern Sie sich noch an die drei Wörter, die ich Ihnen genannt habe?"

Ich bin nicht mehr weit davon entfernt, komplett auszuflippen. „Sonne, Baum, Schaufel", presse ich hervor, und sie macht seelenruhig ihre Notizen. „Ich will jetzt sofort wissen, was mit Jess los ist!"

Die Ärztin setzt eine freundliche Miene auf. „Sie weisen eine retrograde Amnesie auf, die sich über viele Monate erstreckt."

„Das ist keine Antwort auf meine Frage." Wenn ich es könnte, würde ich brüllen.

„Sie haben eine Woche lang im Koma gelegen als Folge eines gewalttätigen Übergriffs. Sie haben eine Felsenbeinfraktur erlitten, das bedeutet einen Bruch am seitlichen Schädel. Der Unfall, an den Sie sich erinnern, liegt bereits sechzehn Monate zurück. Wir haben den 02. Mai 2019."

„Was?", hauche ich.

„Wir werden noch einige Untersuchungen durchführen müssen. Eine Amnesie kann bei einem Schädel-Hirn-Trauma auftreten, kann sich jedoch auch von allein legen, wenn die Schwellung des Gehirns vollständig zurückgegangen ist. Sie können wegen der Schwere der Verletzung einige Tage lang nicht aufstehen, Ihnen wird vermutlich noch eine ganze Weile schwindelig sein. Außerdem wurde Ihr Bein schwer verletzt, ein Schienbeinschaftbruch. Kein einfacher Bruch. Er wurde nach Ihrer Einlieferung operativ durch einen sogenannten Marknagel versorgt, der im Inneren des Knochens liegt. Sie haben keinen Gips, dürfen das Bein aber vorerst nicht belasten. Machen Sie sich keine Sorgen. Es geht nun erst einmal darum, dass Sie wieder zu Kräften kommen. Okay?" Ihr Lächeln soll wohl so etwas wie Zuversicht ausdrücken.

Ich hingegen fühle mich wie unter Beschuss mit härtesten Realitätsbrocken, während für mich weiterhin nur eine Frage von Bedeutung ist:

„Wo ist Jess?", betone ich jedes einzelne Wort.

Die Ärztin wendet sich an meine Mutter. „Können Sie sie erreichen, damit Ihr Sohn mit ihr sprechen kann?"

Sie nickt und beginnt, hektisch in ihrer Handtasche zu wühlen.

„Sie haben keinen Grund zur Sorge", wiederholt die Ärztin an mich gewandt. Und noch immer glaube ich ihr kein Wort. Ginge es Jess gut, wäre sie hier. „Ihre Freundin ist unverletzt. Ihre Mutter wird sie holen." Wie auf Kommando zieht diese das Handy aus der Tasche und zeigt es mir zum Beweis.

Als die Ärzte ein weiteres Mal in ihren Fachjargon wechseln, drifte ich innerlich weg. Meine Gedanken kleben an den Kugeln, die in meiner Seele stecken geblieben sind und dort eine nach der anderen explodieren. Sechzehn Monate. Mir fehlen sechzehn Monate. Und plötzlich weiß ich, warum Jess nicht hier ist:

Lucie.

Wahrscheinlich konnte Jess nicht zu Hause weg wegen unseres Babys. Und dann holt mich der Gedanke vollständig ein. Lucie ist gar kein richtiges Baby mehr. Ich habe beinahe ein ganzes Lebensjahr meiner Tochter vergessen. Ihr erstes. Das Leben mit ihr, ihre Geburt, ihren ersten deutlich spürbaren Tritt durch Jess' Haut gegen meine Hand. Wie sie wohl aussieht? Ob sie schon laufen kann? Erste Worte sagen?

Alles ist weg. Alles, was von Bedeutung ist, ist einfach verschwunden.

Wie soll mir irgendjemand auf der Welt erzählen, wie sich für mich ihr erstes *Papa* angehört hat, wie es war, ihr zum ersten Mal in die Augen zu sehen, wie es sich für mich angefühlt hat, sie das erste Mal auf meinen Händen zu tragen?

„Wie geht es Lucie?", flüstere ich mit Tränen in den Augen.

Meine Mutter, die gerade das Zimmer verlassen will, erstarrt. Und als sie sich mir langsam zuwendet und ihr Gesicht sich verzieht, auch ihre Augen sich mit Tränen füllen und sie die Hand vor den Mund schlägt, ist es furchtbarer als jede Antwort, die sie mir mit Worten hätte geben können.

Lucie gibt es nicht. Lucie hat nie lebendig den Weg aus Jess' Körper in die Welt gefunden.

Wegen des Unfalls.

Meinetwegen.

Kapitel 3

JESS

STILLE.

Stille ist mein größter Feind. Sie wird zum Knacken eines Stocks hinter meinem Rücken, zum Quietschen der Reifen auf einem Berg. Stille wird zu einem lang gezogenen Piep, das ich jeden Tag mehr fürchte als je etwas zuvor.

Mein zweitgrößter Feind sind Geräusche – vor allem die unerwarteten. Das Klirren, wenn sich zwei Menschen zuprosten, denen ich gerade ihre Gläser gebracht habe, das Mahlen von Kaffeebohnen, das Abrutschen eines Messers beim Schneiden einer Kiwi.

Mein drittgrößter Feind sind Bewegungen, die ich aus dem Augenwinkel wahrnehme. Wenn Emre mir eine Tasse reicht, damit ich sie auf das Tablett stelle, wenn eine Tüte lautlos zu Boden schwebt, wenn sich ein Mensch nähert. Einfach nur ein Mensch.

Das Leben, etwas, was ich einst so geliebt habe, ist mein Feind geworden. Ein Feind, den ich nicht besiegen will, aber so gern wieder erobern würde, seit Monaten ringe ich darum. Nun ist es schlimmer denn je. Ich habe keine Kraft und noch weniger Mut, und der beste Freund, den ich jemals hatte, schläft einen langen Schlaf und kann nicht an meiner Seite kämpfen.

Ich schrecke zusammen, als Emre die Milch aufschäumt. Er wirft mir einen mitfühlenden Blick zu. „Geh nach Hause, Jess. Oder geh zu ihm. Aber tu dir das hier nicht an. Du solltest nicht arbeiten."

Rasch schaue ich wieder auf den Teller vor mir und rücke den Kuchen so lange hin und her, bis er überflüssigerweise genau in der Mitte des Tellers steht. Doch es ist Zartbitterkuchen mit einer extra dicken Schicht salziger Karamell-Creme. Es ist Cems Lieblingskuchen. Er sollte perfekt stehen. „Ich kann nicht."

Emre schnalzt mit der Zunge und seufzt. Dann gießt er die Milch in das kleine Glas für den Espresso macchiato, legt ein rosafarbenes Baiser-Küsschen auf den Tellerrand und bringt ihn gemeinsam mit der Zitronen-Minze-Limo auf die Terrasse. Als er wieder reinkommt, beobachtet er mich eine Weile schweigend, während ich den Kaffee mache.

„Hast du überhaupt geschlafen?", will er dann wissen.

„Etwas."

„Willst du heute Nacht noch mal bei mir bleiben?"

Ich schüttle den Kopf, eher Richtung Boden, und mache mich an das Aufschäumen der nächsten Milch, um Emre auch weiterhin nicht ansehen zu müssen. Ich könnte allein bei dem Gedanken daran losheulen, wie der beste Freund meines Ex-Verlobten mich nach der Gegenüberstellung mit den Tätern zu sich mitgenommen hat und mir eine Ewigkeit behutsam über Kopf und Rücken gestrichen hat, bis ich den Schlaf wenigstens in der Ferne wittern konnte.

Sechzehn Monate lang war ich beinahe tränenleer. Doch seit der Nacht, in der ich zusehen musste, wie man mir auch noch Cem nehmen wollte, ist es, als würden all die ungeweinten Tränen immer häufiger einen Aufstand anzetteln, um sich alle auf einmal aus mir zu befreien.

„Jess, du arbeitest jeden Tag zwölf Stunden. Würde ich dich nicht zwingen, würdest du nicht einmal die Stunde Mittagspause machen."

„Ich brauche das."

„Verstehe ich." Es klingt, als streiche er mir ein weiteres Mal über den Kopf. „Aber du brauchst auch Schlaf und Essen und Auszeiten, um zu überleben."

Überleben ... Das trifft es gut.

„Wir lassen das Café morgen zu", entscheidet Emre bestimmt.

Erschrocken blicke ich auf. „Du kannst nicht ..."

„Jess, *mein* bester Freund, *dein* bester Freund liegt im Koma. Wir laufen schon auf dem Zahnfleisch. Wenn wir so weitermachen, nützt es niemandem etwas. Cem am allerwenigsten, wenn er aufwacht."

„Ich ..." Ich kann ihn dort liegen sehen. Ständig. Bleich und blau unter mintgrün gestreifter Bettwäsche, als wäre das Leben nichts mehr, womit er etwas zu tun hat. „Ich kann morgen allein öffnen. Dann kannst du dich ausruhen." Ich hasse es, dass ich so furchtbar kleinlaut klinge. Denn es erinnert mich daran, was aus mir geworden ist. „Das traue ich dir sogar zu. Wirst du aber nicht tun. Du wirst schlafen. Du wirst essen. Ich werde schlafen und essen. Und danach setzen wir uns zusammen und schauen, wie wir die Arbeit geregelt kriegen, ohne dass du jeden Tag von halb neun morgens bis halb zehn abends hier bist und dann am nächsten Tag mit Kuchen auftauchst, die du definitiv nicht zwischen halb neun morgens und halb zehn abends gebacken hast."

„Ich brauche …", stammle ich.

„Schlaf und Essen, Jess", unterbricht Emre mich bestimmt. Er füllt ein Glas Wasser und stellt es vor mir auf den Tresen. „Du hast den ganzen Tag noch nichts getrunken. Hör auf, dich selbst zu kasteien, du trägst keine Schuld."

Von einem Herzschlag auf den nächsten brennt es hinter meinen Augen, als flössen Tränen statt Blut durch meinen Körper. Das würde auch erklären, wieso ich die Verzweiflung sogar in den Fingerspitzen fühle, sogar noch im Schweiß auf meiner Haut. Bei jedem einzelnen Herzschlag, seit ich allein in ein Auto gestürmt bin und Cem zurückgelassen habe.

„Jess", flüstert er. „Ich sage es dir so oft, bis du es verstehst: Es war nicht deine Schuld. Wärst du nicht in das Auto gestiegen, wärt ihr vielleicht beide draufgegangen."

Ich schluchze auf.

„Wärst du nicht losgefahren, wäre Cem es auf jeden Fall. Hättest du nicht die Polizei gerufen, hätten sie die Kerle vielleicht nie erwischt."

Mein gesamter Körper beginnt zu zittern, so stark, dass die heiße Milch überschwappt.

Behutsam nimmt mir Emre den Metallbecher aus der Hand und stellt ihn ab. „Ich werde dich jetzt umarmen", sagt er leise.

Man muss mich sogar vor einer Umarmung warnen – das ist so unsagbar traurig. Vorsichtig legt er seine Arme um mich und zieht mich an sich, während ich vollkommen außer Kontrolle gerate und zu beben beginne, als wären die alte und die neue Jess zwei

Kontinentalplatten, die sich gewaltsam verschieben. Und die neue Jess ist immer, wirklich immer, die einzige, die am Ende noch zu sehen ist – schwach und zerbrechlich.

„Du wirst jetzt Feierabend machen und nach oben in deine Wohnung gehen, Jess." Emre hält mich, bis ich den Boden unter meinen Füßen zumindest als Andeutung wieder spüren kann. „Du wirst jetzt nach oben gehen und dich hinlegen."

Die Dunkelheit hinter geschlossenen Lidern ist heute Nachmittag genauso gnadenlos wie die unter einem nächtlichen Neumond. Immer wieder reiße ich die Augen auf und das Handy vom Nachttisch, um auf das Display zu blicken. Als könnte ich bei der eingestellten Lautstärke einen Anruf verpassen.

Und dann, gerade als ich es wieder einmal weglege, klingelt es. Ich zucke zusammen wie unter einem Donnerschlag, während das Handy vergnügt über die Holzplatte tanzt. *Emine.* Als ich den Namen von Cems Mutter aufleuchten sehe, macht sich eine Woge meines spärlichen Mageninhalts einer Sturmflut gleich auf den Weg Richtung Kehle. Hektisch schlucke und schlucke ich. Der Geschmack erinnert zu sehr an den Blick auf Cems unnatürlich abgewinkeltes Bein.

Mein Finger wischt über das Display. „Hallo?"

„Er ist wach."

„Was?", stoßen mein Herz und ich gleichzeitig hervor.

„Er ist wach. Du musst kommen."

Den ersten Schuh habe ich bereits an, ehe sie den Satz zu Ende gesprochen hat.

„Wie geht es ihm?"

„Gut. Er ist erschöpft, aber es geht ihm gut."

Mein zweiter Fuß lässt sich nicht mehr heben. Das kann nicht sein. Niemandem geht es gut, wenn ihn das Leben bereits zum zweiten Mal gefällt hat, obwohl gerade erst ein paar frische Triebe am abgetrennten Stamm gesprossen sind. Ihm schon gar nicht. Ich habe ihn beim ersten Mal erlebt.

Liegt er im Wachkoma? Hat man nicht gesagt, dass das passieren kann? Ist er ... tot? Klang sie nicht ohnehin viel zu aufgewühlt für ein *Gut?*

„Wie geht es ihm?", bringe ich noch einmal tonlos hervor.

„Gut." Nun klingt sie ungeduldig. „Aber er fragt ununterbrochen nach dir."

Das hingegen klingt nach ihm. So sehr nach Cem.

„Du musst vorbeikommen, um ihn zu beruhigen."

Auch der zweite Fuß steckt in seinem Schuh. „Bin unterwegs."

Ich schwebe geradezu die Stufen hinunter und nehme den winzigen Umweg durchs Café. „Er ist wach", rufe ich.

Emre starrt mich an. „O mein Gott", formen seine Lippen lautlos.

„Emine sagt, alles ist gut. Ich melde mich, sobald ich bei ihm war."

Auf dem Bürgersteig stehe ich kurz unschlüssig da. Ich kann kein Taxi nehmen, auch wenn ich zum ersten Mal seit dem Unfall, seit beinahe anderthalb Jahren, kurz davor bin, in ein Auto zu steigen, in dem nicht Cem am Steuer sitzt, nur um schneller bei ihm zu sein. Doch seit ich in Mercy gefangen und von einer Horde umzingelt war, kann ich nicht einmal mehr einen Fuß in einen Bus setzen. Also öffne ich vor Adrenalin bebend das Schloss meines Fahrrads und schwinge mich auf den Sattel. Und dann strample ich, als ginge es ein weiteres Mal um Leben oder Tod. Die steilen Straßen hinauf, bis die Beine brennen. Meine Augen wollen seine Augen sehen, dieses Licht, das nirgends auf der Welt so warm und hell ist wie dort. Und kein Körperteil kann so sehr brennen, wie ich darauf brenne, mit eigenen Augen zu sehen, dass er wach ist.

Lebendig.

Kapitel 4

JESS

BEREITS draußen vor dem Eingang zur Intensivstation schließt mich Emine in die Arme und küsst mich auf die Wangen, als wäre ich die verlorene Tochter. Sie hat geweint.

„Alles okay?", krächze ich wegen ihrer liebevollen Nähe und noch mehr wegen dieser nur zu bekannten Panik, die jedes Mal an meiner Seele reißt, sobald ein Mensch weint.

„Ja. Ich meine ..." Sie zögert, und je länger da nur Stille erklingt, desto lauter wird meine Panik. Ihr Blick huscht kurz auf den hässlichen Boden, ehe mir ihre Worte die noch hässlichere Wahrheit offenbaren. „Das Letzte, woran er sich erinnert, ist der Unfall."

„Der Unfall?", frage ich fassungslos. Seit wann nennen wir diese zutiefst grauenvolle Tat einen Unfall?

„Deinen Unfall vor beinahe anderthalb Jahren."

„Was?", hauche ich, noch fassungsloser als zuvor.

„Ich habe dich angerufen, weil Cem mir nicht glaubt, dass du okay bist."

„Was hast du ihm gesagt?" Als sie den Blick wieder senkt, kenne ich die Antwort. „Du hast ihm nichts gesagt?"

„Er weiß nur von ... dem Baby", flüstert sie.

Meine Hände legen sich ruckartig auf meinen Bauch, der sich so unsagbar leer anfühlt, als wäre nie etwas in ihm gewesen. Und doch so, als wäre dort immer noch alles.

Lucie.

Ich würde Emine gern sagen, dass unser Mädchen einen Namen hatte, dass sie sie Lucie nennen soll. Gleichzeitig bin ich mir nicht sicher, ob ich ihren Namen gerade ertrage. *Das Baby ...* Wir haben alle so lange um diesen Namen herumgeredet, dass ich nicht einmal mehr weiß, wie er sich an den Lippen anfühlt.

„Sonst weiß er nichts", sagt sie schuldbewusst.

Nichts von uns, nichts von dem, was wir nicht mehr sind und niemals sein werden.

„Er ist doch gerade erst aufgewacht. Wir können ihn nicht sofort so überfordern."

Meine Finger krallen sich in das weit um meinen leeren Körper flatternde Shirt, als wollten sie die Hoffnung festhalten, dass es dieses Mal anders endet.

Nur noch ein Weilchen festhalten und wiegen ...

„Was weiß er von dem Abend auf dem Lousberg? Ich meine, was denkt er, wieso ihm all die Monate fehlen?"

„Er weiß, dass er überfallen wurde und dass sein Kopf und sein Bein dabei verletzt wurden."

Überfallen ... Es ist ein so furchtbar nichtssagendes Wort. Als hätte uns jemand aufgefordert, ihm unser Portemonnaie zu geben und nicht alles, was wir haben. Tränen steigen mir in die Augen. „Weiß er, dass ... ich dabei war?"

Weiß er, dass ich ihn im Stich gelassen habe? Dass er zusammengeschlagen und von oben bis unten angepinkelt wurde? Dass er beinahe gestorben wäre? Dass er tagelang im Koma lag?

„Ich habe es ihm gesagt, aber etwas in ihm glaubt, du wärst bei deinem Autounfall damals gestorben."

Ich zucke zusammen. Vielleicht erinnert er sich an mehr, als sie denkt. Ein Teil von mir liegt vermutlich noch am Straßenrand, tot und zurückgelassen. Für immer.

„Komm." Sie weist auf die Tür, an der wir klingeln müssen, und legt beruhigend ihre Hand auf meinen Rücken. Ob sie mein Herz fühlt, das so laut pocht, als sei ich auf dem Weg in die Schlacht? Diese hier kann ich nicht gewinnen. Jeder leise quietschende Schritt auf dem Linoleum lässt meine Furcht nur wachsen.

Dann sehe ich ihn durch die Scheibe. Seine Augen gerötet, seine Nase vergipst, seine wunderschöne Haut verfärbt, sein Bein hochgelagert, sein Körper ein Trümmerfeld wie meine Seele.

Er starrt mich an wie eine Erscheinung hinter Glas, während ich ihm nicht recht in die Augen blicken kann. In dem Moment, in dem ich eintrete, schließt er erleichtert die Lider und stößt die Luft aus, als hätte er sich seit dem Erwachen nicht mehr getraut zu atmen. Dann sieht er mich wieder an. Sein Blick gleitet zu dem Pony, der meine Stirn bedeckt und den ich damals noch nicht brauchte, um zu vergessen.

„Canım." Das eine geflüsterte Wort gräbt sich in mein wundes Herz. *Canım* – mein Leben, meine Seele.

Für einen Moment, in dem ich denke, dass er sich doch erinnert, legt sich sein Blick sanft wie eine tröstende Babydecke auf meinen Bauch. Dann wird mir klar, dass er an Lucie denkt. Er schluckt schwer. Ich schlucke schwer.

Wie oft haben wir geschluckt und gewürgt, anstatt zu sprechen? Und auch jetzt bin ich so stumm wie er. Ich kann dabei zusehen, wie wir uns wiederholen, ein grässliches Déjà-vu werden. Wir nehmen die gleiche Ausfahrt wie damals, sie ist mit vielem gepflastert, mit vielem, doch nicht mit Worten.

Mit zusammengepressten Lippen streckt er die Hand nach mir aus. Ich kenne die Geste so gut aus der Zeit, als ich im Bett lag und er sich bewegen konnte. Sie ist das Angebot, mich ein bisschen heiler zu machen. Doch nachdem ich ihn so habe kaputtgehen lassen, kann ich es nicht annehmen. Als ich es wage, ihm direkt in die Augen zu blicken, krabbelt eine Gänsehaut eiskalt über meinen gesamten Körper. Es ist, als hätte jemand vergessen, bei seinem Erwachen den wichtigsten Schalter zu betätigen. Das Licht ist aus. Seine sonst so strahlenden Augen sind dunkel und leer.

„Es tut mir so leid", flüstert er. Zutiefst traurig, zutiefst aufrichtig, noch tiefer gebrochen.

Ich nicke nur.

„Kannst du mich einfach küssen?", fragt er leise, obwohl seine Mutter im Raum ist.

Meine Füße machen allein bei der Vorstellung seiner Lippen auf den meinen bereits einen Schritt auf ihn zu. Dann fällt mir ein, dass die Antwort Nein lautet. Nein. Seit einem Jahr, seit einem Morgen Anfang

Mai … Nein. Dennoch tritt mein Körper zögerlich an sein Bett, meine Lippen legen sich behutsam auf seine Stirn.

„Es ist egal." Er klingt flehend, und erst jetzt wird mir klar, dass er nicht flüstert, sondern seine Stimme sich gerade so anhört – durch vor Kurzem entfernte Beatmungsschläuche und zu lange Stille. Auch die Stimme ist leer.

Fragend sehe ich ihn an und erkenne in seinem Blick, dass es ihn zum ersten Mal nicht stört, wenn ich ihn vor seiner Mutter richtig küsse, mitten auf die Lippen, mitten aus dem Herzen. Ich wünschte so sehr, irgendjemand hätte ihm die Wahrheit verraten, damit nicht ein weiteres Mal ich es bin, die ihn enttäuscht.

Mein Blick bittet ihn um Verständnis, sein Seufzen ist ein resignierendes *Dann nicht*. Seine rechte Hand greift nach meiner. Und während ich bete, dass er nicht auch nach meiner linken greifen wird, ist mir so bewusst wie lange nicht, dass dort seit einem Jahr ein Ring fehlt. In manchen Momenten so sehr fehlt, dass es mich zerreißt.

Cems Daumen streicht über jeden meiner Finger einzeln, als wollte er noch einmal sichergehen, dass ich unverletzt bin.

Bin ich aber nicht.

„Du kannst nicht so …" Er schüttelt den Kopf, wie um einen bösen Traum zu vertreiben. „Wie kannst du nichts abbekommen haben?"

Noch auf dem Weg hierher hatte ich ihm so viel zu sagen. Doch alles hier lähmt alles in mir. Also streiche ich mir nur die Haare aus dem Gesicht, sodass er die beinahe unbedeutende Narbe sehen kann. Neun weiße Zentimeter von meiner rotblonden Braue bis ins Haar.

Zischend zieht er die Luft ein.

„Canım." Seine Hand hebt sich nur langsam, sein Daumen streicht über die Narbe wie in dem Versuch, sie mit allen in mich hineingeschnitzten Bildern schön glatt zu streichen. Und ich wünschte nichts mehr, als dass er wirklich diese Macht besäße. Seine Hand senkt sich, doch als ich begreife, dass sie zu meinem Bauch will, schlinge ich beide Arme darum.

In seine Augen treten Tränen. „Es tut mir so leid."

Das in seinen Worten mitschwingende Schuldgefühl erinnert mich zu sehr an die Zeit nach dem Unfall, die Zeit vor unserem Ende. Am liebsten würde ich schreien. Ich will aufspringen und hinausstürzen. Ich ertrage seine Stimme nicht. Ich ertrage die Geste nicht. Und am allerwenigsten ertrage ich all das Unausgesprochene in diesem kleinen, sterilen Raum.

„Wie geht es dir?" Ich krächze nicht weniger als er. „Hast du Schmerzen?"

Er schüttelt den Kopf, doch es mag einfach nicht wie ein Nein aussehen. „Ich werde viel Reha für das Bein machen müssen." Er wendet den Blick von mir ab. „Sechzehn Monate einfach ausgelöscht. Ich fühle mich so ausgeliefert und weiß nicht einmal genau, wem oder was. Ich meine ..." Er sieht jetzt knapp an mir vorbei und wispert dann: „Ich wusste nicht einmal, dass du einen Pony hast." Da ist eine winzige Pause vor dem Wort *Pony*. Und in der Pause kann ich es klar und deutlich hören: *Pony* steht für jede einzelne Narbe, meine, seine, unsere Narben, von denen er weiß, dass es sie geben muss, obwohl sie in seinem Kopf ausradiert wurden.

„Verstehe ich." Und mit dem Flüstern findet auch eine Träne aus mir heraus.

Er sieht wieder zu mir, als hätte er sie gehört. Und dann bildet sich auch eine in jedem seiner stockfinsteren Augen. Ich wünschte, wir könnten uns gemeinsam in dieses Bett legen, wie wir es früher so oft zu Hause getan haben. Einander gegenüber, uns sehen, selbst dann, wenn wir die Augen geschlossen haben, uns nahe sein, selbst dann, wenn wir uns nicht berühren.

Verzweifelt suche ich in seinen Augen hinter den Tränen nach einem kleinen Funkeln, einem winzigen Schimmern, das jemand zu löschen vergessen hat. Doch das Licht bleibt aus.

„Du wirst mir helfen müssen", sagt er leise. „Beim Erinnern und ... allem."

Ich will, dass das hier aufhört, dieses Schauspiel, dieses Tun, als ob, das jetzt mich trifft und ihn später vielleicht umhaut, wenn er in seine eigene Wohnung zurück muss statt in eine gemeinsame. Das alles hier sollte niemand einmal ertragen müssen. Aber zweimal ist einfach zu viel.

„Cem ..." Seinem Namen gelingt es, wie *Canım* zu klingen. Vertraut und verloren.

38

Hinter mir erklingt ein Rascheln. Ich wirble zu dem Arzt herum, den ich nicht habe kommen hören. Er blättert durch die Seiten einer Akte.

Als die Spannung in meinen Schultern wieder nachlässt, spüre ich, dass ich Cems Hand umklammere. Wie auf diesem so kleinen Berg, auf dem er mein so großer Held war und ich ein noch größerer Feigling. Schnell lasse ich ihn los.

Hör zu, Jess ...

Wie oft ich mich in den vergangenen Tagen gefragt habe, was Cem mir in dem Moment hat sagen wollen. Nun wissen wir es beide nicht mehr. Doch Cems Hand legt sich ein weiteres Mal auf meine, ein stummes *Alles wird gut.* Als wüsste er alles, obwohl er nichts mehr weiß.

„Wir sollten dem Patienten etwas Ruhe gönnen."

Cems Hand schließt sich wieder um meine. „Darf sie bitte noch etwas bleiben?"

Der Arzt nickt mit einem milden Lächeln. „Zehn Minuten", gibt er nach.

„Danke", murmle ich und meine: *O Gott.*

Emine verabschiedet sich von Cem, wirft mir noch einen Blick zu, irgendeinen zwischen flehend und warnend, und geht dann hinaus. Bloß nichts sagen. Bloß nicht den Patienten aufregen. Bloß nicht ...

Ich wende mich wieder Cem zu. Alles ist so vertraut – wie er meine Hand umfasst, wie sein Daumen über den kurzen Nagel meines Daumens fährt und dieser Wunsch, ihn zu küssen. Und gleichzeitig sind da die Unsicherheit in mir und das erloschene Licht in ihm. Uns wurde bereits so vieles genommen. Und nun hat man unsere Innenwände mit *Bambi* und *Kanake* beschmiert und den Boden mit Furcht und Hass getränkt, ehe wir in Flammen aufgingen und jede einzelne Scheibe verrußte oder zerbarst.

„Dir geht es nicht gut", stellt er müde fest und fügt dann nach einem zitternden Atemzug hinzu: „Ich kann nicht glauben, dass das Baby ..." Er bricht ab und schluckt. Auch er sagt nicht mehr *Lucie*, doch gerade bin ich dankbar dafür.

„Ich auch nicht." Zumindest das ist die Wahrheit.

Cem schließt seine Augen. „Du bist dünn geworden." Dass in einer so müden Stimme wie der seinen so viel Sorge um einen anderen Menschen mitschwingen kann, ist erstaunlich.

Weil deine Mutter nicht mehr für mich kocht, würde ich ihm gern erklären. *Weil ich meistens nicht mehr zusammen mit dir esse und seit einer Woche fast gar nicht mehr. Weil ich rastlos bin, aber auf eine so andere Art als früher.* Ich habe ihm nie viel verschwiegen. Jetzt bin ich ein einziges großes Verschweigen.

„Ich hatte keinen großen Appetit in letzter Zeit. Aber gerade ist es wichtiger, dass du dich wieder erholst", wispere ich, und meine ringlose Hand streicht, ohne mich vorzuwarnen, durch sein tiefschwarzes Haar. Die Berührung fühlt sich so vertraut an, als hätte ich es erst gestern getan.

„Ich bin so froh, dass dir nichts passiert ist", nuschelt er schon halb im Schlaf. „Du fühlst dich noch immer so seltsam verloren an."

Ich würge die Worte herunter, dass ich zweimal irgendwie mein Leben verloren habe, dass ich tatsächlich beide Male selbst verloren gegangen bin, ohne mich wiederzufinden. Und dass ich in ein paar Tagen, wenn er die Wahrheit verkraftet, ein zweites Mal auch ihn verlieren werde.

Kapitel 5

ICH bin ein Suchender. Ich suche nach Erinnerungen, nach einem Leben, das seinen Namen verdient hat.

Auf brutalste Weise wurde mir so viel mehr geraubt, als irgendein Arzt dieser Welt durch irgendeine beschissene Untersuchung heraus- oder gar wiederfinden könnte. Und auch Jess sieht bestohlen aus. Jedes Mal, wenn sie neben mir sitzt – viel zu weit weg, als dass ich sie berühren könnte –, ist sie in diesen elenden Schutzpanzer gehüllt. In meinen Erinnerungen höre ich noch ihre Stimme von damals, so federleicht, als würde sie jedes Wort hüpfen. Nun klingt sie, als trage sie für immer nur noch Schwarz. Jedes Wort eine potenzielle Profi-Ballerina, der man schwerste Gewichte an die Fesseln geschnürt hat.

Auch der Rest von ihr sieht aus wie in Trauer gehüllt. Ich glaube nicht, dass ich sie schon einmal diese tristen Farben habe tragen sehen, die nun Tag für Tag um sie herumwabern.

Am Ende eines jeden verfluchten Tages hat sie mich nie auch nur zur Begrüßung oder zum Abschied auf die Lippen geküsst, und jeder Kuss, den sie woanders platziert – auf meiner Stirn, meiner Wange, meiner Hand –, fühlt sich an, als flössen Tränen über meine an zu vielen Stellen brutal in andere Farben getauchte Haut.

Sie trägt ihren Ring nicht mehr. Festgetackert auf diesem elenden Bett starre ich seit Tagen auf ihre ringlose Hand. Es könnte hygienische Gründe haben, doch alle an dem Anblick klebenden Fragen sind vermutlich in derselben Festung eingekerkert, wo sich auch die vergangenen Monate verkrochen haben. Wann nur haben wir damit begonnen, mit all dem Guten aufzuhören?

Und dann ist da der Tag, an dem ich auf die normale Station verlegt werde mit offeneren Besuchszeiten und der wachsenden Chance auf einen Ring.

Jess klopft, kurz nachdem mein Zimmernachbar zu Untersuchungen abgeholt wurde. Sobald sie das Zimmer betritt, gleitet mein Blick zu ihrer Hand. Nichts.

„Hi." Sie drückt sich noch halb in der Tür herum.

„Hey", murmle ich matt.

Draußen erklingt das Klappern eines Geschirrwagens. Jess zuckt zusammen, als hätte man ihr in die Kniekehle getreten. Wie so vieles lässt auch dieser Anblick heiße Wut durch meine Blutbahnen kriechen. Irgendwelche verfluchten Wichser haben mir die Frau gestohlen, die auf hohe Bäume geklettert ist wie ein Kind. Nun ist sie, die sich von keinem Unwetter davon hat abhalten lassen, im strömenden Regen zu tanzen, so schreckhaft wie Bambi.

Bambi ... Etwas durchzuckt mich, ohne dass ich es zu fassen kriege.

Als wäre meine erbärmliche, zuckende Schwäche ihr Signal, kommt Jess mit großen Schritten auf mich zu. „Soll ich einen Arzt rufen?"

Meine Wut schafft es im Sekundenbruchteil bis auf meine Zunge. „Nein, alles okay", zische ich.

Kurz steht sie unschlüssig da, dann zieht sie sich einen Stuhl heran und setzt sich wie auf ein Nagelbrett. „Wir müssen reden, Cem."

Dieser Satz … ein so scheußlicher Satz. Mein Herz boxt schmerzhaft gegen meine Rippen. „Okay."

„Cem … du und ich …" Sie macht eine Pause und schluckt. „Wir sind nicht mehr zusammen."

Die geflüsterten Worte quetschen meine Brust zusammen wie eine gnadenlose Faust eine leere Getränkedose. Einen Herzschlag lang wünschte ich, ich wäre tot.

Mit einem Mal ergibt alles einen Sinn. Ich wollte es nicht sehen. Ich wollte es nicht wissen. Weil ich es nicht ertrage. Weil ich nach dem Baby, meinen Erinnerungen und der Fähigkeit, aufrecht zu gehen, nicht auch noch Jess verlieren kann.

„Nein", erwidere ich hart. Doch tief drinnen weiß ich es besser. Ich kralle die Finger in die Decke, um nicht durchzudrehen. „O Gott."

„Cem." Jess schluchzt auf.

„Nein", höre ich mich viel zu laut, ehe die Luft nur noch zum Flüstern reicht. „Nein, nein, nein."

Zittrige Finger legen sich an meine Wange. Ich kneife die Augen zusammen, bis es wehtut, doch nichts kann meine Tränen jetzt noch aufhalten. „Nein, Jess, nein." Als könnte ich sie dazu bringen, alles zurückzunehmen – die Worte, die Realität, diesen Abend …

Ich höre das dumpfe Aufschlagen abgestreifter Schuhe auf dem Linoleum, ehe sie zu mir unter die Decke krabbelt. Ihr Körper bebt, doch ihre Arme schlingen sich behutsam um meinen kaputten Kopf, ihre Lippen drücken sich auf meine Stirn auf eine Weise, wie nur ihre es können. Nun kralle ich mich an ihrem Körper fest, an ihrem weiten Shirt, an allem, wo ich Halt zu finden hoffe.

„Canım …" Die mich mit der zweiten Silbe einholende Erkenntnis, dass sie immer Canım sein wird und ich sie nicht mehr so nennen darf, drückt mir den Stiefel auf die Brust, um mich gewaltsam auf dem dreckigen Boden der Tatsachen zu fixieren. „O Gott."

Sie zieht meinen Kopf näher an ihre warme Schulter. Ich kralle mich fester in den Stoff zwischen ihren Schulterblättern. Wenn ich sie jetzt loslasse, wird sie verschwinden, wird ihren Geruch mitnehmen, ihre Stimme, alles.

„Ich liebe dich so sehr, Jess. So, so sehr. Ich kann das wiedergutmachen." Ich muss einfach daran glauben. Diese mickrige Hoffnung ist alles, was ich noch habe.

Ich küsse das Erste, was meine Lippen finden. Es ist ihr nasses Kinn. In ihrem Schluchzen ist alles zu hören – dass sie reißt, dass sie schon einmal zerrissen ist.

„Ich kann das. Bitte, bitte, liebste Jess, gib mir nur eine einzige Chance, es dir zu beweisen." Meine Lippen finden ihre salzige Wange. „Bitte, Jess."

Sie schließt die Augen. Ihre Lider flattern aufgebracht.

„Canım …"

Ruckartig rollt sie sich vom Bett, als hätte das Wort mitten in ihre Brust gezielt. Hat es auch – aber nicht, damit sie verschwindet, sondern damit sie für immer bleibt. Ich rapple mich hoch und fasse nach ihrem Handgelenk. Als sie sich mit einem leisen Schrei versteift und zu zittern beginnt, begreife ich, dass es die Berührung ist, die das mit ihr macht. Ich. Sofort lasse ich sie los. Etwas in ihrem Blick hat sich verändert. Sie verschließt eine unsichtbare Tür direkt zwischen uns. Sie ist stählern und besitzt kein Schloss auf meiner Seite.

„Bitte, Jess", flüstere ich. „Sprich mit mir. Wie konnte das passieren? Gibt es einen anderen?" Meine Frage ist ein Messer in meiner eigenen Brust.

Ruckartig blickt sie auf. Mir direkt in die Augen. „Nein."

Für den Bruchteil einer Sekunde weiß ich, irgendwo in ihr gibt es immer noch mich.

„Seit wann?"

„Seit einem Jahr." Sie sieht so müde aus, als hätte sie seither kein Auge zugetan.

„Was kann ich tun, um dich zurückzubekommen? Ich tue alles, Jess. Alles."

„Du kannst nichts tun", bringt sie mit Mühe hervor. „Und ich auch nicht", fügt sie kaum hörbar hinzu. „Manche Chancen bekommt man nur einmal im Leben."

„Das stimmt nicht, Jess. Verdammt, sprich mit mir! Wir finden eine Lösung."

Die Tür bleibt verrammelt. „Gib dir Zeit, Cem. Okay? Gib dir Zeit, und du wirst einen Weg finden, damit umzugehen. Und wenn du bereit bist, dann melde dich. Ich bin für dich da."

Fassungslos starre ich sie an. „Du kannst doch nicht so gehen."

Die Tasche in ihrer Hand, bewegt sie sich so langsam rückwärts zur Tür, als müsse sie sich mein Gesicht einprägen, um sich auch morgen noch daran erinnern zu können. Als stünde mein Bild nicht mehr auf ihrem Nachttisch.

„Jess!"

Mit zitternden Lippen wirft sie mir einen letzten Blick zu, ehe sie auch hinter der sichtbaren Tür verschwindet und mich allein zurücklässt auf diesem grässlichen Schlachtfeld. Und plötzlich begreife ich es: Mein Bild steht tatsächlich nicht mehr auf ihrem Nachttisch.

Kapitel 6

WÄHREND ich auf der Terrasse das Geschirr einsammle, blicke ich immer wieder auf den Strandkorb und die große Palme, die gemeinsam mit sechzehn Monaten und zwei Tragödien aus Cems Gedächtnis gelöscht wurden. Er hat sie mir geschenkt, als ich mich nach meinem Unfall nicht aus dieser Stadt traute, aus der wir zuvor so oft gemeinsam mit Mercy verschwunden waren. Dann blicke ich durch die hohe Fensterfront auf die beiden ihm so vertrauten Bereiche – auf den taubenblauen mit Bücherregalen, Sesseln und Bänken und den strahlend roten mit ein paar Spielen, den gemütlichen Stühlen und dem Sofa. Wie oft mich das Bedürfnis überkommt, mit den Fingerkuppen über die Farben zu fahren, als könne ich dadurch in die Zeit zurückreisen, in der wir noch nachts im Bett aufgeregt Pläne schmiedeten, tagsüber zu dritt mit lachenden Gesichtern alles neu strichen und ausgelassen feierten, als ich Teilhaberin wurde … Ich wünschte, ich könnte die Gefühle, die an glückseligen Erinnerungen wie diesen kleben, mit Stacheldraht einzäunen wie wilde Tiere, um ihnen nicht ständig so schmerzlich nahezukommen.

Im Hineingehen streift mein Blick die Buchstaben über der Glasfront. *Zwei Leben, Terrasse, Bar* – es ist verrückt, dass der Name sogar uns überlebt hat.

Während ich die nächsten Getränke mache, kann ich meinen Blick wie so oft seit der Nacht auf dem Lousberg kaum von der Tafel an der Tür losreißen, auf der wir mal Neuigkeiten, mal einen Spruch oder eine Zeichnung hinterlassen. Je länger ich sie betrachte, desto mehr glaube ich, es durch die Ankündigung der Himbeer-Tiramisu-Torte schimmern zu sehen, als hätte niemand von uns es je ganz wegwischen können: dieses Herz, das Cem nach wochenlangem Beinahe-

45

Schweigen zwischen uns darauf malte, während ich abends die letzten Tassen wegräumte. Noch jetzt kann ich sein trauriges Lächeln vor mir sehen. Und dann verschwand er.

Es waren diese beiden weißen, sich in der Mitte des finsteren Schwarz treffenden Kreidebögen, die mich für einen Moment noch einmal alles, wirklich alles fühlen ließen. Ein paar Sekunden lang starrte ich nur auf das Symbol, das für all das stand, was wir verloren hatten. Dann konnte ich mich nicht mehr auf den Beinen halten.

Kurz nachdem ich schluchzend hinter dem Tresen hinabgeglitten war, öffnete sich die Tür mit einem leisen Klingeln und wurde dann von innen abgeschlossen. Cem fand mich auf dem Boden, ertrinkend in einer Lache aus Tränen und unsichtbarem Herzblut.

„Ich kann es nicht ändern." Das Zittern seiner Lippen wurde in jedem einzelnen Wort hörbar. Und dass ich nicht wusste, ob er vom Unfall, dem Verlust unseres Kindes, seinem Verrat oder der trotz größter Bemühungen einfach nicht kleiner werdenden Liebe sprach, machte es nur noch schlimmer.

„Ich kann es nicht ändern" wisperte auch ich.

An diesem Abend gelang es uns irgendwie, so sehr gemeinsam zu verzweifeln, dass wir uns ein winziges Stückchen weniger einsam fühlten.

Ich hörte nicht auf, ihn zu lieben. Aber ich bemühte mich jeden einzelnen Tag, damit die Liebe einen anderen Weg gehen konnte – den der Freundschaft.

Auch jetzt stehe ich hier und weiß, dass Liebe nicht aufhört, nur weil wir sie darum anflehen. Liebe ist gnadenlos. Sie ist stur und manchmal auch hinterhältig. Sie springt in den unmöglichsten Momenten aus ihrem Versteck hervor und verrät dich an das Leben und einen anderen Menschen, der von da an über dein Glück und Unglück mitbestimmen darf. Auf gewisse Weise ist Liebe ein äußerst krankes Gebilde.

„Hey, alles okay?"

Ich schrecke herum und fege dabei scheppernd den leeren Ausgießer vom Tresen. Emre hebt entschuldigend die Hände, soweit er das mit den ganzen dreckigen Kuchentellern darauf kann.

„Ja, alles gut", lüge ich und bücke mich hastig nach dem Metallbecher.

„Hast du noch mal mit ihm gesprochen?"

Ich schüttle den Kopf. „Warst du wieder da?"

„Ja."

Ich war mir beinahe sicher. Emres Blick ist ein anderer, wenn er aus dem Krankenhaus kommt. Das erste Mal, nachdem auch er Cem besuchen konnte, hat er den ganzen Tag kein Wort gesprochen, solange er nicht gezwungen war. Als hätten Cems Stille und Leere von ihm Besitz ergriffen.

„Es ist anders als nach dem Unfall damals", beginnt er nun zögerlich. „Da hat er wenigstens noch versucht, irgendetwas zu sagen. Aber jetzt öffnet sich manchmal sein Mund, als wolle er sprechen, und dann schließt er sich wieder, als wären einfach keine Worte mehr übrig."

Ausgeraubt.

„Redest du mit ihm?", will ich wissen.

„Ich rede auf ihn ein", erwidert er mit einem traurigen Lächeln.

„Das ist gut", flüstere ich.

Es war Emres Auto, in dem ich bei meinem Unfall saß. Niemand hat in den Wochen danach so viel mit mir gesprochen wie er. Es waren keine tiefschürfenden Dinge, nicht einmal wichtige. Einfach nur Dinge. Es war genau das, was ich brauchte. Manchmal rettet uns die Banalität über die so gar nicht banale Grausamkeit des Lebens. Als wehe an all dem Chaos ein bisschen Alltag vorbei und steige uns in die Nase, um zu bezeugen, dass es ihn noch gibt. Theoretisch auch für uns.

Ich habe lange gedacht, Emre täte das nur für Cem, ein Ersatzmann für den, der vorübergehend ausgefallen war. Irgendwann habe ich begriffen, dass wir uns näher standen als gedacht. Ich glaube, wir haben es beide erst bemerkt, als uns nichts anderes übrig blieb. Manchmal beschreitet eine tiefe Freundschaft die ungewöhnlichsten Wege.

Kapitel 7

CEM

ICH fühle mich, als hätte man die Teile zweier Puzzles gemischt und gewaltsam zu einem hässlichen, falschen Bild zusammengedrückt. Ich wurde verlassen. Und für mich ergibt es einfach keinen Sinn. Erinnerungen sind beschissen, denn während sich die einen einfach aus dem Staub machen, sind die, die bleiben, grausam und nicht weniger brutal als die Sorte Menschen, die einem Bein und Schädel zertrümmern.

Die Frau, die mich bei jedem Vorbeigehen mit den Fingerkuppen streifte, deren Atem mich in den Schlaf wiegte, der ich morgens Cappuccino inklusive Schwan machte, während sie Beine baumelnd auf der Arbeitsplatte saß, ist ohne jegliche Erklärung abgehauen. Ich habe die Frau verloren, die mich regelmäßig für Action-Filme ins Kino zerrte, während die anderen traurigen Kerle mit ihren Freundinnen in irgendwelche Schnulzen mussten, und die mich durch eine verschlafene pantomimische Darbietung dessen, was sie zum Frühstück will, zum Lachen brachte, bis ich Tränen in den Augen hatte. Wen sie vor über einem Jahr verlassen hat, weiß ich nicht, wüsste ich zu gern, fürchte ich zu erfahren.

Ich denke an die Fältchen auf ihrem Nasenrücken, wenn sie lacht. Dass sie immer ihre Zehennägel lackiert, aber nie die Geduld hat, das zu entfernen, was sie grundsätzlich über die Ränder malt. Tagelang sind da diese Spuren von Nagellack auf der Haut ihrer Zehen. Es ist wie mit diesem Milchschaum-Schwan, für den sie nie die nötige Ruhe hatte.

Ich denke daran, dass sie aus einem sogar für sie nicht ersichtlichen Grund unter der Dusche regelmäßig beginnt, Lieder aus Opern oder Musicals zu singen, was sie sonst nie tut. Mir fällt ein, wie sie backt, isst, genießt … Und auch, wie es mich genervt hat, dass morgens grundsätzlich dreckige Socken im Bett lagen, weil sie sie abends erst dort auszog. Und dass ich sie die paar Male dort habe liegen lassen, die sie nicht im gleichen Bett schlief wie ich. Nur um am Morgen wenigstens ihre Socken zu finden.

So viele Details, die an ihr, an diesem einen Menschen, kleben wie bunte, süße Gummibärchen an einem Lebkuchenhaus. Bei dem Gedanken an knittrige Socken, die von nun an zwischen zerwühlter Bettwäsche fehlen, könnte ich das ganze Gebäude zusammenbrüllen. Die Frage, ob ich sie noch geliebt habe vor dieser Nacht, muss ich mir nicht stellen. Denn etwas in mir hat darauf nur eine Antwort: *Diese Liebe reicht für mehrere Leben.* Nur bringt mich das einen Scheiß weiter.

Ich würde ja gern auf die Zeit setzen, um alles zu verstehen. Doch Zeit, etwas, woran Menschen durch Kalender und einen Blick auf die Uhr Halt suchen, ist plötzlich eine verstörende Komponente in der Gleichung meines beschissenen Lebens geworden. Wenn ich schlafe, ziehen sich einzelne bedeutungsschwere Sekunden endlos in die Länge, um mich ihnen brutal zu unterwerfen und mich daran zu erinnern, was ich falsch gemacht habe. Oft bestehen diese Träume aus dem Moment, als ich an der Unfallstelle ankam und mit Jess' Namen auch meinen Lebenswillen hinausbrüllte, sodass das nächste Auto ihn unter seinen Reifen zerquetschen konnte. Manchmal sind es Jess' heiserer, zögernd ausgesprochener Satz *Ich bin schwanger* und meine erste Überforderung.

Andere Traumbrocken sind so zusammengequetscht wie diese Karosserie, aus der Jess geschleudert wurde. Als hätte man unzählige Erinnerungen in ein paar mickrige Sekunden pressen wollen. Wenn ich dann aufwache, kann ich ihr Lachen noch hören, ich kann ihre Haut noch unter meinen Händen spüren, ich kann ihre wildesten Küsse schmecken, weiß, wie sie riecht, wenn sie in der Sonne lag, in meinem Kopf spielt noch die Musik, zu der sie tanzt. Ich höre ihre schnellen Schritte neben mir auf dem Kies oder fühle ihre Finger, die sich zwischen meine schmiegen.

Und dann … ist sie weg. Von einer Erinnerung auf ein Liderheben. Weg. Dann klebt an allem der Dreck des Verlusts, dann ist nicht nur

Jess', sondern auch Lucies Fehlen so gnadenlos real, dass ich die Erinnerungen an das Glück bis zur Unkenntlichkeit in Stücke zertrümmern will.

Nach einem der grauenvollsten Träume tue ich an einem Nachmittag etwas, was ich mir bis dahin verboten habe: Ich suche im Internet nach Antworten auf meine Fragen an eine beinahe anderthalb Jahre zurückliegende Nacht Anfang Januar.

Tatsächlich gibt es Zeitungsberichte. Einige. Doch sobald ich den ersten nur überfliege, wird mir schlecht – der Schuldige fuhr an einer Kreuzung über eine rote Ampel, war bereits am frühen Abend betrunken, Gurt aus der Halterung gerissen, Materialfehler, eine schwangere Frau hinausgeschleudert und lebensbedrohlich verletzt. Ich starre das Foto des auf der Seite liegenden Autos an, von schräg vorne eingedrückt wie eine unglücklich aus dem obersten Regal gestürzte Konserve. Wie in meinen Erinnerungen ist alles voller Rettungshelfer, Polizei, Feuerwehr, Absperrband.

Das Grauen wurde gut dokumentiert. Es gibt eine Fotostrecke. Ich werde sie nicht öffnen. Bereits das einzelne Bild auf dem Display zittert. Doch das in meinem Kopf ist stechend scharf gestellt. Ihren brennenden Namen auf meinen Lippen, sehe ich mich am Absperrband stehen. *Jess!* Ich sehe mich von oben, wie es Menschen bei einer Nahtoderfahrung tun sollen. *Lassen Sie mich durch! Jess!* Ja, an diesem Tag ist nicht nur Lucie gestorben.

Krach! Das Handy hält dem Aufprall an der Wand nicht stand, zersprungen in zig Einzelteile stürzt es wie niedergeprügelt auf das Linoleum hinab. Fassungslos starre ich auf Akku, Hülle und das von Rissen durchzogene Display.

Ach du Scheiße!

Unsicher schließt sich meine vor Adrenalin bebende Hand um die Stange des Nachttischs. Sobald ich das Bein von der Erhöhung nehme, randaliert es laut pochend, mir ist so schwindelig, dass das Tischchen ins Taumeln gerät. Noch ehe ich den gesunden Fuß aufstellen kann, um nicht so beschissen ausgeliefert zu stürzen, wie es das Schwarz vor meinen Augen ankündigt, öffnet sich die Tür.

„Warten Sie!" Die Schritte meines Bettnachbarn. Dann klärt sich langsam das Bild. Er hastet zu den am Boden verstreuten Handyresten.

„Lassen Sie es liegen!", entfährt es mir scharf, während die Welt nicht aufhört, sich übelerregend zu drehen.

Ruckartig schaut der Mann auf. Beim Anblick seines erschrockenen Gesichtsausdrucks schäme ich mich zutiefst. Ich atme einmal die bittere, finstere Wut zurück bis tief in meine Brust. „Bitte", presse ich dann beherrschter hervor. „Lassen Sie es bitte liegen."

Unschlüssig steht er dort zwischen meinen Einzelteilen und denen des Handys. „Soll ich jemanden rufen?", fragt er dann.

Wie gern würde ich ihn wieder anbrüllen. Noch lieber würde ich auch noch etwas nach ihm schmeißen, weil sein Blick auf mitleidigste Art *Wehrlos* murmelt. Also schüttle ich vorsichtshalber nur den Kopf und lasse mich zurücksinken, um ihm nicht auch noch bestätigend vor die Füße zu kotzen. Dann drehe ich mich weg. Ich ertrage es nicht mehr, so angesehen zu werden.

Es dauert eine Ewigkeit, ehe ich seine sich wieder entfernenden Schritte höre. Ich wünschte, ich könnte schlafen, mich einfach ausklinken aus dieser Hölle, doch ich will die Bilder nicht sehen, die auf der Innenseite meiner Lider auf ihre Chance lauern.

Jess!, hallt es noch immer in mir nach. Wäre ich damals pünktlich gewesen, so früh wie verabredet, wäre sie nicht allein in Emres Auto, sondern mit mir zusammen in Mercy gefahren …

Was würde ich geben für eine verfluchte zweite Chance. Doch ich kann nicht zurück. Nicht einmal ans Absperrband darf ich, in den Moment, da mein gesamtes Leben zu bröckeln begann und ich in der Nacht Lucie und dann auch Jess verlor.

Kapitel 8

ZITTERND umschließt meine Hand das Telefon. Alle fröhlichen Stimmen, jedes Gläserklirren, Löffelklackern, Bohnenmahlen erlischt unter dem Anblick der unbekannten Nummer.

„Jess Berger?", melde ich mich.

„Ist das eine Frage?"

Erleichtert schließe ich die Augen, während meine Seele in der geliebten Stimme badet, die ich seit wenigen und doch zu vielen Tagen nicht mehr gehört habe.

Ist das eine Frage? Bin ich es noch? Bin ich da? „Nein."

Ist das eine Antwort auf seine oder auf meine Frage? Meine Stimme ist belegt, als hätte sie so eine Ahnung. Sie klingt nicht nach mir. „Alles okay?", frage ich.

Er muss nicht so lange überlegen wie ich. „Nein."

„Kann ich irgendetwas tun? Brauchst du etwas?"

„Ja."

In der kurzen Stille bilde ich mir ein, ein womöglich gar nicht da gewesenes *Dich* zu hören. Es ist kaum zu ertragen.

„Ich brauche ein paar Antworten von dir."

„Was für Antworten?"

„Sag, dass du dich getrennt hast", bittet er. „Sag wenigstens, dass du dich getrennt hast."

Eine Weile starre ich an die Tafel, auf der einst ein weißes, verzweifeltes Herz prangte. Dann nicke ich wie in Trance. „Ja", krächze ich, „ich habe mich getrennt."

„Wieso? Ich brauche echt diese Antwort, Jess. Ich habe doch das Recht zu wissen, warum ich nicht mehr mit der Frau zusammen bin, die jeden Tag mein verdammtes Herz auffrisst, wenn ich nur an sie denke."

Ich klemme die Lippen zwischen die Zähne und presse sie so fest aufeinander, bis mich der körperliche Schmerz wenigstens einen Bruchteil von dem in mir ablenkt. *Du frisst mein Herz auf, wenn ich nur an dich denke* ... Das habe ich damals zu ihm gesagt, als er für drei Tage ohne mich auf einer Messe war, weil ich frisch schwanger war und sich in ihm nach dem ersten Zweifel plötzlich ein unbändiger Beschützerinstinkt breitmachte.

Ihr fresst mein Herz auf, wenn ich nur an euch denke, hatte er zärtlich geantwortet, und das hörbare Lächeln war ohne Umwege in mein Herz gekrabbelt, um auch noch von innen ein wenig daran zu nagen. Aber es tat nicht weh. Es fühlte sich genauso an, als wenn er sanft an meiner Schulter knabberte, weil er mich zu sehr liebte, um nicht ein Stück von mir mit sich herumzutragen, wie er sagte.

Das ist so unendlich lange her.

„Es hat nicht mehr funktioniert. Nach dem Unfall damals ... haben wir nicht mehr funktioniert."

„Das kann nicht dein Ernst sein, Jess!" Sein Zorn über meine Floskel ist unüberhörbar.

Er will mehr. Ich verstehe das auch. Ich bin die Einzige, die ihm das theoretisch geben kann. Aber praktisch kann ich es nicht. Wenn ich an damals denke, an die Trennung, die Zeit davor und danach, dann fühle ich mich nichts als versteinert und zu verbarrikadiert, um aus der einstigen Realität heutige Worte zu formen. Nicht einmal ich komme da rein. Wie sollte ich dann ihn reinlassen?

Am nächsten Tag ruft er früh am Morgen an. Er klingt verstört. „Wo wohne ich?", will er wissen. „Auf meinem Ausweis steht die alte Adresse."

„Du wohnst noch in der alten Wohnung. Du ... du wolltest nicht raus." Für mich hingegen fühlte es sich an wie das Leben in einem Schrein für das, was wir einst waren.

„Und ... wo wohnst du?"

„Über dem Café."

„Im Büro?" Er klingt irritiert.

„Die ersten Tage ja." Nie werde ich vergessen, wie ich zwischen Schreibtisch und Sessel auf dem Boden lag, meine Decke unter, ein großes Handtuch über mir, und glaubte, an dem *Nicht mehr* nun endgültig zu sterben.

Meine Augen brennen. Ich schlucke. Noch einmal. Dann kann ich irgendwie sprechen. „Es gibt eine kleine Wohnung daneben. Sie ist frei geworden, als ich ausgezogen bin."

„Kenne ich sie?" Seine Stimme ist rau.

„Ja."

„Gut", erwidert er so leise, dass ich es beinahe nicht höre.

Er ruft jeden Tag an. Er stellt immer neue Fragen, und ich gebe ihm verstockte, einsilbige Antworten, von denen ich wünschte, sie verbündeten sich mit Cems Fragen zu fließenden, geradezu ausufernden Dialogen. Aber nun sind wir nicht nur die Jess und der Cem, die nach dem Unfall nicht mehr miteinander über das sprechen konnten, was passiert war. Nun sind wir Jess, vom Leben noch eine Katastrophe weiter geschleudert, und Cem, zurückgespult. Er will reden, ich kann es weniger denn je, weil wir an zwei Enden unserer Geschichte gestrandet sind, und der einzige Zeitraum, der eine Brücke darstellt, ist nur noch von mir begehbar. Doch ich will dort nicht drauf. Nie wieder.

Die Angst, dass es, wenn er alles erfährt, zwischen uns so wird wie nach dem Unfall, lähmt mich noch zusätzlich. Er ist wieder er, und wie er damals reagiert hat, weiß ich noch zu gut.

Manche seiner Fragen wirken im ersten Moment beinahe banal. „Bin ich noch gejoggt?", „Weißt du, welche Strecke ich am Ende immer gelaufen bin?", „Hast du eine Ahnung, welche Serie ich in letzter Zeit geguckt habe?", „Gibt es neue Lieder, die ich mag?"

Er sammelt jedes noch so kleine Mosaikstückchen Cem, und genau diese Fragen zeigen mir, wie reich Alltäglichkeiten unser Leben machen, aus wie vielen scheinbar unbedeutenden Einzelheiten unserer Vergangenheit wir in der Gegenwart bestehen. Also beantworte ich ihm jede so genau wie möglich. Und die Antworten führen mir noch etwas vor Augen: Immer noch bin ich so verwoben mit seinem Leben, wie er mit meinem verwoben ist. Etwas daran beruhigt ihn. Etwas daran beruhigt auch mich.

Cem und ich, wir waren etwas Besonderes.

Andere Fragen stellen mich vor ein größeres Problem. Nicht, weil mein Kopf die Antworten nicht kennt – ich weiß, wie lange ich nach dem Unfall wegen meiner Verletzungen im Krankenhaus lag, und ich kann auch abrufen, wann genau wir uns wieso getrennt haben. Aber ich bekomme all diese Erinnerungen mir selbst nicht recht zugeordnet, und mein Herz verfällt in eine derartige Panikstarre, sobald die Sprache darauf kommt, dass nur einsilbiges Stammeln über meine Lippen findet. Wenn überhaupt. Ihn macht das wütend, mich macht es hilflos.

Ja. Cem und ich … Wir waren einmal etwas Besonderes.

Kapitel 9

CEM

MEINE Mutter kommt jeden Tag vorbei, obwohl sie genügend andere Dinge zu tun hat. Nicht nur einmal sind ihre Augen gerötet. Doch etwas anderes ist schlimmer: In ihrem Blick liegt ein mir bis jetzt unbekanntes Misstrauen. Sie scheint ununterbrochen in Alarmbereitschaft, als balancierte ich zwischen zwei Wolkenkratzern und sie müsste rechtzeitig die Sicherheitsleine packen, sollte ich abrutschen. Einmal ein Opfer, traut mir niemand mehr zu, selbst meine verfluchte Sicherheitsleine ziehen zu können.

„Kannst du mal aufhören, mich so anzugucken?", fahre ich sie an einem besonders beschissenen Tag an und presse dann stöhnend Daumen und Zeigefinger auf die Augen. Nicht einmal, als ich durch die dreckigsten Sümpfe meiner Pubertät gerobbt bin, hätte ich so mit ihr geredet. Dieser elende Kriegsschauplatz, in dem ich Tag für Tag von für andere unhörbaren Bombeneinschlägen erwache, ist schlimmer als jeder hormonelle Super-GAU.

Auch Emre kommt beinahe jeden Tag. Ich schaffe es nicht, auf seine Monologe zu reagieren, und aus einem vermutlich bescheuerten Grund frage ich ihn auch nicht nach Jess und mir und schon gar nicht danach, wieso wir nicht mehr zusammen sind. Doch Emre ist seit der fünften Klasse und damit seit einundzwanzig Jahren Teil meines Lebens, und seine ruhige, vertraute Stimme zu hören, statt mich allein der Stille zu unterwerfen, verschont mich vor dem endgültigen inneren Amoklauf.

Meistens erzählt er etwas über die Neuerungen im *Zwei Leben, Terrasse, Bar*, als wolle er mich nach jahrzehntelanger Einzelhaft darauf vorbereiten, dass nun jeder einen Farbfernseher zu Hause hat und Menschen mit Kopfhörern im Ohr meistens nicht mit sich selbst sprechen, auch wenn sie allein unterwegs sind.

„Wir haben jetzt auch sonntags geöffnet und jeden Tag bis neun statt bis acht. Dafür haben wir zwei Aushilfen, die manchmal einspringen. Gerade denken wir aber darüber nach, den Sonntag wieder zu streichen – Jess weigert sich noch."

Ihr Name ist ein Axthieb in eine Kerbe voller Leere. Emre hat mein lächerliches Zucken vermutlich gesehen, doch er spricht ungerührt weiter.

„Draußen hängen seit letztem Sommer diese ganzen Lichterketten unter den Schirmen, und auch, wenn ich es ihr gegenüber niemals zugeben würde, hat Jess ein Händchen für so einen Deko-Kram."

Immer wieder streift Emre Jess in seinen Erzählungen, als gehöre sie halt einfach zum Leben dazu. Das ist auf der einen Seite beruhigend. Auf der anderen Seite gehöre ich selbst nicht mehr dazu, weder zu ihrem noch zu meinem Leben. Dort gibt es nur noch Jess und Emre, und vielleicht streifen nicht nur seine Erzählungen sie. Vielleicht sind es manchmal sein Ellenbogen, manchmal die Spitze seines Zeigefingers, die sie streifen, wenn sie ständig zusammen sind. Kurz muss ich mich zusammenreißen, um meinem besten Freund nicht meine Faust gegen die Nase zu rammen.

„Ich habe Mercy abgeholt, reparieren lassen und nicht weit von deiner Wohnung geparkt."

Überrumpelt blicke ich auf. „Wieso reparieren lassen?"

Emres Augen werden ein winziges Stück schmaler. Wäre ich nicht so ein armseliger Feigling, der sich erst nicht zu wehren wusste und jetzt nicht einmal den Polizeibericht liest, würde ich die Antwort vermutlich kennen.

„Die Scheibe am Beifahrersitz war kaputt, und es gab eine Delle an der Seite", erklärt Emre dann, ohne weitere Fragen zu stellen.

Ich atme ein paarmal tief durch, um ruhig zu bleiben. Schon klar, die ständig in mir hochbrodelnde Aggression ist komplett überzogen. Und doch wünschte ich, dass wenigstens Mercy ein Stück Heimat wäre, das nicht in Trümmern lag.

Kanake.

Kein verfluchtes Atmen dieser Welt hilft mir an diesem Abend runterzukommen. Manchmal führt ein Fünkchen Mut wie das, das man braucht, um einen Polizeibericht zu lesen, zu nichts als einem lodernden Feuer aus Angst und Scham und Zorn.

Man hat auf mich gepinkelt.

Man hat mich *Kanake* genannt, mir mein Bein, mein Gesicht und meine Würde zertreten und auf mich gepinkelt.

Ich habe nicht darüber nachgedacht, dass ein dreckiger Nazi für die ganze Scheiße verantwortlich sein könnte. Vielleicht wollte ich es nicht, weil es alles noch kranker erscheinen lässt.

Kurz nachdem ich in den Schlaf gefunden habe, reißt mir etwas wieder die Lider auf. Bestialischer Uringestank steigt mir in die Nase, er klebt überall, in meinen zigmal gewaschenen Haaren und der Kleidung an meinem Leib, die niemals mit Nazi-Pisse getränkt wurde. Doch sie scheint so tief in die Haut gesickert zu sein, dass ich sie auch mit Stahlwolle nicht aus meinen Poren kratzen könnte. Hektisch reiße ich mir das T-Shirt über den Kopf und schmeiße es ans Bettende, der ekelerregende Gestank bleibt. Mir wird speiübel, meine Faust hämmert auf den Notrufknopf.

„Alles okay?", fragt eine Schwester kurz darauf.

Gerade noch kann sie mir eine Nierenschale geben, ehe ich meinen Mageninhalt hineinwürge und mich dann, die Hände vor das Gesicht geschlagen, beschämt in das Kissen zurücksinken lasse. Mein Schädel hämmert vor Anstrengung und von dieser Art Leben.

„Kann ich etwas für Sie tun?", fragt sie sanft. „Soll ich Ihnen etwas Wasser eingießen oder Ihnen etwas holen?"

Ich schüttle den Kopf. Ihr Mitleid baut meiner Hilflosigkeit nur noch einen beschissenen Thron.

„Brauchen Sie andere Kleidung?"

Meine Fingerkuppen graben sich tief in meine Stirn. „Können Sie mich bitte einfach allein lassen?", flüstere ich, um nicht zu brüllen.

„Klingeln Sie, wenn Sie etwas brauchen."

Aus jeder Bewegung würde jetzt ein Schrei. Ich kann nicht einmal mehr nicken.

Und dann steht da gut zwei Wochen nach meinem Erwachen plötzlich jemand vor mir und sagt, ich solle tatsächlich wieder beginnen, in die Welt zu ziehen. Als wäre ich ein heroischer Krieger und kein zerfetztes Kanonenfutter. Sie heißt Anna, sagt sie. Sie ist Physiotherapeutin, sagt sie. Mit ihrer Unterstützung werde ich es bestimmt schaffen, bald wieder allein zu laufen, sagt sie.

Einen Scheiß werde ich!

Ich bin nicht doof. Natürlich weiß auch ich, dass ich mich wieder bewegen muss. Dass ich wieder arbeiten, einkaufen, Treppen steigen, Kisten schleppen, ja, so etwas wie leben muss. Doch ich weiß, verflucht noch mal, nicht, wo ich hingehen soll, wenn ich es wieder kann.

Das ist der Moment, in dem mir aufgeht, dass ich heulen sollte, der Gedanke aber sofort wieder im Nichts verhallt. Ich werde nur leiser, stummer, tauber. Ich ertrinke nur immer mehr unter der Oberfläche dieser abgewrackten Version eines Fremden, der mich sich unterworfen hat, während mich alle noch Cem nennen. Den Namen sollte ein dreckiges Grinsen begleiten.

Anna, die Physiotherapeutin mit den vorgetäuschten Superkräften, steht da mit diesem schrecklich verständnisvollen Lächeln und diesem elenden Gehwagen.

„Kommen Sie schon", flötet sie furchtbar aufmunternd. „Sie sind jung, Sie haben regelmäßig Sport gemacht. Und sobald Ihr Gleichgewichtssinn mitspielt, steigen Sie im Nullkommanichts auf Krücken um, bis Sie wieder ohne Hilfe in der Welt herumlaufen. Erobern Sie sich Ihr Leben zurück", feuert Anna mich an.

Das Problem ist: Ich bin ein verlassener Nicht-Vater, dem ins Gesicht gepinkelt wurde. Ich will, verdammt noch mal, nicht in dieses Scheißleben zurück. Ich will nicht in diese kranke Welt, in der man jemanden wegen seiner Hautfarbe anpisst.

Ich will joggen, so schnell, dass ich an einem windstillen Tag die Luft auf meinem Gesicht spüren kann, anstatt mich wie ein alter Mann auf dieses Gerät zu stützen in der Hoffnung auf beschissene Krücken. Ich will, dass dann Jess neben mir herläuft und wir uns gegenseitig aufziehen, wenn einer nicht in Bestform ist. Ich will schlafen, als hätten weder das Leben noch ein kranker Bastard mich mit Füßen getreten.

„Nein, danke", zische ich. Ich werde heute echt nicht aufstehen.

Kapitel 10

JESS

Zu laufen hieß für mich seit dem Autounfall, mit Tausenden schnellen Schritten mein Herz so zum Trommeln zu bringen, dass ich wenigstens nicht mehr leugnen konnte, dass mein Körper noch irgendwie lebendig war.

Nun sind meine Schritte gefesselt von Angst. Jedes Knacken kleinster Äste, das leiseste Rascheln eines trockenen Blattes drosseln mein Tempo. Und noch etwas hält mich stramm an der Leine. Ich kann noch laufen, Cem nicht.

Als ich hinüber zu Mercy rannte und seine Schritte nicht hinter mir erklungen sind, hätte ich es doch begreifen müssen. Wenn ich nach einem Stock gesucht und zugeschlagen hätte, hätten wir dann nicht beide fliehen, uns verstecken können? Hätte unsere Angst ihnen genügt, hätten sie aus der Ferne hinter uns und unseren panisch hämmernden Herzen her gelacht?

Oder wären Cem und ich am Ende gemeinsam dort oben gestorben? Vielleicht Hand in Hand – weil manche noch so gigantischen Weltuntergänge das große Ende vor Augen keine Bedeutung mehr besitzen?

Aus dem Nichts schießt jemand neben mir aus dem Gebüsch. Mit einem Aufschrei reiße ich schützend die Arme über meinen Kopf. Mein potenzieller Angreifer bleibt ruckartig stehen, um sich im nächsten Moment nicht weniger laut schreiend als eben noch ich in die Arme seines Vaters zu stürzen. Langsam richte ich mich wieder auf und werfe dem blonden Mann einen zutiefst beschämten und entschuldigenden Blick zu. Erstaunlicherweise schenkt er mir ein mitfühlendes Lächeln, während er seinen kleinen Sohn an sich drückt, behutsam hin- und herwiegt und ihm wohl Zauberformeln der

Vaterliebe ins Ohr murmelt. Der Kleine beruhigt sich langsam, ich bebe noch immer am ganzen Leib.

Wegen eines Kindes. Ich fühle mich so erbärmlich.

Wo ist die echte Jess, die Frau, die auch nach dem Unfall noch spät abends allein durch den Park joggte? Wo ist die Jess, die sich vor keinem Geräusch fürchtete, schon gar nicht vor dem Knacken eines Stocks, auf den sie selbst getreten ist?

Zum ersten Mal bin ich seit dem Überfall wieder in einem Park. Es ist wohl auch das letzte Mal.

Ich drehe den Griff des Hahns bis zum Anschlag nach rechts und erschaudere prustend. Eiskalt strömt das Wasser über meine Haut, damit ich mich irgendwie spüre unter all dem *Nicht mehr*. Es ist zu wenig. Also drehe ich das Wasser ab, lehne die Stirn gegen die kalten Fliesen und warte, bis ich zittere. Doch heute bleibt auch der leiseste Anflug von Lebendigkeit aus.

Ich steige aus der niedrigen Wanne und weiche meinem Spiegelbild aus. In Cems Nähe habe ich mir früher nie viele Gedanken um mein Äußeres gemacht. Tatsächlich hat er mich immer so angesehen, als glaubte er weiterhin, dass jede meiner Sommersprossen genau am richtigen Fleck sitzt. Immer. Bis zu diesem Unfall, bis ich auch in seinen Augen keine echte Frau mehr war.

Das Klingeln meines Handys reißt mich aus meinen Gedanken. Als ich sehe, wessen Nummer aufleuchtet, dreht sich mir der Magen um. *Emine.*

„Hallo?"

„Hallo, Liebes. Tut mir leid, dass ich dich störe."

Ich atme auf. Es ist nichts passiert. Sie klingt ein wenig verunsichert, doch nicht aufgebracht, nicht einmal überfordert wie am Tag von Cems Erwachen.

„Kein Problem. Was ist denn los?"

„Cem hat in den letzten zwei Tagen die Physiotherapie abgelehnt. Er weigert sich, wieder zu laufen. Ich habe so lange auf ihn eingeredet, aber ich glaube, dass nur du ihn dazu bringen kannst, wieder gehen zu wollen."

„Ich …" Ich verstumme. Vor gar nicht langer Zeit habe ich behauptet, dass ich für ihn da bin. Jetzt einen Rückzieher zu machen, hieße, noch einen Teil von mir aufzugeben. Den mit der Loyalität und der Freundschaft.

„Wann ist die Physio?", krächze ich.

„Um drei." Es klingt, als müsse sie sich dafür entschuldigen.

„Okay, ich bin da."

„Ich weiß, dass dir das alles nicht leichtfällt mit dem Krankenhaus und ihn so zu sehen nach allem."

Nicht leichtfallen klingt in diesem Fall wie *ein bisschen tot* bei einer Obduktion. Aber ich will nicht wissen, wie es für sie ist, ihren Sohn bereits zum zweiten Mal am Boden zu sehen, nachdem sie bereits so oft versucht hat, ihren Mann auf die Füße zu ziehen.

„Wenn du reden willst …", beginnt sie zögernd.

„Ist schon okay", lüge ich eilig und schlucke tapfer. Kurz überlege ich, ob ich das Essen erwähnen soll, das sie vor meine Tür gestellt hat – drei große Gefrierbeutel voller mit Schafskäse und Kräutern gefüllter Poaça. Dann lasse ich es, weil ich sie nicht animieren will, es noch einmal zu tun, obwohl ich vier der Brötchen direkt nach Feierabend gegessen habe. Allein der Gedanke schmeckt zu sehr nach einem Leben, das nicht mehr meines ist.

Kapitel 11

CEM

Es klopft. Als die Tür nicht wie bei den Schwestern im nächsten Moment von allein auffliegt, gibt mein Bettnachbar ein „Herein" von sich. Innerlich wappne ich mich schon einmal für die nächste Runde im Nichts verlaufender Animationsversuche von Anna. Sie scheint ihre Strategie geändert zu haben: Sie ist zu früh.

Bereits im nächsten Moment steht jedoch die uneinnehmbare Festung im Zimmer, die mich genau hier vor anderthalb Wochen zurückgelassen hat, um dann jedes Mal am Telefon beinahe mundtot meine Fragen abzuwehren. Ich kann nur starren, während das Bedürfnis, sie zu küssen, zu meinem Ärger grausam übermächtig wird.

„Deine Mutter hat mich angerufen", sagt sie leise statt einer Begrüßung.

Sie ist nicht meinetwegen hier, schon gar nicht unseretwegen. Das Bedürfnis, sie zu küssen, verkrümelt sich in eine hintere Kerkerecke. Nein, ehrlich gesagt, schaut es noch ein ganzes Stück heraus. Es ist einfach zu groß, um so ganz in eine Ecke zu passen. „Aha."

„Du wirst da gleich rausgehen und dein Leben in die Hand nehmen, Cem." Bereits im nächsten Augenblick wirkt sie selbst überrascht über ihr ansatzweise resolutes Auftreten.

„Ach", mache ich übertrieben erstaunt und will sie mittlerweile so unbedingt küssen, dass der Wunsch mir ihren Namen quer in die Brust ritzt. In schnörkeligen Buchstaben *Jess forever*. So eine Scheiße. „Da steckt ja doch noch ein Funken Jess in dir."

„Was soll das denn heißen?"

„Dass du nicht mehr du bist, seit ich aufgewacht bin", entkommt es mir härter als geplant.

Sie duckt sich unter meinen Worten, sodass ich sie gleich bereue. Wenn Liebe einen verrückte Dinge tun lässt, lassen einen Trauer, Wut und Verzweiflung manchmal nur gemeine Dinge tun. Die ätzende Mischung ergibt dann wohl diesen Mist hier. Was weiß ich schon, wer sie ist? Was weiß ich schon, wer *ich* bin?

Ich atme einmal tief durch. „Ich werde das nicht tun."

„Wieso?" Sie redet leise. So Jess-untypisch leise. Und doch nicht *zu* leise. Der Gedanke ist seltsam. Und verwirrend.

Mit Daumen und Zeigefinger reibe ich mir über das eindeutig zu bärtige Kinn. „Interessante Frage. Vielleicht kann sich irgendein ätzender Teil von mir nicht fortbewegen, solange ich keine Ahnung habe, in welche Richtung ich laufen soll."

Jess mustert mich – schuldbewusst und stur. Aber stur kann ich auch.

„Glaubst du echt, du könntest hier reinplatzen und mir sagen, was ich zu tun habe? Du bist nicht einmal bereit, die Fragen zu beantworten, auf deren Antworten ich jedes Recht habe."

Sie senkt den Blick, doch ich kann nicht aufhören.

„Du machst quasi hier im Krankenhaus mit mir Schluss, ohne mir den Grund zu nennen. Scheiß auf *Es hat nicht mehr funktioniert.* Hast du mir diesen Müll damals auch erzählt? Ich glaube kaum, dass ich mich damit habe abwimmeln lassen. Und dann verschwindest du aus meinem Leben, um mir im nächsten Moment plötzlich Befehle zu erteilen? Wer, zur Hölle, bist du? Es ist ja schön, dass du mit uns abgeschlossen hast …"

Sie zuckt zusammen. Zuckt kaum sichtbar, aber so perfekt zusammen unter meinem verbalen Schlag, dass ich laut *Ha!* rufen will. Sie erzählt totalen Scheiß, wenn sie so tut, als müsse man sich an die Trennung nur gewöhnen wie an neue Schuhe, um sich an dem Gedanken, von nun an ohne den anderen zu sein, nicht wund zu scheuern.

„Aber ich habe nicht mit uns beiden abgeschlossen", fahre ich fort. „Und ich werde es vermutlich auch niemals so grandios wie du schaffen, wenn ich nicht endlich Antworten bekomme."

„Gib mir Zeit."

Weder der flehende Tonfall noch die Lautstärke klingen nach der Frau, die ich einst *Canım* nannte. Und ich will, verflucht noch mal, nicht fühlen, dass sie dennoch und vielleicht auch ein bisschen gerade deshalb so grauenhaft viel in mir anrichtet.

„*Du* hattest Zeit“, brülle ich über das Gefühl drüber. „*Ich* nicht. Man hat sie mir genauso hinterrücks gestohlen wie dich.“

Die Tür schwingt auf. Jess zuckt zurück. Als sie den Pfleger entdeckt, senkt sie beschämt den Blick.

Wer, zur Hölle, bist du?, will ich sie am liebsten noch einmal fragen, nur anders als eben. *Wo hast du die Frau gelassen, die brüllt wie ein Tiger, anstatt sich zu ducken wie ein Reh?*

„Können Sie bitte Ihre Lautstärke drosseln?“, sagt der Mann trotz der Wortwahl kein bisschen bittend. „Ihre Physiotherapie beginnt in fünf Minuten, und Sie sollten sie dieses Mal wirklich wahrnehmen, um bald mit der Reha beginnen zu können. Wir werden nicht ewig einen Platz für Sie freihalten.“

„Er ist gleich so weit.“

Der Pfleger verlässt das Zimmer mit einem letzten warnenden Blick, und ich starre Jess fassungslos an. Jetzt meint sie auch noch, für mich sprechen zu können?

„Nein, tue ich nicht“, knurre ich möglichst beherrscht.

„Doch.“ Ihr Kinn hebt sich, ihre Augen werden schmaler, als sie mich taxiert. Für einen Moment unternehme ich eine Zeitreise in unser Wohnzimmer, ehe ein zu langes Blinzeln ihr das alte Ich und mir das Zuhause-Gefühl wieder entreißt. „Denn wenn du es tust, bekommst du Antworten“, sagt sie leise.

In meiner Magengrube kitzelt es nervös. „Alle, die ich will?“

Ihr Ausatmen klingt, als wäre ich ihr mit meinem gesamten Gewicht auf den Fuß getreten. „Ich gebe sie dir nach und nach – alle, die ich dir gerade geben kann.“

Kurz denke ich nach, dann nicke ich, denn zwischen all der Scheiße hier will ich mir dieses elende Fünkchen Glauben daran bewahren, dass ich Jess immer noch vertrauen kann und ich meine Antworten bekommen werde, wenn sie es verspricht. Häppchenweise, aber bekommen. Eine Vergangenheit aus zweiter Hand ist besser als gar keine, oder?

Reha. Das Wort wird für so vieles gebraucht. Aber dass es nach einem Beinbruch und einem Schädel-Hirn-Trauma das durch den Fleischwolf gedrehte Herz sein kann, das am meisten rehabilitiert werden muss, liest man in keiner Broschüre.

Dennoch ist es für mich brutal, wieder mit dem Rest meines Körpers klarzukommen und dabei ausgerechnet von Jess beobachtet zu werden. Immer besaß ich ein so gutes Körpergefühl, bis zu dem Überfall gab es kaum einen Tag, an dem ich keinen Sport gemacht habe. Doch mir war nie bewusst, wie schwer mein Körper eigentlich ist, ehe ich ihn nun zum ersten Mal nach Wochen der Bewegungspause mithilfe dieses ätzenden Gehwagens herumschleppen muss, um mein Bein auf diese Weise zu entlasten. Die Unterarme auf das hohe Gefährt gestützt, um nicht ein weiteres Mal gedemütigt am Boden zu liegen, wenn der Schwindel stärker wird als ich, erkämpfe ich mir nun Schritte statt Kilometer.

„Läufst du noch?" Irgendwie hoffe ich, sie sagt Nein.

Sie blickt mir nicht in die Augen. „Bis vor Kurzem ja. Ich habe den Vorteil, dass mir dafür zwei gesunde Beine zur Verfügung stehen." Ihr Blick zuckt zu mir hoch. Sie schnappt nach Luft, als klebten die richtigen Worte an den zu spärlich gesäten Sauerstoffpartikeln um sie herum.

Und ich? Muss zum ersten Mal seit meinem Erwachen lachen. Sehr leise, sehr unerwartet, aber lachen. Den Spruch hätte die Jess von damals auch gebracht. Und ich bin ihr erstaunlich dankbar für die schonungslose Behandlung. Ein Lachen, sei es auch noch so mickrig, ist mein Körper jedoch nicht mehr gewohnt. Kurz gerate ich aus dem Gleichgewicht.

„Fuck!" Am liebsten würde ich das Gestell an der Wand zertrümmern wie neulich mein Handy.

Ich reiße mich aus Jess' stützendem Griff los. Ihre Lippen pressen sich aufeinander, ehe sie mich mitfühlend ansieht. „Es ist okay. Das wird wieder, Cem."

„Sagt die Frau, die gleich auf zwei gesunden Beinen aus diesem abgefuckten Gefängnis verschwindet", blaffe ich sie an.

Ihre Augen glänzen, doch sie schluckt meine Worte. Nicht mit Würde, sondern mit etwas Ähnlichem wie Unterwürfigkeit. So etwas hätte sie sich früher nie gefallen lassen. So etwas hätte ich früher niemals gesagt. Hier stehen wir voreinander. Zwei fremde Seelen hinter den verstörenden Masken bekannter Gesichter. Und ich wache nicht auf, wache einfach nicht auf aus diesem Albtraum.

Die Hände fest um das Gestell gekrallt, atme ich ein paarmal tief durch. „Es tut mir so leid, Jess", flüstere ich dann.

Sie nickt nur.

„Warte mal ab, wenn *ich* wieder dieses verrückte Zwei-Beine-Ding abziehen kann", füge ich versöhnlich hinzu.

Nun blickt sie auf, ein paar Sekunden sehen wir uns einfach an. „Und dann?", murmelt sie leise.

Ihr Lächeln ist so winzig, dass ich es verpasst hätte, wenn ich nicht darauf gelauert hätte.

„Lassen wir uns überraschen", erwidere ich.

Jess weicht während der Therapie nie mehr als ein paar Meter von meiner Seite. Wenn ich auf sie zugehe, umspielt jedes Mal dieses Mini-Lächeln ihre Lippen, als übe auch sie. Und genau dieser Anblick zwingt mich weiterzukämpfen. Denn an diesem Punkt, irgendwo zwischen hässlichem Teppich und unzähligen fremden Türen, wird mir klar, dass ich eines Tages wieder laufen werde. Wohin auch immer. Ihretwegen.

Nach der Physio fühle ich mich wie nach einer einarmigen Ozeandurchquerung. Ich will nur noch mein Bein hochlagern und schlafen. Der Schwindel und der Belastungsschmerz führen mir gemeinsam die hässliche Realität vor Augen.

Ich kann das erleichterte Seufzen nicht unterdrücken, als ich endlich liege. Zögernd greift Jess nach der Rückenlehne des Stuhls und zieht ihn näher ans Bett, ehe sie sich setzt.

„Also, rück schon raus mit den Antworten." Es gelingt mir nicht, so sicher zu klingen, wie das geplant war.

Wieder zögert sie, ehe sie leise zu reden beginnt. „Wir waren noch befreundet, deshalb war ich mit dir … da oben."

Sie verstummt. Als die Stille anhält, starre ich sie ungläubig an. „Das war es? Echt jetzt? Komm schon, gib mir noch etwas, Jess. Bitte. Irgendwas, womit ich selbst weiterarbeiten kann."

„Na ja, eigentlich waren wir dort oben, weil du Mercy am nächsten Tag verkaufen wolltest."

Mein Blick ist nicht weniger ungläubig als zuvor. „Wollte ich nicht."

„Mich hat es auch überrascht, es kam so plötzlich. Aber du meintest, es wäre Zeit für etwas Neues."

Dieses Auto hätte ich niemals hergegeben, wenn es nicht kompletter Schrott gewesen wäre. Und selbst dann … nein. „Das fällt unter Verleumdung, Jess."

Sie lächelt wieder so klein, ehe sie mit den Schultern zuckt.

„Lügen gelten nicht", stelle ich fest. „Also, noch etwas."

Sie atmet tief, sehr tief durch. Da weiß ich, mich erwartet etwas von Bedeutung. „An dem Abend auf dem Lousberg hast du mir das Leben gerettet", flüstert sie. „Weißt du das?"

Ich halte die Luft an und schüttle den Kopf. Das ist nun eindeutig viel mehr, als ich selbst nach dem tiefsten Atemzug erwartet hätte. „Wie?"

„Ich glaube, du hast irgendwie genau den Moment ausgemacht, ehe er mich … ehe er mir etwas getan hätte. Dann hast du mich weggeschickt." Sie wird immer leiser. „Und ich hab schon einmal beinahe mein Leben verloren. In der Nacht nach dem Unfall, als sie mich operiert haben, ist mein Herz stehen geblieben."

Ihr Mund verzieht sich etwas, Tränen treten ihr in die Augen. Auch mein Herz bleibt stehen. Es stolpert nicht, es setzt nicht einen elenden Schlag aus. Es bleibt stehen.

„Für beinahe drei Minuten war ich tot." Sie räuspert sich, ehe sie krächzt: „Na ja, in dieser zweiten Nacht hast du mir das Leben gerettet."

„Du …" Die restlichen Worte bleiben an ihren Ketten im stockfinsteren Kerker hängen. Nur zögernd setzt sich das Klopfen in meiner Brust wieder in Gang.

„Aber es ist vorbei."

Ihr letztes Wort ist nur noch ein Hauchen. Und es ist eine Lüge. Ich kann es in ihren Augen sehen. Nichts von alledem ist vorbei. Nicht für sie.

Mich durchzuckt die Möglichkeit, dass meine Mutter mir damals nicht nur den Tod meiner ungeborenen Tochter hätte mitteilen müssen. Meine Hand macht sich auf den Weg zu ihrer.

„Jess."

„Nicht, Cem."

Ich bin mir sicher, sie meint meine nahenden Worte, nicht meine nahende Berührung. Und doch ziehe ich die Hand zurück.

Eine ganze Weile sitzen wir nur da und sagen nichts. Dann wird eine Frage zu groß, um auch sie zu schweigen. „Wegen der Verletzung an deinem Kopf?"

Deshalb wäre sie beinahe gestorben? Die Frage fühlt sich auf meiner Zunge an, als gebe sich jedes einzelne Wort unsagbare Mühe, mich an etwas zu erinnern.

Wie zum Beweis, dass mich mein Gefühl nicht täuscht, schließen sich ein weiteres Mal ihre Augen. Als sie sich wieder öffnen, erinnern sie mich an zwei Seen, die aus nichts als zu vielen Tränen bestehen.

„Nein."

Ihr einsames, tonloses Wort ist ein Schlussstrich unter dieser Geschichte. Würde ich ihn übertreten, würde ich sie für all das bestrafen, was sie mir eben geschenkt hat. Und es ist nicht zu übersehen, wie viel Kraft sie bereits das gekostet hat. Nun sitzt sie nur vor mir, als wäre sie gar nicht mehr da.

Und genau das frage ich mich erneut, wenn auch um einiges milder als in den vergangenen Tagen: Ist Jess noch da? Oder ein Teil von ihr?

Selbst ihre Klamotten sind so anders als früher. Jedes Kleidungsstück schlabbert um sie herum wie eine Aufforderung, sie darunter zu suchen. Obwohl, nein, eigentlich sieht sie gar nicht aus, als wolle sie gesucht werden, eher so, als hätte sie sich versteckt, in der Hoffnung, sich dadurch irgendwann aufzulösen.

So verständlich ihre gesamte Veränderung auch sein mag, ich kann weder die Wehmut noch die Fragen vertreiben.

Wo ist die Frau, die sich nackt ohne Scheu unter mir gerekelt hat? Wo ist die, die nicht darüber nachdachte, wie sie tanzt, weil sie in ihrem Körper so sehr zu Hause war wie kaum jemand sonst? Wo ist die Frau, die ich geliebt habe und zurückhaben will?

Wo, zur Hölle, ist Jess?

Kapitel 12

Es ist nicht so, dass wir verabredet gewesen wären. Eigentlich hätte ich gestern nach unserem Gespräch nicht einmal sagen können, ob ich je wieder herkommen würde. Doch nach einer Nacht ohne Schlaf, dafür jedoch mit umso mehr aufwühlenden Gedanken, stehe ich am nächsten Tag wieder in seinem Zimmer, kurz bevor die Physiotherapie beginnt.

Er hebt provozierend die Brauen. „Sind Sie jetzt mein Drill Instructor, Lady?"

Da ist dieser Unterton, den ich seit über sechs Jahren kenne, dieser Unterton, der sich ein bisschen anhört, wie sein Lächeln aussieht. Als mich der Klang ihm direkt in die Augen sehen lässt, bilde ich mir ganz kurz ein, das erste Schimmern seit seinem Erwachen zu entdecken. Jemand scheint tatsächlich irgendwo in einem hinteren Winkel eine Sparglühbirne hinter Milchglas zum Leben erweckt zu haben. Das winzige Licht nimmt mich so gefangen, dass ich für ein paar Sekunden hineinstarre.

„So in etwa", murmle ich dann leicht beschämt und verbanne die Erinnerung an das Glimmen, das vielleicht nur meine Hoffnung war.

„Du siehst verschwitzt aus", stellt er fest. „Nicht mehr in Form?"

Mir entwischt ein Laut, der in meinem früheren Leben ein empörtes Lachen gewesen wäre. Er klingt jämmerlich. „Das hättest du wohl gern, schon klar. Ich bin mit dem Rad gekommen und war spät dran."

„Wieso hast du das Rad genommen?", fragt er erstaunt. „Es geht beinahe nur bergauf."

„Nur so."

Er wirft mir einen Blick zu, der mir verrät, er kann vieles in den beiden Wörtchen hören. Nur kein *Nur so*.

„Schritte für Antworten?" Seine Stimme ist mit einem Mal erstaunlich sanft.

„Schritte für Antworten", bestätige ich leise.

„Na dann … Lasset die Physio beginnen." In seinem Augenwinkel zuckt es kaum merklich, und das Wissen, dass er mir noch vor einem guten Monat jetzt zugezwinkert hätte, macht etwas in mir in Blinzelgeschwindigkeit kussweich und karosseriehart zugleich.

Ich komme mir dämlich vor, an der Wand eines Flures zu lehnen und zu wissen, dass er mich dabei ununterbrochen betrachtet. Weder meine Hände noch meine Gesichtsmuskeln wissen so recht, was sie tun sollen. Dann zucken meine Mundwinkel nervös, meine Lippen pressen sich angespannt aufeinander und meine Finger zupfen an allem, woran sie so zupfen können. Was tun Hände und Gesichter denn sonst so, wenn man herumsteht und den mit großer Wahrscheinlichkeit tollsten Typen überhaupt langsam auf sich zukommen sieht? Hätte ich damals groß darüber nachgedacht? Oder auch nur klein?

Doch von einer Bahn zur nächsten schleicht sich immer mehr auch ein anderes Gefühl an. Stolz. So riesig, dass es an meinen Mundwinkeln noch mehr zupft und meine Finger an meiner Kleidung auch. Dabei zuzusehen, wie Cem jeden Schritt, jeden Meter erobert, wie man ihn bremsen muss, damit er nicht aus dem Gleichgewicht gerät, weil sein kämpferischer Anteil wiederauferstanden ist, ist ein Geschenk. Für seinen Kampfgeist habe ich ihn immer bewundert. Während ich dazu neigte, mich mit neuen Plänen von alten Schwierigkeiten abzulenken, war er immer der, der so lange nach einer Lösung suchte, bis er sie fand, wenn er sich an einer Idee festgebissen hatte.

Jedes, bis auf das eine Mal.

Ich habe nie zuvor darüber nachgedacht, was es in mir auslöst, wenn er auf mich zukommt. Nun ist es wie die Zeitlupenversion einer Bewegung, die noch vor anderthalb Jahren jedes Mal in einem Kuss geendet hätte. Vielleicht nur in einem kurzen, einem unser beider Atem vermischenden Hauchen gleich. Doch in einem Kuss.

„Komm schon", murmelt er, als er das nächste Mal vor mir steht.

Im ersten Moment muss ich mich daran erinnern, dass er nicht vom Küssen spricht. Sein Blick wird forschend. „Ich bin fertig."

Nein, er redet definitiv nicht vom Küssen.

„Oh. Okay. Perfekt", stammle ich.

Mit jedem Schritt Richtung Zimmer werde ich nervöser. Erinnerungen können grauenvoll sein, auf pochende, reißende Weise quälend. Doch wenn ich ihn so vor mir sehe, nur deshalb wieder auf dem Weg ins Leben, weil er sich auf der Suche nach der Wahrheit befindet, muss ich mir etwas eingestehen: Erinnerungen können auch ein Teil von uns sein, der uns unabhängig macht und uns befähigt, für uns selbst die Verantwortung zu tragen, weil sie uns etwas verraten darüber, wer wir sind. Und vielleicht noch mehr darüber, wer wir sein können.

Wenn Cems Erinnerungen zurückkehren oder wenn ich stark genug bin, sie ihm alle zu schenken, dann wird er begreifen, dass er ein Retter sein kann, ein Anker. Doch er wird sich auch daran erinnern, dass er ein Zerstörer sein kann und ein Boot, das haltlos aufs offene Meer driftet.

„Bekomme ich jetzt Antworten?", fragt er, kaum dass er wieder in seinem Bett liegt. „Ich habe meinen Teil der Abmachung eingehalten."

„Willst du mehr von der Nacht hören, in der du mir das Leben gerettet hast?" Meine Frage zittert ein wenig.

Er mustert mich und lehnt sich zurück. Doch in seinen Schultern liegt eine Anspannung, die ich in meinen eigenen zu spüren meine.

„Wenn du so weit bist, ja."

Nach all seinem Drängen wundert mich die Zurückhaltung. Vielleicht haben wir beide begriffen, dass ich ihm so viel geben werde, wie ich nur kann.

„Ich versuche es, okay?"

Er nickt, und so mache ich gedanklich die ersten zaghaften Schritte in die Dunkelheit einer Nacht, bei deren Betreten ich fürchte, mich sofort im knackenden Geäst zu verlaufen.

„Du hast mich in den Wagen geschickt. Ich hatte deine Hand genommen, als er aufgetaucht ist, und als …" Ich kann es nicht. Mir fehlt alle Luft, und in diesem Gefängnis hier kann man nicht einmal die Fenster aufreißen.

Ist Bambis Pussy genauso rot wie ihr Kopf?

Etwas berührt mich, ich zucke zurück. Die Hand tut es auch. Es ist Cem, Cems Hand, die zurückzuckt.

„Ich wünschte, ich wüsste, wo du bist, wenn du plötzlich verschwindest, Jess." Heute sieht er nicht wütend aus, nicht vorwurfsvoll, doch enttäuscht und vor allem so unsagbar traurig, wie ich es zu oft bin.

Doch was ist, wenn ich ihm darauf ehrlich antworte, wenn ich ausspreche, was er bereits vermutet? *Mich gibt es gar nicht mehr, Cem.* Es ist das erste Mal, dass mir klar wird, dass sich unter meinem so stillen Schweigen auch eine brüllende Hoffnung versteckt. Die Hoffnung, dass es mich auf gewisse Weise doch noch gibt, irgendwie, solange Cem mich nur nicht ganz loslässt.

„Tut mir leid", murmle ich. „Es ist nur …"

Ein Blinzeln genügt, und der andere ist wieder da. Bleich wie der Tod und genauso gnadenlos. Mitten in meinem Kopf.

Bambis Pussy … Bambis Pussy … Bambis Pussy …

Die Schamesröte steigt mir in die Wangen. Allein das macht mich so traurig. Und wütend. So unsagbar wütend. Niemanden sollte das alles beschämen, niemanden außer ihm. Und es macht mich fertig, dass bei der Gegenüberstellung nicht der Hauch dessen in seinen Augen zu finden war. Genauso wenig wie bei dem zweiten, den ich identifizieren konnte, weil er mich durch eine Scheibe hinweg stumm Beute nannte.

Keine Scham. Nicht einmal Reue. Nichts.

Cem beobachtet jede noch so kleine Reaktion in meinem Gesicht. Das Zittern meiner Lippen, das Glitzern in meinen Augen, die Röte, die nur kriechend wieder verschwindet.

„Lass es, Jess. Ich muss es nicht wissen. Es ist okay", wispert er. Kurz hebt sich seine Hand, als plane er noch einmal, mich zu berühren. Doch noch ehe ich entscheiden kann, ob ich es ertrage, fällt sie wieder hinab auf die Decke.

Dabei will ich ihm alles geben, was ich noch geben kann. Zittrig atme ich einmal durch. Gern würde ich seine Hand nehmen, damit ich nicht so allein in der Erinnerung herumstolpere.

„Als es gefährlich wurde, hast du mir den Schlüssel in die Hand gedrückt und gesagt: *Lauf.* Ich dachte, du wärst hinter mir. Ich dachte wirklich, du würdest mit mir laufen. Mein Kopf hat nicht funktioniert. Ich bin einfach nur gerannt. Ich bin …"

„Jess."

Ich reiße die Lider auf. Wann habe ich sie geschlossen?

„Bleib bei mir", flüstert Cem. Es klingt, als hätte er doch noch nach meiner Hand gegriffen. Und ein Teil von mir wünscht zum millionsten Mal, er hätte genau das an diesem Abend gesagt. *Bleib bei mir* statt *Lauf.* In meinen dunkelsten Stunden wünsche ich, wir hätten dort nebeneinandergelegen. Womöglich sterbend, aber Hand in Hand.

„Ich dachte, das letzte Wort, das ich je von dir gehört habe, wäre *Lauf.* Du …" Ich stocke. „Ich dachte, ich hätte dich verloren. Und du warst mein bester Freund, Cem, weißt du das eigentlich? Ich weiß gar nicht, wieso ich dir das in den vergangenen Jahren nicht ständig gesagt habe."

Sein Lächeln ist traurig, aber es schimmert doch auch etwas unsagbar Schönes hindurch. Etwas Schönes, das ich verpasst hätte, wenn wir dort oben gemeinsam verblutet wären.

„Weil ich es wusste", sagt er leise. „So wie du wusstest, dass du meine beste Freundin bist. Oder?"

Ich nicke, und auch in meinem Inneren entdecke ich inmitten all des Schmerzes und dem Wunsch nach Händchenhalten zweier Verblutender irgendetwas winzig kleines Schönes. Seine Hand tastet vorsichtig nach meiner, und ich glaube, ein bisschen streift sie auch mein verlorenes Herz.

„Manche Dinge muss man nicht sagen, die weiß man einfach, Jess."

Wie die Sache mit der Liebe. Die weiß man einfach. Und ich weiß auch, dass meine Gefühle für Cem sich nicht so einfach vertreiben lassen werden. Nicht nach über einem Jahr Trennung und schon gar nicht nach ein paar Wochen wieder zu voller Pracht aufgeblühter Liebe.

„Es tut mir leid, dass ich dir das zurzeit nicht zeigen kann, aber du *bist* mein bester Freund, Cem. Nicht einmal jetzt bekomme ich es richtig hin. Du *bist* mein bester Freund.“

Seine freie Hand hebt sich, dann zögert sie, ehe sie doch über mein Gesicht fährt. So, wie sie es oft getan hat, wenn Cem mich geküsst hat. So, wie sie es so oft getan hat.

Kapitel 13

CEM

Ich war mir sicher, das Größte verloren zu haben, als Jess mich vor Wochen in diesem Zimmer zurückließ. Nun hockt da zwischen all den Scheiß-Überbleibseln meines Lebens dieses winzige und komplett bescheuerte Gefühl, etwas gewonnen zu haben, was ich noch gar nicht einordnen kann. Es fühlt sich lächerlich an, unpassend, und auf gewisse Weise würde ich es gern mit einem gewaltigen Arschtritt vertreiben. Hier hat es einfach nichts zu suchen.

Und doch klebt das Gefühl an dieser neuen Frau, die ich eben gar nicht loswerden will, sondern die mich allein durch ihre Anwesenheit dazu anstachelt, aufrecht zu gehen. Etwas an ihr fühlt sich so richtig an, dass es mich noch mehr aus der Bahn wirft als ein mickriges Lachen an einem Gehwagen.

Wenn ich frage, wieso sie nicht mehr brüllt wie ein Tiger, dann ist das nicht das Problem. Das Problem ist: Ich bin das beschissene Reh, das sich von einem dreckigen Bastard hat in Stücke reißen und anpinkeln lassen. Und mich werde ich nicht los. Und die Demütigung auch nicht. So laut ich auch brülle, so viel ich auch um mich schmeiße … Ich bleibe.

Es ist meine eigene innere Stille, die das Wort *Opfer* in meine Seele drischt und so hässlich ist wie schwarze rechtsradikale Graffiti auf der Wand eines stuckverzierten Altbaus. Von einem gesichtslosen, asozialen Fremden über das gesprüht, was einst gut war. Jess' Stille hingegen ist auf eine mir unbekannte Weise schön, sobald ich wage, ihr zuzuhören. In ihr schwingt eine Zartheit mit, die mich anrührt und in mir den Wunsch weckt, stark zu sein für sie. Und für Jess musste man noch nie stark sein.

Du bist mein bester Freund, hat sie mir heute zwischen all den wenigen Worten und der vielen Traurigkeit geschenkt. Der Satz weitet meine Lunge und lässt mich gleichzeitig röcheln. Weil ich es nicht verdient habe. Sie ist vor anderthalb Jahren gestorben, auch meinetwegen. Gestorben, um wieder aufzuerstehen – zur Hälfte als Engel, zur Hälfte als Zombie. Und nun ist es an der Zeit, mich allem zu stellen, denn die Wahrheit ist: Die Frau, an die ich mich erinnere, die gibt es nicht mehr, aber es gibt eine andere, die in mir Dinge zum Leben erweckt, die ich so wenig kenne wie die neue Jess.

Zwei Nächte und ein ganzes Leben, an die ich mich nicht erinnere, in denen aber zwei mir bekannte Menschen verschollen und zwei andere in deren Körper geschlüpft sind, sind so viel Zeit. Und somit heißt nun die wahrhaft wichtige Frage gar nicht: Wo ist Jess? Sie lautet: *Wer* ist Jess? Und ist sie noch die, die ich will?

Das hier ist so etwas wie unsere zweite erste Reise, und heute weiß ich genauso gut wie damals, dass ich ein Vollidiot bin, wenn ich sie nicht antrete. Nur geht es dieses Mal nicht nach Amsterdam. Es geht nach Jess.

Kapitel 14

CEM

AM nächsten Tag kommt Jess früher, als wüsste sie, dass ich seit dem vorherigen Abend darauf brenne, sie wirklich kennenzulernen.

„Hey." Sie stellt einen Rucksack neben einem der Besucherstühle ab und steht dann etwas unschlüssig herum.

„Hey. Wie geht's dir?"

Erst als für einen Moment Überraschung in ihrem Gesicht aufblitzt, wird mir klar, dass ich sie das nicht ein einziges Mal gefragt habe, seit ich mich gewundert habe, dass sie scheinbar so unversehrt aus dem Unfall hervorgegangen ist. Zu was für einem egozentrischen Arsch bin ich denn mutiert?

„Ganz gut. Ist echt warm draußen." Während sie näherkommt, pustet sie sich den Pony aus dem Gesicht, als suche der Satz noch nach Bestätigung. „Vielleicht ..." Sie stockt.

„Vielleicht was?"

„Vielleicht können wir ja mal raus in den kleinen Park?" Sie klingt wie einer der winzigsten Vögel dort draußen.

Der Gedanke, von Jess im Rollstuhl herumgeschoben zu werden, fühlt sich nichts als scheiße an. Gleichzeitig will ein Teil von mir dieses Draußen-Sonne-und-Luft-Ding so verdammt gern, vor allem mit ihr. Draußen und Sonne und Luft mit Jess könnte sich so normal anfühlen wie lange nichts mehr.

„Vielleicht in ein paar Tagen?" Meine Worte lassen mich nicht nur klein, sondern echt mickrig klingen.

Es scheint sie nicht zu stören. „Klar."

Ich betrachte ihr Lächeln, als hätte ich es noch nie zuvor gesehen. Hab ich auch nicht, nicht auf diese Weise. Etwas daran ist trotzdem so vertraut, dass ich still *Zuhause* seufze. Etwas daran ist so neu und zerbrechlich, dass es brutal schmerzt, sie nicht zu küssen. Denn anders als bei allen damaligen Arten des Lächelns weiß ich bei diesem hier noch nicht, wie es wohl schmeckt.

„Wie haben wir uns denn eigentlich vor dem ganzen Mist hier begrüßt?"

Ihre Mundwinkel zucken. „Wir haben uns umarmt."

Ich nicke übertrieben beeindruckt. „Können wir dieses außergewöhnliche Ritual vielleicht wieder einführen?"

Es wird etwas breiter, ihr Lächeln, sicherer. *Auch schöner?*, frage ich mich im Stillen. Und kann mich nicht entscheiden. Möglicherweise ist ihre Sicherheit gar nicht so wichtig, wie ich es gestern Morgen noch behauptet hätte. Heißt das auf irgendeine verquere Weise, dass meine es auch nicht ist?

Sie tritt an das Bett und umarmt mich. Diese Berührung hier ist dem, was ich kenne, so ähnlich. Wie gern würde ich meine Nase tief in ihrem Haar vergraben, sodass die Spitze die warme Haut ihres Halses streift.

Auch heute ist der Stoff ihres Tops klamm. Und in dem Moment, in dem ich mir endlich zutraue, sie als die Frau zu betrachten, die einen schweren Unfall und eine Höllenfahrt in Mercy geradewegs auf meinen Angreifer zu hinter sich hat, dämmert es endlich.

„Du bist wieder verschwitzt", taste ich mich heran. Ach du Scheiße, das klang nach einer Liebeserklärung. Doch der verräterische Unterton, der mich volle Breitseite erwischt hat, scheint sie nicht einmal gestreift zu haben.

„Tut mir leid." Sie richtet sich so hektisch auf, als hätte ich behauptet, sie rieche nach Schweiß. Tut sie aber nicht. Sie riecht nur so sehr nach ihr.

„War nicht böse gemeint, sondern …" Ich zögere, doch ich muss es endlich wissen, muss den Pony ihrer Seele heben und ausspähen, bis wohin die hässlichste Narbe reicht. „Du fährst gar kein Auto mehr, oder?"

„Nein." Sie blickt angestrengt auf den Fleck, den ein Stück labbrigen Brokkolis mittags auf meiner Decke hinterlassen hat.

„Bus?"

Sie schüttelt nur noch den Kopf.

„Verdammt, Jess." Seufzend sinke ich ins Kissen.

Nur zögernd sieht sie zu mir. Bei all dem Nicht-recht-Hineinsehen habe ich tatsächlich vergessen, *wie* schön ihre Augen sind – riesengroß und so hell, als entstammten sie einer anderen Welt als meiner. Da fällt mir ein, dass meine Mutter sie immer mit Topas verglichen hat.

„Ich hätte das schon früher sagen sollen. Du meintest, ich hätte dein Leben gerettet, aber …" Ich gerate ins Stocken, und die in die Freiheit gefundene Schuld brennt sich nun kratzend in meine nächsten Worte. „Es kommt mir vielmehr so vor, als hätte ich es dir genommen. Es tut mir so unendlich leid, was ich dir angetan habe."

„Tu das nicht." Ihr Wispern klingt verzweifelt. „Bitte nicht."

„Ich hätte pünktlich sein müssen, um dich zur Frauenärztin zu fahren, anstatt so lange bei diesem bescheuerten Kaffee-Seminar zu bleiben. Ich hatte es versprochen."

„Du warst nur Minuten zu spät. Du musst dich nicht entschuldigen. Ganz andere haben uns beiden zu viel genommen. Cem …"

Sie atmet schwer durch, während mein Name so unschlüssig zwischen uns in der Luft baumelt wie ich in der Welt.

„Du bist da schon einmal durch", sagt sie dann. „Das tut uns nicht gut, das … hat dir nicht gutgetan. Keine Schuldgefühle mehr. Bitte." Das letzte Wort ist ein so jämmerliches Flehen, dass ich nur nicken kann.

„Wie geht es dir denn wirklich?", will ich wissen. Denn ihr *Ganz gut* von vorhin scheint so zerbrechlich zu sein wie ihr Lächeln.

Jess presst die Lippen aufeinander und schluckt. „Die meiste Zeit miserabel. Und dir so?" Ihr nächstes Lächeln sieht verrutscht aus.

„Beschissen."

„Ist das mit gleichen Gefühlen so, als würden wir etwas gleichzeitig sagen? Dürfen wir uns jetzt was wünschen oder so?"

Die Idee entlockt mir ein leises Lachen, was ihr Lächeln wieder gerader zu rücken scheint. „Ich fürchte nicht. Aber versuchen kann man es doch." *Und ich wünsche mir, eines Tages zu wissen, wie dein neues Lächeln schmeckt.*

„Oh, das hab ich beinahe vergessen."

Ich schätze, sie spricht nicht vom Küssen, denn sie bückt sich nach ihrem auf den Boden stehenden Rucksack, und mein Blick fällt auf ihre davorstehenden, in Flip-Flops steckenden Füße. Kurz bringt mich der Anblick aus dem Konzept. Ihre Zehen sind nicht lackiert. Nicht nur nicht über die Ränder hinaus, sondern einfach gar nicht. Dann zieht sie meinen Thermobecher aus der kleinen Tasche an der Seite.

„Ein Gruß aus dem *Zwei Leben*", sagt sie.

Als sie den Deckel abschraubt und mir den silberfarbenen Becher reicht, entkommt mir ein Seufzen. Ein paarmal atme ich den warmen Duft ein – eine Nuance dunkler Schokolade versetzt mit einer nussigen Note und einem Hauch Karamell.

Ich nehme einen Schluck. „O Mann, echter Kaffee."

Sie strahlt mich an und zieht dann noch eine Dose aus dem Rucksack, und bei den Geschmacksnoten des Kaffees kann ich mir denken, was darin ist.

„Mach die Augen zu", bittet sie.

Mach die Augen zu, bittet ohne Vorwarnung ein Cem aus Leben Nummer eins flüsternd. Kurz darauf hielt er ihr eine kleine Schachtel mit einem Ring hin.

Im letzten Moment, ehe ich an dem Gefühl ersticke, zu viel verloren zu haben, klappe ich die Augenlider zu und hoffe auf das, was vielleicht folgt.

Die Dose wird geöffnet, fünf beinahe lautlose Schritte auf dem Linoleum als Kontrast zu dem verdammt lauten Hämmern in meiner Brust. Wo kommt dieses unerwartet große, viel zu gute Gefühl denn plötzlich her?

„Mund auf", flüstert sie. Es klingt wie eine Bitte um Gänsehaut, und mein Körper gehorcht, ohne zu zögern. Um im nächsten Moment ein wenige Quadratzentimeter großes Stückchen erfüllter Sehnsucht zu schmecken – es ist die Kombination aus Zartbitterkuchen mit salziger Karamell-Creme, tausend grandiosen Erinnerungen und dem zwei Krümel lang an meiner Oberlippe spürbaren Zittern ihrer Finger.

„Ich hab dir Kuchen mitgebracht", murmelt sie überflüssigerweise.

Wobei, so ganz überflüssig waren die Worte nicht, denn nun kann ich das winzige Zittern auch hören. Ihre Worte zaubern ein Lächeln auf mein Gesicht. Sie hat *den* Kuchen mitgebracht, meinen Lieblingskuchen.

Wie gern wäre ich nun in der Wohnung, in der er im Ofen war, denn die riecht nun ganz bestimmt nach Zuhause. Doch ich kann nicht verdrängen, dass dieser in meinem Kopf zum Leben erwachte Ort nun nicht mehr unser beider, sondern nur noch meine Küche ist und es nicht nach Kuchen riechen wird, wenn ich heimkehre.

Ich öffne lieber ganz schnell wieder meine Lider.

„Erinnerst du dich noch daran, als ich zum ersten Mal diesen Kuchen hier für das Café machen wollte?", unterbricht sie meine Gedanken. „Du hast nur ein Wort gesagt: *Urgs.*"

Da muss ich leise lachen wie sie. Es klingt zaghaft, noch in der Testphase und so etwas wie grandios.

„Ich hab echt gedacht: Wieso will diese Frau etwas so Genialem wie Karamell etwas so Gemeines wie Salz antun?"

„Dabei bist du der, der in einem Schluck Kaffee gefühlt hundert Aromen wahrnimmt", erwidert sie noch immer lächelnd.

„Ja, aber, verdammt, du mischst etwas, was bereits perfekt ist, mit etwas, was jeder nur in seinem Mittagessen haben will. Und was hast du getan?" Mist, meine Stimme trieft nur so vor Zärtlichkeit.

„Den Kuchen gebacken."

„Natürlich", sage ich, weil sie eben damals so verflucht stur war.

„Natürlich", murmelt auch Jess, jedoch betrachtet sie mich nun nur noch aus dem Augenwinkel und nimmt dann schnell mit einer Gabel etwas von ihrem eigenen Stück.

Für meinen Kopf ist es eine echte Herausforderung, diese Frau dort und die Erinnerungen an die erste Tänzerin auf einer noch leeren Tanzfläche zu einem einzelnen Menschen zusammenzufügen. Doch seltsamerweise stolpert mein Herz nicht über die Grenze zwischen den beiden. Immer noch fühlt sich die Frau, die riecht und backt und umarmt wie Jess, sehr nach dem Ziel an.

Kapitel 15

JESS

„IRGENDETWAS ist anders."

Während er den dritten Cappuccino auf das Tablett stellt, sieht Emre kurz zu mir. „Was meinst du?"

„Mit Cem. Gestern war er so", ich suche selbst noch nach dem richtigen Begriff, „zugänglich oder so."

Seltsamerweise hat mich Cems Nettigkeit mehr aus dem Gleichgewicht gebracht als seine Wut. Auf gewisse Weise konnte ich ganz gut mit dem leben, was er mir in den Tagen zuvor immer mal wieder vermittelt hat – so weh es auch tat: das Gefühl, falsch zu sein, wie ich bin. Denn es trifft erstaunlich genau das, was ich empfinde.

Die plötzlich eintretende Stille, als der Kaffeeautomat schweigt, reißt mich aus meinen Gedanken.

„Genieß es einfach. Anders als beim letzten Mal fängt er sich langsam von allein. Das ist gut, Jess."

Ist es das? Tut er das? „Was ist, wenn es nicht stabil ist? Was ist, wenn es wieder bergab geht, genau dann, wenn keiner von uns damit rechnet?"

Passieren die furchtbarsten Dinge nicht immer genau dann, wenn man nicht damit rechnet? Auf dem Weg zu einer Ärztin, die einem den Herzschlag der Tochter zeigen will? Auf einer Aussichtsplattform, auf der einem der Blick auf die Stadt nach zu langer Zeit noch einmal erscheint wie ein von Hoffnungsschleiern vernebelter Blick in ein neues altes Leben?

„Dann sind wir für ihn da wie beim letzten Mal", erwidert Emre beruhigend.

„War ich das?" Ich klinge heiser.

Emres Brauen ziehen sich zusammen. Auf seiner Stirn entsteht eine tiefe Falte. „Du warst länger für ihn da, als es die meisten Frauen in der Situation gewesen wären. Und ab einem gewissen Punkt hast du dich einfach nur selbst beschützt. Hättest du es nicht getan, hätte er sich vielleicht auch dann noch nicht zusammengerissen."

Ich zucke mit den Schultern.

Emres Blick klebt an mir, während ich die nächste Bestellung auf dem Tablett platziere.

„Wann willst du es ihm sagen?", fragt er plötzlich.

Ich zucke zusammen. „Gar nicht", platzt es aus mir heraus.

Seine Brauen heben sich.

„Was, wenn er sich ein weiteres Mal verliert? Wenn er die Wahrheit wieder nicht verkraftet? Dieses Mal muss er es nicht erfahren. Es gibt keinen Grund. Es hat keinen Einfluss auf sein Leben."

„Jess", erwidert er sanft. „Sieh mir in die Augen und sag mir, dass du nicht jeden Tag daran denkst, wie es wäre, wieder mit ihm zusammen zu sein."

„Das ist nicht der entscheidende Punkt", krächze ich. „Der entscheidende Punkt ist, dass es nicht passieren wird. So wird er uns einfacher hinter sich lassen können, um in die Zukunft zu blicken."

Ich will nie mehr dort landen, wo wir uns so mühsam wieder hervorkramen mussten, um wenigstens Freunde sein zu können. Ich will uns nie wieder so sehr verlieren wie ein Jahr zuvor. Und noch wichtiger: Nie wieder darf *er* das erleben. Nie wieder darf er sich selbst so verloren gehen wie damals.

„Jess, du kannst ihm nicht für immer eure Geschichte verschweigen", beginnt Emre. „Du kannst …"

Doch da greife ich bereits nach dem Tablett und mache mich rasch auf den Weg auf die Terrasse. Dieses Mal werde ich es verhindern können, dieses Mal werde ich ihn nicht so zu Bruch gehen lassen wie mich. Dieses Mal werde ich wenigstens ihn retten. Uns.

Kapitel 16

SEIT ich Cem wieder jeden Tag besuche, brauche ich manchmal viele Minuten vorab, in denen ich von einer Bank aus nur auf die Fassade des Krankenhauses starre und mich zu jedem Atemzug ermahnen muss. An den Tagen, an denen ich das nagende Unbehagen des *Nicht mehr* bereits seit dem Morgen verspüre, strample ich auf dem Hinweg die Hügel schneller hinauf. Ich jage meinen Puls so hoch, dass ich nicht leugnen kann, dass mein Herz noch schlägt.

Heute sitze ich länger auf der Bank als sonst, denn Emres Worte gehen mir seit dem Morgen ständig durch den Kopf. Cem ist anders als nach dem Unfall damals. Er ist wütender, aber er ist auch offener, und er will reden. Doch was passiert, wenn er die Wahrheit erfährt, wenn er das Ende unserer Träume kennt? Wer wird er sein, wenn er ein weiteres Mal stürzt?

Kurz bevor die Therapie beginnt, stehe ich auf, atme noch einmal tief durch und betrete das Gebäude ohne Luft.

„Verfluchte Scheiße!"

Während ich den Impuls niederringe, ihm zu Hilfe zu eilen, kämpft er vermutlich darum, den Gehwagen nicht in Stücke zu schlagen. Dann bezwingt er sich für die nächsten Schritte bis zu mir.

„Okay, sei ehrlich", ächzt er, als er vor mir zum Stehen kommt. Sein Atem geht so schwer, dass sich einzelne Härchen meines Ponys aufgebracht erheben. „Wie unsexy bin ich so beschissen langsam?"

Meine Brauen verschwinden vor Erstaunen unter meinem nun vermutlich etwas zerzausten Pony. Das ist nicht gerade ein Cem-Satz. „Da musst du dir schon ein wenig mehr Mühe geben."

„Du konntest schon immer so herrlich lügen", murmelt er, ehe er sich umdreht und mich mit einem mulmigen Gefühl zurücklässt. Lüge ich? Ist Verschweigen lügen? Auch wenn man es nur tut, um den anderen zu beschützen?

„Machen Sie nicht so schnell", ermahnt ihn Anna. „Es geht um präzise ausgeführte Bewegungsabläufe und wegfallende Belastung, okay? Wir wollen nicht, dass Sie sich zusätzlich noch einen Arm brechen oder so."

Oder das Herz. Ich will doch nur nicht, dass unser aller Herzen wieder und wieder brechen.

Zurück im Zimmer lässt sich Cem stöhnend auf das Bett sinken. Dann blickt er zu mir auf. Sein Lächeln ist nervös, doch vielleicht spiegelt er auch einfach nur mein Innenleben.

„Kommen wir zu den Antworten", sagt er dann bemüht bestimmt. „Und heute wähle ich."

„Was meinst du?" Doch in mir zieht sich bereits alles schmerzhaft zusammen.

„Erzähl mir, wieso, Jess. Und jetzt sag nicht einfach: *Es hat nicht mehr funktioniert*. Dann muss ich irgendwas zertrümmern. Wieso hast du dich getrennt?"

Diese Frage genau heute erscheint mir wie ein Zeichen – nur weiß ich nicht, wofür genau. Doch als er mich so direkt ansieht, wird mir klar, dass Emre in Teilen recht hat. Ich kann nicht ständig versuchen, ihm seine Vergangenheit näherzubringen, und dabei unsere Geschichte aussparen. Ich habe bestimmt nicht vor, ihm alles zu sagen, doch zumindest von dem Teil, den er benötigt, um den Schlussstrich zu verstehen, muss ich ihm erzählen. Aber wie weit kann ich ihm entgegenkommen, um ihm zu helfen, mit uns abzuschließen, ohne dass er so tief stürzt wie damals und ohne zu zerstören, was wir gerade erst wiedergewonnen haben?

„Wieso?" Zwei Silben, so bestimmt, wie der letzte leise Schubs zu meinen wankenden Worten.

„Der endgültige Schlussstrich war …"

Sie zögert und kann mir nicht ins Gesicht blicken, während ich bete, dass sie gleich etwas sagt, was ich ändern kann. Etwas im Grunde komplett Bescheuertes, wofür mir plötzlich eine Lösung einfällt, die ich zuvor aus einem völlig unerklärlichen Grund nicht gefunden habe. Womöglich – so die Hoffnung – hat mein Unterbewusstsein die gesamte Zeit über genau daran gearbeitet, und gleich schlage ich mir gegen die Stirn, und dann lachen wir gemeinsam darüber, dass wir nur nicht lange genug überlegt haben, wir Trottel. Der Mensch neigt ja doch dazu, immer in die gleiche Richtung zu denken, und nun sind wir anders. Tadaa, Jess und Cem sind zurück! Neu und irgendwie noch besser.

Es könnte so einfach sein … könnte …

„Du hast eine andere geküsst", flüstert sie, den Blick auf die leicht zitternden Hände gerichtet.

Ihre Worte trommeln von außen gegen meine Brust.

„Nein." Sie kann mir vieles erzählen, aber das stimmt nicht. Es kann nicht stimmen. Wenn wir uns in einem immer vollkommen sicher waren, dann darin, dass Treue jeglicher Art an oberster Stelle steht.

Ihr Blick zuckt hoch wie unter einem Schlag.

„Nein", sage ich noch einmal kaum hörbar und fahre mir mit beiden Händen durchs Haar. Dieser Blick. Ich fühle mich wie angeschossen und von einer Blutspur verfolgt zurück in den Kerker geschleift.

„Es ist okay." Ihr stumm mitklingendes *Nichts ist okay* ist so viel lauter.

„O Scheiße, natürlich ist es das nicht", rufe ich. Ich begreife das alles nicht.

„Wir haben das geklärt." Wieso, zur Hölle, redet sie so verflucht leise? Wieso schreit sie nicht?

„Hätten wir das geklärt, hättest du den verdammten Ring noch am Finger." Ich brülle nicht sie an, sondern diesen Drecksack von wann auch immer, der unser aller Leben versaut hat. Ihm möchte ich ohne Pause ins Gesicht schlagen.

„Du warst betrunken. Und ich war … anders. Es war einfach nur das Ende", stammelt sie. „Es hatte sich sowieso schon so vieles geändert. Alles. Zwischen uns. Und für uns. Du hast es mir direkt am nächsten Morgen gesagt. Du wolltest nicht einmal, dass ich dir verzeihe. Dein Geständnis war wie die Bitte, dich fortzuschicken. Ich …" Ihre Lippen zucken. „Ich habe es verstanden."

Die letzten Worte ertrinken bereits mit einem stummen Röcheln in ihrer Traurigkeit. Es sind erschreckenderweise die aufrichtigsten von allen. Ich kann jedes Wort fühlen, kann ihr verdammt hässliches Zuhause in Jess' Seele geradezu vor mir sehen: *Ich habe es verstanden.* Das hat sie.

Mein Mund öffnet sich, um irgendetwas zu sagen, was es besser macht. Doch ich ertrinke mit in der elenden Stille, starr und taub. Da wirbelt sie vollkommen unerwartet herum und stürzt Richtung Tür.

„Jess!", entfährt mir ein letzter Hilferuf.

Hinter ihr fällt die Tür ins Schloss.

Sie ist weg. Und mir wird schlagartig klar, dass ich gar nicht wissen muss, wer sie ist. Es reicht, was ich in den vergangenen Tagen über die neue Jess herausgefunden habe: Ich will nicht, dass sie jemals wieder weg ist.

In dieser Nacht muss ich nicht einmal die Augen schließen, um mich am Boden wiederzufinden. Diese Nacht wimmelt von Albträumen, ohne dass ich nur eine Minute Schlaf finde. Der Zorn auf mich selbst prügelt mich durch die Dunkelheit, die Schuldgefühle nehmen mir die Luft zum Atmen. Ich habe Jess in ihrem schwächsten Moment verraten. Wenn wir noch die waren, an die ich mich erinnere: Wie konnte es zu diesem Kuss kommen? Und wieso wollte ich keine Vergebung? Wollte ich wirklich Jess nicht mehr? Und zudem ist da die immer wieder aufblitzende Frage: Wie konnte ein Kuss, ein einziger Kuss, gerade uns auseinanderbringen?

Diese Liebe reicht für mehrere Leben, schießt es mir plötzlich durch Kopf und Brust. Ich habe sie geliebt. Niemand kann aufhören, Jess zu lieben, wenn er einmal damit angefangen hat. Ich am wenigsten. Drei

Leben tue ich es bereits. Das ist keine Wahl, das ist verfluchte Bestimmung.

Was also habe ich damals getan? Wer, zur Hölle, war ich?

Kapitel 17

CEM

Es klopft, so anders als bei allen anderen. Die Nacht über habe ich unzählige Male das Handy in die Hand genommen und doch nie die richtigen Worte gefunden, um ihr auch nur schreiben zu können. Und nun steht sie einfach da, lächelt tapfer, aber lächelt.

Wieso, zum Teufel, lächelt sie?

„Hey", murmelt sie und nähert sich langsamer als sonst. Und dann beugt sie sich vor, wie um mich zu umarmen. Wen von uns will sie hier eigentlich verarschen?

Ich strecke den Arm aus und habe das Gefühl, dass ich nicht einmal die Berührung an ihrer Schulter wert bin. „Jess."

„Nein", unterbricht sie mich bestimmt, richtet sich aber wieder auf.

„Doch. Es tut mir so unsagbar leid." Ja, wie befürchtet. Jedes einzelne Wort fühlt sich lächerlich an. „Ich weiß gar nicht, was ich sagen soll. Das ist alles so … Ich verstehe es nicht. Es …"

„Nein. Hör auf, Cem. Wir haben damals darüber geredet, wir hatten das mit den Schuldgefühlen durch, du *musst* damit aufhören, hörst du?" Sie spricht, als flehe sie mich an, bloß nicht in dieses lichterloh brennende Haus zu rennen.

„Doch", wiederhole ich dafür lauter als geplant. Ich werde durch alle noch so hoch züngelnden Flammen dieser Welt rennen, wenn ich dadurch nur irgendeine Schuld tilgen kann. „Brüll mich an, Jess! Von mir aus schlag mich. Aber steh nicht nur da und leide leise vor dich hin! Das ist ja nicht auszuhalten!"

„Cem", sagt sie beherrscht, „ich habe dir verziehen. Hörst du? Ich verzeihe dir. Das hier macht uns kaputt, es macht *dich* kaputt. Lass es. Wenn nicht für dich, dann für mich. Bitte."

Die nächsten Worte bahnen sich gemeinsam mit dem Wunsch, sie zu schütteln, einen Weg hinauf. Dann meine ich mit einem Mal, auch in ihren wasserblauen Augen die bis in den Himmel schießenden Flammen zu sehen. Es lässt mich abrupt innehalten.

Sie schluckt. „Cem, ich werde dir jetzt eine Sache sagen. Eine einzige. Dann werde ich gehen."

„Was?", erwidere ich zögernd.

„Also: Ich will, dass du darüber nachdenkst, ob du bereit bist dafür, dass ich wiederkomme, ohne dass wir Schuldgespräche führen, ohne all das, was uns verschlingt. Wenn du das schaffst, dann sag mir Bescheid."

O Gott, ich hasse es, dass mir nichts übrig bleibt, als mich entweder auf ihre Regeln einzulassen oder gar nicht zu spielen. Doch ich nicke.

„Du und ich", sagt sie noch, „wir haben genug gelitten für ein ganzes Leben. Ich werde da nicht noch einmal durchgehen."

„Vielleicht muss man aber durch die Flammen, um Land zu finden, auf dem man leben kann." Ich will durch dieses Feuer mit ihr. Ich werde sie in eine feuerfeste Decke einwickeln und jeden verfluchten Schritt tragen.

„Melde dich oder nicht", flüstert sie noch. Und dann verschwindet sie, und alles, was sie zurücklässt, ist die lauteste Stille der Welt.

Noch immer fressen sich die Flammen so erbarmungslos durch sie hindurch, dass sie es bis in ihre Augen schaffen. Doch ich will daran glauben, dass man sie löschen kann, wenn man alles dafür tut.

Es ist genau dieser Gedanke, genau diese Hoffnung, ihr trotz allem beistehen zu können, was mich ihr noch am gleichen Abend schreiben lässt, dass ich will, dass sie wiederkommt. Ich werde herausfinden, wie man ihre Flammen löscht.

Kapitel 18

SEIT ich ihm von dem Kuss erzählt und ihn eine Entscheidung habe treffen lassen, reißt er sich zusammen, manchmal so stark, dass seine Zähne knirschen.

Und doch sind da auch immer mehr Momente, die wahrhaftig friedlicher sind, in denen es scheint, dass er auch innerlich wieder zu Kräften kommt. Und mir geht es in seiner Nähe ähnlich.

Wir bleiben bei unserer Abmachung. Jeden Tag macht Cem seine Schritte. Wenn ich am Ende seines Weges stehe, fühle ich mich nach langer Zeit, als könne ich ein winziges bisschen wiedergutmachen. Ich sehe es daran, dass da immer häufiger ein kleines zusätzliches Glühbirnchen in seinen Augen aufflackert, wenn er den Kampf gewinnt, manchmal sogar ein paar gleichzeitig. Seine innere Elektrik funktioniert zwar genauso wenig einwandfrei wie sein Bein, doch beides ist nicht verloren.

Mein Stolz auf Cems Kämpferherz wächst mit jedem noch so kleinen Schritt, den er macht – mit den wankenden manchmal noch mehr als mit den stabilen. Denn selbst, wenn er vor mir zumacht, gibt er nicht auf. Irgendetwas hat seinen Lebenswillen geweckt, er hat ein Ziel gefunden, in dessen Richtung er laufen will.

Ein Teil von mir begreift von einem unerwartet sanft geraunten Wort zum nächsten liebevollen Lächeln immer mehr: Das Ziel bin ich. Oder besser: Das Ziel ist das, was er sich hinter dem, was von mir übrig ist, noch an Jess erhofft. An dem Gedanken an diese verschollene Frau scheint er sich so festgebissen zu haben wie an dem vom Laufen.

Der andere Teil – der, der weiß, dass ich kein Ziel mehr bin, sobald seine Erinnerungen zurückkehren – reißt sich zusammen. Ich will ihm den Weg ebnen, so gut ich es hier und jetzt eben kann. Der Fokus hat sich für mich verschoben, sehr weit weg von mir, beinahe Haut-an-Haut-nahe zu Cem. Er ist mein bester Freund. Und den lässt man nicht allein, selbst wenn man ihn küssen will, ohne dass man es tun darf.

Jeden Tag bekommt er Antworten. Oft sind es nur Kleinigkeiten. Dann spiele ich ihm ein neues Lied vor, das er mochte, ich bringe ihm ein Buch mit, das er gern gelesen hat, zeige ihm ein paar Fotos oder erzähle ihm Anekdoten, die mir prägnant erscheinen. Uns ist wohl beiden klar, dass ich entscheidende Teile ausspare – die furchtbarsten Dinge und das, was sie mit mir, aus uns gemacht haben. Doch nach der Geschichte mit dem Kuss fragt er nicht weiter, auch wenn er das Mehr zu wittern scheint. Oder vielleicht auch genau deshalb.

Ich bin in Cems Gegenwart trotz allem meistens ruhiger als in den Stunden ohne ihn. Diese Fähigkeit hatte er immer schon, auch wenn meine damalige Unruhe eine vollkommen andere war. Als ich ihm begegnet bin, war ich rastlos, ich wollte weg – aus der Stadt, aus dem Studium, aus den Nebenjobs. Einfach weg. Nun will ich weg aus mir – meinem Körper, meinen Gefühlen, meinen Erinnerungen. Doch so, wie mir damals Cem, seine Wohnung und das *Zwei Leben, Terrasse, Bar* eine Heimat gegeben haben, verortet er mich jetzt gezwungenermaßen ein wenig in mir selbst. So oft stellt er mich, ohne etwas zu sagen, vor die Frage, wer ich eigentlich bin. Seine Neugierde erinnert mich an eine Jahre zurückliegende, alles verändernde Fahrt nach Amsterdam.

Zu Beginn meiner Besuche war es noch, als spare sich meine neue Lebendigkeit für die Zeit bei ihm auf, vor allem für die Momente, in denen er nicht mehr als ein, zwei Meter von mir entfernt war. Dann weitete sie sich Stück für Stück aus, auf den Weg, auf die Stunde, ehe ich losfuhr, auf das Planen und Backen der Kuchen. Immer weiter und weiter, bis es mir nun schon vorkommt, als gehöre das Gefühl ein bisschen mir. Als hätte Cem ein Stückchen Jess-Herz aufgeräumt, um dort Platz für kleine bunte Schachteln zu schaffen, in die ich mein Seelenleben einordnen kann. Ich liebe bunte Schachteln.

Ich bemühe mich, nicht darüber nachzudenken, dass diese Blase, in der wir uns hier befinden, platzen wird, sobald uns das reale Leben einholt. Und doch kann ich nicht ausblenden, dass ich mich durch seine Gegenwart nun mehr verändere, als es mir in der gesamten Zeit nach dem Unfall gelungen ist.

Vielleicht heißt die Antwort auf die Frage nach Heilung gar nicht einfach Cem. Vielleicht lautet sie für Jess Nummer drei ja Cem Nummer drei und umgekehrt. Denn wir beginnen beide wieder, richtig zu essen, immer häufiger auch zusammen. Und mit der Zeit beginnen wir auch, immer häufiger richtig zu lachen. Es klingt anders als früher, etwas leiser und so, als wären die einstigen Untertöne irgendwo eingesperrt. Und doch klingt es zweistimmig manches Mal schon erstaunlich nahe dran an perfekt, weil wir eben genau so lachen, wie wir gerade sind.

Und dann gibt es da noch diese Tage wie heute, für die kein Zähneknirschen reicht, weil irgendetwas in Cem vorgeht, was größer ist als das Kippen eines Gehwagens oder ein schmerzendes Bein. Dann erinnert mich sein inneres Abschließen, das Verrammeln und Verriegeln zu sehr daran, wie oft wir uns damals jeder für sich luftdicht verschlossen haben, wenn wir für den anderen hätten öffnen sollen. Es erinnert mich an einsam statt zweisam, es erinnert an alte Verzweiflung und weckt in Sekundenschnelle die wuchernde Angst vor dem *Wieder*.

Doch ist da immer noch diese Verbindung, der von einst so ähnlich und doch so grundverschieden. Und genau das lässt mich dieses Mal wenigstens leise fragen: „Hast du schlecht geschlafen?"

„Schlecht geträumt." Er reißt sich sichtlich zusammen.

Ich nicke nur. *Kenne ich*, könnte ich sagen. *Passiert mir ständig*, könnte ich sagen. *Bitte mach auf*, könnte ich zaghaft gegen den grauen Stahl flüstern, der uns trennt. Doch was mich neben der Angst vor der immer wieder zum Leben erwachenden Grenze am allermeisten überrollt, ist der Wunsch, ihn mit beiden Armen zärtlich zu umschlingen und die Haut über seinem Herzen zu küssen, um so lange Frieden darauf zu hauchen, bis es in seiner Brust weniger reißend klopft. Doch all die großen, wirren Gefühle rauben mir die ohnehin so kleinen Worte. Und so tue ich nichts, sage ich nichts, vermischen sich ein weiteres Mal Leben zwei und drei.

Dann macht er nach einer Weile der Stille einen unerwarteten Sprung in Leben Nummer eins, als er sich mir noch so leicht öffnen konnte. Es ist, als wären sie alle drei nur Hüpfkästchen, über deren Kreidestriche man kinderleicht drüberhopsen kann. „Ich hab um mich geschlagen im Schlaf."

Er mustert mich prüfend, wie um sicherzugehen, dass er weiterreden soll. Doch ich bin so offen für seine Worte wie eine Sternschnuppe für jegliche Art von Wunsch.

„Sie wollen mir ein Schlafmittel geben, damit das nicht mehr passiert und ich mich vielleicht selbst verletze. Das Bein, mein Kopf und so."

Ich nicke.

„Ich …" Er stockt und schüttelt überfordert den Kopf.

„Was?" Es sticht in meinen Fingern, so sehr wollen sie in Cems Haar.

„Meistens erinnere ich mich nicht an die Träume, doch wenn ich aufwache, ist das zurückbleibende Gefühl jedes Mal so furchtbar, dass ich befürchte, mich durch ein Schlafmittel nicht wehren zu können. Bescheuert, schon klar. Es sind verdammte Träume, ich kann mich sowieso nicht wehren, aber …"

Als nun ich den Kopf schüttle, verstummt er abrupt. „Das klingt gar nicht bescheuert", erwidere ich leise.

Er presst die Lippen aufeinander, alles an ihm wirkt so ungewohnt zerbrechlich, als könne jedes meiner Worte sein letztes sein. Ohne dass ich es steuern könnte, schieben sich meine Finger über die Decke. Kurz bevor sie seine erreichen, legt sich Cems Hand auf den Rücken wie ein Bett, das für die Zeit, die ich es berühren werde, nur Frieden verspricht. Und die Hand hält ihr Versprechen. Mein Daumen streift für einen liebevollen Moment seinen entlang. Seiner stupst zurück. Mit einem Mal muss ich daran denken, wie seine Nase so oft gegen meine gestupst hat, ehe er mich küsste.

„Ich verstehe dich so gut. Manchmal traue ich mich nicht einzuschlafen." Meine Stimme klingt rau, und es überrascht mich, dass ich weiterspreche, sogar ohne mich zu räuspern. „Oder ich kann nicht im Dunkeln liegen. Wie als kleines Kind. Wenn der Schlaf mich dann doch erwischt, sind die schlimmsten Träume die, in denen ich einfach dastehe und nichts tun kann." Nur zusehen. Immer und immer wieder nur zusehen. „Ich habe so oft geträumt, ich wäre über Rot gefahren oder hätte mich nicht angeschnallt. Ich sehe die Ampel genau vor mir – leuchtend rot, aber ich kann nicht anhalten. Ich bemerke den offenen Gurt in genau dem Moment, in dem das andere Auto neben mir auftaucht." Ich schlucke. „Weißt du, ich begreife einfach nicht, wie man jemandem so vieles nehmen kann, ohne dass er etwas Furchtbares getan hat. Am Gurt war etwas falsch verarbeitet. Ich war angeschnallt. Es war Grün", krächze ich. Ich muss es nicht nur ihm, sondern vor allem mir noch einmal sagen.

„Du warst angeschnallt. Es war Grün", wiederholt Cem, und sein Daumen flüstert meinem noch einmal ein paar stupsende Worte zu.

Jetzt sind meine Träume meistens anders, so anders, dass ich sie Cem nicht erzählen kann. Ich kann nicht sprechen über ihn, am Boden, nass, sein Bein so verdreht wie nun sein Gedächtnis. Ich kann schon gar nichts erzählen von mir, zumindest kurzfristig in Sicherheit, dennoch kreischend wie von Sinnen.

„Man will nicht ausgeliefert sein." Mehr als ein Wispern findet nicht mehr aus mir heraus. „Nicht einmal im Traum."

Er nickt. Während des gesamten zweiten Lebens habe ich mich ihm im Leiden nie so verbunden gefühlt wie in diesem Moment. Es ist ein kleines Pflaster auf einer Platzwunde. Es reicht nicht für Heilung, aber man sieht wenigstens nicht mehr nur tatenlos zu wie in einem sich immer wiederholenden Albtraum.

„Ich will da heute nicht raus auf den Flur." Auch er wispert nun.

Es ist einer dieser Momente, da ich mich am liebsten zu ihm legen möchte, ganz nahe. Stirn an Stirn, Brust an Brust, bis es in beiden abwechselnd klopft, als schubsten unsere Herzen sich gegenseitig an. Aber ich kann es so wenig wie damals nach meinem Unfall. Also sitzen wir einfach nur da und schweigen – dieses Mal wenigstens gemeinsam.

„Und ich wollte heute nicht raus in die Welt", erwidere ich schließlich. Seine Augen blicken in meine. Bei all den Brauntönen, die sich darin mischen, fällt mir dann noch etwas ein: „Aber ich wollte dir unbedingt Kaffee bringen."

Ich bin jederzeit für dich da, ich bin jeden Tag nur deinetwegen hier. Steh. Auf.

„Du hast Kaffee dabei." Es klingt, als hätte er jedes stumm in mir verharrende Wort gehört.

Ich ziehe den Becher aus der Tasche und reiche ihn ihm. „Cappuccino", erwidere ich und meine eigentlich: das Getränk, das uns schon einmal eine Brücke errichtet hat.

Er schraubt den Deckel auf und schaut dahin, wo einst Milchschaum war. „Cappuccino." Aus seinem Mund klingt es, als lege er bereits vor dem ersten Schluck ein paar Steine zurecht, um gleich loszubauen.

„Ohne Schwan", platziere ich die erste Reihe Steine. Wie erhofft, hat es nur der Schwan bis zu ihm geschafft.

„Ist doch perfekt."

Eine Weile trinken wir stumm vor uns hin. „Ein einziges Wanken", beginnt er dann leise, „und ich könnte brüllen. Jedes verfluchte Taumeln heißt nicht nur, dass ihr mich stützen müsst, was ich echt hasse. Es heißt auch, dass ich noch länger an dieses Scheißgestell gefesselt bin, wann immer ich einen Schritt machen will."

„Du bist gestern kein einziges Mal gewankt."

Er seufzt. „Meine Beine wollen laufen, *ich* will laufen, aber mein verdammter Kopf, der stellt sich auch hier stur, wenn es um Kooperation geht. Ich will wieder richtig rennen."

„Du willst wieder rennen", wiederhole ich.

„Ja."

„Echt?", frage ich verwundert und nehme den letzten Schluck Cappuccino.

„Klar." Durch seine kontrollierte Stimme schimmert die Wut.

„Jeder Schritt, den du heute an diesem Gestell machst, bringt dich deinem Traum näher."

„Das ist mir auch klar", zischt er. „Aber manchmal …"

„Manchmal fühlt sich der Kampf an, als würde man gleichzeitig erdolcht und erdrosselt", unterbreche ich ihn.

Sein Blick spiegelt sein Erstaunen wider.

„Es sollte nicht klingen, als würde ich nicht sehen, wie hart du kämpfst, Cem. Wenn du heute eine Pause vom Kämpfen brauchst, bleibe ich ohne jeden weiteren Kommentar mit dir hier im Zimmer. Von mir aus verrammle ich die Tür und ziehe die Decke über uns, damit man dich bloß nicht findet. Aber wenn du weitermachen willst, stehe ich am Ende eines jeden deiner Wege. Ich hab nicht vor, dich alleinzulassen, wenn du nicht mehr kannst. Ich hoffe, das weißt du." Nie wieder werde ich ihn zurücklassen, da kann er noch so laut *Lauf* brüllen.

Er presst die Lippen aufeinander, doch das feuchte Schimmern in seinen Augen bekommt er dadurch nicht vertrieben.

„Weißt du das denn nicht?", frage ich sanft. „Ich lasse dich nicht allein, Cem. Heute nicht zu kämpfen, heißt einfach nur, dass du Kraft sammelst, um dem Gehwagen morgen härter in den Arsch zu treten als je zuvor."

In seinem Mundwinkel zuckt es, einem Lächeln nicht unähnlich. Nun nimmt auch er den letzten Schluck seines Cappuccinos. Und ich glaube, es ist genau dieser Moment des letzten Schlucks, nach dem ich schon einmal etwas Mutiges getan habe, indem ich mit einem Fremden nach Amsterdam gefahren bin. Ich glaube, es ist genau dieser Moment, der mir Mut für die Entscheidung schenkt, mich heute doch nicht mit ihm zu verkriechen.

„Ich bring dich jetzt hier raus – ob du willst oder nicht", sage ich. „Wir gehen in den Park."

Sein Lächeln verschwindet. „Um zu sehen, was ich nicht haben kann?" Er sieht aus, als schleudere er gleich den Thermobecher durchs Zimmer. Doch anders als an den vergangenen Tagen will ich nicht aufgeben.

„Was soll ich sagen?" Begleitet von einem theatralischen Seufzen zucke ich mit den Schultern. „Ich bin ein zutiefst sadistischer Mensch."

Er hebt die Brauen, und ein winziges Zucken an einer Seite seines Mundes kehrt zurück.

„Um dir zu zeigen, wofür du kämpfst", füge ich da sanfter hinzu.

Cem liebt den Sommer. Und der Sommer scheint ihn nicht weniger zu lieben, denn er tut wie ich heute sein Möglichstes, um ihn aus seinem Zimmer zu locken. Sobald wir in die warme, frische Luft treten, atmet Cem einmal so tief durch, als wäre es sein erster vollständiger

Atemzug nach unzähligen bestenfalls halben. Wir schweigen, während ich ihn in den angrenzenden Park schiebe. Dort setze ich mich auf eine Bank und helfe ihm aus dem Rollstuhl neben mich.

Zum vermutlich millionsten Mal in meinem Leben betrachte ich sein Profil, und doch ist etwas dieses Mal anders. Er ist so still und scheint jede Kleinigkeit in sich aufzusaugen. Ich verfolge, wie sich die Enden seines Mundes Millimeter für Millimeter heben, ehe er sich seitlich auf die Unterlippe beißt, sodass sie an der Stelle heller wird. Ich kann die geraden weißen Frontzähne und den etwas spitzeren Eckzahn sehen. Das hier ist eindeutig der falsche Moment, damit mir einfällt, dass er mit jedem von ihnen erstaunlich sanft zubeißen kann. Doch ein Herz ist nicht dafür konzipiert, sich um richtig oder falsch zu scheren.

In Cems Augen erscheint ein neues kleines Funkeln. Langsam wende ich meinen Blick von ihm ab, um wahrzunehmen, was hier draußen nach Wochen wieder auf ihn einprasselt: Bäume rascheln, Vögel zwitschern, das Wasser des Weihers glitzert in der Sonne, als träfe jeder Strahl auf unzählige versunkene Edelsteine, eine leichte Brise streift immer wieder unsere Haut.

Und nach langer Zeit kann auch ich sie wieder sehen: all die kleinen Wunder um uns herum, auf die ich niemals verzichten möchte, die ich aber bereits viel zu lange nicht mehr wirklich wahrnehme.

„Danke", flüstert er.

„Wofür?"

„Dass du dieses elende Gequengel so gut draufhast."

„Gern." Ohne groß nachzudenken, greife ich heute bereits zum zweiten Mal nach seiner Hand.

Dieses Mal verschränken sich seine Finger behutsam mit meinen, sein Daumen streicht einmal zärtlich kitzelnd über meinen kurzen Daumennagel, ehe er zufrieden auf meinem Handrücken liegen bleibt, als wäre dies nun einmal sein Platz. Noch einmal werfe ich Cem einen kurzen Blick zu, und auch wenn er weiter in die Ferne blickt, bin ich mir sicher, dass er es bemerkt.

Und dann sitzen wir einfach nur da – atmen echte Luft, sehen Wasser in der Sonne glitzern und hören Bäumen beim Rascheln und Vögeln beim Zwitschern zu.

Kapitel 19

AN jedem Tag, den sie mich besucht, verabschiede ich mich von einem weiteren Stück meines Bildes von ihr und ersetze es durch Jess. Es ist seltsam, wie sie sich mehr und mehr zu einem neuen Menschen zusammensetzt mit vertrauten und neuen Anteilen und doch entscheidende Stellen einfach leer bleiben. Doch auch wenn gerade noch ein Scheißstraucheln auf ein ätzendes Taumeln folgt, setzt auch die neue Jess den neuen Cem auf seltsame Weise wieder zu einem Menschen zusammen.

Nicht nur einmal denke ich an unsere Fahrt nach Amsterdam an unserem allerersten Tag. Wie klug dieser damalige Typ namens Cem war, diese Frau von dem Moment an kennenlernen zu wollen, da er einmal in ihre Topas-Augen gesehen hatte. Ich versuche, dieses seltsame Wiederfinden, das uns hier in Teilen bereits gelingt, als Neuanfang zu betrachten.

Vermutlich sollte es in jeder Beziehung ab und zu darum gehen, einander wieder kennenzulernen und zu checken, wer da mittlerweile eigentlich vor einem sitzt. Niemand bleibt über wer weiß wie viele Jahre hinweg der Gleiche; und es wäre völlig verrückt, wenn es gerade bei uns beiden anders wäre.

Auf beinahe wundersame Weise antworten Teile von Jess und mir einander, wie sie es auch früher getan haben. Nur vollkommen anders. Leiser, wohlüberlegter, vorsichtiger. Ihr Zorn antwortet auf meinen, ihre Traurigkeit, ihre Hilflosigkeit passen zu meiner, ihre Zerbrechlichkeit kommt meiner eigenen so nahe, und ihr neues Lachen hört sich an, als sollte es nur gemeinsam mit meinem ertönen.

Und was passiert? Ein potenzielles neues Wir schnellt so rasant, beinahe brutal in mein Herz zurück, dass ich manchmal allein unter Jess' Anblick zusammenzucke.

Wenn ich das könnte, wenn sie das könnte, würde ich uns einen Cappuccino machen, mit ihr in Mercy steigen und verschwinden. Bis nach Amsterdam – vielleicht auch weiter, bis ans Meer. Ich würde die Rückbänke zurückklappen und das Schiebedach öffnen, um mit ihr zusammen in die Sterne schauen zu können. Vielleicht würde ich Jack Johnsons *Better together* anstellen und für sie mitsingen. Mit großer Wahrscheinlichkeit würde sie dann sagen, dass ich aufhören soll. Aber ich würde lachend weitersingen. Und sie? Sie würde lächeln und ihre Nase an meiner nun viel bärtigeren Wange reiben. Ich muss einfach daran glauben, dass sich manche Dinge nicht ändern.

Wenn es rund eine halbe Stunde, nachdem sie mir geschrieben hat, klopft, kribbelt es jedes Mal. Bis sie dann vor mir steht und sich das Kribbeln zu einer Woge plötzlichen Glücks aufbäumt. Das Gefühl ist zwar so furchtbar, dass ich den noch nicht wieder ganz hergestellten Kopf gegen die Wand schlagen möchte, weil sie so verdammt unerreichbar ist. Auf der anderen Seite jedoch …

„Blöde Bitte", sage ich irgendwann.

Sie hebt die Brauen. „Nur her damit."

„Könntest du mir nicht mehr schreiben, wenn du losfährst?"

Nun wirkt sie irritiert. „Wieso?"

Damit es ständig kribbelt, bei jedem einzelnen Klopfen. „Na ja, ich hab hier doch so wenig, worauf ich mich freuen kann. So würde sich jedes Klopfen anfühlen wie … Vorfreude", oder Verliebtsein, „oder so."

Sie lächelt – dieses neue Lächeln, dieses zerbrechlich-schöne – und nickt.

Es ist komplett bescheuert. Am nächsten Tag steht Anna mit Gehhilfen vor mir, und ich strahle so breit, als hätte mir meine Physiotherapeutin verkündet, dass eine nächtliche Wunderheilung dazu geführt hat, gleich wieder joggen zu können.

Sie fragt: *Gehhilfen?*

Mein Innerstes brüllt: *Yeah!*

Nur eine fehlt, um das Jubeln perfekt zu machen. Genau heute wüsste ich verflucht gern, ob Jess jeden Moment kommt. Vielleicht hat sie sich auch wegen des Regens irgendwo untergestellt. Oder ob sie Regen noch immer so liebt? Ob ich aus dem richtigen Fenster heraus jetzt beobachten könnte, wie sie in den dicksten Tropfen spazieren geht, die weichsten begleitet von einem genüsslichen Seufzen auf ihr Gesicht fallen lässt?

„Also?" Anna wartet. Richtig, die Gehhilfen.

Etwas überfordert blicke ich mich um, als könnte sich Jess noch hinter dem Bett versteckt haben und jeden Moment dahinter hervorspringen. Mit Kuchen. Dann zucke ich unbeholfen mit den Schultern. „Na dann."

Das Gefühl ist so grandios anders als mit diesem Wagen. Es fühlt sich so viel mehr nach echtem Gehen an. Und gerade, als ich mich zum dritten Mal umdrehe, steht am Ende des plötzlich kilometerlangen Flures *sie*. Den Regen abgewartet hat sie offensichtlich nicht. Ihre Jacke hängt tropfend über ihrem Arm, ihr Haar klebt an ihren geröteten Wangen und fällt in Strähnen auf den taubengrauen Stoff über ihren Schultern, sodass sich schwarze Flecken bilden. Wo der Stoff endet, erahne ich aus der Entfernung die Sommersprossen – lauter perfekt platzierte Tupfen. Ich habe das so oft gesehen, Jess nach dem Regen. Sie ist so schön, dass ich sie nur genauso überwältigt anstarre wie sie mich mit meiner Trophäe, den Krücken. In Zeitlupe schlägt sie die Hände vor den Mund. In unserem früheren Leben, da bin ich sicher, hätte sie mich jetzt quietschend über den Haufen gerannt. Nun tritt sie so langsam auf mich zu, als wäre sie diejenige, die das erste Mal auf Krücken unterwegs ist, ehe sie mir die Arme um den Oberkörper schlingt.

Kurz gerate ich ins Taumeln, die langsame Berührung ist überraschend kraftvoll.

„Ich halte dich", flüstert sie.

Ihre feuchte Nase streift für einen kaum zu fassenden Moment meinen Hals, und sie lässt mich tatsächlich nicht los. Nicht einmal, als meine warmen Lippen die kalte Haut ihrer Schläfe streifen. Nicht einmal, als sie spüren muss, wie mein Herz energisch bei ihrem anklopft, weil sie sich plötzlich so nahe sind wie zwei Doppelhaushälften.

Sie nimmt einen tiefen Atemzug, als rieche sie mich noch immer genauso gern wie ich sie. Einzelne kalte Tropfen fallen aus ihren Haaren auf meine Arme, die Kühle ihrer Hände dringt durch den dünnen Stoff meines T-Shirts bis auf meine Haut. Mit einem Mal bin ich so verdammt froh, dass sie zu spät ist.

Als wir uns wieder lösen, gerate ich beinahe noch mehr ins Straucheln – dieses Mal durch den abrupten Entzug nach dieser unerwarteten Überdosis Jess.

„Du hast Krücken", haucht sie. Es klingt auf die gleiche idiotische Weise tiefsinnig wie jedes ihrer Worte bei unserem allerersten Treffen. Es könnte daran liegen, dass ich bei dieser Art Blickkontakt jedes Wort tiefsinnig fände.

„Ich hab Krücken", murmle auch ich. „In meinem Zimmer liegt ein Handtuch auf dem Bett."

Sie nickt. Noch immer betrachte ich all die Blautöne, die sich zu Jess' einzigartiger Augenfarbe mischen.

„Danke", murmelt sie. Es scheint sie nicht weniger Kraft als mich zu kosten, endlich einmal zu blinzeln.

Und für einen winzigen Moment erinnere ich mich an diese Sache namens Glück.

Kapitel 20

„WIR haben Besuch", sagt Emre. Er ist spät dran.

„Moment", murmle ich und lasse noch das Stück Zitronentarte auf den Teller rutschen.

„Hey, Jess."

Beinahe fällt mir der Teller aus der Hand. Noch im selben Moment, in dem mich die Stimme herumwirbeln lässt, begreife ich, dass hier gerade etwas völlig schiefläuft. Denn es braucht nur zwei unerwartete Worte gehüllt in genau diese Stimme, damit ich mich so fühle, als hätte jemand ein Eichhörnchen in mich hineingesetzt, das sich fröhlich im Kreis dreht und dabei mit seinem buschigen Schwanz an den Innenwänden meines Bauches entlangkitzelt.

Cems Blick liegt auf mir, seine Augen strahlen so unerwartet hell. Bei dem Anblick dreht das Eichhörnchen noch einmal aufgeregt ein paar Extrarunden, die mich meine Hand auf meinen Bauch legen lassen, um es zu zähmen. Super Idee. Klappt null.

O Gott, wieso bin ich verliebt in Cem? Und seit wann? Liebe, ja, klar. Immer. Aber hätte die nicht genügt?

„Alles okay?"

Erst als ich Cems amüsierten Unterton wahrnehme, wird mir klar, dass ich hier stehe wie doof, den Tortenheber noch in der Hand, und ihn anstarre wie ... na ja, schrecklich verliebt halt.

„Hey, du." Ich *klinge* auch verliebt. Herrje. Habe ich bei den vergangenen Malen auch so geklungen? „Ich bin nur überrascht, dich hier zu sehen." *Und will gerade nichts lieber, als dich zu küssen.* Allein bei dem Gedanken kribbeln meine Lippen, als hätte jemand feuchtes rosa Brausepulver darauf gestreut, das sich nun langsam auflöst. Meine Lippen könnten Wasser gerade literweise in Limonade verwandeln.

Ich zwinge meine Hand, den Tortenheber abzulegen, und meine Füße, sich auf den Weg zu ihm zu machen. Einmal angekommen, falle ich ihm deutlich zu euphorisch um den Hals, wie mir Emres Blick aus dem Augenwinkel zeigt, nachdem ich die Augen endlich wieder geöffnet habe.

„Ich wollte dir den Weg ersparen", murmelt Cem an meinem Ohr und hält mich mit dem Arm fest umschlungen, den er nicht für die Krücken braucht. Es klingt so zärtlich, als hätte auch in ihm ein Nagetier Unterschlupf gefunden. „Und dich überraschen."

„Das ist dir gelungen." Mich von ihm zu lösen, hinterlässt Schmerzen, als hätte sich dabei ein Arm losgerissen, um bei ihm zu bleiben. Doch ich lächle. Er lächelt.

„Setz dich, setz dich." Ich rücke ihm einen Stuhl zurecht.

„Das schaff ich gerade noch allein." Obwohl es wie ein Scherz klingt, kann ich heraushören, dass ich den Stuhl hätte stehen lassen sollen.

„Willst du auch den Kaffee selbst machen?", frage ich übertrieben provokativ, um meine Nervosität zu überspielen. Als wäre das hier unser erstes Date und nicht die circa millionste Begegnung innerhalb von zig Jahren.

„Gerne."

„Bleib stehen. Es war ein Witz, Cem." Ich hüpfe wie ein Kind auf und ab. Oder ist das nur das Eichhörnchen in mir?

„Heilige Scheiße." Vor der Kuchenvitrine ist er stehen geblieben, während Emre an uns vorbeigeht, um die Bestellung auf die Terrasse zu bringen, die ich eigentlich hätte fertig machen sollen.

Langsam dreht Cem sich zu mir um. „Hast du die alle gemacht?"

Damals hatten wir dort immer nur drei Kuchen stehen, weil wir nicht ansatzweise so viele Gäste hatten. Nun sind es normalerweise mindestens fünf.

Ich nicke.

„Wann?", will er wissen.

„Ich kann zwischendurch oben backen und … nachts oder so?"

„Oh, Jess." Schuldbewusst reibt er sich über das Gesicht. „Wieso hast du nicht gesagt, dass du so viel arbeiten musst? Ich hätte dich niemals so lange aufgehalten, wenn ich das gewusst hätte."

Weil ich so lange bei dir sein wollte.

O Mann, wäre mir dieses Eichhörnchen-Ding früher klar geworden, wenn ich es gewesen wäre, die auf ihn hätte warten müssen, die von ihm überrascht worden wäre wie heute? Eine dämliche Hoffnung macht sich in mir breit, die sich eigentlich nach Schrecken anfühlen sollte: Meinte er *das* mit Vorfreude, wenn er nicht vorher weiß, wann ich ihn besuchen komme?

„Kein Ding. Ich schlaf ja eh nicht gut", nuschle ich.

Er sieht wieder in die Vitrine, geradezu ehrfürchtig. „Verdammt, was ist das alles?" Womöglich fängt er gleich an zu sabbern.

Ich trete direkt neben ihn, wobei mir sein Geruch in die Nase steigt. Vermutlich fange auch ich gleich an zu sabbern. Nacheinander zeige ich auf die Kuchen, die er noch nicht kennt.

„White Chocolate Raspberry Cheesecake, Erdnussbutter-Torte, Johannisbeer-Schmand-Kuchen. Und ich kann dir versichern: Cem mochte sie alle."

„Du bist der Wahnsinn", murmelt er mit einem Blick, als sprächen wir nicht von Kuchen. Nicht einmal von Torte.

„Willst du etwas probieren?" Ich hätte so gern den Tortenheber zurück, um meine Hände zu beschäftigen.

„Blöde Frage", murmelt er mit einem Unterton, als sprächen wir noch immer nicht von Essen jeglicher Art. „Nicht nur die, die ich noch nicht kenne. Ich mach das schon."

„Bitte setz dich. Wir können zusammen an unserem Tisch was trinken. Ich bring den Kuchen und zwei Gabeln mit, ja?" Es klingt irgendwie nach einem grundschulartigen *Ich will neben Cem sitzen!* – echt gruselig.

Wenigstens setzt Cem sich tatsächlich hin und beobachtet mich dann so genau, als wolle er ein weiteres Mal herausfinden, wer ich bin, oder womöglich eher, was mit mir los ist. Doch sein Lächeln lässt mich auch befürchten, dass er eine dumpfe Ahnung hat.

Verdammt!

Also verschwinde ich schnell hinter der Theke, platziere sechs schmale Kuchen- und Tortenstücke mit nicht ganz sicherer Hand sternförmig auf einem Teller, ehe ich den Espresso mache und die Milch aufschäume.

Ich kann seinen Blick spüren. Ohne aufzusehen, könnte ich schwören, dass er ihn nicht eine Sekunde von mir löst, womöglich nicht einmal blinzelt.

„Hey, Chefin, du kannst ja richtig niedlich sein", murmelt Emre begleitet von einem leisen Lachen neben mir.

Ich hasse es, wenn er mich *Chefin* nennt, unter anderem, weil ihm von dem Laden ein Prozent mehr gehört als Cem oder mir. Ich werfe ihm einen Blick zu, der ihn niederringen soll, doch er grinst weiter. Ich bin wohl etwas aus der Form. Das Leben hat mich in neue Förmchen gedrückt und dann auch noch auf seltsame Weise wieder zusammengesetzt.

„Lasst euch Zeit", flüstert er und bringt zwei Latte macchiato an einen weißen Tisch vor blauer Wand.

Ich klopfe den Ausgießer mit dem Milchschaum auf die Theke, um die größeren Luftbläschen zu beseitigen. Meine Hand zittert nervös, als ich ihn in die Tasse richte und mit schnellen Bewegungen hin- und herschwenke. Halbkreis nach oben links, kurzes Innehalten, für den langen Hals wieder runter, noch einmal halten und nur noch eine kleine Bewegung für den herzförmigen Kopf. Das letzte Gebilde sieht ein bisschen gebrochen aus. Das Leben hat seinen ganz eigenen Humor.

Ich stecke zwei kleine Gabeln in festere Kuchenstücke, platziere den Teller auf meinem Unterarm und nehme die beiden Cappuccino mit.

„Was für ein Service. Ich hoffe ... Wow." Er blickt von seiner Tasse zu mir auf. „Du kannst einen Schwan." Er klingt irgendwie irritiert. Und enttäuscht?

„Du hast es mir beigebracht. Vor einem halben Jahr hab ich es plötzlich geschafft."

Kurz schließt sich seine rechte Hand etwas, und ich wüsste zu gern, ob sich ein Teil von ihm daran erinnert, wie sich seine Hand behutsam um meine schloss, um sie immer und immer wieder zu führen, bis ich es konnte. Auch damals war da in diesem Moment ein Funken Enttäuschung.

„Ich weiß nicht, wieso", ratlos zucke ich mit den Schultern, „aber er schmeckt nie so gut oder cremig wie bei dir."

Da leuchten ein paar eben erloschene Lichterketten wieder auf. „Dann bin ich ja doch nicht ganz überflüssig."

„Niemals", rufe ich zu schnell. Und auch etwas zu laut. Und zu vehement.

Er mustert mich übertrieben nachdenklich. „Du bist jetzt also eine Frau, die die Geduld besitzt, sich ernsthaft mit einem Milchschaum-Schwan auseinanderzusetzen."

„Scheint so."

Er lächelt, als wäre das Schicksal nicht nur ein Arschloch, und ich lächle zurück, als würde ihm etwas in mir auf irgendeine verrückte Weise glauben.

Dann greift er nach einer der Gabeln und tippt damit leise klirrend gegen den Teller. „Wir haben neues Geschirr."

Ich zucke zusammen. „Es ist schon ein Jahr alt", nuschle ich, atme einmal zittrig aus und senke den Blick.

Ganz plötzlich lehnt er sich auf dem Stuhl zurück und zieht zischend die Luft ein, als hätten meine schmerzverzerrten Bilder zu ihm gefunden.

„Du …"

Als er nicht weiterspricht, sehe ich auf. Er starrt mich an – hoffnungsvoll und am Boden zerstört. „Du hast es zerschlagen."

„*Wir* haben es zerschlagen", wispere ich. „Ich habe nur angefangen." Schreiend und um mich schlagend und das Leben um Gnade und mein Baby anflehend.

Tränen treten ihm in die Augen. Tränen treten mir in die Augen. Dieses Bild von uns ist plötzlich so real wie lange nicht mehr. Er hielt mich. Ich hielt ihn. Zwei zerbrochene Menschen am Boden zwischen unzähligen zerbrochenen Tassen und Tellern.

„Wir waren schon nicht mehr zusammen." Während der Satz langsam aus ihm herausfindet, haftet sein Blick an meinem Gesicht. Nein, er streichelt es. Sein Blick streichelt federgleich jede Kontur entlang. Da weiß ich, dass er sich auch an den Kuss erinnert. Einen der nötigsten und verzweifeltsten Küsse meines Lebens, der Kuss zweier Menschen, die nichts als heile und nicht mehr einsam sein wollten, während sie so schrecklich kaputt und leer beieinanderlagen.

„Nein, waren wir nicht", wispere ich, und auch ich streichle sein Gesicht mit meinem Blick, weil meine Hände es nicht können. Ich räuspere mich, ehe ich eine Antwort auf die in der Luft hängende Frage herausbekomme. „Das ist danach nie wieder passiert."

Er weiß ohne Zweifel, dass ich von dem Kuss spreche. Er nickt. „Okay", flüstert er.

Das wird nie wieder passieren. Es ist schrecklich. Es ist nötig. Es wird nie, nie wieder passieren.

Kapitel 21

CEM

ICH gebe dem Taxifahrer ein großzügiges Trinkgeld, weil er mir den Koffer hochgetragen hat, und bleibe dann noch eine Weile an die Wand neben der Tür gelehnt stehen. Es ist die gleiche Wohnung wie in meiner Erinnerung, und doch habe ich nicht den blassesten Schimmer, was mich hinter dieser Tür erwartet. Hat Jess das meiste mitgenommen? Haben wir die Schränke zerschlagen wie das Geschirr im Café? Sieht alles aus wie eh und je?

Tief atme ich ein und stoße dann die Luft durch angespannte Lippen wieder aus, ehe ich den Schlüssel umdrehe und die Tür aufschiebe. Bereits auf den ersten Blick erinnert mich alles hier an ein Leben, das so was von völlig anders war als das, das ich von nun an führen soll. Denn alles in diesem Flur erinnert mich an ein Leben mit Jess. Die großen, gerahmten Urlaubsfotos an den Wänden, das Brett, an dem unsere Schlüsselbunde immer nebeneinander baumelten, die Garderobe, an der zu meinem Ärger immer viel zu viele Dinge hingen und die nun nur noch mit leblosen Resten gefüllt ist. Alles brüllt geradezu verflucht laut nach Jess.

Als ich vom Flur ins Schlafzimmer treten will, stocke ich in der Tür. Erstens: Da sind zwei Kissen, zwei Decken. Zweitens: Sie sind bezogen mit Jess' Lieblingsbettwäsche. Beide. Das Problem: Wir hatten immer nur eine davon, wobei Jess oft gesagt hat, sie müsse mal herausfinden, ob eine zweite zu kriegen ist. Womöglich hatte die Frau, die plötzlich Milchschaumschwäne zaubern kann, auch die Ruhe, nach Bettwäsche zu suchen. So weit, so gut. Aber selbst wenn sie eine zweite gefunden haben sollte – wieso, verdammt, ist sie dann hier, um mich an alles zu erinnern, was dieses Zimmer nicht mehr ist?

Langsam trete ich ans Bett, das noch das gleiche ist wie damals, und meine Irritation wächst. Die Bezüge sehen beide vollkommen neu aus, kein bisschen verwaschen wie Jess' zigmal benutzter. Ich hebe die Ecke einer Decke an meine Nase. Sie riecht noch ein wenig nach Waschpulver. Ich muss das Bett erst kurz vor meinem wochenlangen Fernbleiben bezogen haben. Und ordentlicher bin ich wohl auch geworden, denn es ist perfekt gemacht. Und was, zur Hölle, machen die drei Kerzen auf der Fensterbank? Nicht nur die Tatsache, dass der Docht noch weiß ist, sagt mir, dass ich sie nie benutzt habe. Ich bin so was von nicht der Typ, der sich abends ein bis drei Kerzen anzündet, um eine lauschige Atmosphäre zu schaffen. So etwas war Jess' Ding.

Ich humple ins Wohnzimmer. Auf den ersten Blick sieht es aus wie früher, nur ohne die Wärme, mit der Jess jeden Raum gefüllt hat. Dann erkenne ich, wieso. Ihre Sachen sind verschwunden – ihr alter Plattenspieler, ein paar Topfpflanzen, alle Deko, ihre rosafarbene Lieblingsdecke und ein paar Vasen und Gläser aus dem Eckschrank. Ihre kleine, bunte Kommode fehlt auch, die restlichen Möbel sind geblieben.

Ich trete an die weiße Magnettafel. Dort hängen noch immer fast dieselben Bilder. Das von der Feier, als Jess ins Café mit eingestiegen ist, lässt mich unwillkürlich lächeln. Sie war so angetrunken, und als alle gegangen waren, hat sie mich hinter der Bar begonnen auszuziehen, ehe wir an unserer Kleidung zerrend hoch ins Büro gestolpert sind. In das Büro, neben dem sie nun wohnt. Mein Lächeln zerfällt unter dem gedanklichen Kinnhaken.

Es gibt Bilder von Reisen – sie und ich auf dem Weg, um die Welt zu erobern. Und eines, auf dem wir uns küssen, hängt auch noch da. Ihre Lider sind so entspannt geschlossen, auf ihrem Gesicht liegt eindeutig ein seliges Lächeln, obwohl man es wegen des Kusses nicht wirklich sehen kann. Der nächste Herzschlag fühlt sich an, als wäre er verdammt unglücklich gestolpert und hätte sich die Knie blutig aufgeschlagen. Wieso hab ich Idiot bitte dieses Bild dort hängen lassen?

Dann gibt es noch ein mir unbekanntes Foto von Emre, Jess und mir. Hinter unseren Köpfen erkenne ich bei genauerem Hinsehen einen der weißen Sonnenschirme, vor Emres und Jess' Stirn baumeln Lichterketten, die wir wohl gerade aufhängen.

Du hast schon welche, rauscht mir vollkommen unerwartet Jess' Stimme durch den Kopf. Hat sie das damals wirklich gesagt?

Seufzend wende ich mich von den Bildern ab und humple weiter in die Küche mit dem verflucht großen, tortenlosen Kühlschrank. Dem Metall-Monster gegenüber hängt noch dieses riesige Bild an der Wand, das nur eine von Jess' Gesichtshälften zeigt. Es ist eines der schönsten und ausdrucksstärksten Fotos, die ich je gemacht, ja, gesehen habe. In dem sichtbaren Auge funkeln Abenteuerlust und Lebenshunger. Ihr Lächeln hat etwas liebevoll Spöttisches. Auf ihrer Nase, ihrer Wange, ihrer Stirn, einfach überall leuchten diese kleinen und größeren Punkte, als hätte jemand verdammt lange für jeden einzelnen nach dem besten Platz gesucht.

Das Porträt ist mehr Kunst als Erinnerungsstück, und doch … Mein Arm hebt sich, um zu tun, was ich im Krankenhaus nie tun konnte. Meine Hand fährt über den Bogen ihrer rötlichen Braue – und hält dann abrupt mitten in der Bewegung inne. Aus dieser Nähe zeigt das Glas eine kaum sichtbare Spur. Genau diesen Bogen bin ich schon einmal entlanggefahren. Meine Hand fällt hinab. Es ist verblüffend, wie Sehnsucht zwei dem Anschein nach so unterschiedlichen Menschen wie dem einstigen Cem und mir die gleiche Geste entlockt.

Ich öffne den Kühlschrank in der bescheuerten Hoffnung auf eine kleine Torte oder wenigstens ein paar Schälchen Beeren, die mir zuflüstern, dass Jess nur kurz ihre rosa Decke holen ist, um sich später mit mir auf die Couch zu legen. Doch in dieser leeren Wohnung flüstert nichts – alles schweigt oder brüllt mir ungehalten ins Gesicht: *Du hast es versaut!*

Solange ich im Krankenhaus war, konnte ich mir einreden, dass es hier anders sein würde, die Wände grau, die Vorhänge ausgewechselt, das alte Bett weg. Doch das hier ist ein gottverdammtes Drama in drei Akten und vier Räumen, das kurz darauf seinen Höhepunkt im Badezimmer findet. Alle Luft weicht aus meinen Lungen, meine Schulter sackt gegen den Türrahmen, ich kann kaum aufrecht stehen bleiben. In dem Glas auf dem Waschbeckenrand stehen zwei Zahnbürsten – nicht nur meine rote, sondern auch eine gelbe. Jess'

Zahnbürsten waren immer gelb. Sie liebt gelb. Hat sie zumindest. Mit leicht zittriger Hand greife ich nach dem Plastikgriff und stutze. Sie sieht komplett unbenutzt aus.

Das borstige Denkmal noch in der Hand, lasse ich meinen Blick weiter durch den Raum wandern. Er bleibt ruckartig an dem an der Duschwand befestigten Metallkörbchen hängen. Langsam humple ich hinüber und greife nach der Seife. Jess' Seife, weil sie kein Duschgel in Plastikflaschen benutzen wollte. Mein Daumen streicht über die glatte Oberfläche, dieses Stück hier scheint vollkommen neu zu sein. Der vertraute Duft von Zitronengras und Verbene steigt mir in die Nase … Das ist zu viel. Schnell lege ich sie zurück und lasse die Zahnbürste klirrend in das Glas fallen.

Die Wahrheit ist: Diese Wohnung ist eine verfluchte Ode an Jess. Denkmal neben Mahnmal stehen sie dort: Möbel, Gegenstände, eine Milliarde hoffnungsgetränkte *Was wäre, wenn*. Ich fühle mich wie ein beschissener Stalker, wie jemand, der nicht nur sechzehn Monate Leben vergessen, sondern seitdem auch zu leben vergessen hat. Es passt nicht zu mir. Kämpfen, ja, verdammt! Aber diese verzweifelte Anbetung, diese lächerliche Selbstkasteiung? Nicht einmal jetzt, wo ich so plötzlich alles auf einmal verloren habe, will ich so leben. Das hier ist vollkommen krank.

Also … Wenn ich das richtig sehe, hat hier entweder Jess übernachtet oder ich falle in irgendeine Kategorie Irrer. Und nach dem, was ich über ihre Wohnung weiß und was ich heute über diesen perfekten, furchtbaren Kuss auf dem Fußboden des Cafés erfahren habe, bezweifle ich die erste Möglichkeit leider sehr.

Ich muss hier raus.

Eilig hinke ich zum Sofa, auf dem ich zwar unzählige Male mit Jess gesessen oder gelegen habe, das aber wenigstens etwas Normales an sich hat. Angestrengt lausche ich in mich hinein. Spüre ich einen Stalker-Anteil in mir? Nein, ich fühle einen verflucht großen Klumpen Sehnsucht nach Jess, womöglich größer als ich selbst es bin. Aber es fühlt sich nach normalem Verliebtsein an – keinem glücklichen, aber auch nicht auf eine Weise unglücklich, dass ich verrückt werde. Oder? Kann man das denn selbst beurteilen? Denkt nicht jeder Stalker, dass er nur besonders groß fühlt? Fuck!

Ich schließe die Augen und atme ein paarmal tief, sehr tief ein und wieder aus. Dann greife ich nach meinem Telefon.

„Emre?" Das eine Wort klingt wie die Beichte eines Doppelmordes.

„Alles okay?", fragt er alarmiert.

„Ja. Nein. Also … Kannst du vorbeikommen? Ich brauche dich hier mal."

„Okay."

Keine Fragen. Nur ein Okay. Ich liebe den Kerl.

„Ich muss zu Cem", höre ich ihn sagen. Erst in dem Moment checke ich, dass er natürlich noch im Café ist. Ich schlucke eine ganze Menge Flüche herunter.

„Soll ich mitkommen?" Jess. Eine echt besorgte Jess. Oh, Scheiße! Wenn sie wüsste, *wie* besorgt sie sein sollte.

„Nein", rufe ich schnell.

„Nein", gibt Emre weiter.

„Echt?" Jess.

„Echt", flehe ich.

„Echt", sagt Emre. „Ich bin spätestens zum Aufräumen zurück."

„Okay." Jess klingt nicht überzeugt. Dann höre ich das leise Glöckchen der Cafétür.

„Soll ich dranbleiben?", fragt er, als schon das erste Auto im Hintergrund zu hören ist.

„Nein. Komm nur vorbei."

„Bin so in zehn Minuten da."

„Danke."

Als es nach elf Minuten klingelt, stehe ich kurz davor, komplett auszurasten. Ich kann nicht einmal sagen, was genau mich so fertigmacht. Ist es nur dieses ganze Arrangement eines elenden Museums meiner verzweifelten Liebe zu Jess? Ich könnte das doch einfach alles wegräumen und so tun, als wäre nie etwas passiert. Das eigentlich Verrückte ist, dass ich die ganze Zeit auf eine gigantische Eingebung warte, das große *Ach so*, das Schlagen mit flacher Hand gegen die eigene Stirn.

Der Schnelligkeit nach zu urteilen, nimmt Emre je vier Stufen auf einmal, ehe er mich wohlauf – oder halbwegs wohlauf – dastehen sieht.

„Ich hasse dich gerade ein bisschen", keucht er.

„Ich kann damit leben."

Emre nimmt die letzten Stufen und geht hinter mir her ins Wohnzimmer. „Und womit kannst du *nicht* leben, dass du mich panisch aus dem Café holst?"

Ich weise auf das Sofa, und er setzt sich. „Es ist eine weitere Gehirnwäsche nötig", beginne ich mit miesem Herzhämmern. „Für mich."

„Okay." Emre scheint nicht recht zu wissen, was seine Aufgabe ist. „Ich habe Jess versprochen, bis zum Aufräumen wieder zurück zu sein." Und er scheint mich auch nicht ganz ernst zu nehmen.

„Versprich mir, dass du Jess kein Wort sagst von dem, was ich dir jetzt erzähle."

„Okay", sagt er nur wieder, aber die Falten auf seiner Stirn werden sichtbarer.

„Ich kam nach Hause und …" Ich räuspere mich. „Es ist nicht nur, dass ich allem Anschein nach Jess' Lieblingsbettwäsche nachgekauft habe, um auf meinem Bett zwei Kissen und zwei Decken damit zu beziehen, als schliefe sie neben mir." Das alles erscheint mir so verstörend, dass ich beinahe flüstere. Als Emre zischend die Luft einzieht, klingt es richtig laut.

„Ich habe auch Kerzen aufgereiht und eine Zahnbürste und Duschzeug für sie hier."

Er stößt leise einen unverständlichen Fluch aus. So schlimm? „Mist, das hab ich vergessen."

„Was hast du vergessen?" Was, zum Teufel, weiß er?

Er sieht aus, als schlage er sich jeden Moment selbst. „Schmeiß die Sachen weg und denk nicht weiter darüber nach, okay?"

„Klar, ich werde auch nicht weiter darüber nachdenken, dass ich nicht mehr normal laufen kann und meine Erinnerungen sich in irgendeine fest verschweißte Gehirnwindung verzogen haben." Ich knülle etwas Unsichtbares in meinen Händen zusammen und werfe es über meine Schulter. „Nebensächlich. Und weg."

Emre seufzt.

„Willst du mich eigentlich verarschen?"

Noch ein Seufzen vom Sofa, nun lauter.

„Bin ich zu einem Stalker mutiert oder was? Bin ich abgedreht und habe sie vergrault?"

Emre schüttelt überfordert den Kopf. „Nein, Cem. Das hier …" Er vergräbt stöhnend das Gesicht in den Händen, ehe er wieder aufblickt. „Kannst du mir einfach vertrauen?"

„Nein."

„Bitte."

„Hat sie hier geschlafen?", frage ich mit diesem letzten mickrigen Rest Hoffnung, obwohl ich die Antwort kenne.

„Nein."

„Hat hier eine andere Frau geschlafen?", will ich wissen, obwohl ich nur eine Antwort auf diese Frage akzeptieren kann.

„Nein."

Wenigstens ein einziges verfluchtes Nein sitzt an der richtigen Stelle.

„Sag, dass ich nicht selbst ihre Seife benutzt habe oder so."

Nun muss Emre lachen. „Eine Zeit lang hätte ich es dir zugetraut, aber nein. Cem, bitte, wir sind wie Brüder. Ich würde es dir sagen, wenn du es wissen solltest. Ich verspreche dir hoch und heilig: Es ist besser so."

Ich bin hin- und hergerissen. Ich will alles wissen und verstehen, was man mir brutal entrissen hat, auf der anderen Seite habe ich echt keine Ahnung, ob ich noch mehr verkrafte.

„Und das Bild?", frage ich müde.

„Welches Bild?"

Ich recke mich nach der Magnettafel und ziehe dieses quälend perfekte Bild eines Kusses unter dem glitzernden Magneten hervor, mit dem Jess es vor sehr, sehr langer Zeit dort befestigt hat, und halte es ihm hin.

„Ach, das." Er lächelt seltsam. „Du hast es nach der Trennung abgenommen, es aber vor einiger Zeit wieder hingehängt. Als ich dich danach gefragt habe, hast du gesagt, es wäre ein gesunder Schmerz, es anzusehen. Im ersten Moment hab ich dich für bescheuert gehalten, aber dann, kurz vor dieser alles verändernden Nacht, ergab es plötzlich einen Sinn."

„Wieso?"

Er scheint zu überlegen, ob er es sagen will. Dann schüttelt er den Kopf.

„Emre, wieso?", brülle ich fast. Mein Beinahe-Bruder regt mich so etwas von auf.

„Du hast unter anderem gesagt, du wolltest nicht vergessen, wie es ist, sie zu küssen."

Und plötzlich begreife ich wenigstens dieses Detail in der Wohnung. „Weil ich sie zurückhaben wollte. Ich wollte es nicht vergessen, um nicht aufzugeben."

Emre zuckt nur unsagbar nervtötend mit den Schultern.

„Ich wollte sie zurück, oder?"

„Wenn du es nicht weißt, werde ich es dir bestimmt nicht verraten."

Ich schnalze genervt mit der Zunge. „Ich wollte sie zurück", sage ich entschieden. „Natürlich wollte ich das."

„Wenn du das sagst", antwortet er ein weiteres Mal schulterzuckend und steht dann auf. „Ich muss ins Café. Hendrik hat sich krankgemeldet, Jess ist allein."

In mir kratzt etwas grob an meinem Herzen herum wie ein verdammt schlecht sitzender Pullover. „Wer bitte ist Hendrik?"

„Ein Student. Er und Leonie helfen jetzt manchmal bei uns aus. Hab ich dir im Krankenhaus erzählt."

An die beiden Aushilfen erinnere ich mich, aber ich wollte wohl denken, es wären zwei Frauen. Der unsichtbare Herz-Pullover scheint ein bisschen besser zu sitzen, aber es hört nicht ganz auf zu jucken. „Aha."

„Soll ich Jess die Zahnbürste und den Rest mitnehmen?", fragt Emre, ohne eine Miene zu verziehen. „Ich meine, sie ist in letzter Zeit deinetwegen kaum noch zum Einkaufen gekommen und so."

„Verschwinde", zische ich, muss aber beinahe so etwas wie lachen. Als er gerade zur Wohnungstür raus will, fällt mir doch noch etwas ein. „Sag mal, kannst du mir sagen, was mit Mercy ist?"

„Was soll mit Mercy sein?", fragt er verwundert. „Ist was nicht in Ordnung? Ich hab sie nur zu dir gebracht."

„Ich rede davon, dass ich sie verkaufen wollte."

Als Antwort hebt er amüsiert sie Brauen.

„Was?"

„Meinst du wirklich, du würdest Mercy verkaufen?", fragt er zurück.

„Jess hat gesagt ..."

„Noch mal", unterbricht er mich. „Glaubst du wirklich, du würdest Mercy verkaufen?"

„Wieso sollte Jess mich anlügen?", frage ich irritiert.

„Vielleicht hat Jess dich gar nicht angelogen?"

Er zwinkert mir zu, ehe er einfach die Treppen hinunter verschwindet. Ich wünschte, ich wäre schnell genug, um ihn wenigstens noch zu schubsen.

Kapitel 22

„JA?", dringt es durch die Gegensprechanlage. Wie absurd glücklich einen eine einzige Silbe machen kann, wenn sie nur von dem richtigen Menschen kommt.

„Ich bin es. Jess." In meiner Brust zieht sich etwas schmerzhaft zusammen. Autsch. Was war das denn?

„Oh", macht er so verdutzt, wie auch etwas in mir auf meine eigenen Worte reagiert.

Ich bin es. Jess.

Die Worte fühlen sich sogar gedacht an wie eine gigantische Lüge. „Was machen wir jetzt mit diesem Laut?", frage ich. „Und was mache ich mit den Einkäufen?"

„Oh, tut mir leid. Komm hoch."

Es wird aufgedrückt, und ich schnappe mir die beiden Taschen und steige die Stufen in die zweite Etage hinauf.

„Hey, wieso bist du denn hier statt Emre?"

Ich halte die beiden Stofftaschen hoch und reiche ihm die leichtere. Seine Stirn legt sich in Falten. „Willst du mich beleidigen?"

„Ich will, dass du bald wieder die schweren Kisten für mich schleppen kannst." Ich zwinkere ihm zu, ehe ich mich an ihm vorbeischiebe, die Ballerinas von den Füßen streife und in die Küche vorgehe, wo ich versuche, dieses gruselige, gigantische Bild an der Wand auszublenden. Für mich hat es mittlerweile etwas von einer papiernen Beileidsbekundung. *Im zarten Alter von siebenundzwanzig Jahren wurden dieser Frau bereits zwei Leben entrissen …*

„Die Getränkelieferung ist verschoben worden", erkläre ich. „Ich kann die Kisten nicht alle schleppen, also musste Emre ran, und ich übernehme diese Lieferung hier für ihn und die Abendschicht."

„Tut mir leid, dass ich dabei nicht helfen kann." Mehr als zerknirscht stellt er die Tasche neben meine.

„Puh, so ein Glück." In gespielter Erleichterung lege ich die freie Hand auf die Brust, während ich ihm mit der anderen die Milch reiche, die er in den Kühlschrank räumt. „Ich habe schon befürchtet, ich hätte den Vorwurf zu gut versteckt, aber du hast ihn gehört."

„Ja, keine Sorge." Ein Teil der Anspannung weicht aus seinen Schultern.

Er füllt ein Glas mit Leitungswasser und hält es mir hin. Ich brauche höchstens zwei Schlucke, um es zu leeren. Es ist seltsam, welche Fragen nicht gestellt werden müssen, um noch immer die Antworten zu kennen.

Wasser? – Ja, danke. – Schon klar.

„Ich hasse es einfach, dass ihr mich bedienen müsst", sagt der Mann, der mir das Glas wieder abnimmt, um es noch einmal zu füllen und neben mir auf den Tisch zu stellen.

Noch Wasser? – Ja, danke, für später. – Schon klar.

„Wir kommen aus der Gastronomie – andere zu bedienen, ist unsere Erfüllung", erwidere ich.

„Aber ich hab die Rechnungen fertig", sagt er. „Ich weiß gar nicht, wie ihr innerhalb von ein paar Wochen so ein Chaos in den Ordnern anrichten konntet."

„Dafür sehen Emre und ich sehr hübsch aus, wenn wir Teller auf Tabletts stapeln. Danke, ich nehm den Ordner nachher mit."

„Ich bin froh, wenn ich überhaupt etwas Sinnvolles machen kann, solange ich noch in der Behandlung stecke."

Als er die Eier in den Kühlschrank räumt, fällt mein Blick auf das Gemüsefach. „Was ist das?", kratzt es sich meine Kehle entlang.

„Was denn?"

Der Käse in meiner Hand weist leise zitternd auf die Schublade.

„Bier?", erwidert er mit erhobenen Brauen.

Ich blicke auf die Flaschen im aufgerissenen Sixpack. „Es fehlen zwei." Mein Herz donnert so laut, dass ich meine eigenen Worte kaum verstehen kann.

„Ich habe sie auch tatsächlich nicht nur zum Angucken unten im Kiosk geholt." Er klingt, als wären seine Augen schmaler geworden. Doch ich kann nicht aufsehen, um es zu überprüfen, sondern nur weiter auf die Flaschen starren.

„Ich nehme keine Schmerzmittel mehr", ergänzt er.

O Gott, an die hatte ich noch gar nicht gedacht. „Du trinkst allein?"

„Emre war hier." Allmählich klingt er wütend. Wie damals. „Wir haben zusammen getrunken. Ein beschissenes Bier. Seit wann benimmst du dich wie meine Mutter?"

Ich blicke ruckartig auf. „Nein, eine Mutter bin ich nun wirklich nicht", presse ich mit größter Mühe hervor.

„Ich wollte nicht …", beginnt er und bricht dann den Satz mit einem zentnerschweren Ausatmen ab. Eingehüllt in eine dicke Schicht aus überfordertem Schweigen stehen wir da, während die Jess in meinem Rücken so schrecklich naiv vor sich hin grinst, als wäre das hier kein grauenvolles Déjà-vu.

Dann reibt sich Cem hörbar mit beiden Händen über das Gesicht, ehe er noch einmal tief durchatmet. „Was ist los?"

Sein Kopf ist so schief gelegt, dass ich den Blick kaum heben muss, um ihm in die Augen sehen zu können. Es ist noch immer da, dieses Licht. Bereits seit Wochen erlischt es nicht mehr, nie so ganz. Und das darf es auch nie wieder.

„Du trinkst nicht, weil du dich verloren fühlst, oder?", frage ich leise.

Was auf seinem Gesicht erscheint, das ist echtes Erstaunen. „Was für ein Vollidiot wäre ich, wenn ich mich im Alkohol verlieren würde, während ich jeden Tag darauf hoffe, mich wiederzufinden?"

Ich nicke langsam. „Klingt logisch." Ich spüre, wie ein winziges, erleichtertes Lächeln an meinen Mundwinkeln zupft.

Da lächelt auch er. „Bleibst du noch ein bisschen?" Das hier klingt auf beste Weise unsicher, das hat es früher niemals getan.

In mir regt sich ein leises Rascheln. Dem Eichhörnchen scheint das alles zu gefallen. Es hat beschlossen, einen kleinen Spaziergang zu machen. „Gern."

„Warst du eigentlich zwischendurch mal hier?" Er klingt noch unsicherer als zuvor. Das Eichhörnchen findet das total klasse.

„Seit der Trennung oder seit du im Krankenhaus warst?"

„Keine Ahnung", murmelt er, wendet sich ab, um ins Wohnzimmer vorzugehen, lässt sich dort seitwärts auf das Sofa fallen und legt die Beine hoch.

Ich folge ihm, setze mich in die andere Ecke und ziehe meine Beine an, um ihm direkt gegenüberzusitzen.

„Seit der Trennung recht häufig", erwidere ich. „Seit dieser Nacht ehrlich gesagt nicht. Ich konnte irgendwie nicht ohne dich hier sein. Tut mir leid." Ich schäme mich für meine Schwäche, die sich neuerdings an mich klammert, als wäre es schön bei mir. „Ich hab Emre den Schlüssel gegeben, damit er deine Sachen holt, die Blumen gießt und lüftet. Deine Mutter hat darauf bestanden, ständig für dich zu kochen, damit du etwas hast, wenn du aufwachst. Emre hat es eingefroren." Dass ich zu Beginn selbst jeden Tag seinen Lieblingskuchen gebacken habe, als könne allein der Duft ihn über all die Kilometer hinweg aufwecken, behalte ich für mich.

„Ich weiß. Manchmal kommt sie ernsthaft in ihrer Mittagspause vorbei, um mir etwas warm zu machen. Dann bin ich immer froh, dass sie nicht hinten an meiner Jeans rüttelt, um zu schauen, ob sie noch gut sitzt."

Leise lache ich auf, und er schüttelt seufzend den Kopf. Doch ich kann seine Rührung über rund hundert Portionen feinsten Essens erahnen – jedes Stückchen Aubergine mit Liebe geschnitten, jede Prise Pul Biber in Hoffnung gestreut.

„Und ich hab mich schon vollkommen naiv gefragt, wie ein Mensch allein einen so großen Kühlschrank füllen soll." Er windet sich unbehaglich. „Ich meine, mit deinen Torten und den Zutaten dafür ergab es einen Sinn, aber so?"

„Ja", unterbreche ich ihn schnell, damit er bloß nicht weiterspricht. Es ist verrückt, wie sich Gespräche wiederholen, als wäre man über ein Küchengerät in eine Pfütze Vergangenheit gestolpert. Wie er unter all dem Neuen, bei all den Veränderungen doch so sehr der Alte sein kann. Gleichzeitig ist jedes einzelne Gespräch mit ihm auch ein wenig wie eine Fahrt nach Amsterdam – ein Herantasten an einen Menschen, dem ich nie zuvor auf diese Weise begegnet bin.

„Manchmal", beginnt er ernster, „da sieht sie mich so an, als rechne sie jeden Moment mit einer Art Zusammenbruch oder so, den sie verhindern muss."

Ich bin also nicht die Einzige, die die Angst noch mit sich herumschleppt wie einen Rucksack voller scharfkantiger Ziegelsteine.

Etwas daran, wie sein Blick plötzlich über mein Gesicht wandert, als müsse er erst das Feld ausspähen, ehe er das erste Wort auf mich loslässt, macht mich nervös. Und dann löst er die Leine. „Wie haben deine Eltern denn auf alles reagiert?"

Stöhnend lasse ich meinen Kopf nach vorn auf die angewinkelten Knie sinken, um sie in die Augenhöhlen zu bohren. Dann schaue ich wieder auf. „Du kennst sie doch. Irgendwie." Da meine Eltern es selten länger als ein paar Wochen irgendwo aushalten, ist er ihnen lediglich einmal wirklich, aber in erster Linie nur in meinen Erzählungen begegnet. „Sie haben mir angeboten, ich könne zu ihnen kommen, wenn ich mal raus müsse."

Sein Blick ist so voller Mitgefühl, dass ich rasch mit den Schultern zucke, um ein stummes *Ist halt so* gelassen dazuzulügen. In erster Linie für mich.

„Das ist eben ihre Lösung", ergänze ich noch. „Abhauen, sobald es schwierig wird."

Ich kann genau sehen, dass er überlegt, ob er an der schmerzhaftesten Stelle weitergräbt. Dann entscheidet er sich dagegen. „Wo sind sie gerade?"

„Südamerika. Als sie mir das nach der Nacht angeboten haben, waren sie gerade in Chile. Nun sind sie in Argentinien. Glaube ich", füge ich nuschelnd hinzu, als mir aufgeht, dass auch die letzte E-Mail bereits Wochen zurückliegt.

Sein Nicken sieht mehr nach einem *Ach du Scheiße* aus. „Du hast ihnen nicht gesagt, dass du seit dem Unfall nicht einmal in ein Auto, geschweige denn in ein Flugzeug steigen kannst, oder?"

Ich schüttle den Kopf. Wie sollte jemand, der in einem Wohnmobil ständig auf der Flucht vor jeglicher Art negativer Energie ist, das begreifen? Flügel haben sie mir Dutzende mitgegeben, aber nicht die kleinsten Wurzeln, nicht einmal einen Landeplatz. Sie nennen es Freiheit, doch in mir fühlt es sich an wie das Fehlen von Heimat.

Das einzige wirkliche Zuhause, das einzige, was meiner inneren Rastlosigkeit je so etwas wie Frieden eingehaucht hat, waren Cem und das Leben, das er mir geschenkt hat.

„Sie würden es nicht verstehen", beginne ich. „Wie auch? Damals, als wir Lucie verloren haben …"

Cem schluckt sichtbar, hinter meinen Lidern brennen Tränen. Als ich bemerke, dass ich ihren Namen ausgesprochen habe, ist der erste Teil des Satzes schon raus. Und der zweite klammert sich an den ersten, als wolle er das winzige Mädchen nicht noch einmal verlieren. „Meine Mutter meinte: *Du musst dich auf das Positive konzentrieren, Jessy. Ein Leben ohne Kind schenkt dir viel mehr Freiheiten.*"

Cem weicht alles Blut aus dem Gesicht. „Nein." Es klingt wie sein letzter Atemzug. Es klingt nach dem Gefühl, das die Erinnerung in mir zurücklässt.

Und doch … Er weicht nicht zurück vor der Realität, sondern sein Fuß schiebt sich mir entgegen, bis sein großer Zeh gegen meinen stupst – so leicht, so kribbelnd, dass ich nicht einmal weiß, ob es der Gedanke einer Berührung oder ein wirkliches Zusammentreffen von Haut und Haut ist.

Cem betrachtet mich eine Weile. Sein Blick erinnert mich an unsere Art zu streiten – nur gilt der Zorn dieses Mal nicht mir.

„Bin wenigstens ich damals in ein Flugzeug gestiegen, um sie zur Sau zu machen?", presst er hervor.

„Ich habe es dir nicht erzählt", wispere ich.

„Was?" Die Wut weicht purer Irritation.

„Ich …"

Ich suche nach Worten. Auch für mich. Mittlerweile habe ich manchmal so wenig Gefühl für mich, habe Teile von mir so weit abgespalten, dass es schwierig ist, mich mir selbst zu erklären. Ja, wieso habe ich ihm das nicht erzählt?

„Ich dachte wohl, wenn ich das Thema anspreche, stürzen wir beide endgültig ab." Und wir hingen doch schon nur noch mit dem kleinen Finger an morschen Ästchen.

„Aber wir müssen doch darüber reden, Jess." Mein Name klingt nach Canım. So sehr nach Canım. „Über alles."

In mir steigt ein Hauch Wut auf. Ich schlinge schützend beide Arme um meine Knie. „Aber das konnten wir nicht. Über nichts. Du so wenig wie ich. Ich hab das doch nicht allein versaut." Oh, es ist mehr als nur ein Hauch Wut. „Du hast dich entweder im Büro verbarrikadiert, so wie jetzt meistens, wenn du überhaupt mal vorbeikommst, oder du bist verschwunden." Im Schweigen, im Alkohol, woanders. „Als könntest du es nicht einmal mehr ertragen, mich anzusehen. Und ich hab mich anders verbarrikadiert. Ich war so gefangen in all dem. Bin ich irgendwie immer noch." Es überrascht mich selbst, dass ich es jetzt so klar aussprechen kann wie nie zuvor.

„In was genau bist du denn gefangen?"

Ich weiche seinem bittenden Blick aus. Von der Magnettafel aus glotzen mich alte Fotos von mir an wie Suchanzeigen einer Frau, die seit Langem vermisst wird. Irgendetwas scheint sie von mir zu wollen. Vermutlich, dass ich sie finde. Schnell schaue ich wieder zu Cem. Sein Blick ist noch immer fragend. Hilflos ziehe ich die Schultern hoch und lasse sie wieder fallen. Kurz darauf wiederhole ich die Geste. Einfach weil ich so unsagbar sehr keine Ahnung habe.

„Ich will es echt verstehen, Jess. Ich will nicht mehr abhauen."

„Dann komm aus dem Büro." Erst als ich mich die Worte so leise sagen höre, wird mir klar, wie viel Angst mir all das macht. „Komm zu uns."

Er seufzt leise. „Ich fühl mich einfach nutzlos bei euch."

„Dann setz dich mit unseren Chaosordnern an einen Tisch, wo wir zwischendurch einen Kaffee mit dir trinken können. Du darfst uns dann auch böse Blicke zuwerfen, weil wir alles durcheinandergebracht haben."

Er presst die Lippen aufeinander, schließlich nickt er. „Ich versuche es, okay?"

Auch ich nicke.

„Ich will wieder mit dir reden, Jess, und ich will echt verstehen, wer du bist", bittet er dann sanft.

„Ich auch", wispere ich. „Ich auch." Und am liebsten würde ich noch einmal mit den Schultern zucken.

Eine Weile sitzen wir schweigend da. Mein Blick liegt auf dem Fuß seines kaputten Beins. Sein Zeh berührt meinen nicht mehr – wenn er ihn denn je wirklich berührt hat. Aber er ist so nahe. So, so nahe. Ein, vielleicht zwei Zentimeter, die ich mit meinem Fuß einfach überbrücken könnte. Ein, vielleicht zwei Zentimeter, die sich nach einer größeren Distanz anfühlen als jede, die wir mit Mercy jemals zurückgelegt haben. Je länger ich auf diesen Fuß blicke, desto stärker kribbelt es in meinen eigenen Zehen – ein Flehen, ein sich aufbäumendes Bitten, ihn zu berühren.

„Wieso erzählst du es mir jetzt, das mit deinen Eltern?"

O Mann, das hier ist eindeutig die falsche Frage, um in dieses Kribbeln hineinzuschlittern. Und dann auch noch so sanft.

„Ich weiß es nicht." Doch da ist etwas in mir, das so viel lauter ist als mein erbärmliches Wispern.

Abends stelle ich mich vor den Spiegel und nehme ein paar tiefe Atemzüge. Wie viel Mut es doch braucht, sich selbst in den falschen Momenten so richtig ins Gesicht zu blicken.

Im nächsten Moment zucke ich unter dem gegen die Scheibe gewehten *Klack-Klack-Klack* zusammen. Seit einer Viertelstunde gewittert es. Jeder gegen das Fenster klopfende Tropfen ein wartender Eindringling, jeder Donner ein nahender Angriff, jeder Blitz ein Scheinwerfer, um die Hässlichkeit des Moments auszuleuchten.

Tief durchatmend wende ich mich wieder dem Spiegel zu. Die beinahe Fremde betrachtet mich mit ihren hellblauen Augen so verunsichert wie ich sie.

„Ich bin Jess", versuche ich es leise.

Klack-Klack-Klack. Eine Windböe. Ich schlucke. Die Frau schluckt.

„Ich bin es. Jess." Doch die Wahrheit lässt sich nicht anlocken durch das Wiederholen einer Lüge.

Die Frau im Spiegel erscheint mir wie eine nicht einmal äußerlich gelungene Jess-Nachbildung. Man hat sie nicht zu hundert Prozent getroffen – sie ist noch immer etwas dünner, auch ihr Blick stimmt nicht, der Ausdruck ist ein anderer. Ihre ganze Körperhaltung und auch ihre Kleidung sind nicht meine.

Ich schließe die Augen, blende das Offensichtliche aus.

„Ich bin Jess."

Sie ist anders, diese Stimme. Das heißt, nicht die Stimme selbst, es sind so viele kleine Nuancen, die sie und mich unterscheiden wie zwei ähnliche Sorten Kaffee.

„Ich bin Jess."

Ich bemühe mich, so zu klingen, als wäre ich davon wenigstens im Ansatz überzeugt. Doch von Wort zu Wort wird es mir nur bewusster. So sehr Cem sich auch diese Frau zurückwünscht, die er hinter bunten oder funkelnden Magneten in seinem Wohnzimmer gefangen hält, sie wird nicht wiederkehren. Und die Frage muss ich weniger ihm als mir zuliebe stellen:

Wer bin ich?

Zum ersten Mal ist da das Bedürfnis, es wirklich herauszufinden. Auch wenn verdammt viel Angst mitschwingt, wer oder was mir auf der Suche nach mir begegnen wird, kann ich ohne mich vermutlich auf Dauer nicht leben. Und vielleicht ist genau das die entscheidende Veränderung. Ich wollte seit sehr, sehr langer Zeit nicht mehr wirklich leben.

Und jetzt?

Noch einmal. Etwas leiser. *Klack-Klack-Klack.*

Wer ist Jess?

Kapitel 23

CEM

„HEY, so eine Überraschung", rufe ich.

Erst jetzt, da ich Tinka zwischen den Drogerieregalen entdecke, fällt mir auf, dass Jess sie gar nicht mehr erwähnt hat. Vermutlich war neben all den Dramen, die das Leben mit sich gebracht hat, und der Arbeit im Café keine Möglichkeit mehr, ihre Freundin zu treffen.

Tinka schaut von dem Regal auf, auf ihrem Gesicht zeichnet sich etwas ab, was ich nicht recht deuten kann, dann lächelt sie verunsichert zurück. „Hi."

Als ich sie umarme, entspannt sie sich.

„Oh, was ist dir denn passiert?" Sie zeigt auf meine Krücken, die ich mittlerweile nur noch für längere Strecken benutze.

„Unschöne Geschichte. Wie geht es dir?"

„Gut." Da mischt sich aus dem Hintergrund ein Quengeln ein. Tinka dreht sich um und macht zu meiner Überraschung den Blick auf ein Baby in einem Buggy frei. „Warte, Süße, ich heb es auf. Und schwupps", gibt sie der Kleinen ihr Büchlein wieder. Die gluckst zufrieden und scheint mehr Interesse an dem Geschmack als dem Inhalt zu haben.

„Ist das …?" Ich stocke und bekomme so eine Ahnung, wieso Jess und sie vielleicht keinen Kontakt mehr haben. Tinka war eigentlich immer mehr der Party- als der Kindertyp. Doch die Leben anderer Frauen sind weitergegangen, während ihres stillstand, auf gewisse Weise sogar rückwärtslief.

„Meine Tochter." Sowohl in Tinkas Stimme als auch in ihren Blick hat sich eine Art Misstrauen geschlichen, das ich mittlerweile kenne.

Es ist jedes Mal grauenvoll, es Leuten erklären zu müssen. „Vermutlich kenne ich sie schon? Tut mir leid. Ich hab bei der Sache mit dem Bein die Erinnerungen an die vergangenen anderthalb Jahre verloren."

„Oh, wow." Ihr ist sichtlich unbehaglich zumute. „Das tut mir leid."

Ich winke ab. „Herzlichen Glückwunsch. Wie heißt die Kleine?" Auch noch unverkennbar ein Mädchen.

„Lilly."

Ich beuge mich runter und blicke in das pausbäckige Gesichtchen. „Hey, Lilly." Als sie mich breit anlächelt, streiche ich ihr kurz über die Wange. „Du bist ja eine Süße. Wie alt bist du denn?" Fragend blicke ich zu Tinka.

„Acht Monate."

„Wow, schon so groß." Es ist verrückt, wie der Kopf die Existenz von Menschen und Dingen sowohl löschen als auch verzweifelt festhalten kann. „Ich muss leider auch los, ich wollte noch kurz ins Café, um Emre einen frühen Feierabend zu verschaffen."

„Ja, klar. War schön, dich zu sehen."

„War auch schön, euch zu sehen. Bis dann", erwidere ich mit einem Lächeln.

„Cem?", ruft sie, als ich schon ein paar Meter entfernt bin. Als ich mich umwende, ist ihr Lächeln ungewohnt schüchtern. „Wenn du mal Lust hast, uns zu besuchen oder so, dann meld dich einfach."

Ich bin etwas irritiert, da wir uns nie ohne Jess getroffen haben. Aber an die kommt sie seit Lilly vermutlich nicht mehr ran.

„Zurzeit ist viel los, und ich versuche selbst noch, mit allem klarzukommen", erwidere ich. „Vielleicht in ein paar Wochen?"

Nun winkt sie ab. Es mag nicht ganz entspannt aussehen. „Klar. War nur eine Idee."

„Bis bald."

„Wo hast du dich denn rumgetrieben?" Emre macht sich daran, den Gürtel zu lösen, an dem Portemonnaie, Block und Flaschenöffner untergebracht sind.

„Du hast gesagt gegen halb fünf. Ich wusste nicht, dass du es eilig hast. Ich hab zufällig Tinka in der Drogerie getroffen."

Stille. Trotz des Geplappers und Besteckklirrens im Hintergrund absolute Stille. Emres Blick huscht zu Jess. Auch ich schaue zu ihr. Sie starrt mich nur an, ihre Unterlippe zittert. Dann dreht sie sich ohne ein Wort um und verschwindet hinter der Tür zum Abstellraum.

Emre flucht leise in sich hinein.

„Jess?" So schnell mich mein Bein lässt, folge ich ihr.

„Lass sie", sagt Emre.

„Ich sollte ..."

„Lass sie", wiederholt er bestimmter.

Unschlüssig bleibe ich stehen. „Fuck!" Wenn ich eines ums Verrecken nicht mehr wollte, dann ihr wehtun.

Emre schnallt den schwarzen Gürtel wieder um und greift seufzend nach dem Tablett, das Jess hat stehen lassen.

„Geh ruhig", sage ich. „Ich krieg das schon hin." Ich wünschte, es gäbe nur einen einzigen Funken Wahrheit in meinen Worten. Irgendwo verheddert zwischen ein paar Buchstaben, sodass man es halt nicht auf den ersten Blick entdeckt.

„Allein ist es heute echt viel", murmelt er, und ich bin mir nicht sicher, ob ich Emre dafür lieben oder ihm eine reinschlagen soll, weil er weder mein Bein noch meine verfluchten Krücken, sondern nur die Anzahl der Gäste erwähnt. Vermutlich will ich in erster Linie mir selbst eine reinschlagen. Lange habe ich diese ganze Situation nicht mehr so gehasst wie in diesem Moment.

„Danke", knurre ich.

Gerade als ich Leonie anrufen will, kommt Jess aus der Tür und stapft schnurstracks auf die Terrasse zu Emre. Während er noch die Getränke verteilt, öffnet sie seinen Gürtel, sodass er direkt losgehen kann. Die Geste schnürt mir in ihrer Intimität die Luft ab. Fragend blickt Emre sie an, doch sie nimmt ihm nur das Tablett aus der Hand, um mit leerer Miene die ebenso leeren Gläser von einem anderen Tisch einzusammeln. Ein paar Schritte geht er noch rückwärts, ehe sie aufsieht und ihn mit der freien Hand davonscheucht.

Dann kommt sie rein und stellt das Tablett ab, ehe sie mir schweigend eine Bestellung hinlegt, die Emre noch notiert hat. Auch wenn sie mich nicht anblickt, kann ich ihre geröteten Augen sehen.

„Hör mal, Jess", beginne ich zögernd.

„Er hat einen Termin", unterbricht sie mich. „Deshalb hat er so reagiert."

„Ach so." Wir reden also nicht über *ihre* Reaktion. Ich würde mich gern entschuldigen, weiß aber nicht recht, wofür genau. Wir werden nicht allen Eltern dieser Welt aus dem Weg gehen können.

Es ist eine grauenvolle Schicht. Jess ist traurig, sie ist abweisend, und jede ihrer Gesten, jeder Blick bringt mich doch nur dazu, ihr näher sein zu wollen. Aber heute traue ich mich nicht einmal, es zu versuchen. Etwas an der Situation lähmt mich. Oder ist es etwas in mir, was mich lähmt?

JESS

Und dann, kurz nach Feierabend dieses furchtbarsten Tages seit Wochen, an dem Abend eines Tages, an dem sich mein Bauch so leer angefühlt hat wie seit vielen Monaten nicht mehr, klingelt das Telefon. *Cem,* verrät mir das Display. Den Tag über haben wir kaum gesprochen, nun wird die Sehnsucht nach seiner Stimme so warm durch meinen gesamten Körper gespült, dass ich befürchte zu zerfließen, wenn ich sie höre.

„Hey", melde ich mich.

„Ich habe ein paar Fragen", murmelt er.

Meine Augen schließen sich begleitet von einem stillen Seufzen. Mit einem Mal meine ich, ihn zu fühlen. Meine, ihn so sehr zu fühlen, dass ich die Lider wieder hebe, ans Küchenfenster trete und hinunter auf die Terrasse des *Zwei Leben* sehe. Sein Blick liegt bereits auf meinem Fenster, als hätte er nur auf meine Silhouette gewartet.

Meine Lungenflügel flattern aufgeregt in meiner Brust.

„Du musst sie mir nicht beantworten. Oder vielleicht beantwortest du sie mir auch irgendwann. Zwischen den Zeilen oder ein paar Herzschlägen", animiert er meine Lunge noch zu ein paar Extraflügelschlägen.

Wir nehmen beide im selben Moment einen tiefen Atemzug. Dann beginnt er wieder zu reden – leise und so, dass jedes einzelne Wort sich spürbar durch den Hörer hindurch bis an meine Seele schlängelt, um sich samtweich an sie zu schmiegen. Wie kann etwas so unsagbar Sanftes so unaussprechlich intensiv sein?

„Was lässt dich weinen, Jess? Was sind deine mächtigsten Dämonen?"

Ich schlucke.

„Und wo haben sich deine strahlendsten Engel versteckt?"

Vielleicht sind sie mit Lucie davongeflogen, als sie einer von ihnen wurde.

„Was kann dich heute, morgen, eines Tages wieder glücklich machen?"

Du. Ja, ich glaube so richtig glücklich eigentlich nur du.

„Falle ich dir immer noch als Erstes ein, wenn du ans Küssen denkst?"

Diese letzte Frage streift mit weichen Lippen den Rand meiner Seele entlang. Sie allein ist beinahe ein Kuss und bringt ihn mir so nahe, dass ich beim nächsten Atemzug glaube, einen Hauch Cem riechen zu können.

Du fällst mir als Einziger ein.

„Ich will alles von dir wissen, Jess. Alles. Und am meisten will ich wissen, wie dein neues Lächeln schmeckt."

Ein so wohliges Weh habe ich vermutlich nie zuvor verspürt. Mein Herz stockt und trommelt doch ungestüm den Rhythmus, den es von seinem kennt. Meine Hand hebt sich und legt sich für einen Moment an die Scheibe. Dann weiche ich zurück. Das Letzte, was ich noch sehen kann, ist, wie sich auch seine Hand hebt, um meine aus der Ferne zur guten Nacht zu küssen.

Kapitel 24

CEM

„*ANNE*. So eine Überraschung", rufe ich in gespieltem Erstaunen, als meine Mutter am Treppenabsatz auftaucht und mich auf die Wange küsst.

„Geht es dir besser?"

Ein weiteres Mal glaube ich nicht, dass sich die mitschwingende Hoffnung einzig und allein auf mein Bein bezieht. Dieses kritische Beäugen strengt mich an.

„Mir fällt nur die Decke auf den Kopf."

„Sollen wir rausgehen? Was ist mit Jess? Triffst du sie nicht zwischendurch? Und Emre?" Ihre Worte stolpern beinahe übereinander, so hektisch schieben sie sich aus ihrem Mund.

„Alles gut, *Anne*", erwidere ich beschwichtigend. „Die beiden haben viel zu tun, aber wir treffen uns. Ich gehe auch häufiger ins Café, aber ich fühl mich dort immer noch eher wie ein Klotz am Bein."

O Mann, wie sie mich ansieht.

„Ich mache viel von dem Papierkram, der liegen geblieben ist. Ist ja nicht mehr lange hin, bis ich wieder mehr helfen kann."

Mich beruhigt mein letzter Satz. Sie nicht.

„Aber sie schauen doch nach dir, oder?", will sie wissen.

Ich stöhne leise auf. „Nach mir muss niemand schauen. Ich bin einunddreißig. Jess ist erst siebenundzwanzig. Muss ich etwa nach ihr gucken?"

Meine Mutter sieht echt hilflos aus.

„Was ist denn los?", will ich wissen.

„Nichts."

Das kam zu schnell, zu gewollt.

„*Anne?*"

„Ich muss in die Türkei. *Anneanne* hat wieder Probleme mit der Hüfte, sie kann kaum mehr aufstehen. Sie muss operiert werden. Wenn ich fliege, werde ich wochen-, wenn nicht monatelang dortbleiben müssen. Ich will dich nicht allein lassen. Nicht jetzt. Was ist, wenn ..." Sie stockt.

„Was?"

„Wenn es dir wieder schlechter geht?"

„Was soll denn bitte passieren? Flieg in die Türkei, kümmere dich um deine Mutter. Ich kann für mich selbst sorgen."

Erst als sie nun nervös an den Griffen herumnestelt, fällt mir die Tüte in ihren Händen auf. Ihr Blick ist zielsicher knapp neben meine Augen gerichtet. Jetzt macht sie mich echt nervös. Und *nervös* kratzt so verdammt nahe an hilflos.

„Was ist noch los?"

„Ich weiß nicht, ob du die Sachen wiederhaben willst", beginnt sie vorsichtig. „Es sind deine Lieblingsschuhe."

„Wovon redest du?"

Sie streckt mir die Tüte hin. Zögernd nehme ich sie entgegen und schaue hinein. Eine Jacke, die ich nicht kenne, eine Jeans, Boxershorts, Socken, eines meiner T-Shirts und die besagten Sneaker. Einen gnädigen Moment lang begreife ich nicht. Vielleicht, weil die Tüte so weiß ist, sie sieht so bedeutungslos aus, so unschuldig. Dann lasse ich sie abrupt los. Ihr Aufprall auf dem Dielenboden ist erstaunlich laut.

„Es tut mir leid." Hektisch bückt meine Mutter sich nach der Tüte und schiebt den halb herausgerutschten roten Schuh wieder hinein. „Ich habe sie mehrfach gewaschen, erst im Waschsalon, dann zu Hause", beeilt sie sich zu erklären. „Ich wollte das nicht ohne dich entscheiden, aber ich hätte sie nicht mitbringen sollen."

Sie blickt mich an, als erwarte sie eine Art Zusammenbruch. Doch sie ist die Einzige hier, die dem Zusammenbruch nahe ist.

Es ist ihr elender mitleidiger Blick. Es ist, dass alle nur noch den beschissenen Schwächling in mir sehen, der ich zu oft noch bin. Es ist das Wort *Opfer*, das mit Nazi-Pisse nicht nur in mich, sondern auch in diese Klamotten gesickert ist, das mich wieder nach der Tüte greifen lässt. Meine Mutter versucht, schneller zu sein, doch ich reiße sie ihr aus der Hand. Für einen halben, brutal brennenden Atemzug ist der Gestank wieder Teil der Luft. Man hat mich angepinkelt, mich und meine liebsten Sneaker. Ich möchte brüllen und fühle mich doch erstaunlich stumpf.

„Cem", beginnt sie überfordert.

„Lass es, *Anne*", unterbreche ich sie barsch.

Ihre Hand kommt meinem Arm so nahe, dass ich es nicht ertrage. *Lass es!*, brülle ich innerlich bereits noch einmal. Doch da hält sie ohnehin in der Bewegung inne.

„Wann fliegst du?" Meine Stimme bebt vor Adrenalin.

Ihre Hand fällt hinab.

Als meine Mutter weg ist, sitze ich im Wohnzimmer und balle immer wieder die zittrigen Fäuste, um nichts kaputt zu machen. Armselig, wie ich mittlerweile bin, verstecke ich mich in dem Raum, der am weitesten von der Garderobe und damit von dieser verfluchten Tüte entfernt ist. Ich weiß beim besten Willen nicht, was ich mit den Sachen tun soll. Oder mit mir.

Es ist wirklich an der Zeit, dass ich wieder mehr aus dieser Wohnung mit all diesen Scheißerinnerungen herauskomme. Am besten, um zu arbeiten. Nur noch wenige Tage, bis die Behandlung abgeschlossen ist. Ein paar Tage, bis ich wieder richtig dabei sein kann. Dann wird es leichter. Endlich wird dann alles leichter werden.

Kapitel 25

JESS

„WIR wollen zahlen, Schätzchen."

Ich reagiere nicht.

„Hey, Rotschopf."

Wenn es von Anfang an eine unausgesprochene Regel gab, dann die, dass solche Typen einer der Männer übernimmt. Ich blicke ins Innere. Emre steht am Tresen und nickt mir zu, also räume ich weiter ab. Ich wünschte nur, ich spürte nicht dieses leise Zittern, das in mir entlangwandert, um mich vorzuwarnen, weil gleich etwas Furchtbares geschehen könnte. Viel zu oft spüre ich dieses ekelerregende Kriechen unter meiner Haut, seit mich ein Mann verbal degradiert hat. Ich war mal so anders.

Ich war einmal …

Im nächsten Moment fasst eine Hand nach meiner Schulter. Von einem Blinzeln auf das andere sitze ich in einem Auto an der Schwelle von Leben Nummer zwei und drei, will Mercys Gaspedal hinunterdrücken, um noch etwas zu retten. Auch jetzt schreie ich auf. Das Tablett stürzt hinab, klirrend, tausend Scherben, die Scheibe des Beifahrerfensters zerbirst mit dem Geschirr. Noch ein Schrei. Ein johlendes Lachen neben mir.

Ich falle in mich zusammen wie ein Kartenhaus im tosenden Sturm, hocke da, zusammengekauert, die Unterarme schützend über meinem Kopf, nur eine Scherbe unter vielen.

„Fass sie nicht an!"

Cems Brüllen schleudert mich innerhalb eines einzigen Herzschlags noch tiefer zurück in eine der beiden dunkelsten Nächte meines Lebens. Wimmernd falle ich auf die Knie, Scherben kratzen über meine Haut.

Stühle scharren unsagbar laut über das Pflaster des Gehwegs. „Bist du krank?", bellt die Stimme, die eben noch *Schätzchen* gesäuselt hat. „Wage es nicht!"

„Wenn du sie noch einmal anfasst, du dreckiger Bastard", brüllt Cem.

„Dann was, du Krüppel?"

„Hey!", ruft nun Emre. „Legt das Geld auf den Tisch und verpisst euch, Jungs."

Alles so laut wie eine Milliarde knackender Stöcke, das vielstimmige Gemurmel Fremder formt sich auf dem Weg durch mein Ohr bis in meine Seele zu *Bambi*. Ein winselndes, angeschossenes Bambi.

„Das hilft ihr nicht, Cem!" Emre. Dann leiser, näher: „Alles ist gut, Jess. Ich fass dich jetzt an", flüstert er. Dennoch zucke ich zusammen, als sich seine Hand auf mein Schulterblatt legt. Langsam bewegt sie sich, bis sein Arm meinen gesamten oberen Rücken umfasst und sein anderer Arm sich unter meine Kniekehlen legt. Dann hebt er mich hoch und trägt mich rein.

Sobald Emre mich auf der weißen Bank vor beruhigend taubenblauer Wand absetzt, vergrabe ich mein Gesicht in den Händen. Die Panik weicht Stück für Stück purer Scham. Tränen rollen mir über die heißen Wangen, und ich muss meine Hände sinken lassen, um sie wegzuwischen. Ohne uns anzusehen, stürmt im gleichen Moment Cem schneller als je zuvor seit seinem Erwachen durch das Café in den Vorratsraum. Er knallt die Tür hinter sich zu, im Schloss dreht sich ein Schlüssel. Das Geräusch tut weh.

„Alles okay, Jess", murmelt Emre so leise, als befürchte er immer noch, das verletzte Reh ins Unterholz zu jagen. „Sie sind weg."

Ich brauche Zeit, bis ich ihn direkt ansehen kann. „Es tut mir so leid. Ich hätte einfach abkassieren sollen." Doch ich wollte nicht. Ich wollte es einfach nicht. Früher war ich zu stolz, um auf solche Rufe zu reagieren, und hätte mich wehren können, wenn jemand mich anzufassen gewagt hätte. Hat aber kaum jemand, weil ich irgendetwas ausgestrahlt habe, was sie hat innehalten lassen. Nun will ich mich still und heimlich wenigstens niemandem mehr beugen, der mich zu erniedrigen versucht.

„Blödsinn." Er schüttelt den Kopf. „Ich hätte früher dazukommen sollen. Cem war hinten, und ich hab gerade die Cappuccino fertig gemacht und wollte danach rauskommen. Hätte ich gewusst ..." Er verstummt.

„Ich bin so ein menschliches Wrack, Emre. Tut mir leid." Ich habe das Gefühl, mich gar nicht genug für mich entschuldigen zu können.

„Du hast nichts falsch gemacht", wiederholt er sanft, aber mit Nachdruck. Wie oft hat er mir das seit dieser Nacht auf dem Lousberg gesagt?

Plötzlich dringt ein dumpfes, ungleichmäßiges Hämmern aus dem Vorratsraum. Mein Blick fährt ruckartig zu der Tür, hinter der Cem eben verschwunden ist. Dann sehe ich verunsichert zu Emre. Das Hämmern wird lauter. Ich meine, die in den unsteten Takt gewebte Verzweiflung zu hören. Emre nickt mir auffordernd zu. *Ich* soll gehen. Der Gedanke macht mir Angst, ich habe nicht die geringste Ahnung, was mich hinter der Tür erwartet. Gleichzeitig ist es tröstlich, dass er mir das zutraut.

Langsam stütze ich mich hoch, gehe zur Tür und klopfe. Das verzweifelte Hämmern wird zu verzweifelter Stille.

„Ich bin es." *Bambi.*

Nichts.

„Cem?"

„Lass mich in Ruhe, Jess."

Durch die laute Wut in seiner Stimme dringt geknebelter Schmerz. Damals erklangen die Worte nicht wütend, sie erklangen einfach gar nicht. Dennoch fühle ich mich so sehr anderthalb Jahre zurückversetzt, dass ich kurz davor bin, einfach wieder zu verschwinden wie damals auch. Er da, ich dort, jeder in seiner finsteren Höhle des Leids. Doch ich bin die Einzige von uns beiden, die weiß, wie das beim letzten Mal geendet hat.

Was macht es mit uns, wenn wir uns neu entscheiden dürfen, wenn das Leben uns zwei Optionen anbietet, von denen wir die allem Anschein nach einfachere bereits gewählt haben und daran zugrunde gegangen sind? Reicht unsere Kraft nach all dem Scheitern, all den Anstrengungen noch für den härteren Weg, den mutigen?

Wenn das Leben uns eine zweite Chance hinhält: Wer entscheiden wir uns, dieses Mal zu sein?

Cem hat bereits seit seinem Erwachen immer wieder neue Wege eingeschlagen, doch gerade bin allein ich es, die für ein Besser sorgen kann. Also atme ich einmal Bambi aus und Mut ein und sage dann das, was ich damals hätte sagen sollen.

„Cem, bitte sprich mit mir. Sperr mich nicht aus deinen Gefühlen aus."

Meine Handfläche streicht über die Tür, als könne die Berührung ihn durch all das Holz, all die Luft und all die Angst erreichen.

Und dann warte ich. Vielleicht eine Minute, vielleicht ein paar Stunden. Manches Warten fühlt sich immer ewig an. Doch tatsächlich dreht sich nach unendlich langer Stille der Schlüssel um, und ich kann rein. Als ich zaghaft die Tür aufschiebe, lässt er sich gerade auf Getränkekisten sinken. Zögerlich setze ich mich auf den Stapel daneben.

„Tut mir leid", murmelt er.

„Wieso dir?", frage ich erstaunt. „Mir tut es leid. Danke für die Hilfe."

Er wendet mir sein Gesicht zu. Seine Miene fragt laut und deutlich, ob das mein Ernst ist. „Ich konnte dir ja gar nicht helfen." Er lacht zu gleichen Anteilen verunsichert und bitter auf. „Emre hat meine Hand weggeschoben, weil ich nicht einmal wusste, dass ich dich nicht anfassen darf. *Er* konnte es", fügt er leise hinzu.

„Er wusste, dass man mich nicht ohne Vorwarnung anfassen darf, weil ich schreiend zusammengebrochen bin, als er mich nach der Nacht da oben umarmen wollte. Jetzt weißt du es auch, wenn ich wieder zusammenklappe. Und ich kann dir versprechen: Du bekommst noch eine Chance." Ich gebe mein Bestes, um nicht ganz so verzweifelt zu klingen, wie mich der Gedanke an ein mögliches nächstes Mal zurücklässt. „Du warst doch zuerst da, oder?"

Er schüttelt langsam den Kopf. Nicht als ein Nein, sondern aus purer Überforderung. Mit beiden Händen fährt er sich durch das schwarze Haar. Mein Blick fällt auf seine Fingerknöchel. Sie sind aufgesprungen, Blut rinnt seinen Ringfinger hinunter.

„O Gott!" Ich springe auf, den Kopf voller blutiger Bilder. „Ich hole …"

Doch er tut das Gleiche und versperrt mir den Weg.

„Nein!" Auch er blickt auf seine Hände, wischt dann das Blut an seiner Jeans ab und schüttelt langsam den Kopf, ehe er mich wieder ansieht. Alle Wut, die ihn eben noch Blutspuren auf der weißen Wand hat hinterlassen lassen, ist purer Hilflosigkeit gewichen. „Tut mir leid."

Nun schüttle ich den Kopf, und als spüre er, dass meine Hände im Begriff sind, sich zu heben, um sein Gesicht zu umschließen, weicht er zurück.

„Das Beschissenste ist, dass der Typ recht hat. Ich bin krank, Jess. Mein Bein ist noch das kleinste Problem. Die Albträume hören nicht auf. Ich bekomme Panik ohne Grund. In Momenten wie eben habe ich irgendeine Art Flashback, ohne dass ich das alles auch nur einordnen könnte. Es ist, als überlasse mich meine Seele diesen ganzen verfluchten Gefühlen, die mich ein weiteres Mal zusammenschlagen, während mein Kopf nicht im Ansatz kapiert, was überhaupt abgeht."

Mein wundes Herz zerreißt in unzählige Stückchen. Während in mir ständig die Erinnerungen randalieren, halten seine in ihrem Versteck vollkommen still, damit er sie bloß nicht findet. Das ist grausam.

„Ich besitze nichts mehr, Jess", stöhnt er. „Man hat mir alles genommen. Und alles, was ich davon zurückbekomme, sind vollgepinkelte Lieblingssneaker."

„Ich weiß genau, wie du dich fühlst. Und doch ist es nicht wahr. Wie heißt es so schön? Zähle die Regenbogen, nicht die Gewitter. Ich weiß auch, dass es in manchen Momenten schwierig ist, das zu sehen. Aber dir ist so vieles geblieben. Das *Zwei Leben*, Emre und ich, dein Kampfgeist. Und du wirst auch wieder richtig laufen können."

Er schließt die Augen und lehnt den Kopf gegen die Wand hinter ihm. „Ich weiß ja, dass du recht hast." Seine Lider scheinen so schwer zu sein. Wie in Zeitlupe hebt er sie wieder. „Ich musste in den vergangenen Wochen so viel Zeit zu Hause verbringen, weil ich es hier einfach nicht ausgehalten habe. Und auch jetzt kann ich noch lange nicht richtig helfen – keine Kisten tragen, nicht lange stehen oder laufen ohne Schmerzen. Viel zu oft macht mich das nicht nur allein, sondern auch verdammt einsam."

Ich kann sehen, wie sehr er mit den Tränen kämpft. Damals habe ich ihn niemals weinen sehen, bis man uns Lucie genommen hat. Und auch da kam es nur ein einziges Mal vor, bei unserem Zusammenbruch zwischen den Scherben war es, ehe er sich einen anderen Weg gesucht hat. Genau wie ich war er ausgetrocknet. Doch seit seinem Erwachen wirkt er so viel verletzlicher, seit er weiß, dass wir kein Paar mehr sind, scheint er manchmal so verloren wie ich. Es ist, als hätte man ihn nicht nur kaputt, sondern irgendwie auch weicher geprügelt. Und ein Teil von mir reagiert nicht weniger weich darauf.

„Ich weiß, du kannst das gerade nicht verstehen, Cem, aber du bist mein Held. Du bist echt der größte Held meines Lebens. Wirst du immer sein. Das eben war nur einer von so vielen Gründen dafür."

Ihm entkommt ein so schrecklich trauriges Lachen, dass er auch hätte aufschluchzen können. „Ich habe mich noch nie so schwach und verloren gefühlt."

Und da begreife ich endlich etwas. Und es lässt mich vollkommen unerwartet lächeln und gleichzeitig meine Augen brennen. „Vielleicht ist genau das der Grund, aus dem du dich niemals einsam fühlen solltest. Weil ich das Gleiche fühle wie du."

Sein Lächeln ist noch immer traurig, doch es flüstert liebevoll:

Ich berühre dich jetzt gleich, Jess.

Und dann tut er es – beugt sich zu mir herüber, zieht mich in seine Arme. Und berührt mich noch im Innersten.

„Danke", flüstert er mir leise ins Ohr und so viel lauter in mein sperrangelweit offen stehendes Herz. Und dann noch leiser und lauter: „Es ist so hart, dich nicht mehr Canım zu nennen."

Ich halte ihn ein wenig fester. *Es ist so hart, dass du mich nicht mehr Canım nennst*, denke ich furchtbar laut.

Da hält auch er mich noch ein wenig fester.

Kapitel 26

CEM

„NEIN!"

Meine Hände krallen sich in die Decke, wie sich mein schlafendes Ich eben noch von einer Straßenabsperrung aus an das Leben zweier Menschen gekrallt hat. Die Bilder, die Schreie stoßen sich mit aller Kraft an der einen Wand meines Brustkorbs ab, um sich an die gegenüberliegende zu werfen. Hin und her, hin und her – sie hören nicht auf. Es tut höllisch weh.

Kalter Schweiß, kalte Angst … immer häufiger überfallen sie mich gemeinsam im Schlaf und lösen ihre Pranken selbst dann nicht, wenn die Bilder sich wieder verschleiern. Auch jetzt ist es so. Nur schlimmer denn je zuvor.

Ein Knacken, irgendwo. Mein Puls rast, das Blut rauscht. Ohrenbetäubend. Seelenbetäubend.

Ich werfe die Decke von mir, richte mich auf, stolpere in die Küche, lasse kaltes Wasser über meine Arme laufen, hole ein Glas aus dem Hängeschrank. Noch im Blutrausch meines Albtraums gefangen, stehe ich am Spülbecken, fülle das Glas und nehme den ersten zittrigen Schluck. Wieder ein Knacken. Vielleicht nur in meinem kranken Kopf. Das Glas rutscht klirrend aus meiner Hand in die Spüle, ich wirble herum. Hinter mir nichts als Dunkelheit. Gottverdammte Dunkelheit. Als wäre sie Teil von mir, reißt sie ohne Vorwarnung die Macht über mich an sich.

„Du Bastard!", schreie ich dem dunkelsten Geist in mir entgegen. „Du verfickter Hurensohn!" Die Wut kriecht brennend und dunkel bis in jede meiner Gliedmaßen. Wäre ich ein Superheld, stünde ich nun kurz vor der Verwandlung, die mir ungeahnte Fähigkeiten und zusätzliche Muskeln verschaffte. Doch ich bin kein beschissener Superheld, und ich scheine nur immer weniger statt mehr zu werden.

Und dann bin ich weg, und nicht einmal Worte prügeln sich noch aus mir heraus, nur noch ein Brüllen. Wie ein beschissener Hulk, der in meinem Fall mehr höllenschwarz als grün, mehr Tier als Mensch die Welt um sich herum in Trümmer legt. Meine Fäuste donnern gegen Schranktüren, bringen Stühle zu Fall, wie man mich zu Fall gebracht hat. Mein gesunder Fuß holt aus, tritt gegen den Kühlschrank, wie ich die Menschen treten will, die mich aus mir herausgerissen haben. Tritt gegen diesen verfluchten, gigantisch großen, tortenlosen Kühlschrank. Meine Fäuste machen mit, notdürftige Krusten springen auf, lassen die Haut reißen wie meine Seele. Noch mal und noch mal schlagen sie zu, platzen sie auf. Hinter dem Metall beben Frischhaltedosen wie mein Körper, klirrend bangen Glasflaschen um ihr Leben.

Nur eines bewegt sich nicht, gibt schon gar nicht nach. Diese dunkle Gefühlsplage in mir. Sie steckt tief in meinem Kern, frisst mich auf wie ein Schwarm Heuschrecken gigantische Felder, verschlingt mich innerhalb von Sekunden und doch immer und immer wieder aufs Neue. Wie die Albträume vernichtet sie mich von innen heraus.

Ich greife nach dem ersten Gegenstand, den meine Hand findet, eine Glasflasche, und schleudere sie in das Schwarz der Küche, als könnte ich Dunkelheit zertrümmern. Doch im nächsten Moment zersplittert tatsächlich etwas lautstark und fällt scheppernd zu Boden.

Der Krach lässt mich erstarren. So hart meine Lunge auch kämpft, bekomme ich kaum Luft. Die Truppen aus Demütigung, dem Vergessen und Resten von Nazi-Pisse würgen mich auch nach den härtesten Schlägen noch gnadenlos. Rückwärts taumle ich gegen den Kühlschrank. Ein letztes Mal kreischen die Flaschen im Innern erschrocken auf, ehe sie schweigen und ich kraftlos die Metalltür hinabgleite. Besiegt.

Je länger ich dort sitze und auf das Gefühl warte, wieder aufstehen und mich in wenigen Stunden dem nächsten Tag stellen zu können, desto mehr gewöhnen sich meine Augen an die Dunkelheit. Und dann erkenne ich, welches Splittern mich zur Besinnung gebracht hat. Fassungslos starre ich auf das Bild, auf dessen zerbrochener Oberfläche man auch im besten Licht nie wieder diesen Bogen erkennen wird, den meine Hand in zwei so unterschiedlichen Leben von Sehnsucht getrieben entlanggefahren ist.

Jess liegt in Scherben. Meinetwegen.

Ich schließe die brennenden Augen, presse die Handballen darauf und warte. Ich kann nicht einmal sagen, worauf. Doch irgendwann spüre ich das verhasste Pochen im Bein, einen neuen Schmerz im Fuß, die Kälte des zerbeulten, zu leeren Kühlschranks an meinem nackten Rücken, das Stechen in meinen Händen – das, was von mir überlebt hat, meldet sich reißend zurück.

„Fuck!" Zischend lasse ich mich zur Seite fallen, als mir wirklich klar wird, was ich getan habe.

Die Kälte des Steinbodens lässt mich noch mehr zittern, und doch dauert es lange, bis ich mich wieder hochrappeln und ins Schlafzimmer zu meinem Handy schleppen kann. Mein Zeigefinger schafft es kaum, das Bild der schon lange nicht mehr auf diese Weise lächelnden Frau zu treffen. Aber das hier, mich selbst, bekomme ich nicht allein zusammengeflickt. Und zum ersten Mal gestehe ich es mir wirklich ein.

„Hallo?", meldet sie sich alarmiert.

„Jess", krächze ich. „Ich hab Scheiße gebaut."

Kurz herrscht Stille. „Wo bist du?", fragt sie dann.

„Zu Hause."

„Ich bin gleich da."

Keine zehn Minuten später sitzt sie in Nachthemd und Flip-Flops zwischen den Scherben meines Lebens und tupft behutsam mit einem feuchten Waschlappen das Blut von meinen Händen, trotz meines Protests – womöglich war er zu halbherzig, weil sich ein erbärmlicher Teil von mir sogar jetzt noch nach Vergebung sehnt.

„Das wird wieder", flüstert sie immer wieder zärtlich. Aber nicht weniger immer wieder blickt sie auch aus dem Augenwinkel auf den malträtierten Kühlschrank, als wäre ich nicht der Einzige, der nicht daran glaubt.

Erst, als sie den Waschlappen ins Bad bringen will, entdeckt sie die notdürftig zusammengekehrten Scherben am Boden. Langsam wandert ihr Blick zur Wand hinauf. Beim Anblick ihres schief hängenden Gesichts atmet sie ruckartig ein.

„Es tut mir so leid", flüstere ich. „Ich wollte das nicht."

Begleitet von meinen gestammelten Worten entweicht ihr die angehaltene Luft, bis die Anspannung ihre Schultern verlassen hat. Wird sie jetzt einfach verschwinden wie so oft?

„Jess", murmle ich hilflos.

„Endlich", unterbricht mich ihr Flüstern.

Als sie sich mir zuwendet, hat sie Tränen in den Augen. Doch zu meiner Verwunderung sehen sie tatsächlich nach Erleichterung aus.

JESS

Wir liegen da, einander gegenüber, sehen uns, selbst dann, wenn wir die Augen geschlossen haben, sind uns nahe, selbst dann, wenn wir uns nicht berühren.

Legte er jetzt seine Hand auf meine Brust, könnte er alles, einfach alles fühlen, was in mir tobt. Alles, was von Bedeutung ist. Und ich würde vieles dafür geben, meine Hand auf seine Brust legen zu können, um zu lauschen, was sein Herz zu erzählen hat, während er mich ansieht wie in diesem Augenblick.

Ich hatte tatsächlich vergessen, wie es ist, jemandem so nahe zu sein. Vielleicht mehr noch. Ich hatte vergessen, wie es ist, jemanden so nahe an mich heranzulassen. Genau diese Art der Nähe gab es in meinem gesamten Leben nur mit Cem. Und Cem war weg.

War weg.

„Ich glaube, ich werde noch verrückt." Er schließt die Augen und kneift sich in den einst gebrochenen Nasenrücken. „Manchmal tauchen einzelne Erinnerungen wie dunkle Schatten auf. Ich bekomme nichts zu fassen. Weder vom Unfall noch von dem Überfall. Dann weiß ich nicht, ob mir Dinge einfallen, weil du sie mir erzählt hast, weil ich sie gelesen habe, oder ob da wirklich etwas zurückzukehren versucht. Ich weiß nicht mehr, was zu mir gehört."

Halt suchend greift er nach meiner Hand. Auf gewisse Weise steht unser beider Verstand an den unterschiedlichen Enden zweier grauenvoller Ereignisse. Und doch zeichnen die Wunden unserer Seelen an einigen Stellen erstaunlich ähnliche Muster.

„Immer wieder höre ich Geräusche", spricht er weiter. „Manchmal sind es welche, die ich nicht gehört haben kann."

Auch ich schließe kurz die Augen, weil es etwas mit mir zu tun haben muss, mit mir in irgendeinem der beiden Autos. Dann öffne ich sie wieder und warte angespannt auf das, was folgt.

„Andere Male sind es Geräusche, die ich nicht einordnen kann, oft ist es so ein Knacken."

Ich erschaudere. Seine Augen öffnen sich. Er muss es in meiner Hand gespürt haben.

„Was?" Er mustert mich aufmerksam.

„Ein Knacken wie ... ein brechender Stock?"

„Ja." Er sieht beinahe hoffnungsvoll aus.

Ich muss schlucken, ehe ich reden kann. „Du hattest gerade angefangen zu sprechen", beginne ich. Über etwas Wichtiges. Ja, in diesem Moment glaube ich plötzlich wieder, es war etwas wirklich, wirklich Wichtiges. *Hör zu, Jess* ... „Und dann wurdest du unterbrochen von dem Knacken eines Stocks. Wir haben uns umgedreht. Und da stand ... er."

„Es ist keine Einbildung", flüstert er.

„Es ist eine Erinnerung", bestätige ich leise.

Er nickt.

„Was eben passiert ist, Cem. Und im Vorratsraum", beginne ich zögerlich. „Ich war nach dem Unfall damals bei einer Therapeutin. Nach allem, was jetzt passiert ist, werde ich wohl noch mal hingehen und ..."

Sein Seufzen lässt mich verstummen. Zu gut ist mir im Kopf, wie ein ähnliches Gespräch damals geendet hat. „Ich werde mir Hilfe suchen", erwidert er dann jedoch zu meiner Überraschung leise.

„Wirklich?"

Er nickt. Tränen der Erleichterung steigen mir in die Augen. „Gut", kann ich nur noch krächzen.

Und dann liegen wir wieder schweigend da. Einen halben Meter Laken zwischen uns, doch die Hände verwoben – meine helle, seine dunklere. Nicht wie Freunde. Wie Liebende. Jedes Wort, jede Berührung fühlt sich so sehr nach Liebe an. Vorsichtig ziehe ich meine Hand aus seiner, es tut dennoch weh.

„Ich weiß, das ist furchtbar", murmle ich. „Dieses Gefühl, wenn man keine Luft zu bekommen glaubt, wenn das Herz so rast." Wenn man befürchtet, jeden Moment zu sterben. Ein bisschen geht es mir auch gerade so. Hier, im Fadenkreuz der größten Liebe meines Lebens. „Ich habe das durch die Therapie ganz gut in den Griff bekommen. Na ja, und durch dich."

Sein Blick ist fragend.

„Ich hatte einige Panikattacken damals nach dem Unfall. Bei der ersten hast du mich wimmernd auf dem Badezimmerfußboden gefunden, dich vor mich gesetzt und so ruhig mit mir gesprochen, als wäre nie etwas passiert. Du hast mich so sehr in die Realität zurückgeholt wie nichts danach." Die Lichter in seinen Augen leuchteten damals. Bestimmt nicht so hell wie früher, nicht einmal wie jetzt, doch in diesem Moment waren sie wie die nächtliche Beleuchtung einer Landebahn des heimatlichen Flughafens. Sie haben mich nach Hause gelotst.

Hier so mit ihm zu liegen, hat etwas Beruhigendes und zugleich so Aufwühlendes. Wäre da nur nicht der Wunsch, ihn zu berühren, wie ich es schon so lange nicht mehr getan habe. Hätte er wenigstens aus Anstand trotz der nächtlichen Julihitze ein T-Shirt über die Boxershorts gezogen, nachdem er sich beruhigt hatte. Aber so liegen wir hier auf dem Bett, beide weniger am Leib, als wir es in kälteren Nächten als Paar hatten, und sind damit beschäftigt, einander nicht auf die zu vielen nackten Flecken zu starren.

Dann, plötzlich, scheint etwas seine Aufmerksamkeit zu erregen, was eindeutig oberhalb meines Ausschnitts liegt, sogar oberhalb meiner Augen. Zuerst denke ich noch, er betrachtet so nachdenklich die Narbe auf meiner Stirn, die man sehen kann, wenn der Pony sie preisgibt, weil ich auf der Seite liege. Doch dann hebt sich langsam seine Hand, und er berührt nicht die Narbe.

Eins, höre ich ihn aus der Vergangenheit raunen. *Zwei. Zwei, die ich noch nicht kenne.*

Wie oft hat er damals die ersten Lachfältchen in meinen Augenwinkeln mit seinem Zeigefinger nachgezeichnet. Konzentriert lächelnd, bis er das tiefste gefunden hatte. „Ich glaube, für genau dieses da bin ich verantwortlich", murmelte er dann liebevoll, und mein Lächeln brachte die feine Linie erst richtig zur Geltung. Ich bezweifle, dass je eine Frau ihre Fältchen so sehr geliebt hat wie ich meine.

Nun fährt sein Zeigefinger über meine Stirn, immer die gleichen paar waagerechten Zentimeter entlang, als flüstere er stumm: *Und ich befürchte, für dieses da auch.*

Ich kann mich nicht rühren unter seinem Blick, schon gar nicht verschwinden. Seine Augen sind so dunkel, dass ich befürchte, jeden Augenblick von einem schwarzen Loch verschluckt zu werden. Und ich könnte mich nicht das leiseste bisschen dagegen wehren.

Nach einer Weile bewegt sich sein Finger langsam weiter, über die Narbe hinweg, liebevoll und doch, als wäre sie gar nicht dort, bis zu meiner Schläfe. Mir war nicht klar, wie empfindsam die Haut an der Schläfe ist. Wie viele Nerven an einer Stelle wie hier enden müssen, damit es sich so anfühlen kann wie seine Fingerkuppe auf diesem mir sonst so unbedeutend erscheinenden Fleckchen meines Gesichts.

Weiter streift er, sucht sich seinen Weg neu und vertraut unter meinem Auge entlang. Kurz schließen sich meine Lider von allein, als hätten sie bereits erahnt, dass er dann auch vorsichtig über sie streichen wird. Vielleicht zählt er auf seiner Reise ein paar Sommersprossen, vielleicht sucht er die ganze Zeit über nur mich. An der Nasenwurzel angekommen, hält er kurz inne.

„Manchmal, weißt du", murmelt er, und meine Lider heben sich wieder, um mich ein weiteres Mal dem Sog dieses liebevollen und alles verschlingenden Blicks zu überlassen, „manchmal lachst du plötzlich so wie die Jess von früher. Dann hast du diese winzigen Fältchen auf dem Nasenrücken."

Sein Finger stupst so sanft knapp unter meine Nasenwurzel, als befürchte er, die Fältchen für alle künftigen Lacher zu verscheuchen.

Doch er verscheucht nichts. Er wirbelt etwas auf – kitzelnd in meiner Magengrube.

„Die sind schön", raunt er. „Jetzt lachst du manchmal auch ganz anders."

In mir tritt etwas verängstigt den Rückzug an.

„Das ist auch schön", wispert er jedoch. Und es klingt so aufrichtig, dass alles in mir weit wird. Genau auf Brusthöhe. Als bitte es ihn, einzutreten und von nun an zu bleiben.

Ich weiß nicht, was ich darauf sagen soll. Doch Cem scheint auch nichts zu erwarten, wollte es einfach nur einmal sagen, als wäre er an einer Ecke vorbeigekommen und ihm fiele ein, dass es dort die beste Pizza der Stadt gibt.

Sein Finger schleicht weiter über mein Gesicht, meinen Nasenrücken hinunter bis in die kleine Mulde zwischen Nase und Lippen. Dort unterbricht er seine Reise. Sehnsuchtsvoll kribbelt es auf der rosafarbenen Haut darunter, in der Hoffnung, dass er wenigstens diesen Zentimeter weiterwandert, um über meine Oberlippe, vielleicht auch noch über meine Unterlippe zu streichen. Dass vielleicht sogar sein Mund seinem Finger folgt. Auch wenn ich weiß, dass er das nicht darf. Sehnsucht lässt sich so wenig verscheuchen wie Liebe. Gerade ist beides so groß, dass ich gar nicht begreifen kann, wie alles davon in mir Platz findet.

Da ist nicht der leiseste Versuch, mich zu küssen. Es ist eher so, als wolle er auch mein Gesicht neu kennenlernen wie den Rest der Jess, von der ich selbst noch immer nicht weiß, wer sie in Wirklichkeit ist. Aber manchmal lacht sie anders, das weiß ich nun. Cem hat mir ein Geheimnis über die neue Jess anvertraut, das in mir weniger das Gefühl eines Verlusts als lediglich das eines *Anders* hinterlässt.

Langsam sinkt seine Hand hinab und legt sich zwischen uns, als erzähle sie uns nun, was sie alles herausgefunden hat. An Cems Mundwinkel zupft ein Lächeln, so zärtlich, dass ihm ausnahmslos alles gefallen muss, was die Hand zu berichten hat, sogar über die Falte auf meiner Stirn, sogar über die Narbe, die sie kreuzt.

Mit einem Mal muss auch ich leise lächeln. Gerade fällt mir mehr denn je auf, wie sehr auch er sich verändert hat. Und ich durfte das Neue noch nie berühren. Behutsam lege ich die Hand auf seine Stirn, mein Daumen gleitet über die Stelle, an der seine Nase gebrochen war. Dann fährt meine Hand langsam in sein Haar, wo der Schädelknochen gerissen war. Spüren kann man die Stelle nicht, und doch erscheint es mir, als könne ich etwas erahnen. Es fühlt sich wie Sehnsucht an, die Sehnsucht, sich auf so viele Weisen wieder zusammenzusetzen, weil wenige Minuten einen auf so viele Arten zerbrechen können. Ich bin verwundert, dass ich mehr von dieser Sehnsucht als von seinem Schmerz wahrnehmen kann. Doch seine schönen tiefdunklen Augen, in denen mit einem Mal so viel mehr kleine Lämpchen leuchten, erzählen das Gleiche.

Meine Hand verlässt sein Haar, lässt sich nicht davon abhalten, sich für ein paar Schläge auf sein Herz zu legen. Bei der Berührung scheint sich das Licht beinahe zu verdoppeln. Es ist so schön, dass ich noch ein paar schnellere Schläge an derselben Stelle verweile. Dann löst sich die Hand von seiner Brust, um etwas zu berühren, was ich schon seit Wochen so gern heil machen würde. Die Narbe an seinem angewinkelten Bein, wo eine Operation hoffentlich alles gerettet hat, was man retten konnte. Mein Blick folgt meinem Zeigefinger, der die hellere Haut, all die noch sichtbaren Punkte links und rechts der Linie kaum wirklich berührt aus lauter Angst, ihm wehzutun. Cems Blick lässt mein Gesicht nicht los, ich kann es spüren. Als ich aufsehe, meine ich, in seinen Augen etwas zu finden, was ich von mir kenne. Die Angst, abgelehnt zu werden wegen des übermächtigen *Nicht mehr*, das einem von nun an anhaftet.

Ob er sich in seinem Körper und mit all seiner neuen Weichheit und Verletzlichkeit manchmal noch genauso fremd ist, wie ich es mir bin?

Die Frage ist wie das Signal an meinen Finger, die Narbe nun wirklich zu berühren. Er zuckt nicht zurück.

Ich lächle unsicher. Er lächelt unsicher.

Dann greift seine Hand nach meiner. Ohne seinen Blick von meinem zu lösen, zieht er sie an sein Gesicht. Seine Lippen legen sich liebevoll auf die Innenseite meines Handgelenks, als küsse er alles, was unter der Haut hindurchfließt, mein gesamtes Wesen, alles, was ich wahrhaftig bin, ohne dass wir es bis ins Letzte kennen müssen. Zum ersten Mal seit meinem Unfall frage ich mich, ob mein jetziges Ich gut genug sein könnte, um eines Tages wieder geliebt zu werden. Gerade fühlt es sich an, als wäre das irgendwie möglich.

Ich nehme einen zittrigen Atemzug durch die Nase. Die Luft ist voller Cem. Es ist verblüffend, wie ein einziger Atemzug ein Verlangen abschwächen und zugleich bis in den hintersten Winkel zum Leben erwecken kann.

Ohne ein Wort zu sprechen, löst er unsere noch immer verschränkten Hände, schiebt seinen Arm unter meiner Taille hindurch und zieht mich langsam zu sich, wobei er mich auf die andere Seite rollt. Bis vor seinen Körper, meinen Rücken an seine nackte Brust. Ich schließe die Augen, als ein paar seiner Brusthaare meinen oberen Rücken kitzeln und mir dabei eine Gänsehaut zaubern. Kurz dreht er sich weg, dann erlischt das Licht, ehe sich sein Arm wieder um mich legt, hoch genug, dass ich nicht in Panik geraten müsste.

Von ihm gehalten zu werden, ist so schön, dass ich beinahe zu weinen beginne. Noch nie hatte ich das Bedürfnis zu weinen, weil etwas nichts als schön ist. Ist etwas zwischen uns neu oder ist es nur etwas in mir? Kann etwas einst Schönes durch etwas Furchtbares noch schöner werden?

Das gleichmäßige Heben und Senken seines Brustkorbs wiegt mich Atemzug für Atemzug in den Schlaf.

„Gute Nacht, Canım."

Hat er das gesagt? Oder habe ich das bereits geträumt?

Kapitel 27

WÄHREND der Blaubeer-Schmand-Kuchen im Ofen backt, stehe ich unschlüssig vor meinem Kleiderschrank. Hinter den weißen Türen gibt es zwei unterschiedliche Arten von Kleidung, und nach langer, sehr langer Zeit öffne ich noch einmal die linke Tür, die mit den Sachen, die ich zwar nicht wegwerfen, aber seit dem Unfall auch nicht mehr tragen kann. Es kommt mir vor, als forderten mich meine bunten Sommerkleider auf, sie noch einmal anzuprobieren. Nur um mal zu schauen, was dann geschieht.

Meine Fingerspitzen streifen die dünnen Stoffe entlang, die neben den alten Winterkleidern und -röcken wie eine Gruppe guter Freunde eng zusammengerückt sind. Strahlende Farben, weiche, anschmiegsame Gewebe. Ja, vor allem das Anschmiegsame macht mir noch Angst, als könne etwas an einer frischen Naht hängen bleiben. Oder ich könnte fühlen, dass ich an manchen Stellen nur noch eines fühle.

Nichts.

Meine Finger wollen sich nicht weiterbewegen. Die ruhende Hand scheint bereits eine Wahl getroffen zu haben, noch ehe ich weiß, dass ich heute überhaupt eines dieser Kleider tragen werde. Auf meiner Stirn erwacht spürbar die Falte zum Leben, über die noch vor wenigen Stunden ein Zeigefinger zärtlich hin- und hergestrichen ist. Hin und her wie ein Freund. Hin und her wie so viel mehr als ein Freund. Ich hätte das nicht zulassen dürfen, doch in Cems Nähe scheinen mir diese Entscheidungen zwischen richtig und falsch von Mal zu Mal schwerer zu fallen.

So sehr ich an ihrer Wahl zweifle, rührt sich meine Hand weiterhin nicht. Ich atme tief durch. Das senfgelbe mit den bordeauxroten

Blumen also? Wirklich? Zwei Jahre lang war es mein liebstes Kleidungsstück, ehe es so wenig zu mir gehörte wie so vieles andere auch. Sollte ich nicht wenigstens mit einem blauen oder grünen beginnen? Etwas, was nicht ganz so offensichtlich *Leben* ruft?

Leben ...

Der Bügel hält nicht ganz still, als ich ihn zwischen den anderen hervorziehe. Auch der fröhlich geblümte Stoff zappelt ein wenig, als wehre er sich gegen das, was ihm bevorsteht. Manchmal kann ein Kleidungsstück ein überraschend mächtiger Gegner sein. Doch anders als mein Schicksal kann ich diesen hier womöglich bezwingen.

Des Sieges noch nicht gewiss, streife ich es vom Bügel. So ganz will ich ihn noch nicht aus der Hand legen, er kommt mir vor wie der letzte Ausweg, wenn das Kleid das *Nicht mehr* doch zu übermächtig werden lässt. Dann kann ich es schnell wieder weghängen, wie ich es nach meiner Entlassung aus dem Krankenhaus vor beinahe anderthalb Jahren getan habe.

Nach einer Weile des Blickduells lege ich den Holzbügel auf das Bett. Mein Atem klingt, als wäre die Luft in diesem Raum dick wie Öl, während ich den Knoten des um mich gewickelten Handtuchs löse und es neben den Bügel werfe, um das Kleid mit geschlossenen Augen und möglichst schnell überzuziehen.

Mein Kopf bleibt hängen, ich habe die Knopfleiste vergessen. Doch mit einem Mal bin ich genauso wenig gewillt, jetzt aufzugeben, wie mich dieses Relikt aus einem anderen Leben gewinnen lassen will. Plötzlich ist da dieses unbändige Bedürfnis, mich noch einmal wie eine vollständige Frau zu fühlen, nur für ein Weilchen, wenigstens ein kleines bisschen. Wie in der vergangenen Nacht. Also zerre und ziehe ich an der alten neuen Haut aus Stoff, bis ich zumindest für diesen Moment gewonnen habe.

Ich schließe die Augen und halte den Atem an, um nichts ausblenden zu können, was mich später angreifen und überwältigen könnte, während wieder so viele Menschen um mich herum sind. Kann ich es fühlen, das übermächtige Nichts? Nicht so wie befürchtet, doch es ist ungewohnt, dass etwas dicht an der Haut anliegt wie in der Schwangerschaft, in der irgendwann jeder Stoff liebevoll meinen Bauch streifte.

Mit einem zittrigen Ausatmen hebe ich wieder die Lider. Gerade brauche ich die Realität, um nicht in den Erinnerungen zu versinken. Das Band auf Taillenhöhe macht mich nervös. Dabei weiß mein Kopf, dass man auch so nichts sehen kann. Ich löse dennoch die Schleife und ziehe es ein wenig weiter, dann zupfe ich am Saum über den Knien. Es kommt mir auch kürzer vor. Ich schließe die Schranktür und blicke in den daran befestigten Spiegel.

Aha.

Ich bin Jess.

Ja?

Nicht wirklich.

Geleitet von einem plötzlichen Überschuss an Mut trete ich an die Kommode, öffne die Schatulle, die dabei quietschen müsste, da ich sie so lange nicht angerührt habe, und suche die dünnen goldenen, mit bunten Steinchen besetzten Armreifen zusammen – fünf Stück. Sie klimpern fröhlich, wie sie es auch damals bei jeder kleinen Bewegung meines Arms getan haben. Eigentlich klingt es schön.

Ein weiteres Mal trete ich vor den Spiegel. Ich streiche mir eine Strähne aus dem Gesicht, und plötzlich wird das Klimpern direkt an meinem Ohr zu schön. Für mein Leben vollkommen unpassend.

Tränen treten mir in die Augen. Das Brennen und das Klimpern ergeben eine grauenvolle Kombination. Ich fühle mich verkleidet, beinahe lächerlich. Als versuchte ich, jemand zu sein, der einfach nicht mehr da ist, den ich zwischen den zwei Seiten einer Frontscheibe verloren und in Leben Nummer eins zurückgelassen habe. Das Klimpern, das ich bis eben noch so schön fand, klingt nun, da es zu mir gehören soll, wie Hohn. Hektisch schiebe ich mir die Reifen vom Arm. Einer fällt zu Boden. Furchtbar laut.

Ich zittere. Ungewollt habe ich mich selbst an irgendeine Grenze gebracht und bin ohne Rücksicht drübermarschiert. Doch auch innere Grenzen sind gesichert. Es schmerzt, als wäre diese hier mit Selbstschussanlagen bestückt gewesen.

Mit einem Mal stehe ich kurz davor, mir auch das Kleid wieder vom Leib zu reißen, um nicht vollkommen auszubluten. Denn es *ist* lächerlich. Es ist ein so lächerlich verzweifelter Versuch, etwas zu sein, was ich nie wieder sein kann.

Ich bin, verflucht noch mal, nicht Jess.

Doch gerade, als meine Finger überfordert am obersten Knopf der Leiste am Kragen nesteln, um das Kleid dieses Mal problemlos über den Kopf ziehen zu können, trifft mein Blick auf die Frau im Spiegel. Ich halte inne.

Sie sieht so verzweifelt aus. Aber in ihren Augen liegt auch etwas Bittendes. Und als ich genauer hinsehe, nehme ich die Hoffnung darin wahr.

Ich mag nur eine Kopie der Frau sein, der dieses Kleid einst gehörte, aber wieso darf ich nicht irgendeine noch so fremde Frau sein, die immer noch Gelb mag? Wieso kann es nicht sein, als hätte ich es wie so viele Kleidungsstücke zuvor auf einem Flohmarkt gekauft? Die andere Frau hat es mir vererbt, sie braucht es nicht mehr. Sie ist tot.

Darf man gleichzeitig Trauer und ein gelbes Kleid mit roten Blumen tragen? Wieso darf ich es nicht, wenn sich ein Tag trotz allem ein bisschen gelb anfühlt? Vielleicht sogar gelb mit roten Blumen? Wieso erlaube ich mir nicht, endlich noch einmal Teil eines gelb-roten Tages zu sein? Denn ein Teil von mir sehnt sich nach Gelb-Rot. Er ist es vermutlich sogar ein bisschen. Darf ein Teil von mir das ohne Schuldgefühl wieder sein? Ein bisschen senfgelb und weinrot?

Darf er?

Kapitel 28

EIN Blick auf den Wecker verrät mir, es ist halb acht und damit eindeutig zu früh, als dass Jess sich unbemerkt hätte aus dem Staub machen müssen. Kurz bin ich mir nicht einmal sicher, ob sie tatsächlich da war. Doch alles fühlt sich an, als hätte ich neben Jess geschlafen, als hätte ihre weiche Haut unsichtbare Spuren auf meinem Körper hinterlassen, als rekle sich ihr Duft noch genüsslich gähnend auf jedem Stückchen Stoff.

Seufzend setze ich mich auf. Mein Blick fällt auf die Narbe, die Jess so vorsichtig berührt hat und die mich jedes Mal, wenn ich sie betrachte, dazu bringt, mich zu fragen, was sie darin sieht. Schwäche? Scherben? Schuld? Manchmal bin ich kurz davor, sie zu fragen. Dann lasse ich es doch, ohne dass ich recht sagen könnte, wieso. Aus Schwäche? Scherben? Schuld?

Ich weiß nicht, wieso sie weg ist. Doch was ich weiß, ist, dass sie sich im Nachthemd und mit Flip-Flops auf ihr Fahrrad gesetzt hat, um durch die Nacht zu mir zu fahren. Was ich weiß, ist, dass ich endlich herausfinden muss, was ich, verdammt noch mal, tun kann, um sie zurückzugewinnen und dieses Mal für immer zu behalten.

Emre und Jess sind beide früh dran. Jess arrangiert die Blumen vom Markt in den großen Vasen, die sie später wie immer auf den Schränken und Fensterbrettern verteilen wird. Kurz bleibe ich auf der gegenüberliegenden Straßenseite stehen, um ihr zuzusehen. Sie steht inmitten von Rosen und Margeriten und vielen Blumen, deren Namen ich vor der Arbeit mit ihr noch nie gehört hatte – Hortensien, Rittersporn, Klematis, Ranunkeln und Akelei. Wie früher auch erschafft sie aus der Reihe an Bunden sowohl ruhige Sträuße in

Creme- und Pastelltönen als auch strahlende, vor Lebendigkeit strotzende Farbgewalten – schon immer besaß sie die Fähigkeit, für jeden Gast den Platz zu erschaffen, den er gerade braucht. Ein riesiger Strauß Sonnenblumen thront bereits auf dem Tresen. Das ganze Bunt passt noch immer so gut zu ihr, dass es mich selbst erstaunt.

Emre füllt hinter der Theke die Zuckerstreuer auf und verteilt sie auf den Tischen. Die Tür steht weit offen, um die Morgenluft reinzulassen. Leise Stimmen dringen in der Stille des frühen Tages meterweit auf den breiten Bürgersteig. Dann schafft es ein kleines Lachen bis an mein Ohr, und mir wird klar, wie sehr ich Jess' Lachen liebe. Es klingt immer noch wie *Willkommen*, obwohl sie mich noch nicht bemerkt hat, und ein bisschen auch nach heiler Welt, sogar für jemanden wie mich, der es so viel besser weiß.

Schlagartig wird mir bis ins Letzte bewusst, wie mutig sie tatsächlich ist. Gestern noch ist sie wenige Meter entfernt von dem Ort, an dem sie gerade auf das Innenleben unterschiedlicher Menschen abgestimmte Sträuße arrangiert, schreiend zusammengebrochen. Dort steht sie und lacht, und sie lacht ein *Willkommen*, obwohl sie nicht weiß, wer ihr dabei zuhört. Sie stellt sich dem Leben, obwohl es sie immer wieder in Angst und Schrecken versetzt. Vermutlich nennt man genau das heldinnenhaft.

Lächelnd überquere ich die Straße und widme mich den Stühlen. Sie sind bereits losgebunden, aber noch gestapelt. Als ich den ersten herunternehme, blickt Jess ruckartig auf, dann macht ihr erster Schrecken Platz für ein Lächeln.

„Hey", begrüßt sie mich, als ich kurz reingehe. Das Wort aus ihrem Mund ist so weich wie die Haut ihrer Lider. Allein bei dem Gedanken an die nächtliche Berührung zuckt mein Finger sehnsüchtig, doch er trifft nur auf den rauen Stoff meiner kurzen Hose.

„Morgen." Meine Stimme ist wohl der Meinung, wir lägen noch im Bett, nackt. Rasch räuspere ich mich. „Gut geschlafen?"

„Partiell."

Auch ihr einsames, dahingelächeltes Wort klingt, als hätte sie eben erst die Augen aufgeschlagen, um sie in der Morgensonne in unzähligen Nuancen funkeln zu lassen. Sie tritt hinter dem Tresen hervor, und ich erkenne noch etwas, was anders ist, und verstehe plötzlich, wieso sie so perfekt zwischen all die bunten Sträuße gepasst hat.

„Nettes Kleid", sage ich überrascht.

Unsicher gleiten ihre Hände über den curryfarbenen Stoff mit den roten Blumen, als hätte ich sie auf Falten aufmerksam gemacht. „Danke." Ihr Lächeln wird noch zarter, noch zerbrechlicher. Eine beinahe grausam schöne, auf Watte gebettete Eisblume.

Wie gern wüsste ich, wie ganz genau dieses Lächeln schmeckt.

„Alles okay?" *Zwischen uns? Nach letzter Nacht? Nachdem du verschwunden bist?*

„Ja, klar." Sie winkt ab, wie sie es vermutlich auch getan hätte, wenn ich ihr angeboten hätte, verschütteten Zucker für sie aufzukehren. *Ach, schon gut.*

„Morgen."

Mein Kopf fährt herum. Richtig, Emre ist auch noch da.

„Morgen. Sieht alles schon perfekt aus. Ihr scheint ja gut eingespielt zu sein." Und so ganz ohne Eifersucht kriege ich das auch nicht gemanagt, obwohl ich noch nie der Typ dafür war. Das Gefühl ist verflucht scharfkantig.

„Wir haben ja auch nicht mit dir gerechnet." Emres Brauen heben sich amüsiert.

„Gibt es noch etwas, was ich tun kann?", übergehe ich den stichelnden Unterton.

„Ich muss noch zwei Kuchen fertig machen", sagt Jess. „War etwas spät dran heute Morgen."

Ist das eine versteckte Erklärung für ihr Verschwinden?

„Du kannst mir helfen", schlägt sie mit wenig Ernsthaftigkeit in der Stimme vor.

Ich jedoch zucke mit den Schultern. „Klar."

Ihre Überraschung lässt für einen Moment auch den Rest ihrer Augenbrauen unter dem Pony verschwinden. Dann wird ihr wohl klar, dass ich es ernst meine. „Oh. Okay."

Sie dreht sich so hektisch um, dass ihr hoher Pferdeschwanz durch die Luft fliegt, als wolle er die helle Vertäfelung hinter der Arbeitsfläche noch einmal neu streichen. Einmal hin, einmal her, wieder hin. Mit einem Mal sieht sie so nervös aus, als hätte sie nur geblufft und wisse eigentlich gar nicht, wie das mit den Kuchen so funktioniert.

„Also, was muss ich machen?" Wie unschwer zu hören ist, bin auch ich bescheuerterweise nervös. Herrgott, es ist Kuchen.

„Ähm", macht sie, ehe ihr wieder einzufallen scheint, wie dieses Kuchen-Ding geht. „Du kannst erst einmal die Karamell-Creme auf dem Kuchen verteilen."

„Meine Spezialität."

Verdammt, dieses Zucken in meinen Mundwinkeln lässt sich nicht ganz verbergen. Ihre roten Wangen machen kein Geheimnis daraus, dass auch ihr gerade einfällt, dass ich bis jetzt nur auf einer einzigen Fläche Karamell-Creme verteilt habe. Es war bestimmt kein Kuchen. Jetzt kann ich mein Lachen nicht mehr einsperren. Da schlägt sie erst die Hände vor das Gesicht und dann mit einer gegen meinen Arm. Auch sie lacht. Inklusive Nasenrücken-Fältchen.

Oh, verdammt, Jess ...

„Heute gibt es gehackte Nüsse dazu", betont sie. Klar, das ist der entscheidende Unterschied zu damals.

„Autsch", mache ich.

Sie lacht lauter. „Cem, vielleicht mache ich diese Karamellsache besser allein."

Ich schnalze mit der Zunge. „Untersteh dich." Dann zucke ich gottergeben mit den Schultern. „Nun gut, salziges Karamell und gehackte Nüsse für die Lady. So bist du also mittlerweile drauf", murmle ich und wende mich hoch konzentriert der Creme zu.

„Cem?"

„Ja?"

Als ich den Kopf drehe, sieht sie schrecklich ernst aus. Ihre Hand legt sich auf meinen Oberarm, als wäre es nun wirklich wichtig, dass ich ihr ganz genau zuhöre. Alles, was mein Körper als wichtig erachtet, ist, in Windeseile eine Gänsehaut zu initiieren wie eine La-Ola-Welle für ihre Berührung.

„Du weißt", sagt sie, „dass ich von den gerösteten Haselnüssen vor dir spreche, oder? Ich möchte wirklich keine Beschwerden der Kunden riskieren, nur weil du dich in meinem Aufgabenbereich überschätzt."

Diese Art von ihr ist mir so vertraut, dieses Spötteln und Provozieren. So vertraut wie das Küssen. Plötzlich schluckt sie und blickt mich an, als hätte sie gerade dasselbe gedacht. Nichts scheint dagegenzusprechen, meinen Wunsch wahr zu machen. Nichts. Vor allem nicht Jess, weil sie mir mit dem schief gelegten Kopf, den leicht geöffneten Lippen und diesem direkten Blick in meine Augen äußerst kussbereit erscheint. Mit klopfendem Herzen hebe ich die Hand in Richtung ihrer Wange.

„Die Ersten sitzen schon draußen. Ich nehme die Bestellung auf, ja?"

Was, zur Hölle ...? Jess schreckt unter der unerwartet in die Zweisamkeit stolpernden Stimme genauso zusammen wie ich. Verlegen räuspert sie sich und wendet sich Emre zu.

„Ja, klar, danke."

Und damit verabschiedet sich um zehn vor neun die Chance, meine einstige Verlobte zu küssen. Aber der Moment lässt eines zurück: das Wissen, dass diese Frau immer noch über Humor zu kriegen ist, dass ich mit ihr flirten darf, dass sie mich noch immer zum Lachen bringt, dass ihre perfekten Scherben tatsächlich auf seltsame Weise haargenau zu meinen so oft verfluchten Splittern passen. Und dass wir miteinander trotz allem auf gewisse Weise noch immer wir sein dürfen, wenn wir das wollen.

Also verteile ich zufrieden die süßsalzige Creme auf dem Kuchen statt auf Jess' Haut und streue die duftenden gerösteten Nussstückchen darüber.

Aus dem Augenwinkel beobachte ich, wie Jess in Rekordtempo luftige weiße Creme gleichmäßig in einem Tortenring verteilt. Plötzlich erinnere ich mich daran, dass sie nie auf die in einem Rezept angegebene Arbeitszeit vertraute, sondern die Fähigkeit besaß, es zu lesen und am Ende beinahe auf die Minute genau einzuschätzen, wie lange sie brauchen würde.

Nun deckt sie alles ab und verstaut es dann im Kühlschrank. Der Anblick all dessen ist so vertraut. Ich weiß nicht, wie oft ich ihr dabei zugesehen habe. Ich weiß nur eines: Es war zu selten.

Kapitel 29

CEM

ZUM ersten Mal bin ich den ganzen Tag da, um zu helfen, und Jess' Anblick löst in mir von Stunde zu Stunde größere Besorgnis aus. Sie lächelt jeden so ehrlich an, als hätte sie ihn gern um sich, doch sie sieht so unsagbar müde aus – und ich bin daran nicht unschuldig. Trotz der kurzen Nacht und der Hitze ist sie bereits den gesamten Tag auf den Beinen, und das mit einem Tempo, das sich aus meiner Perspektive nach Lichtgeschwindigkeit anfühlt.

Gerade bedient sie im hintersten Winkel des tiefroten *Zwei Leben* ein Pärchen, das es sich mit verschlungenen Händen und Beinen auf dem Sofa gemütlich gemacht hat. Für Jess' Kuchen trennen sich jedoch sogar ihre Körper einige Zentimeter voneinander.

Als Emre das nächste Mal vor dem Tresen auftaucht und mir den Bestellzettel in die Hand drückt, frage ich ihn, was ich mich selbst bereits seit Stunden frage. „Glaubst du, es geht ihr gut mit der Arbeit?"

Er muss nicht einmal zu ihr hinübersehen, um zu wissen, wovon ich spreche. „Damals war sie so ein Duracell-Hase, pure Energie. Heute ist sie oft so schrecklich verbissen, pures Durchhalten. Ich schätze, sie versucht einfach zu vergessen."

Als Emre nach dem Tablett greift, halte ich ihn auf. „Was genau vergessen?"

Er antwortet so zögerlich, wie er sich mir wieder vollständig zuwendet. „Euch? Das, was dir passiert ist? Den Unfall?" Da ist eine kurze Pause, ehe er vorsichtig den Namen ausspricht, der sich anfühlt wie ein Schnitt, der tiefer als bis in alles Greifbare reicht. „Lucie?"

Ich halte die Luft an, um nicht aufzustöhnen, als mein Herzblut brennend die immer wieder frisch aufreißende Wunde umspült.

„Und seit sie nicht mehr joggen kann …" Statt weiterzusprechen, nickt Emre nur noch einmal in Jess' Richtung, die bereits auf der blauen Seite steht, um bei dem Mann in dem Ohrensessel am Bücherschrank abzukassieren.

„Wieso kann *sie* nicht mehr joggen?", frage ich verwundert.

„Angst."

Diese eine verfluchte Silbe ist die Antwort auf viel zu viele Fragen unseres Lebens.

Als ich nachmittags meine wahrscheinlich tausendste Pause mache, setzt sich Emre kurz zu mir, um vor dem Feierabend noch sein Sandwich zu essen. „Manche Dinge ändern sich wohl nicht." Ich kann sein Grinsen hören.

Mir ist weniger danach. Seit er vor einer halben Stunde als Emres Ablösung eingetroffen ist, treibt mich offenbar nicht zum ersten Mal ein Typ namens Hendrik in den Wahnsinn.

Der Typ sagt etwas, Jess lächelt zu ihm auf. So richtig auf, wobei ihre Augen von allein noch größer werden. Weil er nämlich einige Zentimeter größer ist als ich. Und der Arsch läuft auch ganz normal.

Dieses beschissene Rumoren in mir, dieses ständige Vergleichen, manches Mal sogar mit meinem besten Freund, dieses Gefühl der Minderwertigkeit ist so neu für mich, dass ich mich auch nach Monaten nur schwer daran gewöhnen kann.

Jess sagt etwas, und der, der ihr gerade so viel näher ist als ich, lacht. Dabei hat sie nicht einmal etwas sehr Lustiges gesagt. Dann bekommt sie nämlich einen ganz besonderen Zug um den Mund. Und im Gegensatz zu sehr vielen anderen Menschen weiß sie genau, wann sie etwas Witziges sagt. Meine Hände ballen sich zu Fäusten.

„Herrgott, er ist vermutlich fünf Jahre jünger als sie", sagt Emre leise lachend.

„Genau, und wäre ich Anfang zwanzig, würde ich sie ja keines Blickes würdigen, weil ich dann blind und dumm wäre."

„Komm mal runter. Da läuft nichts." Nun lacht er auch noch richtig.

Ich hingegen bin bereits auf den Füßen. *Scheiß auf Schmerzen!* „Und so wird das auch bleiben."

Noch während dieser vollkommen behämmerte Satz aus mir herausfindet, ist mir leider sehr bewusst, wie dämlich die Show ist, die ich hier abziehe. Kein Grund, sich wieder zu setzen. So langsam und konzentriert, dass es beinahe normal aussehen muss, gehe ich hinüber zur Bar, während der Typ mit den beiden gesunden Beinen im Begriff ist, Jess sein Glas kühlend an die Stirn zu halten. Was, zum Teufel …?

„Soll ich mal ein bisschen für dich laufen?"

Beim Klang meiner Stimme zuckt Hendriks Hand zurück. Jess blickt auf und lächelt mich an. Eindeutig anders als den Idioten mit der erhobenen Cola. Ha!

Gott, bin ich lächerlich …

„Nein, nein, ich geh schon", wirft Hendrik eilig ein, stellt sein Glas ab und greift nach dem Tablett. Sobald er mit den Getränken verschwunden ist, gehe ich um den Tresen herum und beobachte Jess dabei, wie sie sich den Pony aus der Stirn pustet. Sollten ein paar fliegende kupferrote Strähnen so verdammt sexy sein?

Dann lächelt sie. „Wieder einsatzbereit?"

„Klar. Ich war nur kurz beim Training für den nächsten Halbmarathon. Hat mich ein bisschen gelangweilt, aber ich dachte, ich muss ja nicht direkt übertreiben mit einem ganzen." Ich zucke mit den Schultern. „Vielleicht im Herbst."

Ihr Lächeln ist mitfühlend.

„Du läufst also auch nicht mehr?", versuche ich mich an einer im besten Fall halb eleganten Überleitung.

Sie sieht mich nicht mehr an. „Nein."

„Wieso?"

Da ist ein kurzes Zögern, ehe sie zu reden beginnt. „Als ich es nach der Nacht da oben wieder versucht habe, bin ich schreiend erstarrt, weil ein kleiner Junge aus dem Gebüsch gestürmt ist."

Sie wischt mit einem Geschirrtuch mehrfach über einen sowohl sauberen als auch trockenen Kuchenteller, ehe sie ihn auf den Tresen stellt und die Zitronentarte mit Baiser-Haube aus der Vitrine holt. Ich greife nach dem großen Messer und dem Tortenheber und ziehe den Teller zu mir, um ein Stück des bereits nur noch halb vorhandenen Kunstwerks abzuschneiden.

Schnell wendet sich Jess dem nächsten Zettel zu, kann sich aber offensichtlich nicht recht auf die mit blauem Kuli darauf hinterlassenen Wünsche konzentrieren. Dann seufzt sie resignierend.

„Wenn ich laufe, dann ist die Welt irgendwie schneller, unkontrollierbarer. Es gibt Geräusche und Bewegungen, die ich nicht sofort einordnen kann. Das macht mir Angst. Ich bin so angespannt, dass ich bei jeder noch so kleinen Veränderung zusammenzucke, und auf der Straße mit all den Autos ist es noch schlimmer. Die Motorgeräusche …" Sie verstummt.

Dass sie in der vergangenen Nacht durch die dunklen Straßen bis zu mir geradelt ist, bekommt plötzlich noch eine ganz neue Dimension. Und ich Idiot habe in dem Moment nicht einmal darüber nachgedacht.

Sie stößt zittrig die Luft aus, ehe sie weiterspricht. „Und langsam zu laufen, das ist wie sich beim Rutschen an den Seiten festzuklammern. Wo ist da der Sinn? Es macht nichts mit deinem Kopf." Sie sieht zu mir auf. „Es macht nichts mit deinem Herzen", fügt sie dann so leise hinzu, dass der Satz beinahe zwischen Gabelklappern und fremden Gesprächsfetzen untergeht.

Ich nicke. Denn ich verstehe es so verdammt gut. Es kostet mich echt Kraft, ihr das vorzuschlagen, weil ich das Kribbeln bereits bei dem Gedanken in meinen ausgehungerten Füßen spüre. Doch der Wunsch, dass sie wieder laufen kann, kribbelt noch so viel stärker.

„Du läufst, ich behalte dich im Auge", sage ich.

„Wie bitte?"

„Wir treffen uns morgens am Park. Ich mache meine Physio dort, du läufst."

Ihre Augen weiten sich ungläubig. „Das kann ich dir nicht antun."

„Ich kann nicht weniger laufen, nur weil du es wieder tust. Was immer dich verfolgt, ich gebe mein Bestes, es aufzuhalten."

Sie schüttelt nur den Kopf.

„Denk darüber nach. Okay?"

„Okay." Es klingt nicht nach dem Ansatz eines Ja. „Danke."

Ich nicke und beobachte dann, wie Hendrik möglichst unauffällig Jess anglotzt, ehe er die nächste Bestellung wegbringt.

„Weiß der Typ, dass wir verlobt waren?"

Dass dieser Themenwechsel nicht den Hauch einer gelungenen Überleitung hatte, sagt mir nicht nur Jess' Blick. „Wer?"

„Hendrik."

Nach einem Moment der Überraschung unterdrückt sie ein auch angesichts meiner Eifersucht übertriebenes Lachen. „Ich trage auch sonst kein Schild mit der besitzergreifenden Aufschrift *Ex-Verlobte von Cem Inan*, falls das die Frage ist."

Ich zwinkere ihr zu. „Solltest du aber."

Als sie nun tatsächlich auflacht, wenn auch empört, will ich sofort das *Ex* auf ihrem Schild streichen. Das heißt, eigentlich würde ich lieber noch mal auf die Ring-Sache zurückkommen.

Wenn ich nur wüsste, wo der abgeblieben ist. In einem dämlichen Hollywood-Film hätte sie ihn die ganzen Monate über irgendwo an ihrem Herzen mit sich herumgetragen, was ich feststelle, wenn wir gerade im Bett landen. Nein, Moment, in einem dämlichen Hollywood-Film hätte *ich* ihn dort getragen. Ich bin mir jedoch ausgesprochen sicher, dass niemand von uns beiden eine Kette mit diesem Ring um den Hals trägt.

„Ich bin weg", verabschiedet sich Emre und nimmt die Teller, um sie noch rauszubringen. „Schönen Abend noch."

Er zwinkert uns zu, und wir sagen nur brav Danke, als hätte es nie eine Anspielung auf mehr als Arbeit gegeben.

Kapitel 30

CEM

DIE letzte Runde regeln Jess und ich allein, während wir nebenbei das übrig gebliebene Geschirr in die Spülmaschine räumen und die Tische abwischen. Mit jedem Gast, der geht und Jess und mich damit näher an zweisam bringt, werde ich zappliger.

War ich jemals so verliebt wie genau hier und heute in Jess? Vermutlich nicht, nicht einmal in sie. Verliebt ja, ohne Frage, aber bereits am ersten Abend küssten wir uns auf einer Brücke in Amsterdam und waren von dem Moment an unzertrennlich. Wahrscheinlich hatte das Gefühl gar nicht die Chance, auf dem Nährboden unerfüllter Sehnsucht so weit zu sprießen, dass es wie jetzt bis in jede Zehenspitze und jede Fingerkuppe reichte.

Das Gefühl ist furchtbar und grandios zugleich. Noch nie habe ich so gern den ganzen Tag über bei strahlendem Sonnenschein drinnen gearbeitet, einfach weil das der einzige Ort ist, an dem ich Jess unentwegt ansehen kann. Gleichzeitig treibt es mich zum ersten Mal in meinem Leben in den Wahnsinn, dass andere Männer genauso wenig blind für ihre Schönheit sind wie ich.

„Das waren die Letzten." Jess wirft ihren Gürtel mit dem schweren Portemonnaie über die Theke und greift blind genau an der richtigen Stelle über den Tresen, um den darunter hängenden Schlüssel vom Haken zu ziehen. „Wir können aufräumen."

„Tut mir leid", sage ich zerknirscht, „aber ich muss mich mal kurz setzen."

„Klar." Sie blickt so schuldbewusst, als hätte sie das brutale Pochen in meinem Bein durch ein paar gezielte Tritte selbst verursacht. „Geh ruhig nach Hause. Ruf dir ein Taxi."

Ich schnalze mit der Zunge. „Jess, behandle mich nicht wie ein rohes Ei."

Sie zuckt ertappt zusammen. „Du kannst mein Fahrrad nehmen", schlägt sie dann vor. „Ich kann aus eigener Erfahrung sagen, dass sich die steilste Straße auf dem Weg nur nach etwa siebzig Prozent Steigung anfühlt."

Ich lache auf. „Viel besser. Aber was hältst du davon, wenn wir uns etwas raussetzen, mal durchatmen und danach aufräumen?"

Kurz zeichnet sich Überraschung auf ihrem Gesicht ab. Ich wüsste gern, ob wir das Ritual so sehr verloren haben wie so vieles andere auch.

„Gern", sagt sie dann.

Ich hole zwei Flaschen Bier aus dem Kühlschrank und halte ihr eine fragend hin. Der Blick, den sie kurz zwischen den Flaschen und mir hin- und herwirft, erinnert mich an die Szene, die sie in meiner Küche wegen des Biers abgezogen hat.

Dann nickt sie langsam. „Okay."

Nicht alles ändert sich also. Wie beruhigend.

Ich schließe den Kühlschrank, mache die Musik lauter, öffne die Flaschen und humple um die Theke herum nach draußen. Jess sitzt bereits unter der Palme in der einen Ecke des Strandkorbs und lächelt entspannt zu mir auf. Die nagellacklosen Füße hat sie aus ihren Ballerinas befreit und auf einen Stuhl gelegt. Es braucht nur einen Blick auf sie, und ich reise zwei Jahre zurück in den Sommer vor dem Unfall.

Vergangenheit plus Strandkorb und Pony. Er steht ihr echt verdammt gut.

Ich lasse mich in die andere Ecke fallen, lege mit einem schmerzerfüllten Aufstöhnen auch meine Beine hoch und stoße leise klirrend mit ihr an, ehe wir gleichzeitig den ersten Schluck aus unseren Flaschen nehmen. Die Luft ist sommernachtswarm, die Lichterketten über unseren Köpfen leuchten noch freundlich, an mein Ohr dringen lateinamerikanische Rhythmen. Lange hat sich nichts mehr so sehr nach Frieden angefühlt. Und ich weiß, dass weder eine Sommerbrise noch Lichterketten oder Musik dieses Gefühl in mir heraufbeschwören können. Am liebsten würde ich *Danke* sagen – einfach *Danke*, weil ich es noch vor gar nicht langer Zeit nicht für möglich gehalten hätte, dass ich mich je im Leben wieder so fühlen würde wie in diesem grandiosen Augenblick und schon gar nicht, dass Jess dabei neben mir sitzen würde. Es fühlt sich an wie lichterkettenbehangene Sommernacht in mir. Ich frage mich, ob ich vor den beiden Katastrophen überhaupt gewusst hätte, *wie* gut er tatsächlich ist, dieser Moment.

Kann es wirklich sein, dass eine Tragödie darauffolgendes Glück besonders hell leuchten lässt?

„Ihr habt etwas so Perfektes aus dem Laden gemacht. Ich bin echt beeindruckt", murmle ich zutiefst zufrieden und gerade auch nur ein ganz, ganz bisschen eifersüchtig.

Jess lächelt müde. „Du bist Teil von wir", sagt sie den wohl perfektesten Satz, den sie nach *Ich liebe dich immer noch* gerade hätte finden können. „Wir haben das alles zu dritt gemacht."

„Wenn ich dich so beobachte, schätze ich, dass du rund achtzig Prozent von all dem hier allein gestemmt hast."

Sie sagt nichts, schaut nur auf ihre Bierflasche, ehe sie noch einen Schluck nimmt.

Sie ist so nahe. Ich müsste nur ein wenig die Hand nach ihr ausstrecken. Wahrscheinlich könnte mein Ellenbogen noch immer an meinem Oberkörper anliegen, und dennoch könnte ich ihre zierliche Hand halten oder die feinen Härchen auf ihrem Arm durch eine sanfte Bewegung aufwecken.

„Du riechst gut", murmelt sie in die Stille, als wäre auch ihr gerade eben die Nähe aufgefallen.

Ich lache auf. „Ich stinke nach Schweiß, Jess."

„Du riechst nach deinem Schweiß, Cem."

Hat sie das gerade echt gesagt? Ich blicke zu ihr. Sie blickt zu mir. Da ist diese neue Falte auf ihrer Stirn. Jetzt mag ich sie noch mehr.

„Habe ich das gerade echt gesagt?", haucht auch sie peinlich berührt. Ich lache lauter. Ihre Wangen nehmen einen selbst im sanften Schein der Lichterketten sichtbaren Rosaton an. „Ich meine …"

Schnell strecke ich den Arm aus und lege den Zeigefinger auf ihre Lippen. Sie sind so warm und weich wie in meinen besten Erinnerungen.

„Pssst", mache ich zwinkernd und ziehe dann schnell den Finger weg, weil sie ernsthaft zuschnappt.

JESS

In meinen Lippen kitzelt es noch, als sein Finger sie schon lange nicht mehr berührt. In meinem Bauch hört es nicht auf zu kitzeln, obwohl Cem schon lange nicht mehr lacht.

Ist das dieser berühmte Moment, in dem man besser schweigt und genießt, oder ist es doch der, in dem ich eine Frage stelle und mich mit aller Kraft an die Hoffnung klammere, die Antwort zu bekommen, nach der ich mich schon so lange sehne?

„Darf ich dich etwas fragen?" O Mann. Ich rede bereits. Erst als ich das Flattern in meiner Brust bemerke, wird mir bewusst, dass ich früher kaum jemals nervös war. Und wenn, dann war es eine quirlige Nervosität, weil etwas Tolles anstand, eher aufgeregte Vorfreude. Nun flirrt die Luft um mich herum aus Furcht, den falschen Moment gewählt zu haben. Oder die falsche Frage.

Er wendet mir sein entspanntes Gesicht zu. „Alles."

Er klingt so ehrlich, wie es nur wenigen gelingt. Da spüre ich, dass meine Worte unbedingt zu ihm wollen. Genau hier und vor allem genau jetzt. Und Worte können einen auffressen, wenn sie nicht zum richtigen Zeitpunkt zum richtigen Menschen finden. Sogar zwei Menschen. Beinahe vollständig auffressen.

„Als du mir den Antrag gemacht hast …"

Bereits nach diesem Teil des Satzes wird Cems Miene aufmerksam. Nun glaube ich, dass es auch um ihn herum flirrt. Vielleicht auch alles zwischen ihm und mir.

„Wolltest du mich wirklich heiraten?" Es sollte gar kein Flüstern werden, ich wollte ganz unbedingt komplett normal klingen. Doch das elektrisierende Flirren hat wohl den Regler verstellt.

„Äh." Er sieht ehrlich verwirrt aus. „Deshalb macht man jemandem doch einen Antrag, oder?"

„Ja, klar." Mir entweicht ein kleines, nervöses Lachen. Das sollte da auch nicht hin.

Doch auf diese unbekannte Art des Lachens antwortet eine mir ebenfalls beinahe unbekannte Art Sanftheit in Cems Stimme. Sie ist schrecklich schön. „Jess, was willst du wirklich wissen?"

Ich verabscheue es, wie oft ich mittlerweile mit den Tränen kämpfen muss. „War es nur wegen ..." Dann folgt ein ohrenbetäubendes Stocken, so lange, bis mein Herz wieder zögerlich klopft, als teste es noch einmal, wie sich Weiterleben so anfühlt. „Wegen Lucie?"

Es fühlt sich gerade nicht schön an, das Weiterleben. Aber richtig, ja, richtig fühlt es sich schon an.

Kurz sagt Cem gar nichts. Ob wohl auch in ihm der Name unseres ungeborenen Mädchens so furchtbar laut nachhallt? Dann glaube ich, ein Zittern zu hören. Nicht in einem Laut, nicht einmal in einem Atemzug. Nur ein Zittern. Vielleicht in einem zögerlichen Herzschlag. Und ich weiß nicht, ob es seins oder meins ist, aber es macht auch mich stumm. Und taub. Beinahe überall taub.

„Lucie war der Auslöser." Seine Stimme ist so rau, dass sie Herzen abschmirgeln kann. Meines wird wunder und wunder unter seinen Worten, ehe er endlich weiterspricht. „Aber sie war nicht der Grund. Sie hat irgendetwas in mir verändert. Es war, als hätte sie eine Tür aufgestoßen, die immer da war, hinter die ich nur einfach noch nie geguckt hatte. Lucie ..." Er schließt einmal länger die Augen, und meine Seele blinzelt schmerzerfüllt mit. „Lucie hat mir so viel geschenkt, einfach, weil es sie gab. Verstehst du, was ich meine?"

Ich nicke stumm und frage mich, ob wir in der Zeit zwischen den beiden alles verändernden Nächten unseres Lebens jemals so oft ihren Namen ausgesprochen haben wie seit Cems Erwachen. Dabei liebe ich ihren Namen so. Gerade wird mir klar, *wie* sehr ich den Namen dieses wundervollen erloschenen Lichtbündels doch liebe.

„Sie hat mich darüber nachdenken lassen, wie ich mein Leben verbringen will", murmelt er. „Und wenn ich von allen Antworten dieser Welt nur eine hätte geben dürfen, hätte sie geheißen: mit euch."

Er schluckt. Ich schlucke.

„Sie heißt: mit dir, Jess." Die letzten Worte sind nur noch ein kaum hörbares Ausatmen. Oder vielleicht auch ein Aufatmen.

Mein Herz trommelt aufgewühlt gegen meine Rippen – aus so vielen Gründen, die zusammen so groß sind, dass ich nichts hervorbringen kann als dieses Wummern, und ich hoffe, dass er es irgendwie hören kann.

Kann er?

Ist ihm bewusst, dass er *heißt* und nicht *hieß* gesagt hat? Ist ihm bewusst, dass er noch immer keine Ahnung hat? Dass aus *heißt* rasend schnell wieder *hieß* wird, wenn er alles weiß?

Ist *mir* das noch richtig bewusst? Denn auch in mir schnurrt etwas bei dem Gedanken: *Ich will.*

Ich nicke nur wieder, in der Hoffnung, dass es ansatzweise wie ein *Aha* aussieht. Und wummere währenddessen furchtbar laut weiter.

Für lange Zeit sitzen wir einfach nur da und nippen hin und wieder an unserem Bier, während ich in die Lichterketten über uns blicke und an Cems Augen denke. Wir sind verstummt, doch auch irgendwie befreit.

„Wie lange hat dich das beschäftigt?", fragt er dann in die Stille.

Ich löse den Blick von den Lichterketten und blicke wieder in seine Augen, in denen seine eigenen leuchten. Dass ein zerbrochener Mensch so schöne Augen haben kann, ist ein Wunder. Dann zucke ich mit den Schultern, doch es fühlt sich nach allem außer Gleichgültigkeit an.

„Vielleicht immer ein bisschen?"

Es ist eine dieser Sachen, über die ich nie so recht mit mir selbst gesprochen habe, ohne dass sie aufgehört hätten, vor sich hin murmelnd in mir herumzustreunen. Und ganz plötzlich holt mich eine vollkommen verblüffende Erkenntnis ein. Die alte Jess, die, die ich für so unsagbar stark halte, die hat immer wieder den Mund gehalten vor lauter Ungewissheit darüber, wozu die falschen Worte führen würden.

Aber ich, ich kann Sätze sagen, die mir schreckliche Angst einjagen, um nicht von ihnen bei lebendigem Leib gefressen zu werden. Vielleicht kann ich tatsächlich irgendetwas besser als die Frau, die ständig bunte Kleider trug.

Cems Stirn legt sich in Falten, ehe er meinen Gedanken folgt wie ein Spürhund. „Wieso hast du mich nicht früher gefragt?" Dann werden seine Augen schmaler. „Hast du?"

Ich schüttle den Kopf.

„Wieso?", fragt er noch einmal.

„Ich wollte dich nicht verletzen, und vielleicht wollte ich auch mich nicht verletzen." Ja, beides fühlt sich ehrlich an. „Womöglich hättest du gemerkt, dass du mit der Frage einen Fehler begangen hast?"

Auf seinem Gesicht zeichnet sich Irritation ab, und ich schüttle schnell den Kopf, damit er nichts sagt. Dann kommt mir ein Gedanke, von dem ich schon weiß, dass er auf seinem Weg in die Freiheit in meinem Hals kratzen wird, ehe ich ihn ausspreche. „Vielleicht bin ich meinen Eltern ähnlicher als gedacht."

„Wie meinst du das? Und nur als Vorwarnung: Was auch immer du jetzt antwortest, befürchte ich, dir am Ende nur einen Blick zuzuwerfen, der so viel sagt wie *Bist du bescheuert?*"

Ich hingegen werfe ihm einen Blick zu, der so viel sagt wie *O Gott, danke.*

„Ich meine diese Art, möglichen Problemen auszuweichen."

„Bist du jemals Problemen ausgewichen?", fragt er überrascht. „Du warst immer der mutigste Mensch, den ich kannte."

Langsam schüttle ich wieder den Kopf und nehme lieber noch einen Schluck Bier. Es dauert, bis ich mich traue, ihn herunterzuschlucken und zu sprechen.

„Ich glaube, ich war gar nicht mutig. Ich bin dunkle Parkwege entlanggejoggt, und wenn mir auf einer Party oder hier im *Zwei Leben* einer zu nahe kam, habe ich ihn in seine Schranken gewiesen. In den Momenten hatte ich einfach keine Angst. Punkt. Ich habe nicht groß darüber nachgedacht, weil ich mir nie vorstellen konnte, dass mir etwas passieren würde. Die Grundlage für Mut ist Angst. Und in den paar Situationen, in denen mir Angst damals die Chance gegeben hat, mutig zu sein, habe ich gekniffen. Ich habe mich nicht getraut, mit dir über den Heiratsantrag zu sprechen, darüber, was meine Mutter gesagt hat, oder andere Dinge, von denen ich dachte, sie treiben dich weg von mir. Wenn das möglich gewesen wäre, hätte ich dir wahrscheinlich auch nicht von der Schwangerschaft erzählt", wispere ich und schäme mich noch im selben Moment vor Lucie. „Du warst das einzige Zuhause, das ich jemals hatte. Das setzt man nicht leichtfertig aufs Spiel."

Die gesamte Zeit über hat er meine Worte nachdenklich verfolgt. Auch als ich verstummt bin, betrachtet er mich noch eine ganze Weile, ehe er spricht.

„Nicht einmal für die Wahrheit? Für etwas Reales? Wärst du ernsthaft mit mir in das Standesamt reinmarschiert und hättest Ja gesagt, ohne mich jemals zu fragen, ob ich das echt will?"

Wäre ich? „Ich weiß es nicht", gebe ich leise zu.

Er betrachtet seine Flasche, sein kurzer Daumennagel knibbelt gedankenversunken am Etikett. Dann nickt er langsam, nimmt einen Schluck und mustert mich wieder.

„Hattest du gerade Angst vor meiner Antwort wegen des Antrags?"

Kurz zögere ich, doch dann nicke ich.

„Soll ich ehrlich sein?"

Mein Nicken wird langsamer.

„Ich finde alles, was du heute Abend gesagt hast, verdammt mutig, Jess. Ich finde alles, was du jeden Tag tust, so verdammt mutig. Du meisterst das alles unsagbar toll. Viel besser als ich. Jeden Tag stellst du dich unzähligen Ängsten."

Ich lächle ein müdes Lächeln. Würde er jetzt davon kosten, würde es ganz schön bitter schmecken. „Ich übe schon verdammt lange, und vielleicht kann ich gerade nichts als mutig sein, weil ich vor ausnahmslos allem Angst habe." Vor einem gelben Kleid, Kindern in Gebüschen, Karamell-Creme in genau den richtigen Händen …

Nun lächelt auch er, klein, aber unsagbar liebevoll. „So kannst du wenigstens nicht vor der Angst weglaufen."

Wenn er wüsste. „Ich glaube, für mich ist Weglaufen manchmal immer noch das Einzige, was mich aufrecht stehen lässt."

„Das glaube ich nicht. Aus jedem Kampf, jedem Gespräch, dem du dich stellst, gehst du nur noch stärker hervor. Du bist so stark, Jess, und du würdest jeden Kampf erhobenen Hauptes gewinnen. Hast du immer schon. Und aus dem, vor dem du die größte Angst hattest, hast du das meiste gewonnen. Als du mir von Lucie erzählt hast, hast du mehr bekommen, als du gedacht hast. Wir sind noch enger zusammengewachsen. Oder? Trau dich, dich den Dingen zu stellen, vielleicht überraschen sie dich." Sein Blick lässt meinen nicht entkommen. „Vielleicht überrasche *ich* dich", fügt er dann hinzu.

Mut.

Ich möchte so gern und aus tiefstem Herzen mutig sein. Ich wünschte so sehr, ich hätte den Mut und die Kraft, mich dem Furchtbarsten, was uns je widerfahren ist, ganz zu stellen, in der Hoffnung, dass es mich nicht vollständig verschlingt. Oder es wenigstens von oben bis unten zu betrachten, zu schauen, wie es aussieht, wenn man ihm direkt ins Gesicht blickt. Doch zu wem wird Jess dann?

„Ich trau mich nicht einmal mehr, joggen zu gehen. Mein Herz stand still, und seitdem war das Laufen das Einzige, was mich mein Herz hören ließ."

Sein Mund öffnet und schließt sich vor Sprachlosigkeit. Doch sein Blick sagt so viel. Tausende schöner Sätze, die mit *Ich wünschte, dass ...* beginnen. Und das alles sagt er so liebevoll, dass mein Herz mich eine elende Lügnerin schimpft. Denn in Cems Gegenwart, bei jeder seiner Berührungen schlägt es so laut, dass ich immer häufiger in Versuchung gerate, dem Klopfen wirklich zuzuhören.

„Ich habe versucht, mich der Angst zu stellen, aber ich bin nicht bereit dazu, wie mich das Auftauchen eines kleinen Jungen gelehrt hat. Ich kann nicht in einen Bus steigen, geschweige denn in ein Auto. Ich ertrage es nicht, wenn die Hände Fremder beim Bezahlen unerwartet meine berühren. Ich wüsste nicht einmal, wo ich anfangen sollte zu kämpfen. Da sind so schrecklich viele Fronten. Also stehe ich morgens auf, backe Kuchen und koche Kaffee. Mehr geht nicht."

„Sei gnädig mit dir, Jess. Und du musst das doch auch nicht allein machen. Bin ich die Flure allein auf und ab gelaufen? Die Frage nach dem Antrag war doch schon ein ganz guter Anfang. Hast du die Antwort bekommen, die du brauchtest?"

Ich kann kaum atmen. „Ja."

„Jess, sieh mich mal an."

Ich blicke zu ihm. Er ist so nahe. Wahrscheinlich könnte sich sogar mein Fuß zwischen seine legen, wenn er mutig genug wäre.

„Ich wollte dich aus tiefstem Herzen heiraten", sagt er leise.

Nun ist er noch näher. Kämpft sich irgendwo durch das Chaos in die Tiefen meiner Seele. Scheinbar mit Lichtgeschwindigkeit. Denn er ist einfach überall gleichzeitig. Überall. Falls er da drinnen dem Eichhörnchen begegnet, wird es nie, nie wieder Ruhe geben.

„Okay?"

„Okay", hauche ich so überwältigt wie damals mein Ja beim Anblick des Rings.

„Echt?"

„Ja, echt okay." So echt okay wie seit einer Ewigkeit nichts mehr. Echt okay kann sich so unsagbar gut anfühlen, wie es mir früher gar nicht aufgefallen wäre.

„Hast du den Ring eigentlich noch?", fragt er zögerlich.

Ich zucke zusammen. Solche Fragen darf man einfach nicht stellen, wenn man mitten im Chaos der Seele eines anderen hockt.

Ich schüttle den Kopf. „Ich hab ihn dir zurückgegeben."

Cem zieht die Brauen zusammen. „Er war ein Geschenk."

„Das hast du damals auch gesagt", wispere ich. „Aber ich konnte ihn nicht behalten, verstehst du das? Ich kam mir vor wie eine Diebin. Er gehörte einer Frau, die es nicht mehr gab, der, die du irgendwann einmal heiraten wolltest. Du hast ihn in die Dose aus unserem Libanon-Urlaub getan."

Er nickt und nimmt einen großen Schluck aus seiner Flasche. „Vergangene Nacht …", beginnt er dann zaghaft, und mein schneller Herzschlag spült unangekündigt eine sehnsüchtige Wärme in jeden noch so kleinen Winkel von mir. Statt dass er weiterspricht, hebt sich seine Hand wieder. Doch noch immer berührt sein Finger nicht meine Lippen, stattdessen streift seine Hand meine Wange. Ich wage es nicht, zu ihm zu sehen.

„Ich will dich wieder kennenlernen, Jess", raunt er. „Ganz kennenlernen." Sein Finger streicht mir eine Strähne hinter das Ohr. „Die ängstliche und die mutige Jess, jede Art zu lachen und jede große und kleine Traurigkeit. Ich will, dass du mir zeigst, was dich jeden Tag beinahe erneut zerbricht, und dass du mich herausfinden lässt, wie ich dich ein klein wenig heiler machen kann."

Langsam wende ich ihm mein Gesicht zu und starre ihn im nächsten Moment überwältigt an. Denn da sind sie – unzählige, nein, vermutlich sogar alle Lichterketten, nicht nur über uns, sondern mitten in seinen schönen Augen. Nur weil wir uns so nahe sind. Nur weil seine Worte wie durch eine stumme Zauberformel direkt in mein Herz kriechen konnten und er es auf wundersame Weise gesehen hat. Seine Haut sieht schon wieder so sehr nach Sommer aus, sein tiefschwarzes Haar glänzt im Schein des spärlichen Lichts. Ich halte den Atem an, weil die Sehnsucht nach einem Kuss, wenigstens einem flüchtigen, so groß ist, dass in mir nichts anderes mehr Platz findet. Manchmal wird Luft so schrecklich überbewertet.

Seine Finger gleiten ein Stückchen hinab, begleitet von meinem inneren Seufzen streifen sie federleicht über den kleinen Hügel am oberen Rand meiner Oberlippe, machen dort kurz Halt wie auf einer sonnenbeschienenen Bank im Park, schleichen weiter bis auf meine Unterlippe, um auch dort einen Moment zu verweilen wie im Schatten eines Baumes am heißesten Tag eines Jahres. Sie suchen sich einen Weg zu meinem Kinn, der Stelle, die er im Krankenhaus mit Abschiedsschmerz und einem letzten Funken Hoffnung geküsst hat. Und dann lernen sie nach meinem Gesicht auch meinen Hals wieder kennen, meine Schulter und ein Stückchen meines Oberarms, ehe ich mich besinne und mich wider jeglicher Anziehungskraft zurückzerre.

Luft strömt in meine Lungen. Nicht weil die Sehnsucht kleiner geworden ist – das ist sie keineswegs. Sondern weil sich die Realität hinzugequetscht hat. Nur in eine kleine Ecke meines Kopfes, aber glücklicherweise hat sie sich im richtigen Moment gewaltsam Einlass verschafft.

„Jess." Mein Name klingt so sehnsüchtig.

Ich nehme einen großen Schluck Bier, der nicht im Ansatz seinen Zweck erfüllt, das Verlangen danach hinunterzuspülen, auch ihn zu berühren.

„Wir sollten langsam fertig aufräumen." Meine Stimme klingt, als wäre sie nicht überzeugt von meinem Plan, doch wenigstens meine Füße gehorchen und schlüpfen wieder in die Ballerinas.

Als ich im Begriff bin aufzustehen, greift Cem behutsam nach meinem Handgelenk. Ich zucke zusammen, doch die Panik bleibt seltsamerweise aus.

„Sprich mit mir", wispert er. „Über uns. Über alles. Es ist nicht nur der Kuss, der dich von mir fernhält."

Meine Hände beginnen, leicht zu zittern. Ich weiß es. Eigentlich weiß ich es. Wir brauchen einen deutlichen Schlussstrich – beide. Ohne zu zerstören, was wir gerade erst wiedergewonnen haben.

„Lass uns reingehen", krächze ich.

Frustriert lässt er mein Handgelenk los. „Ich will nicht reingehen", ruft er. „Ich will es endlich verstehen. Wieso? Jess, bitte! Ich drehe durch. Jeden einzelnen Tag, den ich an dich denke, ohne dich berühren zu dürfen. Jeden Abend, an dem ich weiß, dass du nicht neben mir schlafen wirst, drehe ich durch."

Ich ringe nach Luft. Er hat es ausgesprochen. Doch nun …

„Wieso?", wiederholt er.

„Ich sage es dir drinnen." Nur den Teil, der für ihn noch von Bedeutung ist, werde ich ihm sagen.

Kurz starrt er mich ungläubig an. Dann springt er auf und geht ohne ein weiteres Wort leicht humpelnd hinein. Ich folge ihm langsam, und kaum bin ich eingetreten, schließt er hinter mir ab. Ob er nur nicht gestört werden will oder befürchtet, dass ich fliehe, noch ehe ich das erste Wort über die Lippen gebracht habe, weiß ich nicht.

„Lass uns hochgehen", bitte ich.

Er ist noch vor mir an der Tür und hält sie mir auf, damit ich vorgehe.

Die ganze Zeit über habe ich es gespürt, in ihrem und auch in meinem Schweigen. Doch plötzlich bin ich mir sicher. Was ich bereits über unsere Trennung weiß, ist noch längst nicht alles. Ich sage leise ihren Namen und würde so gern Canım flüstern.

Sie schüttelt den Kopf, doch es sieht nicht aus wie ein Nein. Nur wie die Bitte, sich ordnen zu dürfen. „Du …", beginnt sie dann und verstummt.

„Ich?", frage ich rau.

„Die Frau, der Kuss … Es war Tinka", donnert sie mir wispernd gegen die Brust. „Und wäre Emre nicht gewesen, hättest du …"

Sie spricht nicht weiter. Muss sie nicht. Schon so bekomme ich kaum noch Luft. Es war nicht irgendeine Frau ohne Bedeutung. Es war Tinka, ihre Freundin. Und wir reden nicht nur von einem verfluchten Kuss.

Ihr Gesicht verzieht sich, bis ein Laut zwischen Wimmern und Schluchzen aus ihr hervorbricht und sie die Hände vor das Gesicht schlägt. Der ganze Raum scheint zu beben unter dem Scherbenregen, den ihr brechendes Herz auf den Boden niederprasseln lässt.

Benommen trete ich vor sie. Wenn sie mich mit Scherben bewerfen will, breite ich jetzt am besten einfach die Arme aus.

„Es tut mir so leid, Jess." Meine Zunge fühlt sich an, als hätte der geflüsterte Satz eine eigene Spur, die er bereits unzählige Male genommen hat. Laut, leise, gerufen, geflüstert, gefleht – Tausende so verdammt leere Male *Es tut mir leid.*

Jess schmeißt nichts. Sie schüttelt nur mit zusammengekniffenen Augen den Kopf wie ein *Sag das nicht.* Als sich meine unwürdigen Arme behutsam um ihren zierlichen Körper legen, heult sie auf wie ein verwundetes Tier, schlingt ihre Arme Halt suchend um mich, krallt ihre Finger in mein Shirt und weint.

„Es tut mir schrecklich leid."

Sie weint.

„So unsagbar leid, Jess. So, so leid."

Sie hört einfach nicht mehr auf zu weinen.

Ich fühle mich wie unter Schock. Wie konnte das nur passieren? Ich drücke meine Lippen auf das schönste Haar der Welt, und Jess krallt sich noch fester in meinem T-Shirt fest, anstatt mich wegzustoßen.

Und doch … Irgendetwas stimmt hier noch immer nicht. Sogar durch all das verfluchte Leid, all die Benommenheit kann ich es spüren: Mir fehlt ein entscheidendes Puzzleteil. Wäre es die Wut über diesen Judaskuss, die uns nicht zueinanderfinden lässt, würde sich auch die neue Jess nicht an mich Verräter krallen. Ich wittere es, dieses meine Eingeweide bereits aus der Distanz zusammenquetschende *Größer*. Aber was immer es ist, will ich hier und jetzt nichts als Jess' Fels sein, nachdem ich sie als Sturm in die peitschenden Wellen geschleudert habe. Doch das Leben zeigt mir verdammt schnell, dass ich eben kein beschissener Fels mehr bin. Bald kann ich nicht mehr stehen, mein Bein brennt wie die verdiente Hölle. Langsam lasse ich mich mit ihr auf den Boden sinken, lehne mich mit dem Rücken an das Bett, und sie rollt sich auf dem Teppich davor zusammen, den Kopf auf meinem Schoß, und wird leiser und leiser.

Bis sie verstummt und nur noch in unregelmäßigen Abständen ein Schniefen an mein Ohr dringt.

Bis sie kurz darauf einschläft.

Ich kann nicht aufhören, sie anzusehen, ihre geschwollenen Augen, ihre rote Nase, ihre gereizte Haut. Doch ich wage es nicht, ihr Gesicht zu berühren.

Der Zorn auf mich selbst frisst sich gemeinsam mit den Schuldgefühlen in mich hinein. Wie konnte ich etwas mit einer ihrer Freundinnen anfangen? Und das in einer Zeit, in der sie wegen Lucie so zerstört und zerbrochen war. Wie konnte ich jemals jemand werden, der so anders war als ich?

Nach einer halbnächtlichen Ewigkeit der gedanklichen Selbstkasteiung halte ich es nicht mehr aus. Ich ersetze meinen Schoß durch ein Kissen, um ihren Kopf darauf abzulegen, und breite die dünne Decke über ihr aus. An der Tür drehe ich mich noch einmal zu ihr um. Sie hat sich nicht gerührt, doch ihre geschwollenen Augen blicken genau in meine. Im ersten Moment möchte ich es noch einmal sagen, dieses *Tut mir leid*. Doch bereits unausgesprochen wirkt es so abgegriffen, so stumpf und hohl. Stattdessen lege ich meine Hand aufs Herz.

„Ich kann es nicht ändern", flüstere ich.

In ihre Augen treten Tränen, sie sehen anders aus als die unzähligen eben geweinten. Und auch, wenn sich der Satz so anfühlt, als hätte ich auch ihn schon einmal gesagt, wirkt er nicht leer. Denn dieser hier trifft den wahren Schmerz so genau. Ich würde alles tun, um so vieles ungeschehen zu machen, würde so vieles geben für so manche zweite Chance. Doch am Ende fühlt sich der Wunsch nur an, als wäre ich ein Fisch auf einem Balkon mit Meerblick. Nun weiß ich, was ich hatte, doch ich kann hier so lange hilflos vor mich hin zappeln, wie ich will. Es ändert nichts.

Wie in Zeitlupe legt sich ihre Hand auf ihre Brust. „Ich kann es nicht ändern", wispert auch sie kaum hörbar.

Mir ist nicht klar, ob sie sich gerade auf dem Boden besser aufgehoben fühlt als im Bett oder ob sie nicht die Kraft besitzt, sich hinaufzulegen. Doch so oder so erscheint es mir falsch, nun einfach das Licht auszuschalten und zu gehen. Es kommt mir vor, als hätten wir das viel zu oft getan, einfach das Licht gelöscht und dabei zugesehen, wie weit der Schmerz sich in Seelen fressen kann, die einsam und kraftlos in der Dunkelheit liegen.

Vielleicht hat sie das Gefühl in meiner Miene gelesen, womöglich gehört es auch nur genauso zu ihr wie zu mir. Jedenfalls hebt sie die dünne Decke wie als Zeichen dafür, dass der Boden vor ihrem Bett groß genug ist für zwei zerfressene Seelen. Dass sie dort gerade jetzt meine neben ihrer liegen lassen will, grenzt an ein Wunder. Aber wenn ich es recht überlege, war es das wohl immer – ein Wunder. Wie wir nach den besten und den furchtbarsten Tagen gemeinsam in einem Zimmer liegen konnten und unsere Seelen sich liebevoll streiften, ohne sich je gegenseitig die Luft zu nehmen. Mir war es nur nie so bewusst wie in diesem Moment, der in leuchtenden Buchstaben *Wunder* auf den Holzboden zwischen uns zu schreiben scheint.

Langsam trete ich auf Jess zu, bis ich bei dem zierlichen Körper der stärksten Frau, die ich kenne, angekommen bin. Ich setze mich so vorsichtig, als könne ich einen der Buchstaben zu Staub zerdrücken, dann lege ich mich vor sie wie in der vergangenen Nacht. Und doch ist es ganz anders.

Meine Hand streicht durch weiche rote Strähnen. Jess' Augen schließen sich. Meine Finger fahren am Pony beginnend durch die oberste Schicht ihrer Haare, während sie einen tiefen Atemzug nimmt. Wenn auch ich tief durch die Nase einatme, so kann ich noch immer einen Hauch Zitrone wahrnehmen. Und da ist noch ein etwas dunklerer Geruch. Noch einmal atme ich tief ein, während meine Finger ein ums andere Mal durch die Strähnen streichen. Dann erkenne ich, was es ist, und beim Ausatmen entweicht mir die Luft durch melancholisch lächelnde Lippen. Karamell. Die Mischung ist auf eine so ungewöhnliche Art harmonisch, wie es das Karamell und das Salz sind.

Es ist der Moment, kurz bevor der Morgen zaghaft die Nacht verscheucht, als ich meine Wohnungstür leise hinter mir schließe. Wie wird es sein, den Ring in der Hand zu halten, der nie dazu bestimmt war, noch einmal in meinem Besitz zu sein? Wie wird es sein, ihn zu betrachten, jedoch nicht an dem schmalen Ringfinger, an dem er ein Leben lang stecken sollte?

Begleitet von einem nervösen Durchatmen trete ich an die kleine Kommode. Einem *Tadaaa* gleich öffne ich den Deckel der Schatulle, die Jess bei einem Straßenhändler in Beirut gekauft hat. Und dann erblicke ich …

Nichts.

Hektisch schiebe ich mit dem Finger ein paar ausländische Münzen hin und her. Er muss doch hier sein. Doch so lange ich auch suche, er lässt sich nirgends aufspüren.

Zwei Stunden nach dem ersten ernüchternden Blick in die Schatulle liege ich in meinem Bett, aufgewühlt und begraben unter all den grauenvollen Erkenntnissen, die der Abend über das Ende von Jess und Cem gebracht hat.

Habe ich es nicht ausgehalten, den Ring noch in meiner Nähe zu haben? Kann es womöglich sein, dass ich ihn verkauft habe, dass er in einem Schmuckladen ausliegt oder, schlimmer noch, bereits den Finger einer anderen Frau ziert? Gibt es eine weniger schreckliche

Variante als den Finger einer Fremden? Habe ich ihn jemandem zum Verwahren gegeben, um ihn nicht sehen zu müssen, ohne mich vollständig von ihm und der damit verwobenen Hoffnung zu trennen?

Eine gelbe Zahnbürste, ein Kuss-Foto und ein verschwundener Ring – mein Leben ist ein beschissenes Bilderrätsel.

Kapitel 31

CEM

SIE ist nicht da. Als ich den Raum betrete, stehen die Kuchen bereits in der Vitrine, doch Jess ist nirgends zu sehen.

„Ist sie verschwunden, als sie mich gesehen hat?", will ich wissen.

Emre hebt die Arme wie bei einem Banküberfall. „Die Kuchen waren schon hier, als ich kam. Sie hat alle Tische vorbereitet und mir eine Nachricht geschickt, ob ich wach bin und für sie den Morgen übernehmen kann, sodass sie heute erst gegen elf da sein muss. Ich bin froh, wenn sie etwas mehr schläft."

Dass ich die Tische noch hergerichtet habe, ehe ich nach Hause gegangen bin, behalte ich für mich. Doch wieso sollte sie die Kuchen bringen und dann wieder schlafen?

„Sie ist also oben?", frage ich nach.

„Ich bin nicht hochgegangen, um das zu überprüfen. Aber wie hast du es geschafft, dass sie sich endlich mal freiwillig eine Auszeit gönnt?"

Ich stöhne kaum hörbar auf. Dieser Kuss. Die ganze Zeit denke ich an diesen verfluchten Kuss, und er frisst mich innerlich auf. Also winke ich ab.

„Sag mal, ich hab dir nicht zufällig Jess' Verlobungsring zum Verwahren gegeben?"

„Nein", antwortet Emre, ohne mich anzusehen.

„Weißt du, ob ich ihn jemand anderem gegeben habe? Oder verkauft?"

„Nein, hast du nicht."

„Sicher?"

„Vollkommen sicher."

Ich nicke nachdenklich. „Vielleicht hat meine Mutter …"

„Nein", unterbricht Emre mich.

„Wieso bist du dir so sicher?"

Seufzend blickt er auf. „Du hast gesagt, dass du ihn noch hast."

„Wann?"

„Herrje, bist du anstrengend. Kurz vor der Sache auf dem Lousberg."

Wieder nicke ich, während ich meine Wohnung in Gedanken noch einmal so akribisch auf den Kopf stelle, wie ich das vor wenigen Stunden mit meinen Händen getan habe. Emre beobachtet mich aufmerksam dabei.

„Was ist?", frage ich, langsam verunsichert.

„O Mann, Alter. Manchmal denk ich, du bist so nahe dran." Er kann das *so nahe* sogar mit Daumen und Zeigefinger einfangen. „Und dann … nichts."

Als ich Emre fragend anblicke, klopft der mir nur auf die Schulter und beginnt, die Zuckerstreuer zu verteilen. Ich sehe ihm zu, und plötzlich muss es raus. „Sie hat mir gesagt, dass es Tinka war."

Emre stellt das Tablett ab und lehnt sich gegen einen der Tische, um mich richtig ansehen zu können. „Ihr habt das geklärt. Es liegt hinter euch, ihr wart wieder Freunde. Es war nicht so extrem, wie es sich anhört."

„Was heißt denn bitte nicht so extrem?", erwidere ich fassungslos. „Bin ich beinahe mit einer Freundin meiner Verlobten im Bett gelandet oder nicht?"

Emre zögert. „Jain."

„Was, zur Hölle, heißt *Jain*? Bei so einer Scheiße gibt es nur Ja oder Nein", brülle ich.

„Du hast dich komplett abgeschossen, du hast dich nicht einmal mehr dran erinnert."

Ich soll mich abgeschossen haben? Bis zum Filmriss?

„Tinka hat sich den ganzen Abend über an dich rangeschmissen."

„Was ist denn das für eine beschissene Ausrede? Sorry, Schatz, ich war betrunken, und eigentlich war eh alles ihre Schuld."

Emres Miene verfinstert sich. „Glaub mir, dass ich bestimmt keine Ausreden für dich suche. Du hast dich benommen wie ein Drecksack. Jess hat sich wie nie zuvor den Arsch abgearbeitet, sobald sie es wieder durfte, und du hast dir spätestens jeden zweiten Abend die letzten paar Hirnzellen weggeballert."

Ich kann nicht fassen, was ich da höre. Aus viel zu gutem Grund habe ich in meinem gesamten Leben nie viel getrunken. Und noch um einiges wichtiger: Ich habe niemals jemanden im Stich gelassen. Ich habe, verdammt noch mal, niemanden im Stich gelassen! Und in der schlimmsten Zeit unseres Lebens soll ich plötzlich losgezogen sein, um mir regelmäßig die Kante zu geben, während die Frau, die ich liebe, sich für unseren gemeinsamen Traum kaputtgearbeitet hat?

„Das ist doch Blödsinn." Ich klinge nicht aufgebracht. Nicht laut. Oder ansatzweise überzeugend. Nicht einmal für mich. Vor lauter Überforderung reibe ich mir über das Gesicht. Und vielleicht auch, weil ich mich schäme wie vermutlich nie zuvor und mir niemand dabei zusehen soll. Ich hasse den Typen, von dem man mir in den vergangenen zwölf Stunden zu viel erzählt hat. Ich hasse ihn so sehr, dass ich ihn selbst anpinkeln würde, wenn ich könnte.

Als Emre weiterspricht, klingt er um einiges milder. „Als ich dir am nächsten Morgen erzählt habe, dass ich Tinka von dir runtergezogen habe, bist du komplett zusammengeklappt. Ich hab dir geraten, es Jess nicht zu sagen und dich endlich zusammenzureißen. Aber du bist total verkatert sofort losgezogen."

In mir setzt sich etwas Stück für Stück zusammen. Emre hat Tinka von mir runtergezogen. Wie Jess auf mein zufälliges Treffen mit ihr reagiert hat. Lilly.

„Hab ich mit Tinka …?", krächze ich.

„Nein."

„Ihre Tochter …" Ich kann nicht weitersprechen.

„Nein. Ich schwöre dir, dass ich dich nicht lange aus den Augen gelassen habe und deine Hose dankenswerterweise oben war. Und glaub mir, dass Jess dennoch so oft nachgerechnet hat, als beherrsche sie weder plus noch minus."

Ich kann Emre nicht mehr ansehen. „Was ist damals passiert?", frage ich rau. „Wie konnte ich so werden?"

Emre schüttelt den Kopf. „Du hast dich halbwegs eingekriegt, sie hat sich halbwegs eingekriegt, von dem Tag an hast du kaum einen Tropfen Alkohol mehr angerührt und dir den Arsch abgearbeitet wie sie."

Nur träge setzen sich noch mehr Teile in meinem Kopf zusammen. Wie Jess auf das Bier reagiert hat. Dass meine Mutter so überfürsorglich war.

„Ihr seid wieder Freunde geworden", spricht Emre weiter. „Du hast sie angesehen wie ein verknallter Affe, den das Leben kastriert hat, aber für den Moment war es vorbei. Und ohne Scheiß, auf ein paar Dinge musst du schon selbst kommen – Amnesie hin oder her. Mit manchem haben verlorene Erinnerungen rein gar nichts zu tun. Punkt." Das letzte Wort unterstreicht er mit dem geräuschvollen Mahlen von Bohnen für seinen Espresso.

Die nächsten zwei Stunden arbeite ich wie in Trance. Dann taucht Jess auf. Sie sieht nicht aus, als hätte sie noch einmal geschlafen, nachdem sie die Kuchen gebracht hat. Eigentlich sieht sie aus, als hätte sie überhaupt nicht geschlafen. Sie trägt auch keines ihrer Sommerkleider. Sie trägt eine weite dunkelblaue Leinenhose und ein graues Top, das auch mir locker passen würde.

„Morgen", murmelt sie.

„Morgen", murmle ich.

„Guten Morgen, Sonnenschein. Danke für die Kuchen." Emre zwinkert ihr lächelnd zu, und tatsächlich lächelt sie ganz klein zurück, während sie sich ihren Gürtel umschnallt.

„Gern", murmelt sie.

Dieser Scheißkerl hat die Sache mit meiner Ex so viel besser drauf als ich, dass ich meinen Kopf gegen die Wand rammen will.

Wir arbeiten eine Weile schweigend nebeneinander her, während ich ein weiteres Mal verzweifelt nach einem Weg suche, irgendetwas zu retten. Schließlich seufzt sie und schaut zu mir.

„Guck mich nicht die ganze Zeit von der Seite an wie ein hungriger Welpe, Cem. Du brauchst kein schlechtes Gewissen zu haben. Du warst komplett betrunken und konntest nicht einmal wirklich etwas dafür."

„Hab ich damals etwa behauptet, dass mich keine Schuld trifft?" Während ich das frage, schäme ich mich noch mehr für mein erbärmliches altes Ich.

„Nein. Emre. Und zwar ungefähr eine Million Mal." Kurz blickt sie zu meinem besten Freund hinüber, der sich draußen mit zwei Gästen unterhält, ehe sie sich wieder mir zuwendet. „Du hast dich nur etwa genauso oft entschuldigt. Also alles bestens."

„Nichts ist bestens, verdammt! Emre hat mir erzählt, wie ich zu der Zeit drauf war."

Ihre Kiefer spannen sich sichtbar an. „Es ist vorbei", presst sie dann Wort für Wort hervor. „Gestern war einfach nur …" Statt weiterzusprechen, winkt sie plötzlich übertrieben gleichgültig ab. Es sieht ungelenk aus.

„Jess, von mir aus brüll mich an oder so." *Bitte tu es endlich!* „Aber wenn du so tust, als wäre dir das alles scheißegal …"

Plötzlich stößt sie einen so lauten, schrillen Schrei aus, dass ich reflexartig zurückweiche. Emre rutscht das Tablett kurz vor dem Tresen aus der Hand, sodass es scheppernd darauf landet.

Dann wirbelt sie herum, lässt die Arme fallen und stapft in den Abstellraum, von dem aus man auch in den Flur zu ihrer Wohnung kommt.

Ich folge ihr. „Renn jetzt nicht weg."

Sie wirbelt herum, fasst an mir vorbei und knallt die Tür zum Café hinter uns zu. „Was willst du von mir, Cem? Was?", brüllt sie im nächsten Moment.

Ich schlucke. O Gott. Wo kommt diese Jess denn plötzlich wieder her? Ihre Augen sprühen Funken, ihr ausgestreckter Zeigefinger ist keine zehn Zentimeter von meinem Gesicht entfernt.

„Du willst, dass ich dich anbrülle? Kein Problem. Meine Freundin, die anscheinend die ganze Zeit über auf dich stand, hat mich bei der erstbesten Möglichkeit hintergangen. Du warst so scheiße besoffen, dass du dich nicht einmal daran erinnert hast. Während Tinka auf den Schoß meines Freundes gekrochen ist, habe ich Biskuit gebacken. Biskuit!" Es klingt wie ein Schimpfwort. Eines der schlimmsten. „Und dann muss ich mir von ihr ins Gesicht lügen lassen, sie hätte das nur getan, weil sie total betrunken war! Sie war nüchtern, weißt du das auch? Emre hat es mir erzählt. Und weißt du, wieso sie ausnahmsweise auf einer Party nüchtern war? Sie war gerade im dritten Monat schwanger. Und auch, wenn wir das damals nicht wussten, ehe sie hier aufgetaucht ist, um …" Sie verstummt abrupt, doch sie bebt am ganzen Leib, als schüttelten die unausgesprochenen Worte sie durch.

„Um?", frage ich atemlos. Doch sie schweigt. Ich kann mir nicht im Entferntesten vorstellen, wie es für sie gewesen sein muss, dass ich mit einer ihrer Freundinnen und dann auch noch einer schwangeren hätte Sex haben können.

„Ich verstehe, wie sehr dich das verletzt haben muss", sage ich dennoch komplett behämmert. Vielleicht weil ich es verdammt gern würde. Vielleicht auch, weil etwas in mir es tatsächlich tut. Der gleiche Teil von mir, der weiß, dass der Rest ihres abgebrochenen Satzes eben nicht aus ihr herausgefunden hat, weil dann ein weiteres Stück von ihr qualvoll krepiert wäre.

„Du verstehst einen Scheiß, Cem!", schreit sie. „Du Mistkerl hast mich Abend für Abend allein gelassen, um zu einer Party nach der anderen zu verschwinden und dann nachts betrunken aufs Sofa zu fallen, weil du meinen Anblick nicht mehr ertragen hast." Anders als Tinkas. Den Anblick einer Tinka, die Monate später mit einem Baby auftaucht und mir ins Gesicht sagt, dass er mit ihr alles hätte haben können. Alles, was ich nicht sein oder geben konnte, wenn er sich nur direkt für sie entschieden hätte.

Ach du Scheiße! Das alles ist so etwas von grauenvoll, dass mir übel wird.

„Du bist abgehauen, weil dir dein eigenes Schuldgefühl wichtiger war als meine Hilflosigkeit. Du bist abgehauen, weil du es konntest. *Ich* konnte es nicht. Verstehst du das, Cem? Verstehst du das? Ja? Oder willst du nur, dass das Schreien endlich aufhört?"

„Ich will gar nicht, dass das Schreien aufhört." Ein Teil von mir ist erleichtert, weil sie mir endlich die Wahrheit und vor allem jedes ihrer noch so hässlichen Gefühle ins Gesicht schlägt. Ich habe verdammt lange danach gesucht. Da ist sie, die brutale Wahrheit über mich, über uns beide, über das Ende einer Liebe, die ich vollkommen naiv für unzerstörbar gehalten habe. Mir glotzt all das hämisch ins Gesicht, was mich verstehen lässt, wie ich in diesem Dreck landen konnte. In diesem Leben ohne Jess. Es ist furchtbar und doch so bitternötig wie Fiebersaft. Und von dem musste ich mich als kleiner Junge immer übergeben.

„Meine Eltern haben sich einen Scheiß um mich gekümmert, als ich erst mein Kind und dann die Liebe meines Lebens verloren habe. Ich konnte mit niemandem reden. Nicht nur, weil keiner mehr da war, weil mich von meinen unsagbar guten Freunden niemand mehr ertragen hat, als ich nicht mehr die Gute-Laune-Jess war. Sondern ich konnte nicht mehr reden, Cem. Ich war tot, verdammte Scheiße. Mundtot."

Ich ignoriere angestrengt das Brennen in meinen Augen, das mir gerade einfach nicht zusteht. „Aber jetzt kannst du es", sage ich leise. „Ich stehe vor dir, und ich will es hören. Sprich mit mir, Jess. Lass es mich wiedergutmachen. Es tut mir so unsagbar leid."

„Ich bin so wütend!", kreischt sie. „Ich bin so abgrundtief wütend, dass ich mich gerade erst wieder mit dem Leben arrangiert hatte, um dann von der nächsten Tragödie überrollt zu werden. Ich bin wütend, dass ich in ein Auto gesperrt war, das ich bis dahin geliebt habe. Dass ich im Gefängnis steckte, obwohl ich nichts verbrochen hatte. Dass ich durch eine Glasscheibe zusehen musste, wie wieder ein Teil von dir starb. Dass diese Männer nicht einmal ein Tausendstel unserer Scham fühlen, wenn sie an diesen Abend denken. Ich bin wütend, dass wir nicht mehr wir sein dürfen. Dass aus uns beiden niemals drei geworden sind, niemals drei werden. Ich bin so wütend. Und traurig."

Ihr Schreien verwandelt sich so schlagartig in ein Schluchzen, als hätte sie das eine Raubtier losgelassen, nur um ihren halb zerfetzten Körper einer anderen gnadenlosen Kreatur zu überlassen.

„Ich bin so unsagbar traurig. Und ich weiß gar nicht, wohin mit all dem. Und deshalb steckt es in mir fest, und ich bekomme es nicht aus mir raus. Ich bin selbst irgendwo in mir verschollen gegangen und wabere dort durch den Dreck der Wut und ertrinke in der ganzen Traurigkeit. Ich weiß nicht, wo ich bin, Cem. Ich bin, verdammt noch mal, die Letzte, die weiß, wo ich bin."

Sie wimmert, sie weint, jeder Kuss auf ihre Augen, ihre Wangen, ihr Kinn muss schrecklich salzig schmecken. Und doch ist das einer der besten Augenblicke seit Langem zwischen uns. Es war schön, ihr

Gesicht zu berühren. Es war so schön, ihren Hals, ihre Schulter, ihren Arm zu berühren. Aber seit meinem Erwachen habe ich zum ersten Mal das Gefühl, ich berühre wirklich ihr Herz. Hier geht es nicht nur um eine andere Frau. Es geht um das, was sechzehn Monate mit ihr gemacht haben, was ich ihr in sechzehn Monaten angetan habe, denen sie sich nicht weniger hilflos ausgeliefert fühlt als ich, obwohl sie sie kennt. Womöglich, weil sie sie kennt.

„Dann lass uns suchen, Jess. Lass uns bitte nach dir suchen. Du fehlst mir so. Und ich glaube, du fehlst auch dir. Wir können zusammen nach dir suchen. Und nach mir. Und vielleicht auch ein bisschen nach uns."

„Ich werde nie wieder auftauchen." Ihr entfährt ein letztes Aufschluchzen. „Verstehst du das nicht? *Wir* werden nie wieder auftauchen, Cem. Nicht so, wie du dir das alles in deinem Kopf zusammengezimmert hast. In dir drinnen mag noch die Hoffnung auf zwei Menschen existieren, die an deiner Magnettafel hängen. Doch ich lebe nicht auf einer beschissenen Magnettafel und schon gar nicht unter einem blöden Glitzermagneten."

„Ich weiß das." Plötzlich werde auch ich laut. „Ich bin nicht doof! Ich habe nicht ohne Grund gesagt, dass ich dich ganz kennenlernen will. Du wirst nie wieder die sein, die du einmal warst, und ich werde auch nie wieder der sein, dessen Erinnerungen sich verabschiedet haben." Ich reibe mir stöhnend über das Gesicht, um wieder runterzukommen. Dann gelingt es mir, ruhiger zu sprechen. „Aber wir können nach denen suchen, die wir geworden sind."

Begleitet von einem bitteren Auflachen fällt ihr Kopf müde hinab. Dann sieht sie noch müder wieder auf. „Ich werde mir heute freinehmen", entscheidet sie. „Ihr könnt Hendrik oder Leonie anrufen."

„Wir schaffen das auch zu zweit." Für sie würde ich es heute auch allein schaffen. „Nimm dir einfach frei."

Sie nickt. Und schluckt. Und sagt dann noch ein paar furchtbare Dinge. „Es wird leichter mit der Zeit. Wir sind gut als Freunde. Besser. Vertrau mir. Das können wir noch sein."

Jedes einzelne Wort bohrt sich in mein Herz wie ein Korkenzieher, der es gewaltsam öffnet, um mich anschließend auszuleeren. *Gut als*

Freunde ... Ich will sagen, dass wir mehr sind, dass unsere verfluchte Sehnsucht nicht die Schnauze halten wird, nur weil wir *Bitte, bitte* sagen. Doch über meine Lippen findet kein noch so unbedeutendes Wort. Ich fühle mich so bescheuert wie der Typ, von dem ich gehört habe, dass er stumm und armselig einfach alles hat den Bach runtergehen lassen, ohne wenigstens eine mickrige Angel auszuwerfen.

„Bis morgen." Sie geht zur Treppe, und ich kann noch immer nicht sprechen. Als die Tür oben ins Schloss fällt, trotte ich ins Café zurück.

„Du lebst also noch." Emre macht ein so anerkennendes Gesicht, als wäre ich einem sagenumwobenen Ungeheuer entkommen. Dann blickt er suchend hinter mich. „Jess auch?"

„Sie hat sich freigenommen."

Mehr noch. Sie hat mich, verdammt noch mal, freigegeben. Hat einfach, ohne mich zu fragen, die Tür ihres Herzens geöffnet und mich hinausgeschubst. *Peng.* Tür wieder zu.

Emres Augen verengen sich zu argwöhnischen Schlitzen. „Okay", sagt er dann lang gezogen. „Ist das eine Umschreibung für *Sie liegt blutend im Flur?*"

Ich antworte nicht.

„Was ist passiert?"

„Wir sind unheimlich gute Freunde", erwidere ich sarkastisch.

Emre nickt. „Aha."

„Aha?"

„Das war's?", will er wissen.

„Was meinst du mit *Das war's?*"

„Sie winkt, und du winkst zurück?"

„Ich kann sie ja wohl kaum zwingen, wieder mit mir zusammen sein zu wollen."

„Ich habe nichts von Zwingen gesagt. Hast du ganz zufällig eine Idee, wieso du plötzlich auf Aufgeben gepolt bist, anstatt weiter dranzubleiben?"

Mein bester Freund sieht mich herausfordernd an.

„Was willst du hören? Ich habe ihr alles genommen und dann zur Krönung was mit einer ihrer Freundinnen angefangen. Sollte ich da nicht über das Angebot für Freundschaft jubeln?"

„Wenn du jubeln würdest, würde ich nichts sagen, sondern mitmachen. Aber auch auf die Gefahr hin, dass ich jetzt die Pointe versaue: Du jubelst nicht."

Weil ich sie dennoch wiederhaben will. Ganz. Für immer. Ob verdient oder nicht. „Verrätst du mir, wieso ich also aufgebe?"

Er zuckt übertrieben mit den Schultern. „Keine Ahnung. Was hätte dein Vater dazu gesagt?"

Uff. Scheiße! Tiefschlag.

Kapitel 32

CEM

ICH Scheißkerl habe mich benommen wie mein Vater. Mich immer wieder komplett abgeschossen, so lange, bis ich ohne Emre mit einer anderen Frau im Bett gelandet wäre. In meiner Brust verknotet sich etwas auf eine Weise, als würden nicht mehr viele Herzschläge zwischen all die Schlingen passen. Meine Mutter würde mir gerade vermutlich zum ersten Mal im Leben eine scheuern, wenn sie wüsste, was ich getan habe. O Gott, weiß sie es? Stöhnend reibe ich mir über das Gesicht und blicke dann wieder in den kleinen Park, in den ich mich für meine Pause verkrochen habe.

Wie gern würde ich jetzt trotz der Hitze laufen. Eine Runde nach der anderen, einfach laufen. Schneller und schneller. Weg, nur weg. Doch das kann ich nicht. Und auf gewisse Weise ist das gut. So richtig schenkt man sich selbst und seinen Wunden wohl erst Beachtung, wenn man muss. Erst, wenn man in die Stille lauscht, hört man auch das leiseste Seufzen, und manchmal nimmt man sogar erst dann das laute Wüten wahr. Und gab es das nicht früher einmal, als mir klar wurde, dass andere Väter sich nicht davongesoffen hatten? Ein wirklich lautes Wüten? Vielleicht so ohrenbetäubend, dass ich es nicht mehr hören konnte und mir eingeredet habe, es wäre fort, verstummt, verheilt? Einen gottverdammten Scheiß ist es!

Ich habe mir beinahe dreißig verfluchte Jahre lang etwas vorgemacht und erst in meine Abgründe geschaut, als das Leben mich, den Arm gegen meine Kehle gepresst, in die Ecke gedrängt hat.

Meine Mutter hat ihr Möglichstes getan, um mich zu einem Kerl zu machen, der keinen billigen Ausweg sucht, wenn es schwierig wird. Der sich nicht in eine Parallelwelt flüchtet, um die Realität stundenweise zu verschleiern, bis er sie komplett verliert. Sie hat alles gegeben, um mir eine heile Welt zu erschaffen. Doch es ist an der Zeit, mir einzugestehen, dass manche Wunden um einiges älter sind als die, mit denen ich mich jetzt rumschlage.

Es ist nicht so, dass ich unglücklich war, vermutlich hatte ich ein recht glückliches Leben. Doch ich kann nicht leugnen, dass das Glück Löcher hatte wie das aller recht glücklichen Leben. Nur ist man als Mensch, der im Rechtglücklich umhertreibt, wohl nicht sehr motiviert, sich mit den Löchern auseinanderzusetzen. Es gibt einfach genügend Stellen, auf die man getrost treten kann, ohne mit ihnen in Berührung zu kommen. Und das macht man dann, denn auch die kleinen Löcher sind oft nur schwer zu stopfen, wenn man sich einmal so richtig mit ihnen befasst.

Vor allem, wenn es sich dabei um einen Elternteil handelt.

Mein Vater ist vollkommen im Alkohol ertrunken, als ich zwei und meine Mutter schwer krank war. Er hat sie im Stich gelassen, als sie ihn am meisten brauchte.

So wie ich Jess.

Ein Jahr später war sie gesund und verließ ihn, kurz darauf verstarb er an den Folgen des immer exzessiveren Trinkens. Unser heiles Familienleben ist eine verdammt hässliche Kurzgeschichte. Und bis zu meinem eigenen Versagen habe ich mich nie damit auseinandergesetzt. Dann jedoch scheine ich es getan zu haben, denn im Laufe der nächsten Minuten prügeln so viele Gedanken und Erkenntnisse auf mich ein, dass ich weiß, ich nehme diesen Stolperpfad gerade nicht zum ersten Mal in Angriff. Nun lege ich einen verdammt anstrengenden Sprint hin, wo ich vor einem Jahr einen kräftezehrenden Marathon abgeliefert haben muss.

Ich selbst habe bis Mitte zwanzig nicht einen einzigen Tropfen Alkohol angerührt, aus Loyalität und dem Wunsch heraus, meine Mutter stolz und außerdem das Richtige zu machen. Nie gab es einen Stiefvater, nie einen anderen Mann im Leben meiner Mutter. Das meiste, was ich über das Mann-Sein gelernt habe, hat mir eine Frau beigebracht. Sie hat es mit einer Liebe getan, an der ich nie gezweifelt habe – vermutlich war genau das das Glücklich im Rechtglücklich. Und doch ist meine Mutter vermutlich eine Frau, die nie viel von

Männern als Ehemännern hielt und von den Erinnerungen an meinen Vater in mir nur eines lebendig gehalten hat: sein Scheitern.

Das Verrückte ist, dass sein Weg dadurch vielleicht auch der einzige war, der mir tief eingebrannt wurde, um als Mann mit verloren gegangenen Träumen umzugehen und mit den Problemen des Lebens, die einen so brutal unter sich verschütten, dass man zu sterben glaubt und an nichts mehr denken kann als ans pure Überleben.

Ja, ein damals dreißigjähriger Kopf sollte um einiges mehr Auswege parat haben. Weniger furchtbare, weniger egozentrische. Doch ein dreißigjähriges Herz erkennt sie in der schlimmsten Zeit des Lebens vielleicht nicht. Und doch schäme ich mich zutiefst für das, was ich den Menschen um mich herum angetan habe. Nicht nur Jess.

Ich atme ein paarmal durch und ziehe dann mein Handy aus der Tasche. Ich schlucke und wähle die Nummer meiner Mutter. Sie meldet sich beinahe sofort.

„Hallo, *Anne*."

„Wie geht es dir, mein Schatz, alles okay?"

Wie viele Sorgen sie sich in den vergangenen anderthalb Jahren aus den unterschiedlichsten Gründen um mich gemacht haben muss.

„Ja, bei mir ist alles okay. Wie geht es *Anneanne*?"

„Besser. Sie wird in den nächsten Tagen entlassen."

„Das ist schön. Ich …"

„Ja?", fragt sie mit einem ängstlichen Unterton, als ich nicht weiterspreche.

„Ich wollte nur sagen, dass es mir leidtut, wie viele Sorgen ich dir gemacht habe. Immer wieder. Ich kann es nicht zurücknehmen, aber es tut mir wirklich sehr leid."

Sie schweigt, sie zögert. Dann spricht sie. „Ja, man kann seine Fehler nicht rückgängig machen. Aber man kann aus ihnen lernen."

„*Anne*, glaub mir, ich werde alles tun, um nie wieder so zu werden. Ich … werde nicht werden wie er. Okay?", bitte ich leise um Vergebung.

Eine Weile herrscht nur in Hupen und fremde Stimmen getauchte Stille. „Danke", sagt sie dann, und ich meine, zwischen all den Motoren und all den Menschen ein leises Weinen auszumachen. Doch es klingt, als besäße ich die Fähigkeit, vielleicht noch irgendetwas auf dieser Welt ein bisschen wieder zusammenzuflicken. Und das ist unsagbar beruhigend.

Als wir auflegen, bleibe ich noch kurz sitzen.

Meine Mutter hat recht. Jess hat es mir schon vor Stunden an den Kopf geschmissen. Hier geht es nicht nur um diese Worte, dieses ewige *Tut mir leid*, das sich bereits im Mund so abgenutzt anfühlt wie labbriges Kaugummi, obwohl ich mich nicht mehr daran erinnere. Die Worte sind nötig, doch sie legen nur eine dünne Schicht über das Geschehene und streichen es etwas glatt. Die Entschuldigung ist nur das Fundament. Worum es geht, ist, auf Schutt und Asche etwas Neues zu errichten, wo man nicht nur leben kann, sondern leben *will*. Und die Menschen, die man verletzt hat, auch.

Will ich mich also hinter meinem Vater ducken und die Schuld auf ihn schieben? Will ich in unzähligen *Tut mir leid* versinken und tatenlos zusehen, wie die Welt der Ort bleibt, der sie ist? Nein. Denn das hieße nur, ein weiteres Mal abzuhauen.

Ich werde ein Haus bauen, eine ganze verfluchte Stadt werde ich errichten.

Ich werde nicht werden wie er.

Kapitel 33

CEM

DER Tag war lang, die nächtliche Sommerluft ist warm, als Emre und ich draußen schweigend die Stühle stapeln. Während er nach den letzten greift, treffe ich eine Entscheidung.

„Lass sie stehen, ja?"

Kurz blickt er mich fragend an, dann begreift er. „Willkommen zurück." Er klopft mir aufmunternd auf die Schulter.

„Danke – für alles, meine ich."

„Das mit euch ist noch nicht vorbei, glaub mir." Mit diesen Worten und einem Grinsen verschwindet er.

Ein paar zittrige Atemzüge lang blicke ich auf das erleuchtete Fenster ein Stockwerk höher. Die Wahrheit zu kennen, ist bestimmt nicht immer schön. Doch so scheußlich sie ist, birgt sie auch immer eine Chance. Von jetzt an kann ich nicht mehr nur in der Dunkelheit herumtasten, ich kann mich entscheiden, den verdammten Lichtschalter zu drücken.

Kurz darauf stehe ich vor ihrer Wohnungstür, mit nervös hämmerndem Herzen, einer Flasche Bier und einer Flasche Wasser. „Ich bin es", rufe ich leise, als sich auch nach dem zweiten Klopfen drinnen nichts tut. Da wird sofort die Tür geöffnet, als hätte sie sich angeschlichen und dahinter gewartet. Ich Idiot!

„Sorry", murmle ich, „ich wollte dir keine Angst machen."

Sie presst die Lippen aufeinander, ehe sie so etwas Ähnliches wie ein Lächeln zustande bringt. „Kein Problem."

Ich halte die Flaschen hoch. „Trinkst du draußen noch was mit mir?"

Einen tiefen, nachdenklichen Atemzug lang blickt sie auf die Flaschen.

„Jess, ich würde verdammt vieles geben, um alles, was ich dir angetan habe, zurücknehmen. Aber das kann ich nicht. Doch ich verspreche dir, dass ich alles tun werde, um der zu werden, der ich sein sollte."

Kurz blickt sie mir in die Augen. „Ich habe Muffins im Ofen."

„Okay", seufze ich. Eine Runde Jess und Cem ist heute Abend wohl zu viel verlangt.

„Ich bin in fünf Minuten unten." Ihr winziges Lächeln sieht perfekt aus.

Auf der anderen Straßenseite stolpert laut lachend eine kleine Gruppe vorbei, ein Pärchen zieht Hand in Hand wenige Meter von uns entfernt seiner Wege, ein Fahrrad fährt klappernd die kleine Kopfsteinpflaster-Straße entlang. Und dann … gibt es nur noch uns beide.

„Hast du mich schon einmal so angeschrien wie heute?", will ich leise wissen.

Sie schüttelt den Kopf. „Keine Ahnung, was das war. Ich hab so lange nicht mehr geschrien." Plötzlich zuckt sie zusammen, als hätte ihr eine Erinnerung schmerzhaft ins Gesicht geschnippt. „Na ja, nicht beim Streiten", fügt sie dann tonlos hinzu. „In der Nacht des Überfalls habe ich viel geschrien. Sie mussten mich ruhigstellen." Sie sieht zu mir. „Wusstest du das?"

Ich beiße mir auf die Lippe, bis es richtig wehtut, um den Gedanken zu ertragen, und schüttle den Kopf.

„Es war, als würde ich mir selbst dabei zusehen, wie ich durchdrehe. Als die Polizei mich befragt hat, wusste ich kaum noch etwas. Ich bin zwar später bei der Gegenüberstellung noch einmal befragt worden, aber die Erinnerungen sind wie in einen Nebel gehüllt. Keine Ahnung, was am Ende im Polizeibericht gelandet ist."

„Ich hab ihn gelesen."

Für einen Moment überkommt mich bei dem Gedanken ein Gefühl der Scham. Jess' Miene ist abzulesen, dass sie wünschte, ich hätte den Bericht nie erhalten. Oft genug wünschte ich das auch.

„Wenn du Fragen hast", füge ich tonlos hinzu, „frag mich."

Nein, ich habe keine Fragen. In meinem Kopf sind zu viele Antworten unauslöschlich gespeichert. Und dann wage ich, es das erste Mal ihm gegenüber wirklich auszusprechen. „Auch ich werde die Schuld nicht los, Cem."

„Welche Schuld?"

„Wegen dem, was dir passiert ist. Dass ich dir nicht geholfen habe." Und obwohl die Schuld manchmal so laut ist, sind meine Worte nicht mehr als ein Flüstern.

„Wovon redest du, Jess?", fragt er irritiert.

„Als wir da oben waren", beginne ich zögerlich, „hast du mich in das Auto geschickt."

Er nickt. Es steht ohne Frage in dem Bericht, und ich habe es ihm auch schon gesagt.

„Aber es war nicht nur der eine da. Glaub mir, ich wollte dir helfen, als ich verstanden habe, dass du nicht kommst. Ich wollte zu dir. Ich …"

„Hey", unterbricht er mich sanft. Doch es muss raus.

„Es waren drei Männer, die zu mir gerannt sind und versucht haben, in das Auto zu kommen. Ich weiß bis heute nicht, was die vier eigentlich wollten. Sie haben einfach geschwiegen. Zu jedem Vorwurf geschwiegen, obwohl ich sie doch identifizieren konnte." Mir graut es schon jetzt vor dem ausstehenden Prozess.

„Er hat mich angepinkelt."

Cems Stimme ist plötzlich so hart, dass ich zusammenzucke. Die mitschwingende Scham und das spürbare Leid lassen mich kurz die Augen schließen. Das war das einzige Detail, das ich ihm wohl auf ewig verschwiegen hätte.

„Er hat mich *Kanake* genannt und mich angepinkelt, verflucht! Was brauchst du noch, um zu wissen, was er wollte? Er war ein rassistischer Bastard, der einen *Kanaken* weniger wollte."

Ich schlucke. „Ich verstehe, dass dich das fertigmacht", beginne ich.

„Mich macht es auch fertig. Aber das Erste, was er zu uns gesagt hat, war, dass ich zu den Männern mit rüberkommen soll. Er hat mich … *Bambi* genannt."

Mit einem Stöhnen kneift er die Augen zusammen, als stürme etwas zu Großes in seinen Kopf.

„Er hat dich gefragt, ob ich … woanders …"

„… genauso rot bist wie auf dem Kopf", beendet er rau meinen Satz. Er reibt sich begleitet von einem weiteren gequälten Stöhnen über das Gesicht.

„Ja", wispere ich.

Seine Fingerspitzen liegen noch immer an seinen Schläfen. „Was ist dann passiert?" Seine Augen öffnen sich wieder, sein Blick ist so entschlossen, als wäre er bereit, sich der ganzen Wahrheit zu stellen. Und wenn auch nur für mich.

„Er hat mein Haar berührt, und du hast seinen Arm weggeschlagen und gesagt, er solle mich nicht anfassen."

Eine Träne rollt über meine Wange. Eine Träne der Scham, des Ekels und nicht zuletzt der Erleichterung, nicht noch an anderen Stellen angefasst worden zu sein. Es ist eine Erleichterung, die ich nicht fühlen will, weil sie bedeutet, dass Cem für mich geopfert wurde. Es ist eine Dankbarkeit, die nicht da sein darf.

„Ich weiß nicht, was genau sie wollten", sage ich nun. „Dich? Mich? Vielleicht nur irgendjemanden, und wir waren eben da? Aber wäre ich geblieben, hätte er dich vielleicht in Ruhe gelassen. Du könntest durch Parks rennen, Kisten tragen und ohne Albträume schlafen."

Seine Augen sind ungläubig aufgerissen, während mir die Tränen über das Gesicht laufen.

„Ich saß da im Auto, eingepfercht wie in einem Käfig, und konnte nur zusehen. Ich konnte nichts tun, wirklich. Bitte glaub mir das. Mir ist der Schlüssel runtergefallen. Ich wusste, sie würden am Ende uns beide kriegen, wenn ich aussteige. Ich hätte es gar nicht bis zu dir geschafft. Sie waren drei. Es tut mir so leid. So unendlich leid. Dass er dich geschlagen hat, dass er dich getreten hat, dass er nicht aufgehört hat. Einfach nicht aufgehört hat. Dass …" Die Tränen brennen in meinen Augen, sie brennen auf meiner Haut, sie brennen in meiner

Kehle. Brennen. „Dass er dich angepinkelt hat." Bereits in dieser Lautstärke zerreißt mich der Satz.

Über Cems Gesicht läuft eine Träne. Sie ist allein und sieht schrecklich verloren aus. Schnell wischt er sie fort, zieht erst meinen Stuhl an der Lehne näher und dann mich an seine Brust. Er presst mich an sich, als könne ich ihm jeden Moment entgleiten. Wie eine Kiste an einem Tag im März, als ich ihm auf dem Gehweg Platz machte und er mit einer Milliarde funkelnden Lichtern in den Augen *Danke* murmelte. Auch in diesem furchtbaren Augenblick macht die Erinnerung so schrecklich sehnsüchtig. Nach damals. Nach jetzt. Nach Cem.

Meine Hand taucht in sein Haar, mein Ohr drückt sich auf seine Brust, um zu hören, wie es darin aufgebracht klopft. Ich muss unbedingt den Beweis dafür erlauschen, dass ich ihn trotz allem nicht verloren habe.

Er lebt.

Ich lebe.

Wir sind beide so kaputt, aber unsere Herzen schlagen noch. Wie auch immer.

Er küsst mich auf den Kopf. Ein ums andere Mal drücken sich seine Lippen auf mein Haar, das mich womöglich ein wenig an *Bambi* denken lassen wird, solange ich lebe.

„Hat dich jemand angefasst?" Seine Stimme wird von einem solchen Ausmaß an Angst beherrscht, dass ich mich aufrichten muss, damit er es auch in meinen Augen sehen kann.

„Nein", sage ich leise, aber bestimmt.

Erleichtert atmet er auf und sieht mir dann wieder in die Augen. „Was ich jetzt sage, ist wichtig, Jess. Hörst du mir zu?"

Ich nicke.

„Gut." Seine warmen Hände umfassen zärtlich mein tränennasses Gesicht. Und dann versuchen seine Worte, meine Seele zu küssen. „Wenn ich dich weggeschickt habe, wollte ich nicht, dass du mir hilfst." Doch sie treffen nicht ganz die Mitte.

„Du konntest doch gar nicht wissen, was passiert", wende ich ein.

Er schnalzt mit der Zunge. Seine Hände umfassen mich fester, seine Augen blicken genau in meine. „Kanake, Bambi ... Er hat doch klargemacht, was er wollte. Und ich habe ihm gezeigt, was er haben konnte. Und was nicht." Seine letzten Worte sind wie eine warme Sommerbrise, die mich einmal länger blinzeln lässt.

„Ich dachte wirklich, du bist hinter mir", wispere ich dann.

„Jess." Seine Daumen wischen zärtlich unter meinen Augen entlang. „In dem Moment habe ich mich entschieden. Für dich. Und gegen eine andere Art Albträume. Es beruhigt mich, dass ich in dem Augenblick, in dem es darauf ankam, der war, der ich immer für dich sein wollte, immer sein will. Denn ich würde jedes Mal wieder beide Beine, alle Erinnerungen und mein Leben für dich hergeben wollen, wenn es nötig ist. Weißt du das denn nicht?"

Ich will ihn küssen wie seine Worte nun tatsächlich meine Seele. So sehr.

„Doch", wispere ich. „Aber es tut mir so unendlich leid, dass du so viel hergeben musstest."

Seine Hände fahren über meine Stirn, durch mein Haar und sinken dann hinab, um sich auf meine zu legen.

„Das darf es ja auch", sagt er. „Glaub mir, dass ich am wütendsten darüber bin, jeden einzelnen Tag, unendlich. Aber die Wut gilt nicht im leisesten Ansatz dir. Wärst du nicht gelaufen, wären wir vielleicht beide draufgegangen. Die Wut gilt den verfluchten Wichsern, die es gewagt haben, uns beiden so viel zu nehmen."

Ich beuge mich wieder hinüber und küsse ihn auf die perfekt bärtige Wange. Das heißt, ein ganz wenig landen meine Lippen auf seinem Mundwinkel. Ich bin mir nicht sicher, ob er sich gedreht hat, ob es ein Versehen war oder ob meine Lippen einfach zu gern einen Winkel seines Mundes berühren wollten. Er riecht so sehr nach Cem, dass ich für einen Moment die Augen schließen muss und nichts als schnuppern und fühlen kann. Ich weiß nicht, wie lange ich danach meine Stirn gegen seine Schläfe lehne und mit der Nase viel zu zärtlich seinen Bart entlangstreife, während sein Arm meinen Oberkörper umschlingt und sein Daumen über den Rand meines Schulterblatts streicht. Aber es ist nach langer Zeit noch einmal eine durch und durch gute ganze Weile.

Kapitel 34

CEM

ALS ich am Fensterrahmen lehnend in das Licht eines neuen Tages blicke, müsste ich lügen, wenn ich behauptete, ich wäre ein aufgeräumter Mensch voller ordentlich sortierter Gedankenschubladen und Gefühlsregale. Doch ich bin ein Mensch, der die Antwort kennt auf die Frage, wer ich sein will.

Ich habe Fehler gemacht, und deren Konsequenzen muss ich jedes einzelne Mal tragen, wenn ich allein aufwache, wenn ich allein schlafen gehe und in unzähligen Momenten dazwischen. Aber so sehr ich mich oft genug wie ein Haufen Scherben fühle, so wenig habe ich das Bedürfnis, mich in den Alkohol oder zu anderen Frauen zu flüchten. Der neue Cem will neben der neuen Jess hocken, wenn sie am Boden kauert. Ich will ihren müden Kopf auf meinem Schoß, mit ihr reden und sie küssen, auch wenn ihr Gesicht tränennass ist. Manchmal gerade dann. Und ich will nur sie küssen. Aber das will ich ständig.

Ich habe vieles von dem Scheißkerl hinter mir gelassen, den ich nicht ausstehen kann, aber ich habe ein paar Brocken von dem Typen rübergerettet, an den ich mich erinnere. Ich kann noch immer seinen Kampfgeist spüren, noch immer seinen Willen ausmachen, nach den Sternen zu greifen. Und nach Jess.

Ich bin mehr als die Summe meiner Fehler.

Der Gedanke schenkt mir einen Splitter Hoffnung inmitten all der Scherben.

Während ich den Sonnenaufgang betrachte, denke ich über Jess nach, über diese Frau, die zwei Katastrophen überlebt hat, um dann so mutig wie nie aus allem hervorzugehen. Mir fällt wieder ein, was sie gesagt hat über sich und ihre Eltern, über mich als das erste Zuhause ihres Lebens und über ihre Angst, sich den Dingen zu stellen, die ihr das hätten nehmen können. Womöglich waren wir beide nie so heile, wie wir es glauben wollten. Wir haben nur nicht gemerkt, dass wir so angeknackst waren, weil wir zuvor keinem Schlag ausgeliefert waren, der uns hätte zertrümmern können. Wir hatten einfach so verdammt lange Glück, ehe wir so schrecklich viel Unglück hatten.

Um sieben wage ich, sie anzurufen.

„Hi." Sie klingt vollkommen wach.

„Guten Morgen. Sag mal, kannst du vielleicht vorbeikommen?"

„Ist etwas passiert?"

„Jess", murmle ich sanft, „klinge ich, als wäre etwas passiert?"

„Nein", gibt sie kleinlaut zu.

„Manchmal passiert nichts Schlimmes. Manchmal brauche ich dich einfach nur, weil ich etwas nicht allein tun kann. Okay?"

„Okay. Ich mach hier noch alles fertig und gehe dann los, ja?"

„Lust auf einen Cappuccino?"

Schweigen. Und dennoch muss ich plötzlich lächeln, als ein leises rhythmisches Rascheln durch den Hörer dringt. „Nickst du gerade etwa?"

„Ich nicke gerade." Auch sie lächelt – hörbar.

„Ein Glück."

Und zum ersten Mal, seit ich in dieser neuen Welt erwacht bin, glaube ich, dass ich wirklich von so etwas wie echtem Glück spreche, von diesem Gefühl, das sich so tief ins Herz gräbt, dass es nicht so leicht verscheucht werden kann. Ich habe furchtbare Dinge getan, doch sie scheinen auf wundersame Weise in einer zweiten Chance zu enden.

Es ist verdammt lange her, dass der Anblick von Jess auf der Küchenzeile mich so nervös gemacht hat wie heute. Wie oft hat sie mir zugesehen, manchmal noch halb schlafend, manchmal vollkommen quirlig, wenn ich uns einen Cappuccino gemacht habe?

Nun sitzt sie wieder dort oben und nimmt ihren Cappuccino entgegen, ehe sie genüsslich seufzend den ersten Schluck trinkt. Das sanfte Baumeln ihrer Beine fühlt sich nach Salz und Karamell an, eine perfekte Mischung dieser verschiedenen Versionen von ihr. Gerade muss ihr Lächeln wie das beste der Welt schmecken.

„Du brauchst meine Hilfe?", fragt sie in meinen Tagtraum hinein und nimmt den nächsten Schluck.

„Jain."

Sie sieht mich fragend an.

„Komm mit. Und bitte …" Ich zögere.

„Was?"

„Denk darüber nach. Mehr verlange ich nicht."

„Okay." Doch das Wörtchen klingt mehr nach einer Frage als nach einem Versprechen.

Ich hasse es, dass es mir manchmal noch so schwerfällt, die Treppe schnell runterzukommen. Neben Jess ist es besonders schlimm. Ich will wieder der sein, der schneller ist und stärker – der für sie Getränkekisten schleppt, ihren strampelnden Körper ins Wasser wirft und sie beim Joggen einholt, um sie erst zu kitzeln, bis sie lachend schreit, und sie dann zu küssen. Ich frage mich, ob sie mich jemals so attraktiv finden kann wie früher, falls ich das alles nie wieder ganz so selbstverständlich hinkriege.

Als wir uns Mercy nähern, werden Jess' Schritte schleppend. Sobald ihr aufgeht, dass das Auto mein Ziel ist, erstarrt sie.

„Was ist hier los?", fragt sie in einem Ton, als hielte ich ein erhobenes Messer in der Hand.

„Wir lassen alle Türen offen. Ich bin die gesamte Zeit über bei dir."

„Nein."

„Es ist immer noch Mercy, wie ich immer noch ich bin. Dir sind furchtbare Dinge in unserer Nähe passiert, ich weiß das, aber wir gehören zu deiner Welt. Und die Wichser tun es nicht. Sie sind im Gefängnis und warten auf ihren Prozess. Sie können dir nichts mehr tun. Hier sind nur wir drei."

„Nein, Cem. Das ist zu viel. Ich war eingesperrt wie ein Tier auf dem Weg zur Schlachtbank." Und genauso beginnt sie zu atmen, wie eingepfercht zwischen unzähligen unsichtbaren Kreaturen. „Sie sind noch da. Nicht hier draußen, aber hier drinnen." Ihre Hand legt sich auf ihre Brust. „Von hier verschwinden sie einfach nicht. Sie sind da –

Tag für Tag, Nacht für Nacht. Ich habe nie etwas Schlimmeres gesehen als durch dieses Fenster. Ich werde manchmal klaustrophobisch in meiner eigenen Wohnung. Ich ..."

„Okay", unterbreche ich ihre gehetzten Worte, und langsam, ganz langsam gleicht sich ihr Atem wieder der gegenwärtigen Realität an. „Auf den Kofferraum?", frage ich hoffnungsvoll, als sie sich vollständig beruhigt hat.

Ihr Blick schnellt zu dem Heck des Autos, als hätte ich einer Maus *Katze* zugerufen. Eine ganze Weile bleibt ihr Blick dort hängen. Ich sage nichts, denn ich spüre sie auf das Ja zusteuern. Im Schneckentempo, aber erstaunlich entschieden nimmt sie kaum eine unnötige Abzweigung.

„Okay." Ihr Flüstern zittert.

„Okay?" Ich kann es kaum glauben.

„Okay", bestätigt sie noch einmal leise.

Ich könnte platzen vor Stolz, laut jubeln, sie herumwirbeln, nur, weil sie es tatsächlich versuchen will. Meine Hand streckt sich aufmunternd ihrer entgegen, und sie greift danach, ohne den Blick vom Heck zu wenden. Im Schutze meines nicht mehr sehr schützenden Körpers schleicht sie um das Auto herum. Als wir vor dem Kofferraum anhalten, werfe ich ihr noch einen letzten prüfenden Blick zu. Und bereits im nächsten Moment entdecke ich sie in ihren Augen – die tagtägliche Kämpferin, die Kriegerin gegen die inneren Dämonen. Sie nickt einmal entschieden.

Also verlagere ich das Gewicht auf mein gesundes Bein, umfasse ihre Taille und hebe sie mit Schwung auf den Kofferraum.

„Oh", macht sie überrascht und blickt sich um, als hätte sie nie zuvor dort oben gesessen.

Als sie wieder zu mir schaut, zwinkere ich ihr zu. „Meine Arme funktionieren noch bestens."

„Ich wollte nicht ..." Sie zappelt etwas unbehaglich. Ihr Knie streift meinen Bauch, und ich muss lautlos die Luft ausstoßen, um es zu ertragen, ohne ihr näher zu sein.

Sie scannt mein Gesicht ab, als suche sie nach etwas anderem als meiner Haut. „Wie ist das für dich mit der Narbe?", fragt sie dann zaghaft und deutet auf mein Bein.

Kann sie das auch nur im Ansatz nachempfinden – egal, wie ich es ihr erklären werde? Wie sollte sie? Und doch will ich es unbedingt versuchen, denn ich will von ihr verstanden werden.

„Es ist weniger die Narbe selbst", beginne ich. „Es ist, was sie aus mir macht, was sie über mich erzählt. Wenn ich die Narbe sehe, dann denke ich vor allem daran, dass ich für jemanden kein Mensch war, nur Dreck, dass ich für jemanden nicht mehr wert war als Fußabdrücke. Wenn ich die Narbe sehe, dann erinnere ich mich daran, dass ich nicht richtig laufen kann. Dass ich sogar dann, wenn ich eines Tages wieder genauso gut wie früher laufen könnte, doch nicht mehr der Gleiche sein würde. Nie wieder. Manchmal würde ich sie gern herausschneiden, diese Narbe. Das klingt bescheuert, schon klar, aber so fühlt es sich halt an."

Sie nickt langsam. „Das verstehe ich." Und wie sie mit glitzernden Augen den kurzen Satz flüstert, statt viele Worte zu machen, um mir einen Gefallen zu tun, ist so beruhigend. Weil es mir verrät, dass sie es genau so meint, wie sie es sagt. Sie versteht es. Wie auch immer.

„Es sollte nicht klingen, als würde es für mich etwas ändern oder so. An dir", fügt sie nicht viel lauter hinzu. Und doch in genau der Lautstärke, die ich brauche, damit ich ihr beinahe so etwas wie glaube.

„Mach dir nicht immer so viele Gedanken, mich zu beleidigen, Jess, ja? Hast du doch früher auch nicht getan. Glaub mir, dass ich der Letzte bin, dem nicht klar ist, dass es noch dauern wird, bis ich dich abhänge und du nur noch meinen Staub fressen kannst."

Sie zieht die Brauen hoch, ein stummes *Ach, echt?*.

„Schau an, das mit dem Beleidigen klappt doch sogar wortlos schon wieder ziemlich gut."

Sie lacht leise. Dann blickt sie mir in die Augen und scheucht damit ein Kribbeln auf. „Wenn ich deine Narbe sehe, Cem", beginnt sie leise, „dann denke ich jedes Mal daran, wie hilflos du dich gefühlt hast, um dann doch aufzustehen. Ich denke an deine ersten hart erkämpften Schritte und daran, dass du eines Tages wieder schneller sein wirst als ich und dennoch immer auf mich warten wirst. Wenn ich deine Narbe sehe, erwacht meine einst verloren gegangene Hoffnung, eines Tages selbst wieder laufen zu können."

Ich schlucke. Sie schluckt. Dass sie mich noch so sehen kann …

„Na ja, irgendwie läufst du doch gerade schon wieder." Ich deute mit dem Kinn auf den Kofferraum. „Wie geht's dir denn da oben?"

„Erstaunlich gut." Ihr Lächeln ist verhalten, aber mit das schönste, was ich in den vergangenen Wochen betrachtet habe, weil verdammt viel Mut dahinter lauert.

Ich zögere. „Haben wir das noch gemacht? Zusammen joggen und so?"

„Ja, wieder." Sie denkt nach. „Ich glaube, das hat uns irgendwie zusammengehalten."

„Wie meinst du das?"

Wieder streift ihr Knie kaum merklich meinen Bauch. *Oh, verdammt, Jess ...*

Sie gibt einen Laut von sich, irgendetwas zwischen einem Seufzen und einem Lachen, sodass ich im ersten Moment denke, sie weiß, was ihr Knie da mit mir anstellt.

„Eine Weile, nachdem wir getrennt waren", beginnt sie dann jedoch, „und wir sogar bei der Arbeit nur miteinander geredet haben, wenn wir es nicht verhindern konnten, standest du morgens plötzlich vor meiner Tür in Sportklamotten."

„Wir haben nicht mehr miteinander geredet?", frage ich entsetzt.

Sie nickt traurig. „Nicht lange, aber ja. Es war eine harte Zeit. Ich weiß gar nicht, ob ich wirklich nicht mit dir laufen oder dich nur bestrafen wollte, aber ich hab Nein gesagt, und am nächsten Tag bin ich früher losgelaufen, weil ich mir vorstellen konnte, dass du wieder auftauchst."

Irgendwie beruhigt mich der Gedanke, dass sie ihre große Enttäuschung und das Bestrafen tatsächlich gelebt hat.

„Du hast noch vor meiner Tür gewartet, als ich zurückkam. Du hast mich angesehen und gesagt: *Aha.* Mehr nicht. Am Tag darauf standest auch du früher da. Das haben wir ein paarmal so durchgezogen."

Nun lacht sie auf, und ich frage mich grinsend, ob ihr klar ist, dass sie immer noch auf dem Auto sitzt, vor dem sie eben noch so viel Angst hatte.

„Beim letzten Mal", erzählt sie weiter, „sind wir morgens um vier aufgestanden, nur damit ich dir eine Abfuhr erteilen konnte. Wir waren so müde und nicht mehr zu gebrauchen bei der Arbeit. Nach Feierabend hab ich dir gesagt, dass du mich am nächsten Tag um sieben abholen kannst." Ihr Kopf legt sich ein klein wenig schief. Wie eine stumme Erlaubnis, sie zu küssen. „Beim ersten Mal haben wir kaum ein Wort gewechselt. Du hast mir einen Cappuccino mitgebracht, und wir haben uns ein paar Minuten schweigend auf die Tische des Cafés gesetzt, um ihn zu trinken, ehe wir gelaufen sind", murmelt sie.

Ich bin mir nicht sicher, ob ich mich an den Moment in der sommerlichen Morgenluft erinnere oder ob ihre Erzählung mit dem Jetzt verschwimmt. Doch gerade ist das egal. Es ist schön.

„Mit einem Schwan?", frage ich.

Sie schüttelt leise lächelnd den Kopf.

„Nein?" Kann ich mich so geirrt haben?

„Mit einem Herzen."

Sie ist ganz leise geworden. Viele Sätze, die sie früher einfach gesagt hätte, grenzen nun an ein Flüstern. Und auf eine seltsame Weise passt ihre Lautstärke in jede Geschichte, die sie erzählt, und zu jedem Winkel von mir.

„Ich wollte dich wiederhaben", raune ich erleichtert.

„Cem, so einfach ist das nicht. Du wolltest mich als Freundin wiederhaben. Du wolltest nicht mehr ..." Sie stockt und seufzt. „Es wird leichter. Du wirst merken, dass wir für Freundschaft gemacht sind."

Nie hätte ich für möglich gehalten, dass das Wort *Freundschaft* so beschissen klingen kann wie nun jedes einzelne Mal aus Jess' Mund.

„Und ich werde dir für immer und ewig dankbar sein, dass du so hartnäckig warst, dass wir wirklich Freunde werden konnten", fügt sie sanft hinzu.

„Du lügst, Jess", erwidere ich zärtlich. „Ich weiß, wann du lügst."

„So einfach ist das nicht", sagt sie ein weiteres Mal, und ihre Worte hinterlassen das Gefühl eines traurigen Streichelns. „Lüge ich, Cem? Sieh mir in die Augen. Lüge ich?"

„Nein, tust du nicht", gebe ich zu. Dann kommt mir eine Idee. „Kino?"

„Kühlschrank?"

„Wie bitte?"

„Ich dachte, wir sammeln Nomen mit K oder so", erwidert sie unschuldig.

Verflucht, wie sehr ich sie küssen will, ist grausam. „Waren wir noch zusammen im Kino?"

Sie mustert mich aus schmalen Augen, als spähe sie eine Falle aus. „Wir hatten kaum Zeit, nachdem wir die Öffnungszeiten verlängert haben. Aber ja, manchmal."

„Wie wäre es, wenn morgen manchmal wäre?"

„Was wird das hier, Cem?"

Aber es mag nicht genug nach einem Nein klingen, damit ich jetzt zurückrudere. Das hätte vermutlich dieser Vollidiot gemacht, der ich einmal war. Ich aber bin der Typ, der diese Stadt bauen wollte.

„Zwei gute Freunde, die ins Kino gehen?", schlage ich wenig glaubhaft vor.

Sie zögert.

„Hast du etwa was Besseres vor?"

„Äh, ich muss arbeiten? *Wir* müssen arbeiten?"

„Du hast ein Telefon, um das abzuklären. Wir gehen in die Spätvorstellung, und Emre räumt allein auf."

„Wir können ihn morgen nicht aufräumen lassen, weil er schon die Frühschicht hat."

„Die übernehme ich."

„Cem." Sie seufzt schwer, und doch klingt es noch immer nicht wie ein Nein. Sie soll jetzt nur nicht diesen elenden Joker mit ganzen Arbeitstagen und meinem verfluchten Bein ziehen.

„Wenn du nicht Ja sagst, stehe ich jeden Tag nach Feierabend vor deiner Wohnung, um dich zu fragen. Du willst Freundschaft? Du kriegst Freundschaft."

Auf unseren Gesichtern erscheint ein Lächeln, das mich einen Lügner schimpft – aber leise und sanft.

„Wenn du nichts aus dieser Jogging-Geschichte gelernt hast", spreche ich mit einem lässigen Schulterzucken weiter, „ist das nicht mein Problem. Ich gebe aber zu, dass ich den Prozess gern abkürzen würde. Ich meine, du weißt doch ... mein Bein, das lange Stehen und so." Ehe sie den Joker zieht, knalle ich ihn lieber selbst auf den Tisch. Und zu meiner Überraschung fühlt es sich nicht so beschissen an, wie es das wohl noch vor Kurzem getan hätte.

„O mein Gott." Entgeistert reißt sie die Augen auf. „Hast du gerade wirklich dein Bein als Argument dafür angeführt, dass ich dir eine Verabredung zusagen soll?"

„Klang das etwa so?", frage ich unschuldig. „Ich wollte nur sagen, dass es beschwerlich werden könnte und so."

„Mistkerl", murmelt sie, seufzt dann aber gottergeben. „Ich kann Emre ja nachher fragen, wenn ich dran denke."

„Sie rufen ihn genau jetzt an, Lady."

„Wieso?"

„Weil ich dir zutraue, dass du es vergisst." Das letzte Wort verzieren meine Finger mit Anführungszeichen.

Empört öffnet sie den Mund, schließt ihn dann jedoch wieder und fischt grummelnd ihr Handy aus der Handtasche.

Wie sie mutig auf der Klappe eines Kofferraums thront, als reiße sie die Herrschaft über ihr Leben langsam wieder an sich, ist verdammt sexy. Ja, der neue Cem-Anteil hat sich in die neuen Jess-Stückchen verliebt, die zartere, ernstere und leisere Version. Doch es wäre gelogen zu behaupten, dass sich der verbliebene Rest des alten Cem nicht auch nach den noch in ihr schlummernden Anteilen der alten Jess sehnt. Er sehnt sich nach der Frau, die lauthals lacht und ihn zärtlich beleidigt und die Welt als etwas betrachtet, was es zu erobern gilt. Ich will beide. Nun gilt es also nur noch, ihr diesen behämmerten Nur-Freundschaft-Kram auszureden.

„Hi, Emre." Pause. „Könntest du morgen Abend ausnahmsweise allein aufräumen, wenn Cem dir die Frühschicht abnimmt?" Sie seufzt theatralisch. „Ja, alles okay. Ich muss nur ins Kino." *Wie heißt du?,* formen ihre Lippen stumm in meine Richtung, und ich muss leise lachen. „Mit Cem." Meinem Namen gelingt es, wie *Canım* zu klingen, warm und weich.

Jess grinst, und ich würde wetten, da war ein äußerst euphorisches Ja am anderen Ende der Leitung. Ich schulde diesem Kerl so viel mehr als eine Frühschicht für so viel mehr als einen Kinobesuch.

„Danke. Bis heute Mittag." Jess legt auf.

„Perfekt. Und bald gehen wir dann wieder joggen. Ich werde dich so etwas von abhängen."

„Wirst du nicht", erwidert sie gespielt herablassend, aber sie grinst so breit wie ewig nicht. Und plötzlich sind sie wieder da. Wie aus dem Nichts. Mitten auf ihrem Nasenrücken. Diese kleinen Fältchen. Ich muss mich einmal räuspern, um sie nicht zu küssen.

„Komm schon runter da, ehe du mein geliebtes Auto zerbeulst."

„*Du* wolltest Mercy verkaufen", erinnert sie mich, als meine Hände ihre Taille umfassen.

„Wollte ich nicht", gebe ich entrüstet zurück und ziehe die Hände weg. „Das ist eine gemeine Unterstellung." Dass Emre angedeutet hat, ich hätte sie nie verkaufen wollen, behalte ich lieber für mich. Denn etwas in mir sagt, dass ich an der Lösung zu diesem Rätsel noch feilen muss.

„Du hast es mir doch selbst gesagt." Langsam gleitet sie herunter, als könne sie von dort oben aus nicht weiterreden. „Du wolltest dich angemessen von Mercy verabschieden. Wir haben uns auf den Kofferraum gesetzt … und …", sie räuspert sich nervös, „*Better together* gehört, du hast dein Handy auf Repeat gestellt, und wir …"

„Wir haben an dem Abend miteinander geschlafen?", unterbreche ich sie verwirrt. Kerzen, Zahnbürste, Bettwäsche, Seife …

„Nein", ruft sie in meine stumme Aufzählung hinein.

Bin ich erleichtert? Zutiefst enttäuscht? „So, wie du das gesagt hast, dachte ich, das wäre eine Metapher oder so."

„O Mann, Cem." Sie verdreht übertrieben die Augen, ehe sie wieder ernst wird. „Ich habe das so gesagt, weil ich das Lied nicht mehr hören kann. Es ist, wie in ein Auto zu steigen. Als ich zu Mercy zurückgerannt bin und die Männer das Auto eingekesselt haben, lief es immer noch. Du hattest dein Handy liegen lassen. Einer hat sich auf die Motorhaube geworfen und mich angestarrt, als wäre ich etwas, was es zu fangen gilt. Ich habe dich dort in der Ferne liegen sehen, sie haben nach einem Stein gesucht, um das Fenster einzuschlagen oder so. Und die ganze Zeit über lief dieses grauenvolle Lied."

Ein Lied, mit dem wir beide bis dahin nur schöne Dinge verbunden haben. Diese Geschichte zu hören, zerreißt auch in mir etwas. Doch noch ehe ich überlegen kann, was auf all das eine halbwegs gute Antwort sein könnte, ob es diese überhaupt gibt, spricht sie zögernd weiter.

„Du wolltest mir irgendetwas sagen. Damals, da oben, meine ich. Du hast angefangen mit *Hör zu, Jess* ..., und dann ging die Welt unter."

Zum ersten Mal hofft sichtbar sie auf Antworten. Ich würde sie ihr so gern geben. Uns beiden. Denn etwas in mir sagt, ich sollte sie nicht nur haben, ich sollte sie auch mit ihr teilen. Ganz genau diese Erinnerung.

„Es fühlt sich die ganze Zeit so bedeutend an", bestätigt sie mein Gefühl. „Vielleicht nur, weil es irgendwie ein Trennungsstrich war zwischen dem Vorher und dem Nachher. Vielleicht gibt mein Kopf all dem im Nachhinein eine andere Bedeutung, vielleicht habe ich das in dem Moment gar nicht gefühlt. Vielleicht ist das nur die einzige Chance auf ein *Es hätte so anders laufen können*. Das *Hör zu, Jess* ... war eine Weggabelung, und man hat uns einfach in die falsche Richtung geschubst."

„Ich wünschte wirklich, es würde mir wieder einfallen. Vielleicht hat es sich bedeutend angefühlt, weil es genau das war."

„Ja." Sie zuckt mit den Schultern. „Vielleicht."

Etwas in mir hofft, ich habe recht. Es hofft, dass es ein echt bedeutsamer Moment war. Etwas in mir hat wahnsinnige Angst, ich habe recht. Denn es ist fort. Irgendwo zwischen knackenden Stöcken und quietschenden Reifen ging es uns verloren.

Kapitel 35

CEM

ES ist noch dunkler als in meinem Traum eben. Da konnte ich das Blau ihrer Augen erahnen und die Nasenfältchen auch. Was mein Herz so klopfen lässt, ist jedoch keine Panik, es ist eine Hoffnung.

Ohne das Licht einzuschalten, tasten meine Finger nach dem Handy auf meinem Nachttisch. Ich denke nicht lange nach, tippe auf das Foto, auf dem Jess so ähnlich lacht wie in diesem Traum. Der Anblick lässt mich noch kurzatmiger werden. Es ist seltsam, wie einem in manchen Augenblicken in extremer Weise bewusst wird, wie schön jemand tatsächlich ist, den man so oft ansieht.

Zu meiner Überraschung hebt sie sofort ab. „Hey."

Nach meinem letzten nächtlichen Anruf kann ich ihr nicht gerade verübeln, wie alarmiert sie klingt. Doch dieses Raue, das ihre Stimme bekommt, wenn sie gerade noch geschlafen hat, ist so sexy, dass es mir für einen Moment die Kontrolle über Verstand und Stimme raubt.

„Cem?" Mein ängstlich gerufener Name holt mich zurück in die Realität.

„Wolltest du mich vom Auto schubsen?"

Sie stößt die Luft hörbar aus. „Was?", fragt sie dann vollkommen irritiert.

„An dem Abend auf dem Lousberg."

Leise raschelt ihre Decke im Hintergrund, als setze sie sich auf.

„Hast du gesagt, du willst mich vom Auto schubsen?"

Kurz sagt sie gar nichts. Bis sie das Richtige haucht: „Du erinnerst dich wieder."

Ich könnte jubeln und heulen. „Nein. Aber daran erinnere ich mich. Ich hab mich dann über dich lustig gemacht, oder?"

Und ich wollte dich küssen. In diesem Moment habe ich dich so geliebt. Hinter diese beiden Gedanken gehört kein Fragezeichen, nicht das winzigste.

„Ja, das hast du." Sie lacht auf, doch es klingt auch etwas überfordert.

„Tut mir leid, dass ich dich geweckt habe", murmle ich und meine eigentlich, dass ich verdammt dankbar bin, dass sie für mich wach geworden ist und ich genau jetzt ihre Stimme hören darf.

„Kein Problem. Mein Wecker hätte eh in ein paar Minuten geklingelt."

Draußen ist es definitiv dunkel. Ich werfe einen Blick auf das Display meines Handys. „Es ist gerade kurz vor fünf."

„Ich muss noch zwei Kuchen backen und eine Torte fertig machen."

„Jetzt?"

„Ich arbeite ganz gern morgens."

„Seit wann?", frage ich die Frau, die morgens noch nie groß reden oder aufstehen wollte. „Und seit wann darf sich fünf Uhr in deiner Gegenwart bitte morgens nennen?"

„Schlaf weiter, Cem", befiehlt sie liebevoll.

„Back schön." Aus irgendeinem Grund klingt meine Stimme, als hätte ich sie gefragt, ob sie wieder nur das dünne Nachthemd trägt.

Nachdem wir aufgelegt haben, zögere ich keine Sekunde. Ich dusche, ziehe mich an, putze mir die Zähne und mache mich dann mit Mercy auf den Weg zu Jess.

Dort angekommen, mache ich uns im *Zwei Leben* Kaffee und wähle zwei Muffins aus den kümmerlichen Resten vom Vortag in der Vitrine. Kurz darauf klingle ich an ihrer Haustür. Über mir wird ein Fenster geöffnet. Jess blickt zu mir herunter, auf ihrem Gesicht breitet sich ein Strahlen aus. Mit einem Mal fühle ich mich ein bisschen wie Romeo in der Balkonszene. Nur hatte der Kerl ja keine Ahnung. Denn es ist zwanzig nach fünf, und Jess ist die einzige verdammt glühende Sonne weit und breit.

„Lässt du mich rein?", frage ich.

„Klar."

Als ich oben ankomme, bürstet sie sich gerade die nassen Haare. Der Gedanke, dass sie eben noch unter der Dusche stand, macht eindeutig zu viel mit mir.

„Guten Morgen." Genüsslich seufzend nimmt sie mir eine der Tassen aus der Hand und umarmt mich rasch.

Bereits im Flur riecht es, wie mein Leben jeden Tag hätte riechen sollen, und doch wirkt alles nicht wie das, was ich so vermisst habe. Zum ersten Mal bin ich bei Tageslicht und halbwegs klarem Verstand in Jess' Wohnung, und zum ersten Mal wird mir klar, dass auch sie kein wirkliches Zuhause hat. Ohne darüber nachzudenken, war ich mir offenbar die ganze Zeit sicher, alles Heimelige müsste nun hier sein. Womöglich, weil in meiner Wohnung kaum etwas davon übrig geblieben ist. Vielleicht auch, weil ich davon ausgegangen bin, dass das Heimelige an Jess selbst kleben muss. Doch es ist, als hätten wir auch dieses Gefühl in der Mitte zerhackt. Hier hängen keine Bilder aus der Vergangenheit, sie besitzt nur die nötigsten Möbelstücke, und jedes von ihnen, jeder Gegenstand wirkt nur hingestellt, nicht recht an seinem wahren Platz.

Ich folge Jess in die Küche und bleibe dann beeindruckt stehen. Tatsächlich kühlt bereits ein Zartbitterkuchen aus, im Ofen backt Biskuit, auf dem Herd und daneben stehen drei Bleche mit fertigen Beeren-Baiser-Küsschen, die wir zu Heißgetränken auf die Teller legen. Die hat sie definitiv noch abends gemacht, denn sie bleiben immer über Nacht im auskühlenden Ofen.

„Ist es nur der Satz, an den du dich erinnerst?", reißt sie mich aus der Begeisterungsstarre. „Der mit dem Auto?"

Sie nimmt den ersten vermutlich bitternötigen Schluck Cappuccino und greift dann nach dem Muffin, den ich ihr hinhalte. Sie kann kaum geschlafen haben. Wir sind so etwas von nicht gerüstet für unser abendliches Date. Was nicht heißt, dass mich die Vorfreude nicht lächeln ließe.

„Daran und an das Gefühl, das ich in dem Moment hatte."

„Was meinst du?"

„Für dich."

Ich beobachte jede noch so kleine Regung in ihrem Gesicht – ich sehe das Stutzen, spüre genau, dass ihr Atem nicht mehr fließt. Als sie den Muffin abstellt, ist ihre Hand nicht ganz ruhig.

„Jess, ich hab keine Ahnung, wieso du mir immer so einen Mist erzählst. In dem Moment war es nicht vorbei mit uns. Kein bisschen."

Ihre Lider schließen sich für zwei Herzschläge. „Ich weiß." Die beiden Worte sind so leise, dass ich nicht mit Sicherheit sagen könnte, ob sie es vielleicht nur sehr laut gedacht hat. Aber weniger als ein übermächtiger Gedanke kann es nicht gewesen sein. Dann sucht sie rasch alle Utensilien und Zutaten für das nächste Back-Projekt zusammen, um sie auf dem Tisch zu platzieren.

„Willst du harte Männerarbeit oder eher was Softes?" Sie zwinkert mir zu, und ich seufze resignierend. Ich würde verdammt viel dafür geben, um ihr die salzige Karamell-Creme, die sie hier irgendwo für den Kuchen versteckt haben muss, wenigstens vom Hals lecken zu dürfen.

„Ich hab nicht sehr lange geschlafen. Sei behutsam mit mir", murmle ich.

Sie lacht auf. „Du kannst mich also noch überraschen." Sie wirft mir einen anerkennenden Blick zu, ehe sie mir die Pappschälchen mit den Himbeeren in die Hand drückt. „Die sind Deko. Also halt sie nicht direkt unter den Wasserstrahl, sondern lass das Wasser über deine Hand auf sie hinunterlaufen und tupf sie dann vorsichtig ab, damit sie ganz bleiben, okay?"

„Schon klar, kein Himbeerpüree. Falls du dich erinnerst: Ich habe dich unzählige Male dabei beobachtet."

„Hast du nicht", erwidert sie amüsiert. „Du hast irgendetwas am PC gemacht oder gelesen."

Ich blicke sie herausfordernd an, genau so lange, bis sie begreift, dass ich sie jedes Mal mindestens drei Viertel der Zeit beobachtet habe. Dann gehe ich Himbeeren waschen.

Jess hat eine Ruhe, die ansteckt. Zwischendurch murmelt sie mir zu, was ich als Nächstes tun kann – das Mehl sieben, das Eiweiß steif schlagen, die gemahlenen Mandeln unterheben, die Baiser-Küsschen in die große Bonbonniere füllen. Das alles hier macht sie so oder ähnlich jeden Tag allein. Doch sie beschwert sich nie. Ihre hellblauen

Augen scheinen kaum einmal zu blinzeln, ihre filigranen Finger bewegen sich mit einer Präzision, als entschärfe sie eine Bombe. Alle Handgriffe sind Routine, und gleichzeitig schenkt sie jedem einzelnen so viel Aufmerksamkeit, als würde sie ihn zutiefst lieben. Es ist schwer, den Blick auch nur so lange von ihr abzuwenden, wie es dauert, die Mandeltüte aufzuschneiden.

„Machst du das eigentlich immer noch gern?"

„Ja." Sie löst den Tortenring noch vollständig von Creme und Boden, ehe sie zu mir sieht. „Das klingt vielleicht doof, aber irgendetwas daran ist sinnvoll. Ich meine, es gibt Leute, deren Augen leuchten, wenn sie sehen, dass es heute genau den Kuchen gibt, den sie essen möchten, oder wenn sie den letzten Muffin ergattern. Was ich tue, macht jeden Tag ein paar Menschen glücklich."

„Das klingt gar nicht doof."

„Na ja, wenn ich ehrlich bin, glaube ich, mir hilft es auch selbst. Wenn ich abends in die Wohnung komme, riecht es immer nach Gebäck. Und Gebäck riecht, als wäre etwas wenigstens irgendwie heile, auch wenn das meiste kaputt ist."

Ich lehne mich an den Tisch und betrachte sie aufmerksam. Immer häufiger ist da dieses Gefühl, nichts, wirklich gar nichts verpassen zu dürfen. Jede Kleinigkeit ist so verdammt wichtig. Bestand sie immer schon aus so vielen bedeutsamen Details oder machen das die Scherben, zu denen sie zersprungen ist?

„Fühlst du dich denn noch genauso oft kaputt?"

JESS

Die Frage meint so viel weniger, als ich ihm darauf eigentlich antworten müsste. „Ich *bin* kaputt, Cem", erwidere ich leise. „Und das werde ich auch immer sein. Manche Dinge sind irreparabel. Für immer weg. Und du?", will ich dann nach einer Pause wissen. „Fühlst du dich noch oft kaputt?"

Er schiebt die Hände in die Taschen seiner karierten Shorts, als könne ihn das beschützen. Dann zieht er die Schultern hoch und lässt sie wieder fallen. „Mir geht es irgendwie genauso. Ich meine, wir können Witze darüber machen, manchmal ist das sogar das Beste. Aber im Moment fühlt es sich nicht an, als könnte ich je wieder mit dir Schritt halten, wenn ich überhaupt noch mal mit dir joggen gehen kann. Das macht mich manchmal fertig. Mich macht fertig", er zögert und schluckt, „wie du mich sehen könntest."

Der Satz trifft mich vollkommen unvorbereitet. Und seltsamerweise schenkt er mir so viel, vor allem gefährliche Hoffnung. Kann es wirklich sein, dass er vor ähnlichen Fragen steht wie ich – nur, dass die Tragweite nicht so groß ist wie bei mir? Und dennoch …

„Wir werden wieder zusammen joggen, Cem. Aber ich kann das total verstehen. Ich würde durchdrehen, wenn ich an deiner Stelle wäre. Wir müssen beide lernen zu akzeptieren, dass unsere Leben nicht mehr unsere Leben, unsere Körper nicht mehr unsere Körper und unsere Träume nicht mehr unsere potenzielle Realität sind."

Ich wusste nicht, dass ein Lächeln so traurig sein kann wie das, das wir uns gerade schenken. Oder so ernst. Und doch tut es gut zu wissen, dass ein Lächeln unter jedes noch so dichte oder schwere Gefühl passt. Wir sind nicht mehr allein, aber wir wünschten beide, dass wir den anderen davor hätten beschützen können, zu sein wie wir selbst.

„Wir sind nicht mehr wir", sage ich, doch dann wird mir etwas klar. „Ich meine, dein Bein lässt dich zwar manchmal im Stich, aber du bist immer noch …" Mein Cem. Du bist mein Cem. Nur irgendwie mehr. Ich kann es nicht einmal erklären, ich könnte nur sagen, dass an dem Mehr so viel Verlangen klebt, so viel Sehnen. Doch es wäre so unfair, es zu sagen und damit noch mehr potenzielles Funkeln aufzuwirbeln.

„Du bist immer noch irgendwie Cem", wispere ich heiser.

Er sieht aus, als wäre ihm auch nach Küssen. Das ist schön. Und schrecklich.

„Na ja", beginnt er, „wir sind eine andere Version von uns. All das, was uns passiert ist, hat andere Seiten von uns hervorgeholt. Ich habe echt lange darüber nachgedacht, aber manchmal tauchen diese vertrauten Sachen auf wie die Fältchen auf deiner Nase, wenn du lachst. Die alte Jess steckt da noch drinnen. Es liegt halt nur so eine

Schicht drüber, die mir noch nicht vertraut ist, die ich aber auch nicht wegstreichen will. Manchmal blitzt die Vergangenheit durch, manchmal nicht – aber das eine ist nicht besser als das andere. Dein neues Lächeln, das finde ich echt grandios, weißt du das?"

Mein Puls pocht so hart in meinem Hals, dass ich hoffe, er sieht weiter nur in meine Augen, damit er es nicht bemerkt, sondern sich nur im Stillen über das Wummern wundert.

„Manche der alten Dinge erscheinen mir einfach nur vergänglicher als früher, vielleicht nicht mehr so selbstverständlich. Dann sehe ich dich an und freue mich so sehr über Nasenfältchen, wie ich mich früher nie darüber gefreut habe."

Erstaunt sehe ich ihn an. „Du sagst das, als wäre am Ende etwas Schönes aus all dem Dreck hervorgekrochen."

„Wer hat denn behauptet, dass nicht sogar furchtbare Dinge auch etwas Gutes hervorbringen können? Es macht einen zumindest demütiger, oder?"

Ich will nicht Ja sagen. Will ich einfach nicht. Ich komme mir vor, als wolle er, dass ich Lucie verrate, dass ich dem Schicksal ein High five gebe, obwohl für das Tor so viele Menschen so hart gefoult wurden. Dann merke ich, dass ich nicke. Denn in seinen Worten, seiner Stimme blitzt kurz der Cem hindurch, in den ich mich damals verliebt habe und den ich bis heute liebe. Doch seinen Blick kann ich nur dem Kerl zuordnen, dem ich erst vor einigen Monaten begegnet bin. Und dieses Kuddelmuddel ergibt den tollsten Menschen, den ich jemals lieben durfte.

„Wieso schaust du mich so an?" Auch seine Verunsicherung ist neu und schön und penetrant liebenswert.

„Ich glaube, du hast recht. Das Furchtbarste kann auch zu etwas Schönem führen."

„Du bist weicher geworden, Canım."

Ich halte die Luft an. In den Worten schwingt nicht nur ein Hauch Zärtlichkeit mit. Eher so viel, dass sie den Satz und mich behutsam unter sich begraben hat. Ich sollte ihm wirklich verbieten, mich noch Canım zu nennen.

„Schwach, ja?", frage ich stattdessen rau. Für mich ist die Schwäche, die mich nach dem Unfall und noch mehr nach unserer Trennung heimgesucht hat, in der Weichheit so präsent. Denn weich heißt auch so schrecklich angreifbar, so zerbrechlich. Und das will ich nicht mehr sein.

„Du weißt genau, dass ich das nicht so meine, Jess. Und ich mag auch deine toughe Art. Hättest du die nicht, wären wir niemals nach Amsterdam gefahren. Hättest du die nicht, wärst du auch nicht trotz deiner Angst mit einem Auto auf einen Wichser zugefahren, der bereit war, mich totzutreten. Aber wenn ich ehrlich bin, hat es auch etwas Beruhigendes, dass du nicht mehr jedes Stückchen Welt allein aus den Angeln heben oder wenigstens erobern kannst."

Er sieht mir genau in dem Moment in die Augen, in dem mir Rührung und auch ein wenig Scham Tränen hineintreiben.

„Ich kämpfe gern an deiner Seite, weißt du das?", murmelt er liebevoll. „Und manchmal kämpfe ich auch gern *für* dich, wie du es für mich tust. Mir fällt es leichter, ab und zu schwach zu sein, wenn du das auch mal bist. Die, die du nun bist, hat mich gelehrt, dass Schwäche mir nichts nimmt, dass sie schön sein kann. Aber in letzter Zeit war ich halt verdammt oft schwach."

Erstaunt sehe ich wieder auf. „Ich fand dich in letzter Zeit unsagbar stark. Ich habe dich so bewundert, vor allem im Krankenhaus."

„Ich konnte nicht einmal allein gehen", erwidert er aufgebracht.

„Du hast dir das Laufen selbst wieder erkämpft. Wie viele Menschen können das schon von sich behaupten?"

„Ich fühlte mich wie ein hilfsbedürftiger Schwächling."

„Ich fand dich eher einen sexy Krieger." O Mann, hab ich das schon wieder laut gesagt?

Nun lacht er auf – ein wenig ungläubig, ein wenig glücklich, während ich spüre, wie meine Wangen wärmer werden. Rasch schaue ich auf die Arbeitsplatte, und er wendet sich dankenswerterweise wieder dem Glas mit der Karamell-Creme zu. Bis ihm etwas einzufallen scheint.

„Weißt du noch, wie du mir vor dem ersten Mal, dass du den Kuchen gemacht hast, erklärt hast *Das ist mehr als Salz und Karamell,*

Cem? Du wolltest mich unbedingt von dem Kuchen überzeugen. Ich habe dir zugeguckt, bis du die Pfanne mit der Creme vom Herd genommen hast, und gesagt: *Es ist doch gar nichts anderes drin.*"

Die Erinnerung an den Moment lässt mich lächeln. „Und ich habe gesagt, dass es nicht darum geht, was noch drin ist, sondern darum, was für Geschmacksnoten sie gemeinsam hervorlocken, die sie allein nicht hätten erschaffen können. Wie bei einem guten Kaffee."

Er nickt und sieht mir in die Augen. „Vielleicht geht es darum, genau das zu verstehen, Jess. Ich behaupte: Wir sind viel mehr als das einstige Glück und die Finsternis, durch die uns das Leben geschickt hat. Klar, beides ist an uns kleben geblieben. Aber wir sind mehr als beschissene Scherben über Glitzerstaub. Wir sind wir."

„Wir sind mehr als Salz und Karamell", flüstere ich.

„Wir sind mehr als Salz und Karamell", sagt auch er.

Die Erkenntnis macht irgendetwas in mir weich. Aber gut weich. Angreifbar und trotzdem so, so gut.

Er lächelt, als hätte er es auch gefühlt. „Jetzt haben wir also etwas über diesen neuen Typen namens Cem gelernt", sagt er nach einer Weile. „Er mag es, mit dir zu backen. Wieso habe ich dir früher nie dabei geholfen?"

„Keine Ahnung." Dann fällt mir ein, wie er, der Betriebswirtschaftler, Stunden mit unserem Papierkram und den ganzen Bestellungen und Lieferungen zu tun hatte, durch die Emre und ich uns fluchend hätten quälen müssen, wie wir es in den Wochen nach dem Überfall getan haben. „Ich schätze, du hattest einfach genug anderen Kram, der anfiel und mit dem ich mich nicht herumschlagen wollte."

Lächelnd schüttelt er den Kopf. „Ich glaube eher, ich hab dir tatsächlich nur immer viel zu gern zugesehen."

„Und jetzt nicht mehr?", hauche ich und schlucke.

Er lächelt. „Doch. Aber vielleicht habe ich erst heute verstanden, dass es aus der Nähe noch schöner ist. Wenn dein Arm zwischendurch meinen streift, ohne dass du es bemerkst. Oder wenn du mir zumurmelst, was ich als Nächstes tun soll."

„Ich *habe* gemerkt, dass dein Arm meinen gestreift hat." Ich senke den Blick und beiße mir innen auf die Unterlippe.

„Ich weiß." Hörbar vor sich hin grinsend verteilt er die Karamell-Creme auf dem tiefbraunen Untergrund. „Ich wollte nur wissen, ob die neue Jess es zugibt."

Die alte Jess hätte ihn genau jetzt geküsst. Ganz genau jetzt. Die neue stößt nur sanft mit der Schulter gegen ihn und platziert dann die restlichen der von ihm geschnittenen Kiwischeiben den Tortenrand entlang.

CEM

Auf einmal legt sie die vorletzte Kiwischeibe wieder auf das Brettchen, putzt sich die Finger an einem Handtuch ab, schaltet ohne Vorwarnung das Deckenlicht aus und tritt ans Fenster. Doch es wird nicht vollständig dunkel. Warmes Licht fällt durch die Scheibe. Der Tag erwacht vor unseren Augen.

„Schau mal", flüstert sie in das Licht, als wäre es so schreckhaft wie ein scheues Tier, so vergänglich, wie Perfektion es eben ist. „Ich liebe diesen Moment."

Von hinten sieht es aus, als leuchte sie, warm und hell. Jess scheint die Quelle allen hier sichtbaren Lichts zu sein. Mit wummerndem Herzen, ohne zu atmen, trete ich hinter sie. Jess riecht nach Zitrone, vertrautem Vanillezucker und kochendem Karamell. Meine Brust berührt beinahe ihren Rücken, meine Nase streift rötliche Strähnen entlang, riecht die Vergangenheit, die Gegenwart, erahnt bei einem tiefen Atemzug, wie es mit Jess wieder und zum ersten Mal sein könnte.

Ein Ruck geht durch ihren Körper. „Es geht nicht, Cem."

„Es geht, Jess", flüstere ich nahe ihrer Wange.

Ihre Augen schließen sich, an ihren Unterarmen richten sich kleine rotblonde Härchen auf, als gäben sie mir recht.

„Merkst du das nicht?" Mein Herz pocht gegen ihren Rücken, es bittet auch.

„Nein."

Ich kann ihre geschlossenen, schmetterlingsgleich flatternden Lider sehen und glaube mehr ihnen als Jess' Worten.

„Ich kann dich nicht wieder gehen lassen, Jess", flüstere ich.

Ihre Augen öffnen sich und blicken in das Orange eines neuen Morgens. „Doch, das kannst du. Du hast es schon einmal getan."

Meine Stimme ist rau vor Verzweiflung. „Aber du hast vergessen, dass ich nicht mehr der Gleiche bin. *Ich* kann dich nicht wieder gehen lassen."

Kurz zittert ihre Unterlippe. „Du wirst es tun. Du hast es selbst gesagt: Wir sind auch immer noch wir. Und das heißt, dass ich weiß, was du tun wirst, wenn du alles weißt."

„Sag mir, was ich noch wissen muss, um dich zurückzulassen, und ich werde dir das Gegenteil beweisen. Ich werde alles tun, um zu bleiben."

Sie dreht sich um und sieht mir geradewegs in die Augen. Dieser intensive Blick lässt alles in mir gefrieren. Alles. Bis auf die Liebe, diese verfluchte, gigantische Liebe.

„Manchmal ist das Alles, das wir besitzen, nicht genug. *Ich* bin nicht genug, Cem."

Wie kann eine so zerbrechliche Stimme eine so robuste Mauer aus Worten bauen, um sich in diesem Heim zurückzuziehen, das rein gar nichts Heimeliges zu haben scheint? Und dann legt sie den stabilsten Stein, den riesigsten von allen:

„Ich will nicht, dass du bleibst."

„Wieso sprichst du nicht mit mir?", presse ich hervor.

In ihrem Blick lässt sich das Ausmaß all dessen erahnen, was ich ihr angetan habe. „Weil ich es nicht ertrage", flüstert sie. Und doch schreit ihre stumme Sehnsucht so laut dazwischen, dass ich nicht einfach die Klappe halten und verschwinden kann.

„Was erträgst du nicht?"

„Dich."

Mein Herz stolpert, fällt, steht still.

„Dich in diesem Augenblick, in dem du verstehst. Als ich dich verloren habe, ist mein letztes Stück heilen Herzens einfach mit dir gegangen. Noch einmal ertrage ich das nicht. Manchmal ist es ein Segen, nicht alles zu begreifen, Cem. Das macht es leichter. Dieses Mal wird es für *dich* leichter sein."

Ein sehr tief verscharrter Teil von mir flüstert, sie habe recht. Nicht mit dem leichter, aber damit, dass es Segen ist, nicht alles zu verstehen. Ein anderer, kämpferischer Teil von mir will es dennoch wissen, um es zu ändern. Doch der erste Teil ist erstaunlich mächtig. Er bewacht dieses Verlies, wo meine Erinnerungen eingekerkert sind, aus gutem Grund. In Dauerschleife murmelt er: *Aber du kannst es nicht ändern. Du kannst es nicht ändern. Du kannst es nicht ...*

Selbst dieses Dauergemurmel kann mich jedoch nicht mehr von ihr wegtreiben. Alles, jeder Teil von mir, auch der, der alles weiß, will näher. Mit allen Konsequenzen. Und näher. Und näher.

„Ich will, dass du joggen gehst", höre ich mich sagen. „Lass mich dir beweisen, dass alles geht, Jess." Stück für Stück. Alles. Bis zu uns und darüber hinaus.

Sie widerspricht nicht, trinkt nur mit sanft flatternden Lidern meinen Atem, wie ich ihren in meine Lunge strömen lasse. Zittrig, aber schrecklich durstig. Ich rücke noch ein paar Millimeter näher, in der Hoffnung, so etwas wie satt zu werden. Doch das hier wird nie genügen, dieses Nippen macht nur noch durstiger. Ihre Nähe weckt Erinnerungen an Näheres, ihr Atem weckt Erinnerungen an ihren Geschmack.

Ihr Schritt fort von mir erinnert an ein Losreißen. Ohne ein Wort zu sagen, dreht sie sich um und verschwindet hinter der Tür des Wohn- und Schlafzimmers, in dem unsere zerfressenen Seelen gemeinsam auf dem Boden lagen. Mit einem zentnerschweren Ausatmen lehne ich mich gegen die Arbeitsplatte und reibe mir ein paarmal mit den Händen über das Gesicht, um den Geschmack ihres Atems zu vergessen und die Wärme ihrer Nähe abzuschütteln. Es funktioniert in so winzigen Bruchteilen, dass ich es auch hätte lassen können.

Als sich die Tür wieder öffnet, bindet sich Jess gerade einen hohen Pferdeschwanz. Ich könnte schwören, einen Funken Hoffnung in ihren Augen zu entdecken.

„Zeig mir, was alles geht", sagt sie, und der Funken Hoffnung springt über, um in mir einen Waldbrand zu entfachen.

Schweigend gehen wir nebeneinander her zum nahe gelegenen Park. Ihre Anspannung scheint sich im gleichen Tempo zu steigern, in dem sich meine Sehnsucht aufbäumt. Das Grün, das Plätschern des Springbrunnens im Teich, das leise Knirschen des ersten Kieses unter unseren Schritten. Alles fleht mich an, spätestens von hier an zu laufen.

Mein Blick wandert zu Jess. Ihr Blick wandert zu mir. Während sie sich dehnt, würde ich ihr gern so vieles sagen – dass ich ihr nichts so sehr wünsche wie den Frieden, den ihr damals jeder Schritt geschenkt hat, dass ich ihr ein Pochen in der Brust wünsche, das schreit *Ich lebe*, dass ich an sie glaube, an ihren Mut und ihre unbändige Stärke. Ich würde ihr gern sagen, dass ich bereits stolz auf sie bin, weil sie hier neben mir steht, und dass jeder knackende Ast unter ihren Füßen nur bedeutet, dass sie den nächsten Schritt gewagt hat wie ein ihrer Furcht entgegengezischtes *Du kannst mich mal*. Als ich die Dankbarkeit in ihren Augen sehe, weiß ich, sie hat jedes einzelne Wort bereits in meinem Gesicht gelesen.

„Ich bin die ganze Zeit über da drüben", sage ich also stattdessen und weise auf die wenige Meter entfernte Wiese.

Sie nickt, ehe sie den Weg entlangblickt, wie um ihn in Gedanken vorzulaufen.

„Du kannst das, Jess. Es geht." Meine hoffnungsvollen Worte mischen sich in das leise Rauschen der vollen Sommerkronen der Bäume, als gehörten sie genau hierher.

Ohne mich anzusehen, nickt sie noch einmal. Dann macht sie ihn, den ersten zögerlichen Schritt auf ihrem Weg in ein weiteres Stück Freiheit. Ich lasse sie nicht aus den Augen, während ich zur Wiese hinübergehe, unsere Sachen hinlege und mich auf die Decke sinken lasse, um meine Übungen zu machen. Doch mir ist nicht nach Physio, in Gedanken laufe ich neben Jess. Sie ist so viel langsamer als früher, und als sie das erste Mal direkt an der Wiese vorbeiläuft, erkenne ich, dass es nicht an fehlender Kondition liegt. Ihr gesamter Stil hat sich verändert. Es ist tatsächlich, wie sie gesagt hat, es ist, als würde sie rutschen und sich dabei an den Seiten festklammern. Doch ich kann ihr nicht helfen. Es ist ihr Kampf, und sie ist die Einzige, die dazu geboren wurde, in genau diese Schlacht zu ziehen.

Langsam läuft sie wieder auf die Wiese zu, kurz blickt sie zu mir. Und da erkenne ich sie – Scham. Eine unglaublich große Portion dieses scheußlichen Gefühls, in dem ich in letzter Zeit selbst ein paarmal beinahe ertrunken wäre. Sie schämt sich für ihre Art zu laufen, für jede ihrer Ängste, für sich. Und vor allem schämt sie sich vor mir.

Langsam stelle ich mich hin, für den Fall, dass sie wie ich im Krankenhaus etwas sehen muss, wohin sie laufen kann. Und dann … rennt sie weg. Nicht in die nächste Runde, sondern sie biegt ab, um aus dem Park zu fliehen.

Was mache ich mir vor?

Sie flieht vor mir.

Kapitel 36

ICH bin ein *Nicht mehr.*

Mein Karamellanteil ist in der auf den Parkboden geworfenen Morgensonne dahingeschmolzen, um sich in eine schwarze, ungenießbare Masse zu verwandeln.

Es ist nicht fair, vor jemandem wegzulaufen, der einen nicht einholen kann. Doch ich ertrage es kein weiteres Mal, ihn zu enttäuschen, und ich will nicht, dass er mich dabei beobachtet, wie ich versage, bis auch er nur noch *Nicht mehr* in mir sieht.

Es geht, sagt er. *Wir gehen*, sagt er. Doch beides ist nicht wahr, und in mir wird die Leere mit dem Gedanken an seine Worte nur noch größer, weil ich immer mehr *Nicht mehr* in mir spüre, bis es mich vollständig verschlungen hat.

Das Schlimmste ist, dass sich all die köstliche Süße deshalb aufgelöst hat, weil auch ich für einen winzigen Moment seine Hoffnung zugelassen habe. Ich bin mehr als Salz und Karamell … Der Gedanke war zu betörend. Bis mir klar geworden ist, dass das in Cems Fall zwar eine köstliche Mischung ergibt, beim Anmischen meines Ichs jedoch der Deckel vom Salzstreuer gefallen ist. Ich bin so etwas von versalzen, und die Süße wird dadurch nur zum ekelerregenden Beigeschmack.

Nun stehe ich in der Dusche, zum zweiten Mal am heutigen Tag, und dieses Mal fällt es mir noch viel schwerer als sonst. Ich blicke an die Decke, kein Einschäumen mehr, dann blind abtrocknen und anziehen. Nur nicht das von einer Frontscheibe tief in mich geritzte *Nicht mehr* betrachten.

Als ich in das Café komme, unterhält sich Cem gerade mit zwei jungen Frauen an einem Tisch. Sie sind Stammkundinnen, Anfang zwanzig und vermutlich fähig, mehrere Babys gleichzeitig auszutragen.

Ja, jeder von uns hat Dutzende Male mit ihnen gesprochen, doch zum ersten Mal versetzt mir der Anblick von ihm, der weibliche Kundschaft anlächelt, einen ernsthaften Stich. Schnell verschwinde ich hinter der Theke, wo mir Emre die Kiwi-Frischkäsetorte abnimmt. Es ist verrückt, dass es noch keine zwei Stunden her ist, dass Cem und ich dort oben gemeinsam die Kuchen hergerichtet haben.

„Sag es ihm endlich."

Emres Bitte kommt so unerwartet wie der Sprung eines tollwütigen Kojoten aus einem in Häschenform getrimmten Buchsbaum. Mein Blick fährt ruckartig von Cem zu ihm.

„Was?"

„Jess, gib ihm die Chance, sich für dich zu entscheiden."

Eine ganze Weile presse ich nur die zwischen die Frontzähne geklemmten Lippen aufeinander, um nicht schon wieder loszuheulen. Es reicht, verdammt!

„Er wird sich nicht für mich entscheiden, weil seine Idee von mir und uns, dieses Gebilde in seinem Kopf, das Einzige an mir ist, was Cem wirklich lieben kann." Oder konnte. Das Bild von mir bröckelt stetig, und heute Morgen, das war eine ganze Ladung Schutt.

„Wieso lachst du, verdammt?", zische ich.

„Weil du so witzig bist."

„Was ist daran bitte witzig?" Ich klinge beinahe so verletzt, wie ich es bin.

„Ist dir mal aufgefallen, dass er dich die ganze Zeit ansieht, als wolle er dich aufessen oder so?"

„Nur weil er nicht weiß, was wirklich los ist. Es ist nicht ich, die er essen will. Er knabbert an süßen Ideen."

Emre seufzt nur.

„Verstehst du das denn nicht?", frage ich. „Nach so langer Zeit sieht er mich noch einmal als die, die ich hätte sein können. Er sieht mich an, als wäre ich eine richtige Frau."

„O Mann, du *bist* eine richtige Frau, Jess."

Die Worte prallen schmerzhaft gegen Bauch und Herz. Und finden dennoch nicht das kleinste bisschen in mich hinein.

„Er hat dich immer als Frau gesehen. *Ich* sehe dich als Frau. Du bist die Einzige, der das nicht gelingt." Seine Stimme ist sanft. „Er lächelt nicht wegen zehn potenzieller Kinder mit dir. Er lächelt, weil du lächelst. Er lächelt, weil du ein Lied mitsingst, und er lächelt besonders bescheuert, weil deine Hand seine streift, wenn er dir ein Glas abnimmt. Er lächelt nur deinetwegen. Herrgott, Jess, der Typ ist so was von verliebt in dich, so wie ..." Er ringt mit den Händen nach Worten. „Keine Ahnung ... du in ihn." Seine Stimme ist immer leiser und leiser geworden, als habe jemand wörtchenweise an einem Lautstärkeregler gedreht.

„Hey."

Ich zucke zusammen, als Cem plötzlich neben mir auftaucht. Er redet also noch mit mir.

„Hi." Was war denn das für ein gruseliger Laut?

Kurz blickt er so etwas wie verletzt auf meinen Bauch. In diesem Moment fühle ich mich wie die größte Enttäuschung seines Lebens – ich kann nicht joggen, und sein Kind konnte ich auch nicht behalten. Als vor lauter Scham auch ich den Blick senke, fällt er auf eine Schicht Karamell-Creme. Mir war nicht einmal bewusst, dass ich den Kuchen noch in den Händen halte, direkt vor meinem Bauch. Schnell drücke ich auch diese Platte Emre in die mir schon entgegengestreckten Hände.

Ich wünschte, mir würde irgendetwas einfallen, was ich jetzt von mir geben kann. Irgendein zauberhaftes Superkleber-Wort, das die Fähigkeit besitzt, das hier geradezurücken und die kraftlos am Boden liegende Realität wieder in die Senkrechte zu bringen. Doch Cem macht sich bereits an das Aufschäumen von Hafermilch.

Heute fühle ich mich zwischen all den Gästen so nutzlos wie seit einer Ewigkeit nicht mehr. Den Tag über beobachte ich ständig Cem. Es ist wie mit dem ersten Schwarm in der Schule, wenn man sich ununterbrochen fragte, ob man jetzt etwas Blödes gesagt hat. Etwas, was nicht so clever, witzig oder charmant war, wie der andere denken soll, dass man es wäre. Dabei ist Cem vermutlich ohnehin der einzige Mensch auf Erden, dem ich nichts vormachen kann.

Zwischendurch glaube ich, dass er auch mich beobachtet, doch wenn ich zu ihm schaue, sieht er niemals zu mir. Kann tatsächlich ein Wunsch allein auf der Haut prickeln? Richtet ein Gedanke allein jedes einzelne Nackenhärchen auf? Kann eine Hoffnung allein ein Eichhörnchen dazu bringen, sich immer wieder genüsslich zu rekeln, sodass ich es noch in der Brust spüren kann?

Gezwungenermaßen muss ich an Emres Worte denken. Kann es wirklich sein, dass Cem sich in eine Frau verliebt hat, die selbst nicht weiß, wer sie ist? Und noch eine andere Frage tut sich auf: Hat er mich jemals wahrhaftig lieben können, wenn es mich im Grunde nie so ganz gab, nur zensiert, die bedeutendsten Fragen nur stumm gestellt, die Stellen, an denen es beängstigend wurde, fett geschwärzt?

Emre verabschiedet sich nachmittags. Eigentlich, theoretisch, irgendwie wollten Cem und ich heute ja ins Kino, und Emre wollte die Abendschicht übernehmen. Doch die Absprachen scheinen sich geändert zu haben – sonst wäre Emre morgens doch gar nicht hier gewesen, sonst würde er niemals jetzt schon gehen. Doch so schwer mir all das das Herz auch macht, kommt auch mir Kino gerade nicht wie die beste Option vor.

Sobald Cem und ich nur noch zu zweit sind, hüpft das Nagetier in mir wieder ein bisschen, als hätte es sich genug ausgeruht. Doch als die letzten Gäste gegangen sind, fragt keiner von uns, ob wir noch etwas trinken, sitzen, uns unterhalten. Und obwohl ich keine Ahnung habe, worüber wir gerade überhaupt reden wollen, wünschte ich, er würde sich einfach zwei Bier schnappen, mir eines in die Hand drücken und so tun, als wäre nichts passiert.

Moment …

Will ich das wirklich? Tue ich nicht schon viel zu oft, als wäre nichts passiert? Ist es nicht genau das, wovon ich mir neulich noch eingeredet habe, dass ich es besser kann als diese alte Jess? Mutig sein?

Nebeneinander her räumen wir auf, schlängeln uns umeinander herum, nicht einmal unsere Blicke streifen sich. Und doch ist da diese ständig bewusste Nähe, selbst wenn er außer Sichtweite ist. Uns verbindet ein unsichtbares Seil, das womöglich zwei Nagetiere zwischen zwei Menschen geknüpft haben. Und irgendwann, als er auf erstaunlich perfekte Weise die letzten Tische abwischt, halte ich es einfach nicht mehr aus.

„Cem?"

Überrascht blickt er auf. Nicht vorwurfsvoll, nicht wütend, lediglich überrascht und womöglich auch ein wenig hoffnungsvoll. Als seine Augen genau in meine sehen, muss ich schlucken.

„Hast du eigentlich irgendeine Ahnung, wer ich bin?" Der Satz brennt in meiner Kehle. Und ich glaube, was dort am heißesten brennt, ist die Hoffnung, dass er in meinen toten Winkel blicken kann, um mir zu erlauben, bei der nächsten Möglichkeit endlich von diesem grauenvollen Weg abzubiegen.

Er stellt den Eimer mit dem Lappen auf dem Tisch hinter sich ab und lehnt sich gegen die Tischplatte. Und als kenne er mich tatsächlich besser als ich selbst, scheint er auf etwas zu warten, was sich bereits im nächsten Moment einen Weg aus meinem Herzen hoch bis in meine plötzlich unsagbar trockene Kehle bahnt.

„Ich sage immer: Ich bin nicht mehr die, an die du dich erinnerst. Ich sage: Ich bin nicht mehr ich."

Ich sage: *Mich willst du nicht mehr.* Das habe ich auch mir selbst so oft gesagt. Einfach, um irgendetwas zu haben, was mich noch definiert.

„Aber seit du so viele Fragen stellst", fahre ich fort, „und mich dabei betrachtest, als wolltest du wirklich eine Antwort, frage ich mich: Wer bin ich denn noch? Mich immer nur über ein *Nicht mehr* zu identifizieren, raubt mir jeden Tag eine ganze Menge, weißt du? Manchmal befürchte ich, dass ich nach über anderthalb Jahren irgendwie unwiderruflich verloren gegangen bin. Aber ich will so gern wieder mehr sein als ein großer Haufen *Nicht mehr*."

Er schweigt immer noch. Er denkt nach. Das fühlt sich gut an. Vielleicht bin ich nach langer Zeit noch einmal wirklich auf der Suche nach der Wahrheit. Mit ihm. Womöglich bin ich ihr sogar wieder ein wenig auf der Spur. Seinetwegen. Und die großen Wahrheiten brauchen wohl länger als drei Sekunden und zwei Worte. Dann hebt er unbeholfen die Schultern und lässt sie wieder fallen. Doch gerade, als ich die Hoffnung aufgeben will, mir heute ein wenig näher rücken zu können, beginnt Cem zu sprechen.

„Weißt du, Jess, ich bin auch ganz viel *Nicht mehr*. Nicht mehr richtig gehend, nicht mehr mit allen Erinnerungen gefüllt, nicht mehr werdender Vater, nicht mehr der Verlobte von Jess Berger, nicht mehr der selbstbewusste Typ, dem es egal ist, wenn andere Männer die Frau anglotzen, die er über alles liebt …"

Ich umklammere die leere Tasse in meinen Händen. Mein Herz trommelt ungestüm gegen meine Rippen. *Mach schon ganz auf*, bittet es so wild, wie ich vermutlich noch nie um irgendetwas gebeten wurde.

„Aber die größte Erkenntnis, die ich in den vergangenen Wochen gewonnen habe, ist, dass wir nie wissen werden, was da alles in uns steckt, was das Leben aus uns hervorholen kann."

Ich nicke winzig. Und nicht einmal ich selbst kann recht sagen, ob es Zustimmung oder ein furchterfülltes *Tritt ein* ist.

„Weißt du", spricht er leise weiter. „Du hast mich in den härtesten Wochen meines Lebens ganz schön oft zum Lächeln oder Lachen gebracht. Manchmal, weil du witzig warst – das warst du immer schon. Manchmal, weil du eine so unerwartet schöne Sanftheit an dir hast, die ich nicht von dir kenne, aber die mich auf eine wirklich gute Weise verrückt machen kann."

Meine Lippen öffnen sich leicht. Doch ich wage nicht, etwas zu sagen oder auch nur die Tasse abzustellen, weil ich befürchte, dass ich falle, wenn ich nichts mehr zum Festhalten habe.

„Du scheinst jetzt eine andere Art von Nähe zu brauchen", sagt er liebevoll. „Früher konntest du jeden Menschen umarmen, und das mit ganzem Herzen. Jetzt erschüttern manche noch so kleinen Berührungen dein Herz, aber andere lassen es irgendwie aufblühen und ganz hell werden. Als würdest du leuchten. Aber es ist mehr so ein warmes Licht wie diese besonderen Glühbirnen, die du immer für unsere Lampen haben wolltest, weil du meintest, sie sähen nach Zuhause aus. Und bis ich dich so habe leuchten sehen, war mir nie klar, wie sehr du damit recht hast."

Eine Träne sucht sich einen Weg aus meinem Herzen meine Kehle hinauf bis in mein Auge. Sie rollt über meine Wange, aber nach so langer Zeit habe ich zum ersten Mal nicht das Gefühl, sie wäre nichts als lächerlich. Da lächelt er, und die Lichterketten in seinen Augen sehen so sehr nach Zuhause aus, dass ich gar nicht weiß, wie ich je wieder allein in meine eigene Wohnung zurückkehren soll.

„Du magst immer noch die gleichen Kuchen am liebsten, das sieht man daran, wie du sie in der Vitrine arrangierst. Aber jeden einzelnen stellst du mit einer solchen Liebe her, dass es unmöglich ist, sie nicht herauszuschmecken. Ehrlich gesagt, glaube ich, dass die Leute deshalb so strahlen, wenn sie deine Kuchen sehen."

Und ich schmecke sie in jedem Wort, das von ihm zu mir findet – diese unglaublich große Liebe. Sie gilt tatsächlich mir, und sie schafft es so tief in mich hinein, dass ich nicht mehr entwirren könnte, zu wem welches Stück dieses gigantischen Gefühls gehört.

„Und Jess, wie auch immer du das siehst, ich schwöre dir, das heute Morgen, das war Mut. Weißt du, wieso Menschen sich beim Rutschen an den Seiten festkrallen? Weil sie davon überzeugt sind, dass es an dem Tag, an dem sie sich trauen loszulassen, grandios sein wird. Mut macht nicht immer Spaß, aber er lässt dich Dinge angehen, die dir schwerfallen. Mut bedeutet, eine Runde zu laufen, obwohl sich jeder Schritt anfühlt wie ein Hindernisparcours in der Geisterbahn. Wenn du dich zu langsam fühlst und zusammenzuckst, wenn du auf einen Stock trittst, rüttelt das nicht am Mut. Im Gegenteil. Es zeigt nur, wie unsagbar hart du kämpfst."

Genau in dem Moment, in dem mein Herz vor lauter Liebe unkontrolliert überschwappt, stößt Cem sich vom Tisch ab. Mit jedem Schritt, den er dem Tresen näherkommt, hinter dem ich stehe, schließen sich meine Hände fester um die Tasse. Als er so nahe ist, dass ich ihn zu riechen meine, und seine Hand sich hebt, werden meine Fußgelenke instabil. Als seine Finger meine Wange berühren, hat ein Zittern bereits meine Knie erreicht. Ich wünschte wirklich, ich könnte loslassen, könnte die Ränder der Rutsche loslassen und kurz das Gefühl genießen, mich einfach der Schwerkraft zu überlassen.

„Nur weil etwas zerbrochen ist", raunt er, „ist es nicht weniger schön. Wenn das Leben aus uns Scherben macht, gibt es mehr Spielraum, uns zu dem zusammenzufügen, was wir wirklich sind. In dem Moment, in dem wir zerbrechen, werden wir für einen Moment ganz wir. Kein Verstellen, kein Überlegen. Wir können gar nichts dagegen tun. Du sagst, die alte Jess war nicht mutig? Sie ist nicht hier, um sich zu verteidigen. Aber ich sage dir eins: Die neue Jess, die ist es. Diese zierliche Frau, die ich eigentlich beschützen wollte, hat sich hinter ein Steuer gesetzt, schreiend, aber entschlossen genug, um geradewegs auf die Gefahr zuzuhalten und ihr im Schein des Scheinwerferlichts ins Gesicht zu blicken. In dem Moment, in dem du zerbrochen bist, wurde in dir eine Heldin erweckt, ohne dass du es gemerkt hast, weil du so gefangen bist von den Ideen, die du über dich und auch über Helden hast."

Das Beben zieht sich über meine Oberschenkel hinauf bis in meinen Bauch, während sich Cems Hand Millimeter für Millimeter in meinen Nacken schiebt.

„An dem Abend warst du meine Heldin, Jess. Und heute Morgen warst du es auch."

Je mehr sich seine Stimme einem Wispern annähert, desto tiefer findet sie in mich. Sein Blick lässt meinen nicht los. Und meiner kann nichts tun, als sich an seinen zu klammern, wie sich meine Seele an seine Worte und meine Hände um die Tasse klammern.

„Mut ist, jemanden zu lieben, obwohl man nicht weiß, wie es funktionieren kann", flüstert er kaum hörbar und beugt sich ein kleines Stück vor über den Tresen. „Ich bin mutig, Jess. Und du?"

Sein Gesicht kommt langsam näher, obwohl ich mir sicher bin, dass er sich gar nicht mehr bewegt. Meine Beine zittern mittlerweile so stark, dass ich befürchte, sie geben jeden Moment auf, wie mein Herz den Widerstand aufgibt. Meine Lider schließen sich der sanften Bewegung eines Schmetterlingsflügels gleich.

Dingdong.

Der Klang eines Glöckchens.

Cem wirbelt in dem Moment zur Ladentür herum, in dem die Tasse klirrend zu Bruch geht. Stimmengewirr. Schrecklich laut.

„Wir haben geschlossen", dringt Cems Stimme dumpf durch den inneren Tumult. Ich schlage mir die eine Hand vor den Mund und presse die andere auf mein polterndes Herz. Meine Augen kneifen sich von allein zusammen. Ich schnappe nach Luft.

Bist du mutig, Jess? Nein, gerade bin ich nur ein jämmerliches Häufchen *Nicht mehr.*

„Jess?" Cem spricht leise. „Ich fasse dich jetzt an."

Kurz darauf legt sich eine Hand auf meinen Rücken, ihre Wärme dringt durch den dünnen Stoff meines Oberteils bis zu meiner Haut. Lautlos weine ich vor mich hin.

„Ich habe heute die Kaffeebohnen nachbestellt, weißt du?", erzählt er leise. „Ich habe mit dem Mitarbeiter am Telefon eine Weile über die anderen Sorten gesprochen. Er schickt mir noch zwei Proben mit, sie klangen vielversprechend. Dann können wir drei hier noch einmal eine kleine Verkostung machen. Dir fällt bestimmt zu jeder Sorte sofort ein neuer Kuchen ein."

Sein Murmeln ist das aus zwei anderen Leben, es ist die Stimme eines Moments, wenn wir in Leben Nummer eins nach einem zu langen Tag im Bett lagen. Die Stimme eines Moments, da ich in Leben Nummer zwei nach einer zu langen Nacht zitternd auf unserem Badezimmerfußboden lag und er mich fand.

Immer war er Cem. Immer wird er Cem sein. Nie wird er mich nach zu langen Tagen oder Nächten irgendwo allein liegen lassen. In diesem Moment weiß ich es. Und mit einem Mal ist er mir so nahe, als gäbe es nicht einmal die dünne Baumwolle zwischen uns. In diesem Moment gibt es nur ihn und mich in einer abgeschotteten, sicheren Welt, und so finde ich über die Nähe, die Berührung und sein leises Reden zurück in die Realität.

Dann bemerke ich die Stille. Keine fremden Stimmen mehr weit und breit. Und erst, als ich die Augen öffne, wird mir klar, dass ich auf dem Boden kauere.

Bist du mutig, Jess?, hallt es höhnisch in mir nach. *Ja? Komm. Sag schon. Bist du mutig?*

Ich brauche eine ganze Weile, bis ich es wage, mich umzudrehen. Cem hat sich hinter mir auf den Boden gesetzt und beobachtet mich genau.

„Ich kann dich nicht hochheben", flüstert er entschuldigend.

„Du musst mich nicht hochheben", wispere ich zurück. Er braucht weder Arme noch Beine, um mich ein Stück weit zu tragen. „Du bist du."

Er lächelt ein Lächeln, das er früher nie gelächelt hat – verunsichert und unendlich schön. „Wir haben nur vergessen abzuschließen. Sie dachten, wir hätten noch geöffnet."

Gäste. Nicht zum ersten Mal erschrecke ich vor Gästen. Was hätte ich getan, wenn er nicht hier gewesen wäre?

Langsam lasse ich mich neben ihn sinken und lege die Hände vor mein Gesicht. Das Kribbeln von eben ist verschüttet unter Scham und dem Gefühl der Unterlegenheit. Der besondere Moment ist so etwas von vorbei.

„Hör auf, dich für die zu schämen, die du bist, Jess", trifft Cem mitten ins Schwarze, trifft er in den Mittelpunkt meines Herzens. Vielleicht ist der Moment auch einfach nur anders besonders.

„Komm her", murmelt er, öffnet seine Arme, und ich lasse mich dankbar auf seine Brust sinken.

„Du bist ganz ruhig geblieben", fällt mir plötzlich auf. Wäre er nicht noch vor Kurzem auch ausgerastet, nur so anders als ich?

„Ich weiß auch nicht, wieso", murmelt er in mein Haar. „Irgendetwas verändert sich in mir."

Nur sein Herz klopft etwas schneller, es klopft genau den richtigen Takt. Und zum ersten Mal seit seinem Erwachen weiß ich, dass es das tatsächlich für mich tut.

Kapitel 37

AM nächsten Morgen fühle ich mich nach dem Erwachen wie erschlagen. Doch diese bleierne Müdigkeit ist die eines Körpers, der nach langer Zeit wieder einmal bis weit nach dem Klingeln des Weckers hätte schlafen können.

Ich rapple mich hoch, reibe mir die Augen, und dann beschließe ich etwas, was mich selbst überrumpelt: Ich werde Cem glauben, dass ich mutig bin. Mehr noch. Ich werde es mir beweisen. Und ihm. Ich werde einen Kuchen weniger backen und stattdessen laufen, und ich werde es allein schaffen.

Es kribbelt beinahe schmerzhaft, während ich die frischen Sportklamotten anziehe und der erste Tortenboden im Ofen backt.

Am Park angekommen, atme ich ein paarmal tief durch. Jeder meiner Sinne ist geschärft. Ich kann den Staub des Kiesbodens riechen, auf dem ein paar Tauben ein altes Stück Brötchen gurrend durch die Luft wirbeln. Zwischendurch bewegt eine hier unten nicht spürbare Brise leise rauschend einige Blätter in den hohen Baumkronen. Das Geräusch, das ich früher geliebt habe, vermengt sich in meinem Kopf nun jedes Mal mit *Better together* zu einem Soundtrack, der zu den Bildern der Nacht dort oben geschrieben wurde. Jede noch so kleine Bewegung – durch ein Tier oder den Wind ausgelöst – lässt mich meinen Kopf drehen. Mit einem Mal bin ich vollkommen starr im Angesicht meines Vorhabens. Ich stehe nur da, mein Atem zittert vor sich hin, als fröre ich schrecklich bei frühmorgendlichen vierundzwanzig Grad. Mit jedem Atemzug glaube ich weniger daran, dass es mir gelingen wird, auch nur einen Fuß vor den anderen zu setzen, ehe die große Hitze mich und meine Chance, heute zu laufen, überrennt.

Und dann nähert sich ein anderes Geräusch. Mein Kopf fährt herum. Doch es ist nur ein Läufer, ein großer, blonder Typ. Sein Stil erinnert mich an Cems – kraftvoll, hohe Körperspannung und doch geschmeidig und so leise, dass ich ihn erst wahrgenommen habe, als er schon ganz nahe war. Auch Cem besaß die Fähigkeit, beinahe lautlos zu laufen, wenn er es darauf anlegte, sich an mich heranzuschleichen. Für einen kurzen Moment muss ich leise lächeln.

Der Jogger läuft auf der Wiese neben mir aus und kommt dann zum Stehen. Er wischt sich mit dem Saum seines ärmellosen Shirts über das Gesicht. Doch der Stoff ist beinahe trocken trotz der Temperaturen. Er muss eben erst losgelaufen sein, womöglich auf der gegenüberliegenden Seite des Parks, und er sieht nicht aus wie jemand, dem ein paar hundert Meter genügen.

Als unsere Blicke sich begegnen, seine Augen nicht viel dunkler als meine, kommt er mir bekannt vor. Das Lächeln, das auf seinem Gesicht erscheint, sagt mir, dass er sich auch an mich erinnert.

Dann fällt es mir ein. O Gott, würde ich damit nicht in seiner Gegenwart schon wieder etwas unsagbar Beschämendes tun, würde ich nun die Hände vor das Gesicht schlagen. Es ist der Vater des kleinen Jungen, vor dem ich schreiend zurückgewichen bin. Rasch senke ich zumindest den Blick. Was ist denn das für eine grauenvolle Ironie? Ich will wieder laufen, und am Wegesrand errichtet man ein Denkmal für mein Versagen.

Ich werde jetzt nach Hause gehen. Langsam, jeder Schritt überschaubar, werde ich aufgeben.

Ich schaue noch einmal auf. Er steht da und blickt mich herausfordernd an. Seine Brauen heben sich ein kleines Stück, sein markantes Kinn nickt kaum merklich in Richtung des Weges, den ich mir in einem Moment morgendlicher Umnachtung zugetraut habe. Es erscheint mir, als hätte der Typ für mich angehalten, als hätte er die ganze Zeit nur auf mich gewartet, als wolle er mir aus einem mir nicht ersichtlichen Grund helfen und wüsste auch noch genau, welche Knöpfe es bei mir zu drücken gilt. Und auch, wenn mir fremde Männer zurzeit oft Angst machen, tut dieser hier es nicht. Er hat etwas so Vertrauenerweckendes, so Ruhiges an sich und gleichzeitig die Ausstrahlung eines Bodyguards. Als wäre er bereit, mir den Rücken freizuhalten, sollten die feindlichen Truppen in mir nur die Vorhut sein.

Je länger er mich so geduldig und doch herausfordernd anblickt, desto mehr will ich es. Ich will laufen, ich will Krieger um mich scharen, die auf meiner Seite stehen. Und tatsächlich, einer nach dem anderen sammeln sie sich in dem Kegel des kleinen Lichts, das Cem gestern in mir entzündet hat. Das hier sind Krieger des Mutes, Kämpfer der Willenskraft und des Stolzes. Und ich will nicht nur mit ihnen kämpfen. Ich will sie anführen.

Ich schenke dem Fremden ein winziges Nicken. Auch er nickt und läuft dann sehr langsam los. Meine Füße setzen sich ebenfalls in Bewegung, schneller als seine. Er mustert mich aufmerksam, dann legt er noch einiges an Tempo zu. Meine Mundwinkel heben sich von allein, während ich neben ihm herrenne. Seit dem Morgen vor dieser zweiten Nacht bin ich nicht mehr so schnell gejoggt, und gerade bin ich froh, dass mein Fahrrad mir den größten Teil meiner Kondition bewahrt hat.

Als er mir den nächsten kurzen Blick zuwirft, liegt darin so etwas wie Anerkennung. Ein Gefühl, das sich in winzigen Spuren auf mich überträgt. Es hat mich lange nicht mehr besucht, aber in diesem Moment sollte ich es fühlen. Nicht weil ich schneller laufe als die meisten Frauen, sondern weil ich laufe – mit all der Vergangenheit im Schlepptau, mit all der Angst in den Beinen und dennoch mit einem Hauch Hoffnung in mir.

Dann wird mir schlagartig etwas klar: Ich laufe mit einem anderen Mann. Verrate ich Cem gerade? Meine Beine wollen nicht mehr ganz wie ich. Der Typ merkt es sofort, er sieht zu mir herunter, genau in dem Moment, in dem mir Tränen in die Augen treten. Wird er nun stehen bleiben oder fliehen? Doch er macht etwas vollkommen Unerwartetes. Anstatt sich wie eben mir anzupassen, zieht er das Tempo noch etwas an. Und ich mache reflexartig mit, werde nicht nur so schnell wie zuvor, sondern noch das bisschen schneller, das ich brauche, um mit ihm mitzuhalten.

Die Tränen verschwinden, die Freiheit von eben kehrt zurück. Die Freiheit der Erkenntnis, einen Fuß vor den anderen setzen zu können, wenn ich es will.

In der nächsten Runde verlässt mich die Kraft langsam. Ich kämpfe gegen das aufkeimende Brennen in Beinen und Lungenflügeln, so ganz bin ich wohl doch nicht mehr in Form. Ich nicke hin zu dem Ausgang, an dem wir eben zu laufen begonnen haben. Anstatt sich zu verabschieden, hält er zu meiner Überraschung selbst darauf zu. Eigentlich wollte ich gehen, wenn ich die Straße erreicht habe, doch neben ihm muss ich laufen, muss mit aller Kraft gegen mich und jedes Brennen kämpfen, und zwei Straßen weiter geht mir auf, dass es Absicht ist und dass er mich nach Hause bringt. Einige Meter vor meiner Haustür laufe ich langsam aus. Als ich schwer atmend meinen Schlüssel herausziehe, nickt er nur stumm und dreht sich um, um zurückzulaufen.

„Hey", keuche ich, und er wendet sich mir noch einmal zu und läuft auf der Stelle weiter. „Danke."

Er lächelt. Strahlend und erstaunlich sanft für einen Fremden. „Ich hab noch nie eine Frau so laufen sehen wie dich." Und irgendwie klingt es auch nach der Bitte, nicht wieder aufzugeben.

Damit wendet er sich um, und ich schließe lächelnd die Tür auf. Ich trete in den kühlen Hausflur, lasse die Tür zufallen und steige immer noch schwer atmend die Treppen hinauf. Ich mache die ersten Schritte in die Wohnung, hänge den Schlüssel auf und dann, aus dem Nichts, löse ich mich in Tränen auf. Ich weine so sehr, dass sich mein gesamter Körper schüttelt, dass ich mit jedem Beben mehr in mich zusammenfalle, bis ich ein weiteres Mal auf dem Boden knie. Doch es ist kein Kauern, und es ist auch eine andere Art von Tränen als alle, die ich in meinem Leben je geweint habe. Bereits nach ein paar Schluchzern unterbricht das Geräusch immer wieder ein Lachen.

Es ist Erleichterung.

Ja, ich weine vor Erleichterung. Und ich weine, weil ich etwas über die neue Jess herausgefunden habe. Sie läuft immer noch so schrecklich gern, sie kann noch immer gegen Dämonen kämpfen und ja, sie kann tatsächlich furchtbar mutig sein.

„Danke", schluchze ich in meine Hände. Doch eigentlich gilt es Cem und einem Fremden, die mich etwas so Entscheidendes über mich gelehrt haben. Immer und immer wieder entkommt es den tiefsten Tiefen meines Herzens.

„Danke."

Kapitel 38

CEM

SIE umklammert mit beiden Händen die Platte mit den Muffins – ihre Miene zeigt eine Mischung aus Stolz und schlechtem Gewissen. „Ich war laufen", stößt sie dann hervor.

Ich reiße die Augen auf. „Heute?"

Sie nickt mit abgehackten, kleinen Bewegungen. Doch da ist noch immer dieses schlechte Gewissen in ihren Augen, das mich daran hindert, einfach loszujubeln.

„Da war ein Mann."

Mit einem einzigen Schlag, der sich wie Prügel anfühlt, sackt mir das Herz hinab. So tief, dass ich erwarte, es jeden Moment auf den Fliesen zwischen meinen Füßen zu entdecken.

„Wir waren nicht verabredet oder so", fügt sie schnell hinzu, „aber er hat angehalten, als ich schon dabei war, einfach wieder nach Hause zu gehen, weil ich Angst hatte und … Ich hatte ein so schlechtes Gewissen, ohne dich zu laufen, zu laufen, während du es nicht mehr kannst, und dann noch mit einem anderen."

Da glitzern Tränen in ihren Augen, die in meiner Kehle brennen. Sie schluckt. Ich schlucke.

„Er ist der Vater des Kindes, vor dem ich mich so erschreckt habe. Erinnerst du dich an die Geschichte?"

Natürlich tue ich das. Vermutlich erinnere ich mich an jedes einzelne Wort, das ihre Lippen seit meinem Erwachen verlassen hat. Und auch an ein paar, die es nur stumm von ihr bis zu mir geschafft haben. Doch ich kann nur nicken.

So eine abgrundtiefe Scheiße! Musste das nicht passieren? Dass sie irgendwann einen anderen kennenlernt? Einen irgendwie heilen, einen ohne Narben? Aber wie, zur Hölle, konnte das ausgerechnet nach gestern geschehen?

„Er hat wohl gesehen, dass ich Angst hatte, und hat auf mich gewartet, bis ich bereit war, neben ihm zu laufen."

„Und dann?", presse ich mit Mühe hervor.

„Dann bin ich mit ihm gelaufen." Sie senkt den Blick.

Pause?

Ende?

Sie schaut wieder auf. Ihre Miene sieht wie Ende aus.

„Ende?"

„Wie bitte?"

„Und dann?", frage ich noch einmal.

„Nichts dann. Ich bin mit einem anderen Mann gelaufen."

Verdammt, Jess! Mein Herz schnellt in meinen Brustkorb zurück, beinahe so weit hinauf wie zuvor. Mir ist nicht klar, ob ich vor Erleichterung lachen will oder ob ich auch diesem Zetern Beachtung schenken sollte, das mir verrät, wie weh es tut, nicht der zu sein, der neben ihr herrennt. Aber ich habe einfach keine Energie mehr für diesen kräftezehrenden Gefühlsscheiß und konzentriere mich lieber auf den anderen Teil.

„Okay."

„Okay?", fragt sie verwundert.

Hilflos hebe ich die Arme und lasse sie wieder fallen. „Was soll ich sagen, Jess? Ich hasse es. Ich bin so eifersüchtig, dass ich brüllen möchte." Sehr laut. „Aber ich hasse es noch um einiges mehr, wenn du meinetwegen gar nicht mehr läufst. Dass du dich getraut hast, ist der Wahnsinn."

Sie lächelt klein.

„Aber tust du mir einen Gefallen? Küss ihn nicht." Eigentlich wollte ich es wie einen Scherz klingen lassen, doch der Versuch ist wohl an der Realität hängen geblieben und hat sie in meine Stimme geschleust.

Zu meiner Überraschung lacht sie jedoch auf – auf diese gute Weise, die meine Befürchtung absurd bis lächerlich klingen lässt. „Er ist nicht mein Beuteschema", erwidert sie mit einem Zwinkern. „Ich steh eher so auf den südländischen Typ."

„Den südländischen Typ, der nicht neben dir herrennen kann?" Nun sitzt der spielerische Ton wenigstens ganz gut.

„Ich dachte an den südländischen Typen, der mich bald abhängen wird, sodass ich nur noch seinen Staub fressen kann."

Nun lache ich verdammt ehrlich auf. „Deinetwegen", füge ich dann sanft hinzu. Ich gehe ihretwegen wieder. Und ich werde ihretwegen wieder laufen.

Sie lächelt scheu. „Deinetwegen", erwidert sie dann. „Deinetwegen bin ich in den Park gegangen. Deinetwegen wollte ich mutig sein. Danke für dieses Stück Jess, das du mir gestern geschenkt hast. Es ist größer als alles, was ich seit Langem von mir besessen habe."

Sie beugt sich ein wenig vor, zuckt zurück, hält inne, beugt sich wieder herüber und küsst mich flüchtig auf die bärtige Wange.

„Er steht dir, der Bart", murmelt sie dann überraschend zärtlich, ehe sie sich räuspert.

„Es steht ein Kinobesuch aus", murmle ich zurück und kann beim nächsten nervösen Einatmen diese Mischung aus Zitrus und Karamell riechen, die ihre kurzzeitige Nähe in der Luft zurückgelassen hat.

„Ja", sagt sie nur. Es klingt wie die Bitte, ihr ein wenig Zeit zu geben.

Ein wenig. Ein ganz wenig schaffe ich vielleicht noch.

Kapitel 39

CEM

IN den kommenden zwei Wochen kann ich geradezu dabei zusehen, wie sie sich nicht nur im Park in alles verändernden Schritten vorwärtsbewegt. Sie backt immer wieder einzelne Kuchen in der Arbeitszeit, und manchmal nimmt sie sich halbe Tage frei, wie Emre und ich es auch tun. An einem dieser Tage sehe ich sie während meiner Mittagspause auf einer Bank im Schatten sitzen. Sie sitzt nur da, tut nichts, schaut in die Welt wie manchmal in mein Gesicht. Als wolle sie einen alten Freund wieder kennenlernen. Wie gern würde ich mich neben sie setzen, um gemeinsam stillschweigend die Welt zu entdecken. Und doch glaube ich, dass es gerade das Größte ist, dass es ihr nach all der Zeit noch einmal gelingt, allein das stille Nichts und, noch mehr, die Welt zu ertragen. Also setze ich mich auf eine Bank viele Meter entfernt von ihr und genieße die Aussicht auf sie, während ich esse.

Der Sommer ist heiß, und sie trägt wieder ihre alten Sachen. Ihre Kleider werden kürzer, dann wieder ein bisschen länger, noch kürzer. Der Fortschritt ihres inneren Ringens lässt sich an ihrer Rocklänge bemessen. Sie werden auch wieder enger, von Mal zu Mal scheint sie sie an der Taille einen Zentimeter fester zu schnüren. Am fünften Tag höre ich ein leises Klimpern, als sie mittags kommt, um Emre abzulösen. An ihrem Handgelenk schlagen klirrend die dünnen Armreifen gegeneinander, die sie immer geliebt hat. Ich hatte sie bereits vergessen, doch nun erinnert mich das Geräusch an helle Tage und an Nächte, in denen die Armreifen und das Mondlicht irgendwann das Einzige waren, was sie trug, während sich das Klimpern unter unseren aufgewühlten Atem mischte. Als sie meinen Blick bemerkt, wirkt sie für einen winzigen Moment, als streife sie sie gleich wieder ab, um sie auf ewig einzuschmelzen.

„Klingt gut", sage ich aufmunternd.

Da breitet sich auf ihrem Gesicht langsam ein Lächeln aus. So zerbrechlich. Furchtbar schön.

Von diesem Tag an trägt sie manchmal ein Paar ihrer unzähligen langen Ohrringe, manchmal eine Blumenspange im Haar und einmal, an Tag neun nach ihrem Durchbruch beim Laufen, sogar ein Fußkettchen. Dieses feingliedrige goldene Schmuckstück mit den Schmetterlingen um ihre schmale Fessel ist das Highlight meines Tages.

Und dann, an Tag elf, kann ich nicht anders, als bei ihrem Anblick über das ganze Gesicht zu strahlen. Zum ersten Mal in diesem Sommer sehe ich sie mit lackierten Zehennägeln. Es ist nur ein zartes Rosa, und doch kann ich die paar Stellen ausmachen, an denen sie über die Ränder gemalt hat, ohne die überschüssige Farbe zu entfernen. Noch nie in meinem Leben habe ich so perfekt lackierte Zehennägel gesehen.

Auch ihre Körperhaltung verändert sich. Es ist nicht die alte. Doch Jess trägt ihr Kinn wieder höher, sie geht aufrechter und wirkt dadurch nach außen hin weniger angreifbar. Gleichzeitig bin ich mir sicher, dass ihre Verletzlichkeit und Zartheit nie wieder ganz verschwinden werden. Die Mischung ist so verdammt gut.

Was bleibt, ist diese eine Nuance Abstand zwischen uns. Sobald ich ihr näherkomme, kann ich es sehen, spüren, beinahe schmecken: Es geht um diese eine letzte Antwort, die alles verändert und die sie verweigert. Wenn ich mich nicht vollkommen irre, sogar vor sich selbst. Es ist die endgültige Antwort auf die Frage nach dem Wieso.

Wieso nicht mehr wir?

Ja, es sind grauenvolle Dinge passiert, und ich habe grauenvolle Dinge getan. Und doch spüre ich in jedem kleinen und auch großen Deshalb, dass es noch eine andere übermächtige, vielleicht alles unter sich begrabende Antwort gibt, nach der ich auf der Suche bin und vor der ich mich maßlos fürchte.

Gleichzeitig habe ich meine eigene Antwort bereits gefunden. Sie lautet Ja. Ein einziges Wort reicht, um zu sagen, wie meine Antwort auf Jess lautet.

Ja.

Sofort. In jeder Hinsicht. Ohne Widerrede.

Jess?

Ja.

Und ich wünschte, sie würde uns beiden ihre alles entscheidende letzte Antwort geben. Weil ich davon überzeugt bin, dass sie am Ende auch ihr Ja bedeuten wird, so oft sie mir auch das Nein unterzujubeln versucht.

Wie hat mein Herz gesagt? Diese Liebe reicht für mehrere Leben.

Kapitel 40

ALS merke auch die Natur den Umbruch, als wolle sie ihren Teil dazu beitragen, das Geröll, das mich so lange verschüttet hat, davonzuspülen, kündigt sich nach wochenlanger beinahe durchgehender Trockenheit der Regen an. Kein lächerlicher Mini-Regen, eine reinwaschende Gewitterflut. An diesem Nachmittag verfinstert sich der Himmel so schnell, als breche innerhalb von drei Minuten die Nacht herein. Die Wolken wollen gar nicht aufhören, ihrer Laune mit einem warnenden Dauergrummeln Ausdruck zu verleihen, die Luft scheucht flirrend die Gäste von ihren Plätzen.

Während Cem und ich draußen eilig alle Tische abkassieren, macht sich in mir eine altbekannte und doch lange nicht verspürte, kribblige Vorfreude breit. Der Wind verfängt sich in meinen hochgebundenen Haaren und löst zärtlich, aber bestimmt ein paar kürzere Strähnen. Mit unzähligen unsichtbaren Fingern streicht er über meine Haut. Er ist wild, aber warm, reißt sonnenvertrocknete Blätter und Blüten mit sich hinfort, wirbelt sie durch die Luft, peitscht sie für einen Moment in einem neuen Muster auf den Boden, ehe er sie wieder mit sich zieht, um sie neu zu formieren. Der Wind ähnelt dem Leben so sehr, dass er mich zugleich demütig und hungrig macht.

Diesen Moment, dieses flirrende Aufbäumen vor der großen Show, habe ich schon als kleines Mädchen geliebt. Wie gern würde ich die Arme ausbreiten und mich hineinfallen lassen in dieses alte Gefühl. Könnte ich es nur zu fassen kriegen, nur für einen Augenblick stillschweigender Sehnsucht umarmen.

„Fehlt noch einer?", ruft Cem über das Grollen des Himmels hinweg und hindert im letzten Moment den noch geöffneten Sonnenschirm daran, auf den nächsten Tisch zu stürzen.

„Alle abkassiert", rufe ich und laufe zu ihm. Während er den Ständer hält, klettere ich auf den nächsten Tisch, um die Leine zu lösen. Sobald ich vom Tisch gesprungen bin, bindet Cem ihn zusammen.

Ein krachender Donner lässt mich zusammenzucken, doch hier und jetzt ist das ein so ursprüngliches Geräusch, dass es mich nicht aus der Fassung bringt. Auch Emre ist nun draußen, um mit uns gemeinsam das Geschirr einzusammeln.

Die ersten Tropfen treffen auf meine Haut, sekündlich werden es mehr. Ich muss mich zusammenreißen, um mich auf das übrige Geschirr zu konzentrieren, statt mich im Kreis zu drehen. *Klack-Klack-Klack.* Auf dem Porzellan und den Tischplatten. Nicht bedrohlich, nur da. *Klack-Klack-Klack.* Die Teller sind klitschnass, die Tassen füllen sich langsam, während ich sie auf dem Tablett platziere.

„Lass es, Jess", ruft Cem. Doch in meinen Ohren klingt es, als riefe er: *Tanz!*

Ich blicke auf. Das Wichtigste steht drinnen auf dem ersten Tisch, keiner der beiden Männer sammelt noch etwas zusammen. Beide stehen unter dem Vordach, nass und die Blicke auf die Wassermassen gerichtet, die in die Gullys strömen und die kleinen Straßen der Innenstadt fluten.

Ohne weiter nachzudenken, stelle ich das ohnehin bereits bis zur Hälfte mit Regenwasser gefüllte Tablett auf den nächstbesten Tisch, schüttle die Flip-Flops von den Füßen, ziehe das Haarband aus meinem Zopf, breite die Arme aus wie Flügel und lege mit geschlossenen Augen den Kopf in den Nacken, um mich einmal langsam und genüsslich um die eigene Achse zu drehen. Der unverkennbare Geruch, den nur Regen nach Trockenheit hervorzaubern kann, findet durch meine Nase bis in meine Lungen und Seele, um sie zu weiten. Dicke, weiche Tropfen patschen mir ins Gesicht, rinnen hinab, und innerhalb von Sekunden ist auch das letzte Zipfelchen meines blauen Sommerkleides vollkommen durchnässt. Der Stoff klebt an meinem Körper, meine auf meinen Rücken fallenden Haare triefen, als wäre ich gerade aus unbekannten Tiefen aufgetaucht. Das Wasser umspült warm meine Füße, meine Zehen biegen sich, als könnten sie Wurzeln gleich mit dem Wasser auch Leben in meinen Körper saugen.

Leben ...

Wie lange habe ich mir nicht mehr erlaubt, mich von Kopf bis Fuß so lebendig zu fühlen? Doch nun scheint jeder der unzähligen Tropfen noch eine weitere winzige Spur der Trauer von mir zu waschen.

Der Gedanke lässt mich aufhorchen und nach Luft schnappen.

Kann ich das? Will ich das? Bin ich so weit, so schnell noch ein weiteres bisschen dieses Gefühls einfach im nächsten Gully verschwinden zu lassen?

Dann wird mir bewusst, dass es mehr ist als ein Nicht-Können, Nicht-Wollen. Es ist ein Gefühl des Nicht-Dürfens. Kraftlos lasse ich die Arme sinken und öffne die Augen. Mein Blick fällt auf die Männer, die von außen an der Glasfront des Cafés lehnen. Beide lächeln mich an – der eine zutiefst zufrieden, der andere so liebevoll wie womöglich nie zuvor. Keiner von uns beiden sieht weg, unsere Blicke halten Händchen. Und sein Blick flüstert es so deutlich, wie es früher sein Mund nahe meinem Ohr getan hat.

Gott, bist du schön.

Der Satz durchzuckt mich samtweich und schmerzhaft wie ein tiefer Schnitt. Doch während der Regen meine Haare, mein Kleid und irgendwie auch die Erleichterung immer fester an mich pappt, beharrt Cems Blick so vehement darauf, als wäre es einer der bedeutendsten Sätze der Welt.

Gott, bist du schön.

Der nächste Donner reißt mich unsanft in die Realität zurück, in der Cems Blick nur ein Blick ist, wenn auch ein verdammt schöner. Emre ist nicht mehr da. Er räumt drinnen einen Tisch ab und trägt bereits seine Wechselkleidung. Wie lange blicken wir uns denn schon so in die Augen? Hektisch drehe ich mich weg, lese meine Flip-Flops auf, die ein Stück weit den Gehweg hinuntergespült worden sind, und mache mich auf den Weg hinein, um mich auch umzuziehen. Als ich an Cem vorbeigehe, muss ich für zwei Schritte, fünf Herzschläge, die Augen schließen.

„Gott, bist du schön."

Ruckartig öffne ich die Lider und wende ihm mein Gesicht zu. Hat er das gerade wirklich geflüstert oder hat mein Ohr aus dem Plätschern des Regens die Worte geformt, die ich brauchte? Seine nasse Hand streicht mir das noch nassere Haar aus dem Gesicht. Er lächelt eindeutig so, dass er es gesagt haben könnte. Er lächelt so, dass ich für einen winzigen Moment meine kühle Wange in seine warme Handfläche schmiege und dann lieber ganz schnell eine Etage höher hinter meiner Wohnungstür verschwinde.

Ohne nachzudenken, ziehe ich mein Kleid über den Kopf. Meine Hand streift die Narbe auf Bauchhöhe, ich erstarre. Ich habe sie vergessen. Für ein paar Minuten, genau von dem Moment an, da Cem mich angesehen hat, als wäre ich für ihn so schön wie eh und je, habe ich sie einfach vergessen.

Ich wühle in meinem Schrank hektisch nach weiter Kleidung, nach etwas, was alles verdeckt, was das hier wegmachen kann, was sie mich wieder vergessen lässt, was … es nicht gibt.

Kraftlos fallen meine Arme hinab. Es ist verrückt, aber die Erkenntnis erwischt mich vollkommen unvorbereitet, so klar mir das alles auch jeden einzelnen Tag war: Das hier wird nicht verschwinden. Niemals, nicht einmal für einen einzigen Tag. Das hier ist ein Teil von mir, der sich weder in meiner Vergangenheit noch in meiner Zukunft, weder in meiner Seele noch in meinem Körper auslöschen lässt.

Ich stürze ins Bad und reiße das große Duschtuch von der Heizung, um mich vorübergehend darin zu vermummen. Dann kehre ich in das Zimmer zurück, zurück zu dem Schrank voller Trauerkleidung, in der ich so lange meinen Körper versteckt habe. Und irgendetwas will trotz allem, was hinter mir liegt, kein Grau und kein Schwarz mehr tragen. Nicht einmal ein Nachtblau.

Ich sinke auf das Bett und betrachte mit wachsender Verzweiflung die Stapel an Hosen und Oberteilen.

Gleicht es nicht Irrsinn, nach Kleidung zu suchen, die lauthals *Nicht okay* ruft, und zu glauben, dass sie ein *Irgendwie okay* in einem hervorrufen kann? Doch diese Frage verheddert sich mit einem anderen Gedanken, der mir etwas über die Jess der vergangenen anderthalb Jahre erzählt: Ich wollte gar kein *Okay*, ich war gar nicht bereit dafür, nicht einmal für ein *Irgendwie*. Ich musste mich in Trauer hüllen, weil sie keinen anderen Weg nach draußen gefunden hat, weil ich erstarrt und verstummt war. Doch nun, nach dieser zweiten schrecklichen Nacht, konnte sie nicht mehr so starr stecken bleiben. Und plötzlich gab es auch noch einen Cem, der reden wollte, der nach Antworten verlangte. Auf einmal gab es so viele Tränen und so viele Momente, in denen ich dank unserer Gespräche auch im Versagen den Mut, im Tod das Leben gewittert habe. Und mehr davon wollte.

Dieser Teil, der endlich inneres Grau hinausgebrüllt und schwärzeste Tränen geweint hat, will diese Kleidung nicht mehr. Es ist zu viel, es katapultiert mich zurück in eine Welt, der ich beinahe unbemerkt entwachsen bin. Sie passt nicht mehr richtig.

Der Gedanke macht mir ein schrecklich schlechtes Gewissen, er kommt mir vor wie Verrat an meinem Schicksal, an allem, was ich verloren habe. Ja, vor allem an Lucie.

Ich kann nicht weniger laufen, nur weil du es nicht tust, höre ich Cem.

Und Lucie wird nicht wieder leben, nur weil ich darauf verzichte. Sie wird nicht mehr leben. Nie wieder leben. Trotz aller Trauer und allem Schwarz wird sie niemals auf meinem Schoß sitzen, niemals meine Stimme hören, wie ich niemals ihre hören werde, sie wird niemals fröhlich klatschend mit mir erste Lieder singen. Ihr Herz hat mit meinem zu schlagen aufgehört, und anders als meines wird ihres nie wieder damit angefangen.

Mir entfährt ein Schluchzen. Kurz ist mir wieder nach Schwarz zumute, nach dem tiefsten, dunkelsten Schwarz überhaupt. Doch wenn diese Erkenntnis etwas wecken sollte, dann doch den Wunsch nach Leben. Ich bin die Einzige von uns, die es noch kann. Bin ich es ihr nicht sogar irgendwie schuldig? Oder rede ich mir alles gerade nur schön?

Wieder ist es ein krachender Donner, der mich in die Realität zurückholt. Mein Blick wandert zum Fenster. Noch immer regnet es in Strömen, und das heißt, dass es eine Etage tiefer vermutlich weiterhin sehr leer sein wird.

Zögerlich greife ich nach meinem Handy, noch zögerlicher wähle ich Emres Nummer.

„Hey, alles okay?", meldet er sich irritiert.

„Ja, ähm, du, ist viel los da unten?"

„Wir haben drei Gäste. Du darfst dir gern freinehmen, falls wir keine Eins-zu-eins-Betreuung gewährleisten wollen."

„Darf ich mir Cem kurz ausleihen?", frage ich unsicher.

Einen Moment ist es still. „Okay", sagt er dann. „Ich schick ihn hoch?"

Ich seufze erleichtert auf. „Das wäre toll."

„Kein Ding. Hoffentlich bewältige ich den Kundenansturm allein."

„Wir sind ja um die Ecke", erwidere ich lächelnd.

Kurz darauf klopft es an der Wohnungstür. Erst als Cems Brauen in die Höhe schnellen und er mit leicht geöffnetem Mund an mir auf und ab blickt, wird mir klar, dass ich noch immer nur das Handtuch umgeschlungen habe.

„O Gott, entschuldige, ich zieh mir sofort etwas an."

„Och." Die Hände in den Taschen, zuckt er übertrieben gleichgültig mit den Schultern. „Kein Problem. Ich will dir keine Umstände machen."

Ich unterdrücke ein Lachen. Seit einer Ewigkeit habe ich mich nicht mehr so sehr wie eine Frau gefühlt wie in diesem Moment. Beinahe nackt und doch eine Frau. Ich verdrehe übertrieben die Augen und gehe ins Schlafzimmer. Cem folgt mir bis vor den geöffneten Kleiderschrank.

„Ich weiß nicht, was ich anziehen soll."

„Okay." Er mustert mich, als wäre ich eine Fremde. Auch mir ist klar, dass das verdammt bescheuert klingt. Er kratzt sich etwas unbeholfen über den herrlich dichten Bart. Seit dem Erwachen hat er sich kein einziges Mal vollständig rasiert. Es ist grausam sexy.

„Jess, ich bin mir nicht sicher, wofür das ein Geheimcode ist."

Ich atme tief durch und zeige zuerst auf die Seite, die Trauer trägt, und dann auf die, die ich so gern wieder ganz in mein Leben lassen möchte.

Cem wirft mir noch einen fragenden Blick zu, tritt dann aber an den Schrank und zeigt auf die trauernde Seite. „Was ist das hier eigentlich alles? Ich meine, wieso …" Er wendet sich mir wieder zu und verstummt dann mitten im Satz.

Meine Lippen sind aufeinandergepresst, hinter meinen Augen brennt es wie die Hölle. Langsam trete auch ich an die tristen Stapel und fahre mit den Fingern an ihnen entlang. Zu meiner Überraschung macht sich bei der Geste in mir so etwas wie Dankbarkeit breit. Denn all die Hosen, all die Shirts und Pullover waren für mich da, als ich nichts anderes hatte, um auszudrücken, wie sehr ich an den dunkelsten Tagen wünschte, dass auch mein Herz nie wieder zu schlagen begonnen hätte.

Es kostet mich einige beherrschte Atemzüge, bis ich darauf vertraue, dass das Brennen in meinen Augen nicht lauter sein wird als meine Worte. „Nachdem ich Lucie verloren hatte, war der Bauch noch so", ich schlucke, „anders. Das hat mich ganz verrückt gemacht. Verrückt vor Traurigkeit und Einsamkeit. Sie war ein Teil von mir, und dann war sie ... tot."

Das letzte Wort ist nur ein verzweifeltes Krächzen. Meine Lippen zittern im gleichen Takt wie meine Seele. Noch nie habe ich es ausgesprochen. Lucie, mein Mädchen, der kleine Mensch, auf den ich für immer und ewig aufpassen wollte, ist tot. Cem lässt sich auf das Bett sinken, als könne er unter der Schwere des Wortes nicht mehr stehen.

Wie gern würde ich mich wieder ins Nichts flüchten. Doch ich kann es nicht finden, dieses Nichts. Es ist mir verloren gegangen mit dem *Nicht mehr*. Wenn ich bin, sind auch meine Gefühle. Das wird mir schlagartig bewusst.

Zögerlich setze ich mich mit Abstand neben Cem. „Bunt ging nicht mehr", wispere ich. „Und ich wollte ihn nicht fühlen, den Bauch, den Körper, der sie verloren hat. Und irgendwann wollte ich *mich* nicht mehr fühlen. Ich wollte nichts, was anliegt, was das zeigt, was noch da ist, wollte nichts tragen, was schön ist. Nichts, was so tut, als wäre ich es noch, als wäre ich eine ... richtige ... Frau", bringe ich mit letzter Kraft hervor.

Cems Miene bewegt sich irgendwo zwischen Entsetzen und tiefstem Mitgefühl. „Jess, du bist eine richtige Frau. Du bist nicht weniger Frau als je zuvor. Und du bist schön. Was immer du tust, was immer dir geschieht, bist du auch immer schön."

Ich schüttle nur den Kopf. Kurz kann ich meinen Schmerz in seinen Augen lesen, dann atmet er einmal tief durch und beginnt, leise zu reden.

„Ich habe mir immer vorgestellt, Lucie würde wie du diese Fältchen auf dem Nasenrücken haben. Ich war so unglaublich neugierig auf sie, weißt du? Ich habe gedacht, sie würde lachen wie du, tanzen wie du. Manchmal, da holen mich Gedanken wie dieser so unvorbereitet ein – ein Bild, ein Traum von ihr. Dann kann ich nur noch heulen. Dann fühle ich mich so unglaublich bestohlen."

Nun rollen mir ein paar Tränen über die Wangen. Ich nicke. „Ich habe ein paarmal von ihr geträumt. Manchmal nur, dass sie noch in meinem Bauch wäre, dass ich sie fühlen konnte. Manchmal habe ich sie so genau vor mir gesehen, als hielte ich sie im Arm. Immer hatte sie schwarze Haare und deine Augen. Sie war eine einzige kleine Lichterkette."

Er lächelt schrecklich traurig, ehe er sich herüberbeugt, seine Hand in meinen Nacken und seine Lippen auf meine Stirn legt. Ich rutsche ein Stückchen näher und streiche ihm durch das Haar an seinem Hinterkopf. Es ist weich und hinterlässt ein Gefühl, als sollten meine Finger es häufiger berühren, um sich besser zu fühlen. Mit einem Mal fühlt sich mein Ringfinger so schrecklich einsam ohne diesen Ring. Wie ein Ruderboot ohne rettende Ruder, wie ein Kornfeld ohne sich sanft wiegendes Korn.

Cem lehnt sich wieder zurück und nimmt meine Hand in seine. Sein Daumen streicht über meinen Ringfinger, als hätte seine Hand ähnliche Gedanken wie meine.

„Wahrscheinlich", beginnt er dann leise, „würde sie Gelb mehr mögen als Grau, und das Klimpern bunter Armreifen würde sie glücklich machen. Womöglich würde sie es selbst einmal versuchen wollen, dieses Klimpern. Säße den ganzen Tag da und würde klimpern und klimpern."

„Und wir hätten gelacht."

Das Leben in einem unaufhörlichen Konjunktiv zwei erscheint mir mit einem Mal so sinnlos. Ich will kein Leben im Irrealis, ich will ein Leben-Leben – sogar, wenn es so vollkommen anders ist als alles, was ich mir jemals erträumt habe. Dieses Wäre, das Hätte und das Könnte machen mich müde und leer. Sie rauben mir alle Hoffnung, und am Ende rauben sie mir mich, wie sie mir meine Träume und meine Tochter geraubt haben.

Und doch … „Ich kann Lucie nicht gehen lassen", wispere ich. Jeder lautere Satz würde an so vielen Stellen brechen, dass ich ihn nicht annähernd zu etwas Sinnvollem zusammengesetzt bekäme. „Ich kann sie nicht aus meinem Herzen aussperren, um etwas Neues zu beginnen."

„Das sollst du doch gar nicht. Sie darf in unseren Herzen bleiben, aber in die Freiheit finden. Ist das nicht so bei Kindern? Irgendwann musst du sie aus deinem Körper entlassen, dann von deinem Schoß und eines Tages aus deiner Wohnung. Aber niemand würde von uns verlangen, dass wir sie jemals aus unseren Herzen entlassen. Am allerwenigsten sie selbst. Aber sie hat Freiheit verdient. Und du auch."

Ich nicke. Wir alle haben Freiheit verdient, Cem und ich haben ein Leben-Leben verdient.

Ohne meine Hand loszulassen, steht Cem auf und tritt vor die Seite meines Schrankes, die nach Leben schreit. Sein Blick wandert die Stoffe entlang, ehe er auf mein Lieblingskleid zeigt.

„Ich bin für Gelb", sagt er entschieden. „Auch wenn die Gefahr besteht, dass du darin erschreckend schön bist."

Ich komme nicht gegen das Zucken in meinem Mundwinkel an. „Also das gelbe", murmle ich und mache mich mit dem Kleid und trockener Unterwäsche auf den Weg ins Badezimmer, um mich umzuziehen.

„Jess?"

Die brüchige Stimme lässt mich mich umwenden. Cem steht da, plötzlich mit Tränen in den Augen und zitternden Lippen.

„Ich habe das noch nie gesagt, aber du hast recht."

Fragend sehe ich ihn an.

„Mein Mädchen ist tot."

Mir entweicht alle Luft, Kleid und Unterwäsche gleiten aus meinen kraftlosen Händen zu Boden.

„Meins auch", krächze ich.

Er nickt, ehe wir aufeinander zugehen und uns in die Arme schließen. Heute bebt sein Körper nicht weniger als meiner. Wir brauchen Zeit, sehr viel Zeit, um zu weinen, um uns wieder aufzurichten, um uns gegenseitig einfach noch eine Weile zu halten. Zum ersten Mal trauern wir gemeinsam.

Trotz fehlender Arbeit gehen wir irgendwann wieder runter. Der Rest der Schicht verläuft so ruhig, als traue sich selbst nach dem Regen niemand mehr vor die Tür. Also setzen wir drei uns an einen Tisch, wie wir es früher manchmal getan haben, wenn nichts los war, wir aber Zeit miteinander verbringen wollten. Wir essen aufgebackene Poaça von Emine, machen uns den besten Cappuccino der Welt und spielen Karten wie in manchen Sommernächten auf der Terrasse nach Feierabend.

Es fühlt sich befreiend an. Wir sind einfach drei Freunde, wir lachen, wir erzählen Cem Anekdoten aus der Zeit, an die er sich nicht erinnert, und Cem sieht immer wieder zu mir herüber, als wäre ich in dem Kleid und auch sonst erschreckend schön. Und irgendwann frage ich mich, ob Lucie jetzt mit sahneverschmiertem Mündchen und Muffin-Krümeln an den Bäckchen neben uns säße, wenn sie bei uns hätte bleiben dürfen.

Der Gedanke tut schrecklich weh, aber in den vergangenen Wochen tat so unsagbar vieles schrecklich weh, um mich am Ende ein wenig zusammenzusetzen. Und zum ersten Mal glaube ich daran, dass Gedanken wie dieser auf Dauer auch etwas wirklich Schönes und vielleicht sogar Heilendes haben können. Weil sie immer mein Mädchen sein wird. Das einzige, das ich jemals hatte. Das einzige, das ich jemals haben werde.

Früher als sonst räumen wir das Wenige auf, was heute anfällt. Kurz bevor wir fertig sind, überkommt mich ein seltsamer Abschiedsschmerz. Erst als ich wage, ihm genauer auf den Grund zu gehen, begreife ich: Etwas in mir glaubt wirklich daran, dass es in diesem Raum jemanden gibt, der nicht gehen, sondern hier bei mir bleiben sollte. Womöglich für immer.

Gerade als dieser Gedanke durch mich hindurchstreunt und nach einer Brücke zwischen meinen drei Leben sucht, unter der er übernachten kann, ohne mich die ganze Nacht wachzuhalten, spüre ich Cem hinter mir. Ich wundere mich, dass ich nicht zusammenschrecke, denn er ist so nahe, dass ich glaube, sein Herz an der Hintertür meines Herzens anklopfen zu fühlen.

„Du hast gelogen, Jess", wispert er mir über die Schulter hinweg ins Ohr.

Meine Nackenhärchen richten sich auf. Meine Augen schließen sich, ausgelöst von seiner Nähe, von seinem Geruch, der so intensiv ist, als hätte der Regen ihn reingewaschen. All das hüllt mich zugleich so fest und so weich ein, dass ich es auf meiner Zunge zu schmecken glaube. Ich habe lange nichts so Köstliches mehr gekostet wie Cems Nähe.

„Was meinst du?", hauche ich.

„Du hast gesagt, es wird leichter werden. Aber es wird nur immer und immer schlimmer. Immer und immer schlimmer, je häufiger ich dich ansehe, je häufiger ich dir zuhöre, je häufiger ich die Mischung aus deiner Seife und Karamell rieche. Nur immer und immer schlimmer."

Seine Nase streift unendlich sacht mein Haar am Hinterkopf. Vielleicht ist es auch nur sein Atem. Vielleicht sind es sogar nur seine Worte. Aber was immer es ist, es bringt mich um den Verstand.

„Ich finde, dass du das wissen solltest. Du solltest wissen, dass du eine furchtbare, grausame Lügnerin bist, Jess."

Die Beschuldigung erweckt ein Lächeln auf meinen Lippen. Weich wie Federn fühlt es sich an auf meinem Gesicht. Am liebsten würde ich schnurren. Es ist mir so unsagbar egal, was mich gestreift hat. Denn so oder so, es war ein Teil von Cem.

„Schlaf gut, liebste Lügnerin", wispert er. Und dann sind es nach seinen Worten eindeutig seine Lippen, die für einen Moment meinen Kopf streifen, um einen kleinen, perfekt platzierten Kuss zu hinterlassen.

Erst als auch die Glocke an der Tür mir erzählt, dass Cem weg ist, wage ich aufzublicken. Er hat den tollsten Rücken der Welt.

O Gott. Es wird nur immer und immer schlimmer.

Heute sind es keine quälenden Gedanken, die mich wachhalten. Nach langer Zeit denke ich noch einmal an den Anfang, an den Anfang-Anfang von Cem und mir und nicht an den meines zweiten oder dritten Lebens.

Ich erinnere mich an unsere Fahrt nach Amsterdam. Mir fällt der Moment ein, als ich beim Anschnallen plötzlich schrecklich nervös wurde. Nicht wegen dieser Serienmörder-Sache. Sondern weil ich nie sehr lange über Dinge nachdachte, wenn ich sie tun wollte. Und beim Einrasten des Gurtes wurde mir mit einem Mal bewusst, dass ich nun eine wirklich lange Zeit mit diesem Menschen würde verbringen müssen. Auch wenn er dabei auf die Straße vor sich sehen würde und ich die Lichterketten nicht betrachten könnte. Kein Mensch dieser Welt besteht nur aus Lichterketten – das musste ich mir schon damals eingestehen. Und dann wurde mir klar, dass ich gar keine Lichterketten kennenlernen wollte, sondern den Menschen dahinter.

„Wie heißt du eigentlich?", hörte ich mich fragen.

Er lachte leise und blickte dann zu mir. So viel Licht in einem einzigen Menschen. „Cem."

Ich nickte, und der Klang seines Namens in Kombination mit dem Nachhallen seines kurzen Lachens ließ mein Herz hüpfen. Jess und Cem … Unsere Namen klangen, als wären sie von Anbeginn der Zeit als Paar erschaffen worden.

„Ich bin nervös, Cem", murmelte ich dann, genoss das Gefühl seines weichen Namens auf meinen Lippen und betrachtete währenddessen sein Gesicht, um mich sofort abzuschnallen, sollte er jetzt auch nur falsch gucken.

Tat er aber nicht. Er legte die Schlüssel für das Auto, seine Wohnung und der Dicke des Bundes nach zu urteilen auch für eine ganze Menge andere Orte, die für ihn von Bedeutung waren, genau in die Mitte zwischen uns und sah mich an. Da war so manches Funkeln, so manches Strahlen, aber da war auch noch so viel mehr, was ich unbedingt ergründen wollte.

„Ich auch", erwiderte er, und sein Kopfschütteln sah aus, als wäre er genauso unschlüssig wie ich, was wir jetzt mit der Information anfangen sollten. Dann lockerte er mit einem Mal entschieden seinen Gurt und zog das eine Bein auf den Sitz, um sich mir zuzuwenden.

„Wir müssen nicht fahren, wir können uns einfach in den nächsten Park setzen." Er schwieg – so lange, dass mein Herz die Möglichkeit bekam, schrecklich schwer zu werden bei dem Gedanken, jetzt einen Rückzieher zu machen. „Aber wenn ich ehrlich bin", fuhr er dann fort, „würde ich es wirklich gern riskieren, dass wir uns nach einer halben Stunde nur noch anschweigen, um die Chance zu haben, es nicht zu tun."

Ich grinste breit. Er grinste breit.

„Welches Lied würdest du jetzt hören, wenn du entspannt in deinem Wohnzimmer säßest?", fragte ich.

Er überlegte kurz, und allein, dass er die Frage ernst nahm, machte mich so etwas wie sicher, dass ich diesen Gurt nicht lösen würde, um auszusteigen, selbst wenn er jetzt irgendeine Heavy-Metal-Band nannte.

„Jack Johnson. *Better together*", entschied er jedoch, und ich war mir nicht sicher, ob er eine nicht ganz so subtile Botschaft übermitteln wollte oder das tatsächlich seine erste Wahl war. Sicher war ich mir jedoch darüber, dass es am Ende egal war. Er hatte sich entschieden – für einen Tag mit mir und die Vorstellung, dass genau wir gemeinsam besser sein könnten als jeder für sich allein.

Also grub ich das Lied auf meinem Handy aus und stellte es an. „Na, dann lass uns mal Amsterdam suchen gehen", sagte ich mit einem Zwinkern, was ihn wieder nach dem Schlüsselbund greifen ließ.

Dieses Gespräch damals … so lange habe ich nicht mehr dran gedacht. Und jetzt ist sie wieder da, unsere Geschichte, und auch dieses Gefühl, den Mann bis in den letzten Winkel kennenlernen zu wollen, der mittlerweile vielleicht ein paar weniger leuchtende Glühbirnchen, aber so viel mehr Geschichte in seinen Augen hat.

Und vielleicht geht es darum – sowohl für mich als auch für ihn: die Frage zuzulassen, wer wir sein könnten, wenn wir nicht nur zornig und traurig und enttäuscht vom Leben sind, sondern mutig. Vielleicht kann man ja mutig sein, ohne es zu bemerken, während einem Angst so offensichtlich entgegenschreit. Vielleicht sind wir manchmal am mutigsten, indem wir joggen und Gelb tragen, indem wir unsere festgefahrenen Helden-Bilder ändern, indem wir lieben oder einfach morgens aufstehen, obwohl alles in uns brüllt, dass wir all das nicht mehr können. Einfach schrecklich und manchmal auch erschreckend mutig halt. Indem ich wenigstens die Hoffnung zulasse, dass Cem durch all das, was passiert ist, auch mit Narben umgehen kann.

Genau das ist der Moment, in dem ich weiß, dass Emre recht hat. Ich muss Cem die Wahrheit sagen, die ganze Wahrheit. Und ich muss darauf vertrauen, dass er anders mit ihr umgehen wird als damals, als es uns beide hat so tief stürzen lassen.

Also greife ich nach dem Handy und wähle seine Nummer, um den ersten Schritt zu gehen.

„Hey, alles okay?", fragt er.

Ich muss ihn geweckt haben. Ich blicke auf das Display. Ein Uhr sieben. O Mann, natürlich habe ich ihn geweckt, ich Idiotin. Er klingt so verschlafen, dass ich seine Morgenhaut zu riechen glaube.

„Ja, alles okay. Tut mir total leid. Ich wusste nicht, wie spät es schon ist."

„Bin lange nicht mehr so gut geweckt worden", brummt er. Nun sehe ich auch noch sein Morgenlächeln vor mir.

Es wird nur immer und immer schlimmer ...

„Ich habe ein paar Fragen", beginne ich leise. „Du musst sie mir nicht beantworten. Oder vielleicht beantwortest du sie mir einfach irgendwann. Zwischen den Zeilen oder ein paar Herzschlägen."

In seinem nächsten Ausatmen kann ich sein Lächeln nun auch deutlich hören.

„Wie viele Tränen musst du noch weinen, Cem?"

Ich hoffe so sehr, er kann hören, dass es okay ist, dass er weint. Mehr noch: dass ich es sehen will, wenn er es wie heute tut, dass er nie wieder zumachen soll und dass der Schmerz etwas ist, wovon ich wirklich hoffe, dass wir ihn gemeinsam eines Tages tragen können.

„Wo ist der Schalter für die am wärmsten funkelnden Lichterketten in deinen Augen?" Ich bin mir beinahe sicher, dass die Frage allein ein paar von ihnen zum Aufglimmen gebracht hat.

„Wohin wirst du zuerst rennen, wenn du es wieder kannst?"

Vor der nächsten Frage muss ich selbst tief durchatmen.

„Denkst du immer noch als Erstes an mich, wenn du ans Küssen denkst?"

Ich glaube, sein Brummen heißt Ja.

Und dann stelle ich die letzte Frage, die vielleicht irgendwann auch zu der mit dem Küssen zurückführt. *Mutig. Sei mutig, neue Jess. Du musst den neuen Cem eigene Entscheidungen treffen lassen.*

„Gehst du morgen mit mir ins Kino?" Das Vibrieren in meiner Stimme lässt keinen Zweifel daran, dass ich von einem Date spreche.

„Ja." Es könnte nur eine geraunte Silbe sein. Ist es aber nicht. Es sind ein Jubeln, eine Million Worte und noch ein paar mehr Gefühle, die darin Unterschlupf gefunden haben. „Zwei gute Freunde, die ins Kino gehen?"

Ich grinse so breit, dass ich die Nasenfältchen sogar spüren kann. „Die allerbesten."

Er lacht leise.

„Schlaf gut, bester Freund", wispere ich.

„Schlaf gut, beste Freundin", wispert auch er.

Kapitel 41

CEM

„VERSCHWINDET schon", befiehlt Emre stöhnend.

„Wir können echt noch", beginnt Jess, doch Emre wirft ihr einen Blick zu, lauter als jedes aussprechbare Nein.

„Leonie ist in zwanzig Minuten da, also bitte." Seine Hand macht eine wegscheuchende Geste. „Kauft euch noch ein Eis oder so."

Als Jess kurz nach oben in ihre Wohnung geht, sieht er mich ernst an. „Was auch immer passiert, benimm dich bitte nicht wie ein Vollidiot. Das hatten wir schon, okay?"

Mein Blick changiert zwischen fragend und irritiert. „Was soll denn bitte passieren?"

Die Tür öffnet sich wieder, Jess ist zurück, und für einen Moment vergesse ich bei ihrem Anblick diese Vollidiot-Warnung und starre sie zumindest wie einer an. Wir haben den ganzen Tag miteinander gearbeitet, und doch … Als sie nun so dasteht mit dem scheuen Lächeln auf den Lippen, der roten Blume im Haar, ihrem hellblauen Kleid, das ihre Augen noch blauer macht, und ich dann auch noch den roten Nagellack auf ihren Zehennägeln bemerke, die den Tag über in Ballerinas versteckt waren, da fühle ich mich genau so, wie ich mir immer vorgestellt habe, dass ich mich fühlen würde, wenn sie im Standesamt Ja sagte. Ja zu mir.

In meinem Rücken räuspert sich Emre.

„Okay", beginne ich und klatsche einmal in die plötzlich viel zu warmen Hände, um mich selbst anzufeuern, „dann lass uns mal losziehen."

„Okay." Sie scheint dankbar zu sein, sich endlich bewegen zu dürfen.

„Viel Spaß." Emre klingt so fröhlich, als wäre das hier sein Date.

Als ich mich in Bewegung setze, spüre ich noch ein leichtes Klopfen auf meinem Rücken. Ob das Emres *Toi, toi, toi* oder doch noch eine letzte Warnung wegen dieser Vollidioten-Sache ist, weiß ich nicht. Nur frage ich mich nun wieder, was mich dazu veranlassen könnte, mich so danebenzubenehmen, dass man mich vor mir selbst warnen muss.

Lange war ich nicht mehr so befangen wie in den ersten Minuten, in denen ich schweigend und langsam neben Jess herlaufe. Gern würde ich ihre Hand nehmen.

„Danke, dass du gefragt hast." Das klang etwas hölzern. Oder auch wie ein ganzer beschissener Gartenzaun.

Sie blickt zu mir auf, ihr Lächeln ist angespannt. „Na ja, du hast zuerst gefragt. Irgendwie zweimal."

Ich nicke, und dann schweigen wir wieder. Oh, verdammt ... Doch gerade, als ich mich frage, ob sie die Verabredung bereits bereut, fällt mein Blick wieder auf ihre feingliedrige Hand, nach der ich so gern greifen will. Da muss ich lächeln. Wir schlendern seitenversetzt im Gleichschritt. Unsere einander zugewandten Arme, unsere Hände baumeln im Gleichtakt, als tobe in Jess der gleiche Wunsch wie in mir. Und mit einem Mal kann ich es fühlen – zwischen meinen Fingern, an meiner Handfläche, bis in die Spitze meines Daumens und die Kuppe meines kleinen Fingers kann ich es spüren. Für das Auge unsichtbar sind unsere Hände bereits miteinander verwoben. Und das nimmt mir eine ganze Menge Druck.

Sie isst noch immer Eiskonfekt, dessen Schachtel sie bereits zu Beginn der Werbung geleert hat. Sie mag ihr im Anschluss daran in Angriff genommenes Popcorn noch immer salzig und trinkt dazu einen Dreiviertelliter Limonade, wovon mir schon beim Zusehen schlecht wird. Sie zieht wie damals ihre Schuhe aus, sobald der Film beginnt, um die Beine auf den Sessel zu ziehen, und sie bekommt diesen altbekannten angespannten Zug um die Lippen, wenn jemand in der Nähe die Stimme nur minimal erhebt. Und ich liebe es. Alles daran. Selbst das mit dem Schlechtwerden ist beinahe gut, weil es zu einem Kinobesuch mit Jess dazugehört. Was neu ist, ist ihr Zusammenzucken bei Szenen, deren Lautstärke sie offensichtlich unterschätzt hat, und dass sie leiser lacht. Aber auch das: seltsam perfekt.

Und dann ist da noch diese Hand, die nach dem Popcorn greift statt nach meiner, und ihr Arm, der zwischendurch meinen streift. Für einen kurzen Moment bin ich jedes Mal enttäuscht, dass es dabei bleibt. Ich kann nicht einmal sagen, was ich mir von dem Abend erhofft habe. Vielleicht ist es die gleiche Idiotie wie mit der Idee der alten Jess. Ich erwarte die ganze Zeit, dass es ist wie früher, anstatt das zu bejubeln, was ich jetzt habe.

Und was ich habe, ist verdammt gut.

Von dem Zeitpunkt an, da ich mir das klarmache, ist es einer der besten Kinobesuche meines Lebens. Als wir den Saal knapp zweieinhalb Stunden später verlassen, habe ich rund fünfzehn Prozent Film und fünfundachtzig Prozent Jess geschaut, ohne etwas verpasst zu haben.

Ich muss mir eingestehen, dass ich an diesem Abend echt unbeholfen bin, was ich bei Frauen nie war. In Jess' Gegenwart ist es besonders seltsam, nicht zu wissen, was ich mit meiner Stimme und meinen Händen anfangen soll.

Nach langer Zeit will ich noch einmal zurück nach früher und ertappe mich dann zum ersten Mal dabei, dass ich es irgendwie doch gar nicht mehr will. Ja, ich will wieder richtig laufen und mich erinnern können. Ich will nicht angepinkelt worden sein und ich will Jess und mich zurück – die unverkrampfte Version, die ständig küsst und redet und lacht und sich gegenseitig auszieht und nebeneinander einschläft und aufwacht. Aber ich werde um keinen Preis genau diese Frau hier wieder hergeben.

JESS

„Willst du einen Shake trinken?" Er klingt auf eine Weise unsicher, die das Eichhörnchen zum Rumhampeln bringt, sodass ich mir von innen auf die Lippe beißen muss, weil ich sonst vermutlich beginne, schrecklich zu kichern, und einfach nicht mehr damit aufhören kann.

„Klar."

Wir schlendern zum Eiscafé und stellen uns in die kurze Schlange.

„Erdbeere?" Es klingt mehr nach einer rhetorischen Frage, und vermutlich ist das Benennen einer Obstsorte in anderen Ohren als meinen auch nichts, was einen beunruhigen sollte. Doch mein Kopf stellt sofort die Warnleuchten an.

„Womöglich bin ich noch nicht bereit für Erdbeere. Lass mich mit Vanille beginnen."

„Wieso bist du nicht bereit für Erdbeere?", fragt er so irritiert, wie es angebracht ist.

O Mann, hätte ich mal einfach die Klappe gehalten und so getan, als hätte sich mein Geschmack geändert. Auch wenn die Unterhaltung jetzt endlich in Gang kommt, ist das echt nicht das Thema, das ich heute auf den Tisch bringen wollte.

„Wir haben an dem Abend Erdbeer-Shakes getrunken. In Mercy."

Er jedoch kneift nur die Augen ein wenig zusammen und mustert mich. „Wieso denke ich immer, du redest von Sex, wenn du von dem Abend sprichst?"

Ich schüttle leise lachend den Kopf. „Cem, wir hatten definitiv keinen Sex an diesem Abend. Komm damit klar."

Dann fällt mir etwas auf, nein, eigentlich überrascht mich etwas. Mein Kopf mag Alarm schlagen, aber mein Puls tut es nicht.

„Weißt du was? Ich glaube, Erdbeere wäre irgendwie so etwas wie okay."

„Erdbeere klingt gut", sagt er entschieden und bestellt.

Als wir weiterziehen, haben wir ein Stückchen der Anspannung an der Eisvitrine zurückgelassen.

„Sag mal, waren wir eigentlich vor dem Abend noch oft da oben?", beginnt er zögerlich.

„Auf dem Lousberg?"

„Ja."

Auf mich regnen so viele Bilder nieder, doch nicht kalt und erschaudernd, eher wie diese weichen Sommerregentropfen: wie wir Shakes auf dem Kofferraum trinken, ich ihm zu entkommen versuche, ehe er mich auf die Wiese wirft und küsst, wie wir lächelnd auf die

Stadt hinunterblicken, wie wir zu *Better together* tanzen und später in Mercy mit leise tobendem Hunger miteinander schlafen.

Er mustert mich. Ich habe wohl eine ganze Weile geschwiegen.

„Nein." Meine Stimme klingt so weich, gut weich. „Überhaupt nicht mehr."

„Wieso nicht?"

„Nach der Trennung …"

Ich hole tief Luft und rieche in der Sommerluft nichts als Cem. Wir beide Haut an Haut in Mercy … Ich zucke zusammen und stutze. Seit dem Unfall habe ich nicht mehr auf diese Weise an Sex gedacht. Als etwas, was in Verbindung steht mit mir. Mit mir als Frau. Mehr, als ihn zu küssen, habe ich mir nicht einmal in einem Traum erlaubt.

„Äh." Ich muss die Erinnerung wegblinzeln, ehe ich Cem wieder unverwandt ansehen kann. „Es hingen so viele Erinnerungen dort oben. Zu viele. Schöne. Und wir haben es beide nie wieder vorgeschlagen."

„Und wieso dann an dem Abend?"

„Du wolltest, dass wir angemessen Abschied von Mercy nehmen. Und ich …" Ich stocke. „Ich wollte auch dort hoch."

Kurz zögert er, dann fragt er doch. „Wieso wolltest *du* dort hoch?"

„Weil …" *… ein naiver Teil von mir bis zum Ende gehofft hat, du könntest mich trotzdem wollen.* „Keine Ahnung", lüge ich. „Vielleicht wollte auch ich eine Art Abschluss."

„Aha", murmelt er leise.

„Ich meine …" Nicht jetzt. Ganz bestimmt nicht heute. Ich will keinen Abschluss mehr. Ich will einen Anfang. Ich will daran glauben, dass es irgendeinen Neuanfang geben kann zwischen uns.

Cem schüttelt den Kopf, als müsse ich nicht weitersprechen. Ich tue es dennoch.

„Damals. Da brauchte ich ihn vielleicht."

Wir streifen durch die Gegend, und auch wenn wir nicht laufen, ist es so unsagbar befreiend, neben ihm herzugehen. Dann berührt sein Handrücken meinen, ohne dass ich sagen könnte, ob es Zufall oder wieder nur ein übermächtiger Wunsch war, der sie sich so sehr hat nähern lassen. Doch die Vorahnung von dem, was allein unsere Hände gerade in mir anrichten könnten, lassen Mut von meinen Fingerspitzen bis in mein Herz fließen.

„Wo ist Mercy?", höre ich mich fragen.

Überrascht sieht Cem mich an. „Zu Hause. Wieso?"

„Wir lassen die Türen offen, du sitzt die ganze Zeit neben mir ..."

Etwas in mir stiert mich in etwa so ungläubig an wie Cem.

„Okay", sagt er dann hastig, und gleichzeitig schlagen wir unsere neue Richtung ein, die mutigste.

Von der gegenüberliegenden Straßenseite aus betrachte ich mit hämmerndem Herzen Mercys Heck, auf dem ich bereits neulich so einige Dämonen besiegt habe. Auch wenn ich es nicht mit Sicherheit sagen könnte, glaube ich, es ist meine Hand, die sich als erste bewegt, um seine zu erreichen. Behutsam schließen sich seine Finger um meine. Ich sehe auf, nicke ihm zu, und dann setzen wir uns in Bewegung – den Bordstein hinunter, zwischen anderen Autos hindurch, über die Straße und den gegenüberliegenden Bordstein wieder hinauf. Bis zur Beifahrertür.

Erst als ich eine ganze Weile auf die Tür gestarrt habe, kann ich ein weiteres Mal aufblicken. Cems Miene ist erwartungsvoll gespannt. Als ich nicke, beugt er sich vor, um Mercy aufzuschließen, das Geräusch der sich bis zum Anschlag öffnenden Tür lässt mich schlucken. Er macht Anstalten, um das Auto herumzugehen, und erst, als er stehen bleibt, bemerke ich, wie verzweifelt ich mich an seine Hand klammere. Peinlich berührt lasse ich los. Lächelnd kommt er die beiden bereits zurückgelegten Schritte wieder zurück, seine Hände umschließen zärtlich mein Gesicht, ehe sich seine Lippen auf meine Schläfe legen und er dort murmelt: „Ich bin die ganze Zeit bei dir."

Die leisen Worte treiben ein wenig Anspannung aus meinen Gliedern und ein wenig kribbelnde Sehnsucht hinein. Langsam löst er sich, dann geht er um das Auto herum, ohne mich aus den Augen zu lassen, schließt die Fahrertür auf und öffnet auch sie bis zum Anschlag. Er sinkt zunächst langsam auf den Sitz, bis seine Augen hinter der Karosserie verschwinden, um dann in der Bewegung so schnell fortzufahren, dass er bereits einen rasenden Herzschlag später von drinnen zu mir herauszusehen vermag. Es ist so real, dieses nahende Einsteigen, dass ich an meinem Vorhaben zu zweifeln beginne. Als Cem meinen sich anschleichenden Sinneswandel bemerkt, lässt er sich rücklings auf den Beifahrersitz sinken. Die Handbremse muss in seinem Rücken schmerzen, doch ich kann nichts davon in seinem auf mir ruhenden Blick ausmachen. Da ist nur Zuversicht.

Wie er so daliegt, fällt mir ein, wie oft wir durch das gläserne Schiebedach in die Sterne gesehen haben. Und vor allem fällt mir ein, dass Mercy für uns immer schon ein Ort war, von dem aus man in die Sterne blicken kann. Es ist schön, dass ein solcher Gedanke noch einmal so einfach Realität werden könnte. Nur zwei, bei meinem Zögern vielleicht drei Schritte bis zur sternenbeschienenen Realität.

Cem erkennt ihn ohne Frage, diesen bedeutsamen Augenblick, in dem aus meinem Hoffen eine Entscheidung wird. Im selben Moment, da ich den ersten von zwei bis drei Schritten mache, richtet er sich langsam auf, um Platz zu schaffen für meinen Körper und diese Chance.

Meine Hand berührt den Bezug zuerst, und auch wenn es nicht der der Rückbank ist, weckt dieser Kontakt des Stoffs mit meiner Haut unzählige Erinnerungen. Zu meiner Überraschung sind es nur die schönsten.

Cems Blick klebt noch immer an jeder noch so kleinen Reaktion meines Körpers, als finde mein Puls bis an sein Ohr. Und dann sitze ich plötzlich. Eilig taste ich nach seiner Hand und finde sie so schnell, als hätte sie nur auf meine gewartet. Das ist gut. Das ist wirklich gut.

Der Geruch des Wagens ist vertraut und erinnert mich an eine grauenvolle Nacht und eine Milliarde grandioser Momente. Ich schlucke. Es schmeckt passenderweise noch ein wenig nach Erdbeer-Shake. Mein Blick fällt durch die Frontscheibe, durch die ich vor wenigen Monaten das Grauen betrachtet habe. Damals glotzte es erbarmungslos zurück. Heute steht dort ein harmloser weißer kleiner Wagen. Durch die Türen weht eine leichte Brise, streift sanft meine Wange und erinnert mich noch sanfter daran, dass ich heute keine Gefangene bin. Heute sitze ich hier nicht aus Angst, heute kostet meine Anwesenheit nichts als Mut.

Ich sehe zu Cem. In seinen Augen strahlen so viele winzige Lämpchen, dass wir auch auf der dunkelsten Straße Mercys

Scheinwerfer getrost ausgeschaltet lassen könnten. Würde er sich jetzt vorbeugen, um mich zu küssen, hätte ich nichts, rein gar nichts entgegenzusetzen.

Draußen fährt ein Auto vorbei, und jemand hupt aufgebracht Cems offen stehende Tür an. Ich fahre zusammen und bin kurz davor rauszustürzen. Aber manchmal macht *Fast* den kleinen, entscheidenden Unterschied zwischen gewinnen und verlieren.

„Sollen wir aussteigen?", fragt Cem leise.

Ich nicke, schwinge mich vom Sitz auf den Bürgersteig und werfe die Tür zu. Sanft. Denn etwas anderes hat Mercy nicht verdient.

Während Cem abschließt, blickt er über das Autodach zu mir herüber. „Hey, du Heldin."

Die Zartheit, die in der Kraft dieser Worte mitschwingt, lässt mich lächeln. Er kommt um die Motorhaube herum, um mich in seine Arme zu schließen und mich zur Belohnung einige tiefe Atemzüge lang Cem atmen zu lassen.

Und dann stehen wir auch schon vor seiner Haustür. Ich bin schrecklich nervös.

„Soll ich dich nach Hause bringen oder willst du noch mit hochkommen? Also nur so, meine ich." Das Angebot klingt so viel mehr nach *Oder auch komplett anders.*

„Okay", höre ich mich dennoch hauchen. Ein Kribbeln zieht seiner Wege von meinem Bauch über mein flattriges Herz bis in meine Lippen.

Kapitel 42

WIR sitzen einander zugewandt auf seinem Bett. Aus den Lautsprechern auf der Kommode dringt leise Musik von einer mir vertrauten Playlist.

Wir reden nicht viel, und ich glaube, das ist gut. Zwischen uns sind in letzter Zeit so viele bedeutungsschwere Worte gefallen, dass es nun an der Zeit ist, eine Weile gemeinsam einfach nur zu fühlen.

Irgendwann dreht Cem sich etwas weg, um nach der Fernbedienung zu greifen, und als das eine Lied endet, spielt mein Kopf auch nach all der Zeit automatisch bereits das nächste an. Sogar unter den nur beinahe erklungenen Gitarrenklängen versteife ich mich. Als sich stattdessen die Melodie des darauffolgenden Liedes im Zimmer ausbreitet, weicht die Anspannung mit jedem Ton ein wenig mehr aus meinem Körper.

Dankbar und entschuldigend zugleich blicke ich ihn an. „Ich wünschte so sehr, wir hätten damals nicht dort oben auch zu dem Lied getanzt."

Daran, wie trotz meiner etwas hilflos anmutenden Worte seine Mundwinkel zucken, erkenne ich, dass er das Wörtchen *getanzt* genau wie mein Kopf in diesem Fall eindeutig mit einem anderen Bild verknüpft.

„Ich wünschte, die anderen Erinnerungen lägen ganz woanders", füge ich leise hinzu. „An irgendeinem neutralen Ort. In einem Klub, auf einer Hochzeit, irgendwo, wo keiner von uns innerlich oder äußerlich in Einzelteile zerlegt worden ist."

Eine Weile lang blicken wir uns nur an, dann atmet Cem einmal tief durch, steht auf und hält mir die Hand hin.

„Komm schon, Jess."

Und ein weiteres Mal besitzt mein Name aus seinem Mund diese geradezu zauberhafte Fähigkeit, wie *Canım* zu klingen.

„Du kannst nicht dein Leben lang in Panik verfallen, wenn eine Gitarre die falschen Töne anschlägt."

Schon sitze ich gerader. „Schön, dass du das so lächerlich findest", zische ich.

Eigentlich komme nur ich selbst mir mit einem Mal lächerlich vor, weil ich mich vor einem Lied fürchte. Zudem vor einem so friedlichen. Und doch ist da auch die plötzliche Erkenntnis, dass mich genau dieses Gefühl noch vor Kurzem dazu gebracht hätte, mich unter der Decke zu verstecken, anstatt mich aufzurichten.

Er sagt nichts. Noch immer schwebt seine linke Hand in der Luft wie ein stummes Angebot, mich ein winziges bisschen heiler zu machen.

„Du warst heute so unsagbar mutig – schon wieder, ständig. Bitte, Jess."

Jedes seiner Worte hat so viel Liebevolles und auch Zartes im Schlepptau, dass ich nicht anders kann, als so tief durchzuatmen wie eben noch er und mich langsam zu erheben. Zögerlich lege ich meine Hand in seine. Und zucke im nächsten Moment zurück. Ein Stromschlag. Lange hat uns kein Schmerz mehr zum Lächeln gebracht.

„Okay", murmle ich lang gezogen wie er damals bei unserer allerersten Berührung im Schutze einer Kiste und meine eigentlich *Das war krass*.

Im nächsten Moment zieht er mich so sanft zu sich, dass ihm bei jedem einzelnen Zentimeter bewusst sein muss, wie schnell ich ein weiteres Mal zerbrechen kann. Als ich nahe genug bin, legt er seine rechte Hand auf meinen Rücken und zieht mich noch ein paar Zentimeter näher an sich, bis ich meine linke Hand auf seine Schulter lege. Meine rechte Hand legt er auf sein Herz und bedeckt sie warm mit seiner. In seiner Brust ist ein so heftiges Klopfen spürbar, dass ich es zu hören glaube. Oder vielleicht verstehe ich auch einfach nur, was es mir erzählen will? Vermutlich. Denn mein Herz scheint im gleichen holprigen Rhythmus zu pochen. Meine Angst antwortet seiner Angst. Meine Sehnsucht klopft bei seiner an.

„Ich starte jetzt die Musik", flüstert er.

Ich nicke.

Und dann erklingen sie. Die ersten fröhlichen Gitarrenklänge von *Better together*, die die Fähigkeit besitzen, mich in ihrer potenziellen Schönheit zu zerpflücken. Mein Körper versteift sich augenblicklich, meine Nackenhaare stellen sich in Windeseile auf, ich reiße die Lider auf, um nicht innerlich von hier zu verschwinden, um heute nicht doch noch eingesperrt zu sein in einer Karosserie, die jeden Moment gemeinsam mit meinem Körper erobert werden kann. Cem umfasst mich ein wenig fester, mit großer Wahrscheinlichkeit ist sein Arm das Einzige, was mich noch aufrecht hält. Seine Nase streift liebevoll über meine Schläfe, und als Jack Johnson die ersten Worte singt, beginnt Cem, sich langsam zu bewegen. Erst ist es für jeden Takt nur ein einziger Millimeter, dann werden es zwei, drei, fünf. Er lässt mich wieder biegsam werden für die Musik, vielleicht sogar für ein so bedeutendes Stück Leben, bis wir uns hin- und herwiegen.

Langsam wägen sich die Härchen in Sicherheit und legen sich eines nach dem anderen wieder hin. Ich vergrabe mein Gesicht an Cems Hals wie unzählige Male zuvor und viel zu lange nicht mehr und lege die Hand in seinen nicht perfekt rasierten Nacken. Die noch erstaunlich vertrauten Stoppeln kitzeln meine Fingerkuppen.

Er ist da. Cem ist noch da.

Tief sauge ich seinen Geruch in die sich wie weite Schwingen ausbreitenden Flügel meiner Lunge, in meine Seele, breite ihn wie eine Decke bestmöglich über all das, was diesem Lied Furchtbares anhaftet. Und so sehr ich auch weiß, dass ihm das bestimmt nicht allen Schrecken und schon gar nicht alle Bilder und Geräusche nehmen wird, die für andere gar nicht da sind, so sehr glaube ich doch auch, dass ich sie unter der Decke ein wenig verstecken kann, damit ich sie Stück für Stück enthüllen und ihnen eins nach dem anderen begegnen kann.

„Alles okay?"

Dieses Mal ist der Grund dafür, dass sich alle Härchen aufrichten, nicht das Lied und kein noch so kleiner furchtbarer Gedanke. Es ist einzig und allein sein Raunen nahe meinem Ohr.

„Mhm", mache ich leise an seiner herrlich braunen Haut und kann fühlen, wie sich auch seine Nackenhärchen aufstellen. Lächelnd streiche ich mit dem Daumen darüber. Kurz hält er unter meiner Berührung in der Bewegung inne, ehe er sich langsam wieder im Gleichtakt mit mir bewegt. Mein Daumen streicht weiter im Rhythmus der Musik über seinen Nacken, sein Daumen wandert zärtlich über zwei Wirbel zwischen meinen Schulterblättern.

Meine Augen schließen sich, und das Einzige, was bleibt, ist Cem. Sein Geruch, die Wärme seiner Haut unter meinen Fingern, seine Berührung.

Cem.

Vermutlich war ich zu diesem Lied noch nie so nackt wie in diesem Moment.

Langsam nähere ich mich ihm das letzte Stück, bis unsere Körper sich ganz berühren. Er atmet hörbar ein, als auch unsere Becken sich streifen. Das hinterherschleichende Ausatmen kann ich auf meiner Haut spüren und beiße mir auf die Lippe, um nicht aufzuseufzen. Nicht einmal, als ich nur in das Handtuch geschlungen vor ihm stand, habe ich mich so sehr als Frau gefühlt wie unter dem Klang seines rauen Atems. Es fühlt sich seltsam an, seltsam und wie die sekundenschnelle Reise in ein anderes Leben, ein erstes, als wäre es nie ganz verloren gegangen.

Sein Kopf bewegt sich, bis seine Lippen über die freiliegende Haut meiner Schulter fahren. Ich schnappe nach Luft. Seine Lippen wandern weiter, keine Küsse, nur warmer Atem und eine zärtliche Spur.

„Cem", wispere ich.

Er hält inne. „Aufhören?" Sein Flüstern ist rau, so rau. Schmirgelt einfach ein wenig neues, schäbiges Selbstbild ab.

Bloß nicht! Eigentlich wollte ich nur so unbedingt seinen Namen an meinen Lippen spüren. Anstatt zu antworten, bewegt sich mein Mund über seinen Hals.

Sein leise dahingelächeltes Ausatmen erklingt, ehe sich auch seine Lippen wieder einen Weg über meine Sommersprossen suchen, dann meinen Hals hinauf, meine Ohrmuschel, meine Wange entlang bis zu meinem Mundwinkel.

Seine Augen sehen genau in meine. Das Licht ist an. Eine ganze Festtagsbeleuchtung strahlt mir entgegen.

„Hi", wispert er kurz vor meinen Lippen.

„Hi", wispere ich lächelnd zurück.

„Ich liebe deinen Pony", murmelt er und streicht ihn mir mit beiden Händen zärtlich aus dem Gesicht und dann mit dem Daumen über die Narbe darunter. Und ich weiß, er meint, dass *ich* es bin, die er liebt. Ich, die alte neue Jess.

„Ich liebe deine Augen", murmle ich und lasse meine Daumen über seine breiten schwarzen Brauen fahren, unter denen es wieder funkelt – etwas anders, manchmal weniger, aber so, so schön funkelt. Seine Miene verrät mir, dass der alte neue Cem mein *Ich liebe dich* auch gehört hat.

Sein Kopf legt sich etwas schief, sodass ich weiß, meiner hat es auch getan. Seine Nase stupst von unten gegen meine. Millionen Male hat er das schon getan. Die letzten Millimeter zueinander überbrücken wir gemeinsam.

Wie vertraut einem etwas sein kann, was man beinahe anderthalb Jahre und ein ganzes Leben lang nicht gehabt hat. Die Art, wie sein Zeige- und Mittelfinger zusammen von der Kuhle an meinem Haaransatz meine Wirbelsäule hinunterfahren, das winzige Schaudern, als meine Hände unter seinem Oberteil den ersten Zentimeter warmer Haut erreichen, wie sich sein Becken leicht gegen meines drückt, der kehlige Laut, der dabei seine Lippen verlässt, wie seine Fingerrücken meine Taille hinunterfahren, ehe seine Hände sich auf meinen Hintern legen. Und wie er küsst. Wie er mich küsst, so weich wie niemand sonst mich je geküsst hat, vermutlich wie niemand sonst auf der großen, weiten Welt.

Es ist erstaunlich, wie das Leben einen ganzen Menschen verändern kann, ohne ihm seine Art zu küssen zu rauben.

Während unsere Zungen sich finden, gleiten meine Hände weiter unter sein Oberteil. Seufzend werden alle Erinnerungen daran wach, wie es ist, mit Cem zu schlafen, wie es sich anfühlt, wenn er in mir ist, wie sich dann sein Blick verändert. Erst als er stöhnend in mein Haar am Hinterkopf greift und seine Lippen sich fester auf meine pressen, wird mir bewusst, wie auch ich mich gegen ihn drücke. Mein Körper schiebt seinen in Richtung Bett, bis Cem uns dreht, damit er mich das letzte Stück vor sich herschieben kann. Vielleicht ist es wegen seines Beins ...

Und in genau diesem Gedankenmoment holt mich eine Erinnerung so brutal ein, als schleudere sie mich ein weiteres Mal durch die Frontscheibe einer Karosserie. Eine Erinnerung, die ich eben im genau falschen Moment zum ersten Mal vergraben hatte.

O Gott! So geht das hier nicht.

„Alles okay?" Seine Hand liegt an meiner Wange, er sieht besorgt zu mir herunter.

„Ich muss weg", höre ich mich krächzen.

„Aber ..."

Ich fahre mir mit den Handrücken über mein Gesicht, um die ersten Tränen wegzuwischen.

„Wenn ich irgendetwas ..." Er stockt. „Wir können reden. Einfach nur reden, Jess. Bitte. Ich meine ... Bitte!" Er sieht so schrecklich verzweifelt aus.

Ja, wir müssen reden.

Aber nicht jetzt und vor allem nicht so. Auf dieses Gespräch muss ich mich vorbereiten, um für uns beide die richtigen Worte zu finden. Wenn ich jetzt einfach rede, werde ich zusammenbrechen. Und er auch. Ein weiteres Mal vollkommen zusammenbrechen.

„Es tut mir leid." So leid. Kaum etwas anderes als leid.

„Jess!"

Doch da bin ich schon auf dem Weg zur Tür. Gerade als ich sie aufreißen will, stemmt sich eine Hand dagegen. Ich wirble herum. Cems aufgewühlter Atem stößt immer wieder gegen meine Lippen. „Geh jetzt nicht", atmet er Wort für Wort bis in mein Herz.

„So geht das nicht. Es wird genauso enden wie beim letzten Mal."

„Ich weiß aber immer noch nicht, was passiert ist", knurrt er beherrscht und atmet dann ein paarmal tief durch. „Ich habe Tinka geküsst. Ich kann es nicht ändern. Ich würde es tun, wenn ich es könnte. Sofort. Du sagst, es gab einen Grund, wieso ich es getan habe. Ich, das Ich, das hier und heute vor dir steht, glaubt, es kann keinen Grund geben, aus dem ich es jemals wieder tue. Ich werde keine andere küssen. Ich werde nur dich küssen. Ständig, Jess. Jedes einzelne Leben. Überall. Wenn du mich nur lässt."

Seine Worte schnüren meine Brust nur noch enger. *Überall.* Allein dieses eine Wort ist eine schallende Ohrfeige.

„Ist es wegen Lucie?", wispert er plötzlich schmerzhaft leise. „Wegen eines zweiten Babys?"

O Gott, mein Herz reißt.

Ich taumle die paar möglichen Zentimeter zurück. Mir dreht sich der Magen um. Da ist viel zu viel Platz für einen sich umdrehenden Magen.

„Wir haben so viel verloren. Wollte ich nach all dem kein Baby mehr?", fragt er rau.

Saurer Geschmack steigt in meiner Speiseröhre auf. Ich schlucke. Schlucke noch einmal. Der Geschmack bleibt.

„Sprich mit mir, Jess", krächzt er, als kratzten die Worte auch in ihm an einer steinernen Hülle. „Ich weiß, dass wir nicht reden konnten. Aber jetzt müssen wir es. Ich will mit dir reden. Ich will alles mit dir. Alles. Das ganze Leben. Jedes Leben, jedes Kind, das das Schicksal noch für uns bereithält. Jedes Kind."

Ich halte das hier nicht mehr aus. Schwankend drehe ich mich um, lege die Hand wieder auf die Klinke und drücke sie hinunter, doch Cem stützt sich auch mit der anderen Hand gegen die Tür.

„Wenn du nicht mit mir redest, hör mir bitte wenigstens zu. Wir können es noch einmal versuchen, Jess."

Meine Hand rutscht von der Klinke.

„Ich wollte Lucie so sehr mit dir. Ich weiß, es wird nicht *sie* sein. Aber es wird auch unser Baby sein."

Ich sterbe.

Wahrscheinlich denkt er, ich halte inne. Halte inne wegen seiner hoffnungsvollen, kämpferischen und so zärtlich gemurmelten Worte. Dabei ist es nur mein Herz, das innehält. Mein Scherbenherz, das zu Splittern zerfällt.

Unser Baby ...

Der Raum dreht sich so unkontrolliert wie ein von der Straße abgekommener Wagen.

„Wir können das alles immer noch haben. Ich bin bereit für all das. Ich will das. Beim letzten Mal bist du schwanger geworden, ohne dass wir es geplant haben. Es wird wieder funktionieren, wenn wir beide so weit sind."

Ich bekomme keine Luft. Kalter Schweiß bricht mir aus.

„Mit dir will ich das alles, Jess. Alles."

Ich werde nicht sterben. Es fühlt sich so an, aber ich werde nicht noch einmal sterben.

„Jess?"

Doch alles, worauf ich mein Herz richten könnte, hat es gerade in Splittern zurückgelassen.

„Jess!"

Und dann wird alles schwarz. So gnädig schwarz.

Kapitel 43

ALS das Schwarz dem Grau weicht, öffne ich die Augen. Mit den Farben kehrt auch der Schmerz zurück.

„Hey", murmelt Cem erleichtert. Ich liege auf dem Bett, meine Beine auf seiner Schulter. Er muss mich getragen haben.

Noch immer ist mir schwindelig, doch das gnädige Schwarz fühlt sich zu weit weg an, als dass ich daran glauben könnte, dass es mich noch einmal retten wird. Nichts und niemand wird mich retten, und dieses Gefühl, unrettbar zu sein, hatte ich bereits zu oft.

Cems Hand streicht liebevoll über meine Stirn, meine Schläfe und Wange und bleibt dort liegen, während sein Daumen über meine Braue und unter meinem Auge entlangfährt. „Soll ich einen Krankenwagen rufen?"

„Nein", krächze ich.

„Was kann ich tun?"

Ich schüttle den Kopf. Nichts.

„Ist das schon einmal passiert?"

Wieder schüttle ich den Kopf.

„Willst du versuchen aufzustehen?"

Ich drehe den Kopf zur Seite und schaue mit tränenverschleiertem Blick ins Nichts. Seine Hand gibt nicht auf, mich ein bisschen heile zu streicheln, doch ich werde nie wieder heile werden. Ich werde auch nie wieder aufstehen können. Um wieder aufzustehen, dürfte man nicht dreimal gestorben sein.

Er nickt nur, doch er wirkt überfordert. Wäre ich auch, wenn ich noch irgendetwas spüren könnte unter all dem Tod.

„Ich bin sofort wieder da", murmelt er. Als er die Hand von meinem Gesicht löst, ist es wie das langsame Abziehen eines mit Sekundenkleber bestrichenen Pflasters. Behutsam bettet er meine Beine auf die gefaltete Decke.

Kurz darauf kommt er mit einem Glas kaltem Wasser wieder. „Trink etwas."

Ich schüttle ein weiteres Mal müde den Kopf.

„Danach lass ich dich schlafen", verspricht er und streicht mir behutsam ein paar Ponysträhnen zur Seite. Noch immer sieht er aus, als liebe er sie.

Ich lasse ihn meinen Kopf hochstützen, um ein paar kleine Schlucke zu trinken. Dann drehe ich mich auf die Seite und rolle mich so eng ein, wie ich kann. Cems Hand streicht über mein Haar. Vorsichtig ziehen seine Finger die Blumenspange heraus, die mich daran erinnert, dass ich heute die absurde Hoffnung hatte, noch einmal schön zu sein. Cem löst den mittlerweile zerzausten Knoten in meinem Nacken, und seine Finger kämmen ein paarmal zärtlich durch die rostfarbenen Strähnen.

Er geht um das Bett herum, zieht sich die Jeans aus und legt sich in Boxershorts und T-Shirt vor mich. Eine Weile streichelt nun sein Blick die Haut meines Gesichts.

„Ich liebe dich, Jess", flüstert er dann. „Auch ich bin kaputt. Eine Ruine. Aber selbst an den Tagen, an denen ich mich wie Schutt und Asche fühle, gibst du mir das Gefühl, noch immer irgendwie ganz zu sein. Du rundest auf beste Art und Weise meine Ecken und Kanten ab. Nichts und niemand macht mich so vollständig wie du, Jess. Du machst aus mir den, als der ich einmal gedacht war. Du vollendest mich. Was immer du mir sagst, ich werde dich bis ans Ende meines Lebens lieben. In jedem einzelnen Leben werde ich dich lieben. Bitte", seine Worte werden immer leiser, „bitte lass mich dich ein bisschen vollenden."

Es klingt zu schön. Ich will ihm glauben. Ich will jedes einzelne Wort tief in mich krabbeln lassen, damit sie alle gemeinsam wieder ein Herz formen und mich damit vollenden können. Doch alles, was ich denken kann, ist, dass ein Leben so viel schneller endet, als wir es oftmals für möglich halten, und damit auch die damit verwobenen

Hoffnungen und Ideen. Auf einer abendlichen Straße, als Antwort auf das Knacken eines Stocks. So schnell. Und wir wissen nicht, wie das nächste aussieht, wir wissen nicht, wen es aus uns macht.

Und doch begreife ich nun auch, dass nicht nur ein Herz aus Scherben, sondern auch ein Splitterherz unsagbar tief lieben kann. „Ich liebe dich, Cem", hauche ich. Es ist gut, ihm die Worte endlich wieder zu sagen. Doch mir fehlt die Kraft, über Leben zu sprechen.

Mit verschlungenen Fingern schlafen wir ein. In dieser Nacht habe ich nach Wochen noch einmal Albträume von der Zeit, in der wir Lucie und auch uns verloren haben. In der Cem mich und die Hoffnung auf eine gemeinsame Zukunft verloren hat.

Ich schrecke auf von Bildern eines ersten Blicks in den Spiegel. Ich höre, wie ich Cem um eine Schere bitte, um mir im Bad des Krankenhauses mit trockenen Wangen, ausdruckslosen Augen und unzähligen in mir eingepferchten Tränen und Schreien den ersten Pony zu schneiden. Ich schreie auf von dem Geräusch von Metall auf Metall und davon, dass ich klirrend durch eine Frontscheibe fliege. Ich spüre einen in mein Fleisch und meine Seele schneidenden Schmerz, ehe ich gar nichts mehr spüre. Und dann sein Blick, immer und immer wieder dieser schockierte Blick auf meinen Bauch, ehe er aus dem Zimmer verschwindet und seine Schuldgefühle zum ersten Mal im Alkohol ertränkt.

Bei jedem einzelnen Aufwachen trifft mein Blick auf Cems offene Augen. Jedes einzelne Mal reißt mein Herz aufs Neue ein, weil ich weiß, dass auch er wach liegt oder von nächtlichen Dämonen heimgesucht wird, ohne zu wissen, was wirklich los ist.

Wie viele Kinder willst du?, höre ich den Cem von damals in die Dunkelheit flüstern.

Fünf, höre ich mich antworten.

Perfekt, hat er damals gesagt. *Perfekt.*

Ich presse mir die flachen Hände auf die Ohren. Doch die Stimmen hören nicht auf.

Cem versucht gar nicht, meine Hände zu lösen, er sieht vielmehr aus, als würde er seine über meine legen, wenn es nur irgendetwas bringt. Als er gegen fünf Uhr einschläft, sammle ich all die Kraft zusammen, die mir seine Hand die Nacht über geschenkt hat. Ich stehe auf und schleiche ins Wohnzimmer. Gemeinsam mit der Verzweiflung angesichts dessen, was in den nächsten Stunden unweigerlich auf mich zukommt, setze ich mich auf das Sofa, das einmal unser war, und starre aus dem Fenster.

Da ist so viel Furcht in mir. Dass ich Cem wieder an den Alkohol verliere. An eine andere. Dass ich auch das bisschen Weiblichkeit hergeben muss, das ich gerade erst wiederentdeckt habe. Dass ich mich seiner nicht würdig fühle. Dass ich es nicht bin.

Als das erste bläuliche Licht den viel zu frühen Morgen ankündigt, gebe ich auf. Ich brauche unendlich viele unfertige Atemzüge, ehe ich mich hinlegen und das Kleid zentimeterweise heraufziehen kann – so zögerlich, als wisse auch ich nicht, was mich darunter erwartet.

Wahrscheinlich weiß ich es wirklich nicht. Nicht einmal mit mir selbst habe ich über mich und meine eigenen verlorenen Träume geredet.

Zunächst traue ich mich nicht, sie zu berühren. Doch als meine Finger zittrig über die dicke Narbe streichen, die beinahe von der Mitte meines Bauches bis zu meinem Rücken verläuft, wird mir zum ersten Mal bewusst, dass ich mich tatsächlich nie ganz der Wahrheit gestellt habe, was dieser Strich mitten durch meinen Körper bedeutet. Nicht nur für meine Vergangenheit, sondern für mein gesamtes restliches Leben.

Wie oft habe ich den Gedanken weggeschoben? Wie oft habe ich versucht, ihn irgendwo zu verstecken, unter einem Pony, weiten Oberteilen, Arbeit bis zur absoluten Erschöpfung?

Doch die Wahrheit verschwindet nicht.

Das Schicksal hat mir nicht nur mich selbst genommen. Gnadenlos hat es mir jegliche Hoffnung auf das Leben entrissen, das ich mir immer gewünscht habe. Mit Cem.

Wie viele Kinder willst du?, flüstert der Cem von damals in den hereinbrechenden Morgen.

Fünf, antwortet eine andere Jess.

Perfekt.

Wenn ich meinen Bauch betrachte und dabei diese nie verheilende Wunde in meiner Brust spüre, geht es darum, endlich eine Idee von

Leben zu betrauern. Es geht darum, endlich an der Leere zu verzweifeln, die nicht nur in meinem Unterleib, sondern auch an einer großen Stelle inmitten meiner eigenen kleinen Welt entstanden ist, als Gott an einem Januarabend entschied, mir all das anzutun.

Meine Lippen beben als Erstes. Dann folgen meine Schultern. Das Beben zieht sich langsam meine Brust, meinen Bauch entlang bis in meine Füße hinunter, bis mein gesamter Körper so heftig durchgerüttelt wird, wie das Schicksal es vor über anderthalb Jahren mit mir getan hat, ohne dass ich jemals wirklich darüber gesprochen hätte. Nicht mit Cem, nicht mit meinen Eltern, nicht mit meiner Therapeutin. Nicht mit mir.

Nun begräbt mich die in all den Monaten angehäufte Trauer in Lawinengeschwindigkeit. Die Wut, die Verzweiflung, die Fassungslosigkeit erwischen mich gemeinsam wie Massen eiskalter Tode, die einfach über mich drüberrollen und mich, ein Kissen auf das Gesicht gepresst, schluchzend und wimmernd mir selbst und dem Phantomschmerz überlassen, der dort in meinem Unterleib sitzt, wo einst die Hoffnung auf Leben war.

Ich schrecke auf von der Berührung einer Hand auf meiner Wange. Dann liege ich regungslos da. Noch immer fühle ich mich ausgehöhlt, unfähig, irgendeine Bewegung, auch nur ein Liderheben zu realisieren.

„Lass dir Zeit", murmelt Cem sanft.

Ein ums andere Mal bewegt sich seine Hand über mein Gesicht. Ich würde wirklich die Augen öffnen, wenn ich nur könnte.

„Jess."

Behutsam schiebt er mich ein Stück zur Seite und legt sich neben mich, zieht mich an sich und hält mich fest.

„Du wirst nicht sterben", wispert er in mein Haar, als wisse er seltsam genau, was mit mir los ist. Und erst, als die Worte auf mein Ohr treffen und sich langsam in mir ausbreiten, weiß ich, dass er keine besseren hätte wählen können. Und dann küsst er mit einer solchen Zärtlichkeit meine Augen, als wären sie mein Herz. Und ich erahne, dass es einen Weg geben muss, sie wieder zu öffnen. Weil mein Herz es in diesem Moment auch tut.

Ich werde nicht sterben.

Und noch wichtiger: Ich bin noch nicht tot.

Es kostet mich Unmengen an Kraft und Willen, meine Lider zu heben, und so lange ich danach auch in seine Augen blicke, ich kann nicht sagen, was darin mehr Platz einnimmt, Verzweiflung oder Hoffnung.

„Jess, das geht nicht. Das kannst du nicht machen. Oh, verdammt, du brichst mir das Herz." Jedes seiner gewisperten Worte benetzt meine Lippen und meine Seele mit Sehnsucht.

Er wartet. Lange. So lange, bis ich mich hinsetzen kann. So lange, bis ich spüren kann, dass ein Teil von mir noch lebt. So, so lange.

„Ich sage dir, was ich weiß, Jess", beginnt er dann. „Du siehst mich an, als würdest du mich lieben. Du sagst, dass du mich liebst. Du küsst mich, als würde in dir alles so laut meinen Namen schreien, wie alles in mir *Jess* brüllt. Du willst nicht mit mir schlafen."

Ich zucke zusammen, und er mustert mich. Als ich nichts sage, spricht er weiter.

„Ich weiß nicht, wofür du Zeit brauchst. Sag es mir, und ich gebe sie dir. Sag es mir nicht, sag mir nur wie viel, und ich gebe sie dir auch. Sofort. Alle Zeit, die du brauchst. Aber sag irgendetwas, woran ich mich festhalten kann."

Und dann sage ich es ihm. Sage ihm, dass ich glaube, dass es hier nichts gibt, wo er noch Halt finden kann. „Das Problem ist …" Ich stocke wieder und sammle allen Mut, alle Kraft, alle Stimme – obwohl ich von all dem nicht viel zusammengekratzt bekomme. Aber es gibt eine Sache, mit der er einfach nicht recht hatte, und die muss raus. „Ich will mit dir schlafen. Aber du willst es nicht mehr."

Eine Weile starrt er mich nur aus schmalen Augen an. „Okay, damit hab ich jetzt echt nicht gerechnet", sagt er dann langsam, und sein Blick gleitet über mein Gesicht, als suche er angestrengt nach den Spuren des Witzes, die er beim besten Willen nicht finden wird.

„Der Karamell-Spruch im Café hätte dir schon etwas verraten dürfen, und gestern waren die Reaktionen meines Körpers zumindest für mich nicht sehr schwer zu deuten." Er scheint irgendwo zwischen

Wut und Verwirrung festzustecken. Und ein bisschen Angst, die schwingt auch noch mit.

„Komm schon", sagt er sanfter. „Im Reden waren wir früher immer so gut. Versuch es, okay, Jess? Bitte."

Es ist sein letztes verzweifeltes Wort, das mich endgültig in die Ecke drängt. Ich bin an dem Punkt, an dem ich es hinter mich bringen und jeden sich in mir aufbäumenden Traum umstürzen muss, weil ich ihn so sehr küssen und so sehr mit ihm schlafen und vor allem so sehr für immer und ewig mit ihm zusammen sein will, dass es den alles entscheidenden Schlussstrich braucht.

Schwerfällig stehe ich auf. Auch Cem stellt sich zögerlich hin. Er sieht ängstlich aus.

Ich schlucke, denn eigentlich weiß ich es. Nie mehr wird die Rede sein von der Frau, die er überall küssen und mit der er schlafen will. Und doch ist da dieser klitzekleine Teil in mir, der an nichts glauben will als daran, dass Cem den eigentlichen Traum ausblenden kann, wenn stattdessen ich in Erfüllung gehe.

„Okay."

Ich weiß nicht, ob er es hören konnte, doch seine Miene spannt sich noch das letzte mögliche bisschen mehr an.

Ich schließe die Augen. „Ich habe nicht nur Lucie verloren. Ich habe jedes Kind verloren."

Als ich die Lider wieder hebe, glaube ich, den Blick von damals wiederzuerkennen, obwohl er noch gar nicht weiß, wovon ich rede.

„Jedes einzelne Kind, das wir jemals erträumt haben. Ich bin über eine grüne Ampel gefahren, und Gott, das Schicksal, irgendetwas hat genau den Moment genutzt, um mir nicht nur mein Kind aus dem Bauch zu schneiden, sondern auch die Hoffnung. Alles haben sie wieder zusammengeflickt bekommen, nur die Gebärmutter nicht. Die Narbe ist riesig. Ich sehe aus, als hätte ein kleines Kind auf mir herumgekritzelt – etwas, was nie in der Realität passieren wird. Weil es dieses Kind nicht geben wird." Von Wort zu Wort ist meine Stimme höher geworden, bis sie nun klingt wie klirrendes Glas, weil ich es zum ersten Mal ausspreche.

Cem steht bewegungslos da. Ich kann an seiner Miene ablesen, dass er versucht zu verstehen, dass er es wirklich zu begreifen versucht. Aber es gelingt ihm nicht. Und ich kann es ihm nicht verübeln, weil ich selbst es nicht fassen kann, obwohl es mir mehrere Ärzte erklärt haben.

„Sie haben dir die Gebärmutter rausgenommen?", krächzt er.

Seine Arme hängen herab, als gehörten sie nicht zu ihm. Es gab viele Tage, da fühlte sich für mich mein gesamter Körper so an. Ich könnte nicht einmal sagen, wann das aufgehört hat. Es war irgendwann, als ich begonnen habe, mich wieder in Cem zu verlieben.

„Sie mussten einen Teil entfernen. Aber in diesem Bauch", meine Hände breiten sich kurz darüber, „wird kein Kind mehr wachsen. Ich bin nicht mehr dein Traum." Mehr noch: Ich sehe es in seinen Augen. Gerade werde ich wieder sein Albtraum.

„Es ... O mein Gott." Er schlägt die Hände vor das Gesicht, immer wieder wispert er Worte, die seine Hände halb schlucken, sodass ich sie nicht verstehen kann. Doch die Verzweiflung, die findet auch durch die engsten Spalten hindurch bis zu mir. Und ich kann nur hilflos dastehen und warten, bis er die Kraft hat, mein Leben wie eine Ruine zu verlassen, um in ein hübsches Haus zu ziehen.

Seine Hände sinken so langsam hinab, als hätte er Angst vor dem, was dahinter zum Vorschein kommt.

Ich.

Zittrig stößt er den Atem aus. „Ich will sie sehen." Sein Wispern ist kaum zu verstehen.

„Nein."

Er kommt auf mich zu, legt die Hände um mein Gesicht und sieht mir in die Augen. „Bitte, Canım. Lass sie mich sehen."

Canım ... Plötzlich klingt es so höhnisch.

„Du *hast* sie gesehen." Die Erinnerung lässt mich zwei Schritte rückwärts taumeln. „Du hast sie angesehen und bist dann im Alkohol verschwunden. Du hast sie angesehen und bist zu Tinka verschwunden. Hast sie angesehen und mich mit der Realität alleingelassen, weil du es konntest. Du willst mit mir schlafen? Einen

Scheiß willst du! Mit einer anderen, ja. Aber mich wolltest du nicht einmal mehr anfassen!"

Wo kommt die Wut her? Wo hat sich diese maßlose Verzweiflung versteckt? Und wieso habe ich ihr die Tür geöffnet? Wieso habe ich ihr, verdammt noch mal, die Tür geöffnet?

„Aber ich konnte das nicht. Ich konnte weder vor dem hier verschwinden", ich zeige auf meinen Bauch, dann auf ihn, „noch vor deinem Blick. Ich bin hier, die ganze Zeit. Ich bin hier und muss das tragen. Aber du nicht. Letztes Mal hast du dich entschieden zu verschwinden. Dieses Mal werde ich das uns beiden nicht antun. Noch einmal stehe ich das nicht durch. Gib dir etwas Zeit, es sacken zu lassen." Gib *mir* Zeit, es sacken zu lassen. „Dann kannst du entscheiden."

Und etwas in mir wimmert: *Gib mir noch ein wenig Zeit bis zu deinem Nein.*

„Zeit. Ständig redest du von Zeit, als wäre es etwas, was dir oder mir geholfen hätte. Aber was am Ende geholfen hat, war immer nur die Zeit miteinander. Ich will sie sehen, Jess. Jetzt."

„Cem."

„Ich habe keine Ahnung, was damals passiert ist. Aber ich bin nicht mehr derselbe."

„Verstehst du das denn nicht?", brülle ich. Da ist so schrecklich viel Gefühlschaos in mir. So viele Monate Gefühle auf einen Schlag. „Du bist zurückgespult worden. Du bist genau an den Punkt gespult worden, an dem alles bergab geht, wenn wir versuchen, wir zu sein. Denn wir sind nicht mehr wir. Ich bin nicht mehr ich."

Er sieht mich an, als hätte ich ohne Grund mit voller Wucht gegen seine Brust getrommelt. „Sehe ich aus wie zurückgespult? Lache ich wie zurückgespult? Gehe ich wie zurückgespult? Ich sehe dich nicht einmal an wie zurückgespult. Du bist eine andere. Ich bin ein anderer. Und so sehr ich mir manchmal wünsche, dass du wieder lauter lachst und wieder über das nächste Abenteuer nachdenkst, so sehr ist da auch etwas anderes: Ich habe mich in dich verliebt, Jess. In *dich*! So schrecklich verliebt, dass Liebeskummer ohne dich und Glück mit dir zu einer solch wirren Masse verschwimmen, dass ich ständig überlege, ob ich heulen oder dich herumwirbeln soll. Aber Ersteres will ich nicht, und Letzteres kann ich nicht, weil ich auch nicht mehr ich bin. Also steh ich nur da und flippe aus oder grinse – und manchmal liegt nicht einmal ein Herzschlag dazwischen. Und vielleicht ist genau das unsere Chance, dass es dieses Mal funktioniert. Unsere Chance, dass wir nicht zerbrechen, obwohl du zerbrochen bist. Und ich auch."

Meine Augen brennen. Seine sehen aus, als täten sie es auch.

Da rührt sich eine Hoffnung, der Hauch eines Glaubens. Zitternd und klein zwischen all den Splittern, als wäre selbst mein Herz noch ein Ort, wo Hoffnung Unterschlupf finden darf. Die Hoffnung, dass genau das der richtige Zeitpunkt ist. Dass es kein Besser gibt als hier und jetzt – egal, wie lange ich auch für uns beide danach suchen werde.

„Bitte", wispert er eindringlich. Und dass in seinem Wörtchen genau dieses *Das Leben beginnt genau jetzt* mitschwingt, nach dem ich mich unendlich sehne, gibt mir den letzten Schubs in seine Richtung.

Ich kann nicht sprechen. Meine Stimme würde noch mehr zittern, als es meine Hände tun, als ich nach dem Saum meines Kleides greife. Er sieht mir in die Augen statt auf meinen Bauch, als hätte er Angst, ich löse mich jeden Moment auf. Und genau so fühle ich mich auch. Als löse ich mich von einem freien Zentimeter Haut zum nächsten auf, um in einem Albtraum zu erwachen, der einst Realität war.

Die weiße Spitze meines Slips kratzt erstaunlich rau über meine Fingerrücken. Ich kann die ersten Stellen unebener Haut an den Knöcheln spüren und erschaudere. Doch ich ziehe den Stoff höher und höher, bis mein Bauch freiliegt, dann drehe ich mich seitlich, damit er sieht, dass die Katastrophe bis auf den Rücken reicht.

Cems Blick löst sich von meinen Augen. Und dann starrt er auf das unregelmäßige Flickwerk. Er starrt. Und starrt. Und ist erstarrt und so weit weg, als müsse er sich wieder ausknipsen, um mich endlich nicht mehr sehen zu müssen.

„O Gott", entfährt es ihm kehlig.

Sofort reiße ich den Stoff schützend vor meinen Bauch. Vor meine Seele. Doch sie brennt bereits lichterloh.

„Ich wusste, dass das passiert!" Ich zucke unter meinem schrillen Schreien zusammen wie er. Doch ich kann nicht aufhören. Ich bin gar nicht ganz in mir, eher einen Hauch über mir. Auch ich scheine ausgeknipst, um irgendwo zu verschwinden, wo ich das alles nicht noch einmal ertragen muss. „Ich wusste es, aber du hast nicht auf mich gehört. Du wolltest eine zweite Chance. Du. Aber zweite Chancen sind einen Dreck wert, wenn sie mit dem gleichen Schmerz enden. Zweite Chancen bedeuten nichts, wenn man sie denen in die Hand legt, die es beim ersten Mal versaut haben. Du wirst mich niemals wieder so ansehen. Du wirst mich niemals wieder schön finden. Nie. Nie. Nie! Denn ich werde nie wieder schön sein. Nicht einmal ich werde ich wieder sein."

Entgeistert starrt er mich an. „Das glaubst du?", haucht er. Noch einmal, noch fassungsloser: „*Das* glaubst du?"

„Dein Blick! Dein verfluchter Blick auf meinem verfluchten Bauch. Das Leben hat mich ausgehöhlt – nicht nur im übertragenen Sinne, sondern auch ganz genau so, wie ich es sage. Mir fehlt ein Stück. *Ich* fehle ein Stück. Und das werde ich immer tun. Und das bricht mir das Herz. Es bricht mich. Genau in der Mitte bricht es mich gegen jeden noch so großen Widerstand einfach durch, als wäre ich ein mickriger, vertrockneter Ast."

Seine Augen füllen sich mit Tränen. Und ich weiß nicht, ob ich daran noch mehr verzweifeln soll, weil ich ihn gerade mehr verliere als je zuvor, oder ob etwas in mir *Endlich* haucht wie einen letzten Atemzug. Weil Cem nun versteht, weil der Kampf um uns und unsere Gefühle zwar verloren, aber wenigstens vorbei ist. Das *Endlich* wirkt genauso müde und leer wie ich. Ganz genau so müde und leer, wie man sich im Angesicht eines Krieges eben fühlt.

„Das hier", ich zeige auf meine Stirn, „ist nichts. Das hier braucht einen Pony, um einen nicht jeden Tag zu erinnern. Aber das hier …"

Mich verwundert selbst, wie zärtlich ich die Hand auf meinen Bauch lege, als ich an Lucie denke. Da ist plötzlich unendlich viel Liebe für mein kleines, verlorenes Mädchen, die ich so sehr zu verscharren versucht habe wie die für Cem.

„Das hier braucht den Tod, um es zu vergessen. Das hier bedeutet, dass man mir Träume gestohlen hat wie dir die Erinnerung. Das hier bedeutet, dass ich durch die Hölle gegangen bin, nur um am Ende zu begreifen, dass sie kein Ort ist, den man einfach wieder verlassen kann. Denn die Hölle ist in mir selbst. Ich trage sie mit mir herum, wo einst ein winziges Baby lag."

Seine Faust legt sich zittrig vor seinen Mund, ehe einzelne Tränen über sein Gesicht laufen.

„Ich werde nie wieder die Frau sein, die du willst", bringe ich mit letzter Kraft hervor. „Aber dass du von einem Moment auf den nächsten nicht einmal überhaupt noch eine Frau in mir sehen kannst, ist ... ist ...“

Und noch während ich nach einem Wort suche, irgendeinem, das auch nur im Ansatz ausdrücken kann, wen sein Blick und sein Schweigen gerade aus mir machen, tritt er auf mich zu, fällt vor mir auf die Knie, schlingt die Arme um meine Taille wie ein Ertrinkender um den letzten Ast eines zerfallenen Floßes und vergräbt sein Gesicht in dem Stoff über meinem Bauch.

„Cem", ächze ich. Seine plötzliche Nähe raubt mir allen Atem. Ich japse nach Luft, nach etwas, was mich wieder mit so etwas wie Leben füllen kann. Ich glaube, ich japse nach mir selbst.

Seine Lippen pressen sich durch den dünnen Stoff auf die Narbe. Einen Millimeter weiter, noch einen. Sie hören nicht auf, meinen Bauch zu küssen, all das zu küssen, was verloren ist, was nie wiederkehrt. Wie kann jemand etwas küssen, was doch gar nicht mehr da ist?

„Jess."

Mein Name geht beinahe in dem Stoff verloren. Doch er findet einen Weg hindurch bis in mein Herz. Er nennt mich nicht *Canım*, sondern er schenkt mir meinen Namen, sodass ich mich an irgendetwas festhalten kann, was immer zu mir gehört hat und immer zu mir gehören wird.

„Jess."

Es klingt flehend, flehend nach Vergebung. Doch auch voller Sehnsucht nach allem, was in der Frau steckt, die meinen Namen trägt. Nach mir. Seine Hände schieben den Stoff hinauf, seine Lippen streifen die bloße Haut. Ich ertrage es nicht. Und doch spüre ich, wie es mich nach viel zu langer Abwesenheit wieder in meinen Körper zurückholt. Mitten hinein.

Ich bin Jess.

Nach zwanzig Monaten und einer Ewigkeit gehört mein Bauch noch einmal zu mir, und ich gehöre zu meinem Bauch. Ich bin ein Ganzes, ich bin die Frau, die an allem dranhängt, was diese Narbe, die Leere dahinter erzählt. Und ich kann nicht anders, als mich laut weinend der Wucht all dessen zu stellen, wie auch Cem es gerade tut.

Ich werde niemals eine Mama sein dürfen. Ich bin gerade einmal siebenundzwanzig und werde niemals Mutter sein. Niemals.

Cems Lippen bewegen sich über die Narbe, während er für mich unverständliche Worte wispert wie Zauberformeln, wie ein *Sesam öffne dich* für das Tor in eine mir bis heute verschlossene Welt. Und mir ist, als öffne es sich einen Spaltbreit, um wenigstens erahnen zu lassen, was eines Tages sein könnte, wenn wir jetzt nicht stehen bleiben.

Tränen rinnen mir über das Gesicht, meine Hände legen sich zögerlich auf seinen Kopf, um sich einen Weg durch sein Haar zu suchen, das sich auf so vertraute Weise weich zwischen meinen Fingern anfühlt. Langsam lasse auch ich mich auf die Knie sinken.

„Es tut mir so leid, dass ich uns so viel genommen habe", wispert er, und seine Stimme bricht unter all der Qual, die er so lange mit sich herumgetragen hat, ohne es zu wissen.

„Es tut mir so leid, dass ich uns so viel genommen habe", wispere ich zurück, und das so lange mit mir herumgeschleppte Leid ist so schwer, dass es auch meinen Satz in der Mitte bricht.

Seine Hände umfassen mein Gesicht, sein Oberkörper beugt sich vor, und dann treffen seine Lippen endlich wieder auf meine. Aber es ist ein so anderer Kuss als gestern. Er schmeckt nach Verzweiflung und fühlt sich doch wie Liebe an.

Als unsere Münder sich lösen, zieht er mich an seine Brust und vergräbt sein Gesicht in meinem Haar, wie ich meines an seiner Schulter vergrabe.

„Ich verstehe das alles nicht", wispert er.

„Ich auch nicht", wispere ich zurück.

Und dann halten wir uns. Halten uns lange aneinander und gegenseitig fest. Und etwas in mir seufzt so laut *Endlich*, dass ich glaube, Cem hat es auch gehört.

Kapitel 44

CEM

DAS Leben besitzt keine sanft funkelnde Magie, die einen Menschen in sich einhüllt und geheimnisvoll wispert: *Kein Problem, versuch es einfach noch einmal.*

Manchmal kann es passieren, dass das Leben einem ein nächstes Mal schenkt und man versuchen darf, es anders zu machen. Aber niemals kann man an die einstige Linie mit dem grandiosen Wörtchen *Start* zurück. Und mittlerweile bin ich mir sicher, ein Teil von mir hat es die ganze Zeit gewusst. Etwas in mir wusste, dass zu vieles nicht nur verloren, sondern noch mehr als unwiederbringlich ist. Jedes Kind, der ganze große Traum – fort.

Ich will nicht der Vollidiot sein, vor dem mich Emre gewarnt hat, doch so kann ich nicht mit Jess zusammen sein. Es liegt nicht an dem, was ich über sie erfahren habe, es liegt daran, wie es in mir aussieht. Ich trauere. Anders als je zuvor. Ich trauere um das Unrettbare, um ein viele Jahre lang erträumtes Leben, das ich mit Jess nie haben werde. Gleichzeitig lässt mich dieses Wissen auf eine neue Art um Lucie trauern, um die einzige Tochter, die ich je haben werde. Denn Jess und mich stelle ich nicht den kleinsten Moment infrage.

Ich hülle mich in eine mir bisher unbekannte Art von Distanz, wie Jess sich so lange in um sie herumflatterndes Schwarz-Grau gehüllt hat. Ich nehme mir ein paar Tage frei und verkrieche mich in meiner Wohnung. Das Trauern braucht viele Tränen, wenn ich allein bin, und viel Stille, wenn ich unter Menschen bin.

Noch nie in meinem Leben habe ich mich so verloren gefühlt in dieser Welt. Noch nie kam sie mir so grausam vor. Mit einem Mal kann ich genau nachvollziehen, was mit dem Cem von damals nach dem Unfall geschehen ist. In welche Leere er gestürzt sein muss, in welche Schuldgefühle. Womöglich konnte ich dem Wissen um das *Mehr* in mir deshalb nicht zuhören. Hätte ich mich dieser letzten finstersten Dunkelheit auch noch gestellt, hätte ich vermutlich nicht mehr um mich, um uns kämpfen können. Und doch bin ich an einem anderen Punkt als mein damaliges Ich – womöglich, weil ich schon einmal hier stand und mich bereits ein Stück aus dieser Scheiße herausgekämpft hatte.

Dennoch fällt es mir so schwer wie nie zuvor, mich mit Menschen zu unterhalten. Und wirklich über etwas reden kann ich schon gar nicht. Manchmal erzählen meine beiden besten Freunde etwas, wenn ich danebenstehe. Jedes Mal weiß ich dann, dass sie es auch mir erzählen, sie mich aber nicht drängen wollen zu reagieren. Das Gefühl, dass sie mich sogar dann ertragen, wenn ich es nicht tue, ist beruhigend.

Als wir eines Abends zu dritt aufräumen, finde ich die Kraft für einen Satz, einen einzigen schlichten, doch mitten aus mir stammenden Satz.

„Ich kann nicht sprechen."

Beide sehen mich so überrascht an, als hätte ich eine ganze Befreiungsrede gehalten.

„Kein Ding", sagt Emre nur und legt mir auf eine Art die Hand auf den Rücken, dass es mir vorkommt, als hätte er mich ein Stück des Weges getragen.

Jess stellt eine Tasse in das Regal. Dann tritt sie hinter dem Tresen hervor, und noch ehe ich weiß, was sie vorhat, steht sie vor mir, senkt den Kopf hinab, und ihre Lippen hauchen einen zarten Kuss auf mein Herz. Kurz fühlt es sich an, als würde es nach so vielen Tagen noch einmal Leben statt Sterben durch meinen Körper pumpen. Vielleicht nur einen Schlag lang. Doch es gibt diese Herzschläge, die so viel bedeutsamer sind als andere. Und mit einem Mal weiß ich, dass ich hier gar nicht reden muss. Diese beiden Menschen hören mich auch so. Jeder auf seine Art.

Ein paar Tage später setzt sich in meiner Mittagspause in der Herbstsonne Jess neben mich. Erst als ich ihr langsam mein Gesicht zuwende, beginnt sie zu sprechen, leise und vorsichtig.

„Ich denke so viel nach seit diesem Morgen. Noch einmal und noch einmal von vorn anzufangen, ohne dabei zu leben, war schrecklich anstrengend. Aber erst seit diesem Morgen, seit du mich gehalten hast, als dürfte ich es noch, leben, erlaube ich mir selbst, wirklich in eine andere Richtung zu denken. Du siehst mich nicht an, als hätte auch ich sterben müssen, nur weil du nun alle Antworten hast."

Allein der Gedanke, dass sie sich jemals so gefühlt hat, treibt mir ein weiteres Mal die Tränen in die Augen. Rasch wende ich mich ab.

Sie zögert, ehe sie weiterspricht. „Was ist", flüstert sie dann, und als ich zu ihr blicke, kann nun sie mich nicht recht ansehen, „wenn es unser Schicksal war und wir nur das Beste daraus machen können? Was, wenn wir sind, wer wir werden sollten, und nun lernen müssen, mit genau uns zu leben? Wo endet die Schuld? Wo beginnt das Schicksal? Ich frage mich das jeden einzelnen Tag unzählige Male. Aber diese Frage kann mir niemand beantworten. Nach allem, was du beim letzten Mal durchgemacht hast, will ich dir nur eines sagen: In meinen Augen trägst du an nichts, rein gar nichts Schuld, was uns passiert ist. Das musst du wissen. Du trägst keine Schuld, Cem."

Meine Augen schließen sich, meine Lippen pressen sich aufeinander, in der Hoffnung, ihr eines Tages zu glauben. Ich will nicht in der Öffentlichkeit losheulen.

„Ich wünschte nur, du müsstest auch das Leid nicht tragen", wispert sie.

Ihre Finger berühren zögerlich meine Schläfe, meine Augen öffnen sich wieder.

„Cem?" Sie klingt heiser, aber auch so klar. „Was ich jetzt sage, ist wichtig. Hörst du mir zu?"

Ich nicke.

„Ich gebe dich frei." Noch ehe ich ansetzen kann, legt sie zärtlich den Finger auf meine Lippen. „Ich werde dich niemals als Freund loslassen, doch als Mann gebe ich dich frei, Cem. Für ein Leben mit einer anderen Frau, um deinen Traum zu leben, gebe ich dich frei."

In ihren Augen kann ich verfolgen, wie ihre Seele reißt, unter ihren eigenen Worten reißt, ohne dass sie auch nur eines von ihnen zurücknehmen will.

„Nein." Das leise gesprochene Wort fühlt sich an meinen Lippen an, als hätte ich ihre Fingerkuppe geküsst.

Ich würde ihr gern vieles sagen, was mir durch den Kopf geht – dass es andere Möglichkeiten gibt als leibliche Kinder, dass wir unseren Weg finden werden, wenn wir so weit sind, und dass wir auch ganz ohne Kinder zusammengehören werden. Doch gerade kann ich nicht mehr geben, ich kann nicht mehr sagen. Und das Seltsame ist: Es reicht. Sie liebt mich so sehr, dass sie mir das für mich beste Leben wünscht. Und ich rechne ihr das verdammt hoch an. Gleichzeitig genügt trotz der Ernsthaftigkeit ihres Entschlusses ein Wort, damit sie respektiert, dass sie für mich das bestmögliche Leben ist.

Als unsere Blicke sich das nächste Mal begegnen, rückt sie ein Stück näher, zieht mich an sich, und als ich mein Gesicht an ihrem Hals vergrabe, fährt sie mit den Fingern durch meine Haare. Langsam, beruhigend, zutiefst tröstlich. Hier könnte ich vermutlich endlich wieder einmal wirklich schlafen. Sie lässt mich erst los, als ich so weit bin, mich wieder dem Tag zu stellen.

„Bleib, so lange du brauchst", murmelt sie dann.

Ich bin mir nicht sicher, ob sie die Mittagspause oder meine hilflose Traurigkeit meint, aber das wird genau in dem Moment bedeutungslos, als sie meine Hand in ihre nimmt, ehe ihre Lippen über die Härchen auf meinem Handrücken streifen. Denn als sie sich erhebt, weiß ich, dass sie mir für alle Dinge dieser Welt alle Zeit gibt, die ich brauche. Weil sie das schon immer getan hat – als sie mir von der Schwangerschaft mit Lucie erzählt hat genauso wie jetzt bei dem Verlust jedes einzelnen unserer Kinder.

Tage später sagt Emre, dass Jess allein aufräumt und er mit mir Billard spielen geht. Mein erster Impuls ist ein Nein, dann merke ich, dass das Ja größer ist, und schweige. An diesem Abend reden wir kaum ein Wort. Wir trinken ein Bier, wir spielen Billard, sonst nichts, bis wir irgendwann nach Hause gehen. Es ist genau das, was ich genau in dem Moment brauche.

Einige Tage später sind wir bis zum Ende zu dritt im Laden. Als ich die Spülmaschine einräumen will, zieht Jess den abgenutzten, mit einem Gummiband zusammengehaltenen Stapel Spielkarten unter dem Tresen hervor und hält ihn fragend hoch. Emres Blick richtet sich auf mich, auch in seiner Miene ein Fragen. Es ist die Tatsache, dass ich weiß, ich werde keine Leichtigkeit vortäuschen und kein falsches Lächeln lächeln müssen, die mich dazu bringt, drei Flaschen Bier aus dem Kühlschrank zu nehmen und damit zu unserem Ecktisch zu gehen. Es ist Oktober, und draußen ist es zu kalt, um noch nach Sonnenuntergang unter den Lichterketten zu sitzen. Doch lange ist mir die Innenbeleuchtung nicht mehr so warm vorgekommen wie an diesem Abend, an dem ich mit meinen beiden besten Freunden zusammensitze, ihren vertrauten Stimmen lausche und die abgegriffenen Karten in den Händen halte, bei deren Anblick wir alle auch von hinten wissen, dass die mit dem Knick in der Mitte der Kreuz Bube ist.

Und dann ist da dieser Moment, als die beiden eine Anekdote erzählen, sie sich gegenseitig hochschaukeln und dennoch keinerlei Reaktion von mir erwarten. Dann ist da dieser Moment, in dem nach so vielen Wochen nicht nur in meinem Kopf, sondern auch eine Etage tiefer ankommt, dass etwas wirklich witzig ist. Dieser Moment, in dem mir ein sehr leises, sehr kurzes Lachen entkommt, das sich anfühlt wie ein vorsichtiges Rütteln an der Tür meines Herzens. Abrupt verstummen die beiden, und als ich in ihren Augen die gleiche Erleichterung entdecke wie in mir, öffnet sich für einen Moment eine andere Tür – die zu einem Leben, das ich beinahe vergessen hätte, das sich aber so heimelig anfühlt, dass ich unbedingt dorthin zurückwill. Ja, es ist der Moment, in dem ich mir zum ersten Mal sicher bin, dass ich eines Tages zurückfinden werde.

Kapitel 45

SEIT dem Morgen, an dem ich den Stoff von meinem Bauch schob und mich damit vor Cem und auch mir so nackt gemacht habe wie womöglich nie zuvor, versinke ich immer wieder in meinen Gedanken. Oft geht es dabei um das Schicksal, das ich so oft verflucht habe, und um die Schuld, die ich so lange mit mir herumgeschleppt habe.

Als ich an diesem Morgen wie bereits an den vergangenen Tagen erst um halb sieben aufwache, kann ich nicht sagen, ob es der Rest eines Traumes oder der Beginn einer weiteren Veränderung in mir selbst ist, doch plötzlich ist der Gedanke da:

Vielleicht geht es manchmal darum, das Schicksal und das Leben nicht zu verfluchen und als Feind zu betrachten. Man hat kein anderes als das eigene. Es wird einen auf ewig in sich einhüllen, man muss irgendwo seinen Platz darin finden. Man kann sich dagegen wehren, doch das bedeutet nur, dass man sich selbst darin einen Platz in der letzten Reihe zuweist. Manchmal geht es darum, sich den Wunden zu stellen und auch der Tatsache, dass sie Teil von einem sind und womöglich niemals vollständig verheilen.

Wir müssen niemandem den Mittelfinger zeigen, auch nicht dem Schicksal. Mitunter ist es das Klügste, sich demütig zu verbeugen, weil alles, was trotz aller Vorsicht, trotz unserer täglichen Kämpfe und unserer einst so anders gearteten Hoffnungen nun einmal zu uns gehört, uns zu uns gemacht hat und es uns erlaubt, noch zu leben, zu lieben und für beides zu kämpfen.

Mein Herz hat an dem kältesten Januartag meines Lebens zu schlagen aufgehört. Mein Herz hat am selben Tag wieder zu schlagen begonnen, ohne dass ich das je wirklich begriffen habe. Lange habe ich gedacht, dass jeder Schlag nur bedeutet, dass ich weiter mein

Schicksal ertragen muss. Und doch hat mir das Weiterklopfen neben all der Wut und all der Verzweiflung auch manches geschenkt, ohne dass ich es bemerkt habe. Dieses neue Leben hat mich so viele Sonnenaufgänge sehen lassen, wie ich sonst in meinem gesamten Leben nicht gesehen hätte. Es hat mich zu einer Frau gemacht, die aussprechen kann, was sie wirklich bewegt, auch wenn es ihr Angst macht. Zu einer Frau, die auf gewisse Weise mutiger ist als jede vorherige Version von mir. Die zweite alles verändernde Nacht hat mich in noch feinere Scherben zerspringen lassen, Scherben von genau der richtigen Größe, um sich perfekt in Cems zu fügen. Als wären wir von Anbeginn der Zeit als ein einziges großes Mosaik gedacht gewesen und man hätte uns zuvor nur noch ein paar ruhige Jahre und eine große Liebe namens Lucie schenken wollen. Denn am Ende war sie das, ist sie das. In allem Verlust ein vor Liebe berstendes Geschenk.

Wir haben uns verändert, Lucies Kommen und Gehen hat uns verändert. Wir sind andere. Und doch sind wir immer noch wir – wer könnten wir denn sonst sein?

Ich kann mich nicht erinnern, wann ich an einem Morgen zuletzt das Bedürfnis hatte, einfach noch ein paar Minuten lang liegen zu bleiben. Ich kann mich nicht erinnern, wann mich zuletzt nicht Furcht schnellstmöglich aus dem Bett gescheucht und mir den Tag über das Gefühl gegeben hat, eine Geflüchtete zu sein.

Nun liege ich einfach da, ertrage die Dunkelheit des frühmorgendlichen Zimmers und spüre in das Gefühl hinein, niemandem den Mittelfinger zeigen zu wollen. Lange habe ich nicht mehr so wenig den unbedingten Drang zu laufen verspürt, um nicht durchzudrehen. Und doch werde ich es nach dem Backen der Muffins tun und die übrigen Kuchen wie früher einmal im Laufe des Tages backen. Einfach nur, weil ich es liebe. Ich mache das Licht an, strecke mich und … zucke im nächsten Moment unter dem Klingeln zusammen.

Anstatt zur Tür zu gehen, blicke ich vorsichtshalber aus dem Fenster. „Oh, wow", wispere ich dann und beeile mich, es zu entriegeln und aufzureißen. Die kalte Novemberluft schlägt mir entgegen.

Da unten steht er, in den Händen zwei Tassen aus dem Café. Er trägt Sportkleidung.

„Was machst du denn hier?", frage ich überwältigt.

„Du wolltest doch wissen, wohin ich als Erstes laufe, wenn ich es kann?"

Ich nicke.

„Zu dir, Jess. Die Antwort auf jede Frage, die von Bedeutung ist, bist du."

„Nimmst du mich mit?", will ich mit tränenerstickter Stimme wissen.

„Cappuccino?", gibt er statt einer direkten Antwort zurück.

Wieder kann ich nur nicken.

„Zieh dich an. Ich warte auf dich."

Hat er immer. Wird er immer.

Ich putze mir provisorisch die Zähne, streife mein Nachthemd ab und meine Laufsachen über und springe dann die Stufen hinunter.

Dort sitzt er auf einem Tisch wie damals, als ich ihm nach wochenlangem Schweigen gesagt habe, er könne mich wieder abholen. Es ist kurz vor sieben, es ist dunkel, lange habe ich um diese Uhrzeit nichts so Schönes mehr gesehen. Er lächelt mir entgegen, und als ich vor ihm stehe, zieht er mich an sich. Seine Beine baumeln links und rechts von mir, während sich seine Arme in der kalten Morgenluft warm um meinen Körper legen. Ich lasse die Stirn auf seine Schulter sinken, während er seine Lippen sanft auf mein Haar drückt.

„Danke", murmelt er hinein. „Für alles."

„Danke", murmle ich in sein T-Shirt. „Für alles."

So stehen wir dort eine ganze Weile, ehe wir uns loslassen. Mein Blick wandert zu den neben ihm stehenden Tassen. Dann legt sich meine Hand auf meine Brust. In einer der beiden schwimmt kein Schwan. Dort schwimmt ein Herz. Er nimmt sie hoch und hält sie mir hin.

„Ehe du mir wieder einreden willst, dass ich nur Freundschaft will …" Seine Worte haben nichts Spielerisches, sie haben nichts Flirtendes und auch keine verpackte Bitte, ihn zu küssen. Sie sind sanft, aber ernst, sie sind einfach das, was sie sind. Eine zutiefst aufrichtige Liebeserklärung an mich.

Anstatt zu antworten, schiebe ich mich neben ihn auf die kalte Tischplatte und koste sein Herz. Es ist köstlich. Wir sitzen so nahe, dass unsere Beine sich immer wieder streifen, doch weit genug voneinander entfernt, als dass es ihn zu etwas drängen könnte.

Schweigend trinken wir unsere Cappuccino aus. Die Kälte der Tischplatte krabbelt durch den Stoff meiner Hose bis unter meine Haut, und doch ist genau das hier gerade der schönste Ort der Welt.

Nach einer Weile stehen wir auf und verstauen die Tassen für Passanten unsichtbar zwischen Stühlen und Tischen. Nebeneinander wärmen wir uns auf, er nimmt das Dehnen so genau wie nie zuvor. Und dann laufen wir los. Langsam. Perfekt langsam. Jedes Mal, wenn wir einander ansehen, brüllt dieses *Danke* in meiner Brust. Jedes Mal, wenn ich auf seine laufenden Füße schaue, werde ich überflutet von höchstem Stolz und tiefster Demut.

Als wir den Park erreichen, klebt mein Blick an Cems Gesicht, während er für die ersten Schritte auf Kies, für das erste Rauschen der Blätter im Herbstwind, für das erste Plätschern des Brunnens die Augen schließt, als raune seine Seele tief berührt *zu Hause.*

Diesen Moment hier will ich nie vergessen. So wenig vergessen wie das erste Lachen nach Milliarden ungezählter Tränen. An diesen Augenblick will ich mich noch erinnern, wenn wir wieder unbeschwert nebeneinander herstürmen wie Geparden. Wir sind Überlebende. Und wir müssen jeden Tag alles tun, um auch Lebende zu sein. Nie wieder will ich die Demut verlieren vor jedem einzelnen, uns sonst so normal erscheinenden Schritt. Vermutlich hat mein Herz beim Joggen noch nie so lebendig geklopft wie heute.

„Lauf ruhig vor", sagt er.

„Nicht nötig", murmle ich lächelnd. „Gerade rutsche ich mit ausgebreiteten Armen."

Kapitel 46

DIE Tage vergehen ruhig – wir joggen, wir backen, wir reden, immer häufiger lächeln oder lachen wir auch. Wir sind Freunde, die besten. Es ist etwas eingekehrt, von dem ich nicht gedacht hätte, dass wir es jemals wieder erleben dürften – eine gewisse Art des Friedens. In manchen Bewegungen, in dem einen oder anderen Geräusch schwingt noch eine uns wohl nie ganz verlassende Traurigkeit mit. Doch da ist immer auch etwas, was mir heilsam erscheint und an manchen Stellen sogar ein wenig geheilt.

Oftmals sehe ich sie in seinem Gesicht, diese Liebe, die ausreicht, um sein Leben auch ohne leibliche Kinder mit mir zu verbringen. In diesen Momenten frage ich mich manchmal immer noch, ob ich das annehmen darf. Doch ich weiß nun auch: Nur Cem kann Cems Entscheidungen treffen. Und ich würde lügen, wenn ich behauptete, dass ich nicht aus tiefstem Herzen hoffe, sie fällt für mich.

„Du kannst ruhig hochgehen", reißt Cem mich aus meinen Gedanken. „Ich räume nur noch die Spülmaschine fertig aus und schließe dann ab."

Es ist erstaunlich. Wie kann ein Satz wie dieser genauso viel Verlangen wecken wie die Erinnerung an den perfektesten Kuss? Ich räuspere mich und stoße mich von dem Tisch ab, an dem ich gedankenverloren gelehnt habe. „Okay." Da ist viel zu viel Sehnen, das hörbar an dem Wörtchen klebt. Und Cems Blick verrät mir, er hat es gehört. Kurz sieht es aus, als wolle er etwas sagen, dann atmet er nur schwer aus und nickt mir noch einmal lächelnd zu. „Gute Nacht, Jess." Würde mein Name doch wenigstens nicht wieder wie Canım klingen.

„Gute Nacht", murmle ich und gehe langsam auf die Tür der Abstellkammer zu. Mut … Da spukt es mit einem Mal wieder durch meinen Kopf, dieses Wort, das mein Leben in ein anderes verwandelt hat.

Ich will so nicht gehen.

In meinem Rücken kann ich Cems Blick spüren, als ich umkehre und an die Tafel vor der Glasfront des Cafés trete. Mit zittrigen Fingern greife ich nach der Kreide und male ein weißes, nicht ganz gleichmäßig geformtes Herz auf den schwarzen Grund. Genau dort, wo weder Schwamm noch die zweite alles verändernde Nacht Cems Liebeserklärung jemals ganz haben wegwischen können. Dann drehe ich mich noch einmal zu ihm um.

Kurz hängt sein Blick noch an dem Herz, dann wendet er mir langsam sein Gesicht zu. Als unsere Blicke sich treffen, erkenne ich, dass er sich erinnert. Er erinnert sich an sein Herz, das irgendwo noch unter Zitronentarte-Ankündigung, dem Getränk der Woche und meinem schlummert.

Ich sammle allen Mut in mir zusammen, damit es meine Worte wenigstens stumm bis zu ihm schaffen: *Ich will dich mehr denn je. Das Karamell, das Salz und ausnahmslos alles, was die Mischung aus dir hervorgelockt hat. Willst du mich auch noch – mich, auf ewig in der Mitte gebrochen?*

Er sagt nichts. Steht nur da, während sich in mir fester und fester ein Knoten Angst davor spannt, hier gerade etwas zu zerstören, anstatt es endgültig erblühen zu lassen.

Mit noch immer nicht ruhigen Fingern lege ich die Kreide hin und gehe zurück zu der Tür, die in mein Leben und meine Wohnung ohne Cem führt. „Gute Nacht", wispere ich noch einmal, als ich ihm einen letzten Blick zuwerfe. Jeder noch so kleine Schritt fort von ihm ist mir bewusst. Das Aufschließen der in den Abstellraum führenden Tür, das Umfassen der kalten Klinke, das Hinunterdrücken, das Öffnen, der Schritt hindurch, der bedeutet, nicht mehr im gleichen Raum wie er und mein ihm überlassenes Herz zu sein. Kurz frage ich mich, ob er es wegwischen wird. Die Tür schließt sich hinter mir mit einem leisen Klick. Für einen Moment lege ich die Stirn an das kalte Holz und lausche.

Nichts.

Als ich auch die zweite, in den Flur führende Tür auf- und wieder abgeschlossen habe, atme ich mit geschlossenen Augen schwer aus. In dem Freiraum in meinem Brustkorb lässt sich eine überraschende Erkenntnis nieder – warm und befreiend: Mut hat nichts zu tun mit gewinnen. Mut hat nur damit zu tun, ob wir etwas wagen im Angesicht dessen, dass wir auch verlieren können.

Stufe für Stufe steige ich die Treppe hinauf zu meiner Wohnung. Unten bleibt es still. Ich stecke den Schlüssel ins Schloss und schließe auf. Und genau in dem Moment, in dem sich die Tür einen Spaltbreit öffnet, höre ich von einem Stockwerk tiefer einen anderen Schlüssel und eine andere sich öffnende Tür wie ein verspätetes Echo. Sie fällt wieder zu und wird eilig abgeschlossen. Ich halte den Atem an. Und tatsächlich. Schnell und ohne Zögern nähern sich Schritte die Treppe herauf. Und dann … kommt er um die Ecke. Verunsichert, aber lächelnd und mit einer ganzen Menge Lichterketten in den dunklen Augen. Stufe für Stufe nähert er sich, bis er direkt vor mir steht.

„Ich bin mittlerweile manchmal etwas langsam", flüstert er mit aufgewühltem Atem. „Aber schließ nie wieder deswegen ab, ja?"

„Okay", wispere ich rau.

„Versprochen?"

Tränen treten mir in die Augen, ich nicke. „Versprochen."

Meine Arme legen sich um seine Taille, um ihn noch ein wenig näher zu ziehen. Doch er lässt sich Zeit, vielleicht auch uns. Das hier wird unser letzter erster Kuss werden, dessen bin ich mir sicher.

Seine Hände streichen mir den Pony aus der Stirn, ohne dass sein Blick sich nur einen Moment von meinem löst. Meine Hand legt sich in seinen Nacken, mein Daumen streicht über seinen Haaransatz. Er legt den Kopf etwas schief wie ich, seine Nase stupst von unten zärtlich gegen meine. Allein die Erwartung lässt mich leise aufseufzen.

Und dann küsst er mich. Weich und zärtlich, nicht fordernd und doch mit so viel Wollen, dass ich mich in der Berührung und seiner Nähe aufzulösen drohe.

„Jess", wispert er, als könne er es fühlen.

„Ich bin da." Lächelnd ziehe ich ihn wieder den letzten Millimeter zurück an meine Lippen. Ich kann mich nicht erinnern, wann ich das letzte Mal so da war. Ich kann mich nicht erinnern, wann ich das letzte Mal so glücklich war. Nichts als glücklich. Denn Cem küsst Jess. Wer immer wir auch sind.

Mit jedem hungrigen Atemzug steigt mir sein vertrauter Geruch in die Nase. Meine Hand fährt seinen Rücken hinauf, vergräbt sich in seinem T-Shirt und zieht ihn erst noch näher, dann durch die Wohnungstür, die er mit dem Fuß hinter sich schließt.

Langsam schiebt er mich weiter vor sich her durch den Flur bis in mein Schlafzimmer. Unterwegs ziehe ich ihm bereits sein T-Shirt aus, meine Hände streichen über seine Brust, seinen Rücken, seine Arme. Ich weiß einfach nicht, wo ich anfangen soll, um von ihm so viel wie möglich auf einmal zu bekommen, und nehme einen noch tieferen Atemzug Cem.

Seine Hände fahren unter mein Kleid, fahren meine Oberschenkel hinauf, die Außenseite, die Innenseite, streichen über meinen Slip.

Ich stöhne leise auf. Er stöhnt leise auf.

Der zweistimmige Laut ist wunderbar vertraut und herrlich neu. Seine Hände schieben mein Kleid höher, er streift die Narbe. Ich bin die Einzige, die zusammenzuckt.

Meine Lider heben sich, sein Blick erwartet bereits meinen. Ein Lächeln mischt sich in seinen Geschmack. Es ist süß und besitzt so viele Nuancen von *Köstlich* wie kein Gericht dieser Welt.

Er zieht mir das Kleid über den Kopf. „Oh, verdammt, Jess", raunt er. Beinahe schließe ich die Augen wieder. Seine Fingerspitzen streifen von meinem Nacken meine Wirbelsäule hinunter. Wieder über die Narbe, ohne dass sie ihn zur Besinnung bringt.

Cems Lippen knabbern an meiner Unterlippe, während unsere Blicke sich nicht einmal für ein Blinzeln loslassen. Seine Fingerkuppen streifen weiter meinen Rücken hinunter über den dünnen Stoff meines Slips. Die langsame Berührung ist so schön, doch ich kann nicht wegsehen. Ich meine zu wissen, was kommt. Und tatsächlich fährt eine seiner Hände wieder hoch, hält auf Höhe der nicht zu überspürenden Narbe an, und sein Daumen streicht meinen tiefsten Schmerz entlang.

Mein Atem zittert, seiner flattert ungehalten über meine Lippen. Ich bin kurz davor, mich langsam aus seinem Griff zu befreien, weil es sich anfühlt, als ließe ich zu, dass er ein Unglück heraufbeschwört. Und noch ein Unglück ertrage ich einfach nicht. Doch in dem Moment, da ich zögerlich den Rückzug antrete, schließt sich seine Hand fester um meinen Hintern und zieht mich näher an sich. Seine Erregung ist so wenig zu überfühlen wie meine Narbe. Meine Augen schließen sich erleichtert im gleichen sanften Tempo, in dem sich seine Lippen wieder auf meine legen.

Als er mich zum Bett lotst, wage ich es, die Knöpfe seiner Jeans zu öffnen. Seine Hand zieht das Haarband aus meinen Haaren und legt sich so sacht auf meinen Hinterkopf, legt mich so behutsam auf dem Kissen ab, als befürchte er, ich könne selbst auf einem so weichen Untergrund noch einmal zerbrechen. Er steigt aus den Jeans und begräbt meinen Körper unter seinem, um mich wieder zu küssen.

„Nimm dir Zeit", raunt er atemlos an meinen Lippen und lässt Mund und Worte sanft über meinen Körper wandern.

„Mhm", gebe ich von mir. Nur brüllt in mir erstaunlicherweise alles etwas anderes. Es brüllt, dass zu viel Zeit vergangen ist. Nicht verloren, denn sie war nötig. Aber vergangen ist so viel Zeit, seit seine Haut das letzte Mal meine berührt hat, seit seine Hände das letzte Mal über meinen Körper gefahren sind.

Es ist seltsam zu beobachten, dass ich funktioniere wie eine Frau. Jede Berührung weckt in meinem Körper nur ein noch lauteres sehnsüchtiges Seufzen, so, als bettle er geradezu darum, dass ich mir meine Weiblichkeit wieder zugestehe.

Ich bin bereits nackt, als Cem es murmelt, leise, genau an meiner Haut, nicht weit entfernt von dem Schnitt, der mein Leben in zwei Teile riss. „Gott, Jess, bist du schön."

Ich schlucke. Versuche all die Worte, all die Gedanken herunterzuwürgen, die so lange eine so große Rolle für mich gespielt haben. Doch stattdessen treten mir Tränen in die Augen. Die plötzlich durch einen so schönen Satz wiederbelebte Furcht, dass ich im entscheidenden Moment doch nicht als Frau funktioniere, dass ihm bewusst wird, dass ich es nicht mehr bin, es nie wieder so sein werde wie früher, setzt sich als Kloß in meinen Hals.

„Jess", murmelt er liebevoll. Er löst meine Hände von meinem Gesicht, von denen ich nicht einmal wusste, dass sie dort liegen. Seine Lippen streifen über meine Wangen, an meinem Augenwinkel nehmen sie eine sich herausgestohlene Träne auf. „Willst du mit mir schlafen?", flüstert er an meinem Ohr. Ich erschaudere. „Ich will so sehr mit dir schlafen, Jess. Ich will endlich wieder mit dir schlafen. Nur mit dir. Ganz mit dir."

Ich suche in seinem Gesicht nach den Worten hinter den Worten. Doch er klingt so sehnsüchtig, so weich, so echt. Mit einem Mal überschwemmt mich das unbändige Bedürfnis herausfinden, wie es ist, mit diesem Mann zu schlafen.

„Ja", hauche ich. Es ist eines der mutigsten Worte von allen, die jemals aus mir herausgefunden haben. *Ja.* Auch zu mir und allem, was ich so lange verleugnet habe.

Plötzlich erscheint ein unsicheres Lächeln auf seinen Lippen. „Ich bin nervös", wispert er wie damals ich vor unserem Trip nach Amsterdam.

„Ich auch", antworte dieses Mal ich.

„Dann ist es ja gut."

Er lächelt. Ich lächle.

„Lass mich dich ein bisschen erobern, okay?", bittet er zärtlich, schiebt mein Bein von seinen und rollt sich auf mich.

Erst in diesem Moment wird mir etwas wirklich klar: Auch für ihn ist das hier das erste Mal, dass er mit mir schläft, seit er mich verloren hat. Und mehr noch: Es ist das erste Mal seit dieser Nacht, in der man ihm so vieles genommen hat, was er mit Männlichkeit verbindet. Und während es für ihn von so großer Bedeutung ist, mich zu erobern, war es mir noch nie so wichtig wie in diesem Moment, dass er mich erobern will.

„Erobere mich", wispere ich zärtlich an seinen Lippen.

Ich glaube nicht, dass je etwas so behutsam unterworfen wurde wie unsere Welt Nummer drei durch Cem und mich.

Kapitel 47

CEM

Seit ein paar Minuten stehe ich da, an die Wohnungstür gelehnt, den Blick auf dieser Tüte mit der Kleidung vom Überfall. Jess wird nicht nur wieder hier vorbeikommen, sie packt gerade zwei erste Kisten zusammen, um wieder hier zu leben. Und in dieser Hinsicht nicht weniger wichtig: *Ich* werde hier leben, lebe hier bereits so lange. Und ich habe es zugelassen, dass an dieser Garderobe ein Denkmal für meine Erniedrigung und meinen Verlust prangt.

Es ist an der Zeit, endlich eine Entscheidung zu treffen. Entweder ich schmeiße die Sachen weg oder ich trage sie als Symbol für mein Überleben und einen Neuanfang.

Ich denke an Jess, daran, wie sie zu mir ins Krankenhaus gekommen ist, um mich erst wach und dann laufen zu sehen. Daran, dass sie sich zum Park aufgemacht hat, um zu joggen, und daran, wie sie sich auf und in einem Auto, in einem gelben Kleid und im Grunde jeden einzelnen Tag im Café ihren dunkelsten Dämonen gestellt hat.

Und mit einem Mal durchströmt mich neben all dem Stolz auf sie der unbändige Wunsch, selbst so schrecklich mutig zu sein. Und auch der Glaube, dass sie und ich, unsere Albträume und unsere neue Art der Zerbrechlichkeit als Denkmäler für diese Nacht genügen.

Ich nehme die Tüte vom Haken, bringe sie ins Schlafzimmer, ziehe den ersten Teil des Inhalts hervor und lege ihn auf das Bett. Mein dunkelblaues T-Shirt mit der hellblauen Aufschrift, meine Jeans, meine schwarzen Boxershorts und Socken. Die olivgrüne Sommerjacke ist neu. Als Letztes fördere ich meine weinroten Lieblingssneaker zutage. Mein Zeigefinger fährt seitlich über die Sohle, an einer Stelle hat sie sich etwas gelöst. Alles wurde vermutlich so oft gewaschen, dass ich mich wundere, dass die Farben überhaupt noch vorhanden sind. Und für einen winzigen Moment kann ich noch einmal Urin riechen, ehe ich wieder nur das Waschmittel meiner Mutter ausmachen kann.

Ich stoße einmal die Luft aus und ziehe dann mit einer einzigen schnellen Bewegung, die keinen Widerspruch duldet, mein dunkelrotes Shirt über den Kopf, und es scheint noch ein wenig Jess im Stoff zu hängen. Der Geruch schenkt mir nur noch mehr Mut. Schnell öffne ich die Knöpfe meiner Jeans und ziehe auch sie aus. Selbst die Socken und meine Boxershorts müssen runter. Dann stehe ich nackt da und schaue auf die Kleidung, die mich nicht weniger herausfordernd anzustarren scheint als ich sie.

Noch einmal muss ich die Luft stoßartig aus meiner Lunge weichen lassen, um dann allen Mut einzuatmen, der in diesen vier Wänden hängt. Dieses Duell werde ich gewinnen.

Unterwäsche. Jeans. Shirt. Jacke. Schuhe. In Rekordzeit streife ich alles über und wage erst dann, wieder auszuatmen. Ich habe Angst vor dem, was mir in die Nase steigt, wenn ich nun einatme. Nichts als Luft.

Zögerlich drehe ich mich zum großen Spiegel mit dem Goldrahmen, den Jess zurückgelassen hat, weil sie sich vermutlich vor jedem einzelnen Blick hinein lange so gefürchtet hat wie ich mich vor dem nächsten.

Doch als mein Blick den des Typs im Spiegel trifft, überkommt mich etwas Unerwartetes. Eine Art Wiedererkennen. Hier habe ich schon einmal gestanden, genau so, Mut atmend und Angst spürend. Ganz anders und doch nicht weniger auf der Suche nach mir und einem Abschluss, einem Neuanfang.

Etwas überrollt mich so schnell, dass mein Verstand es zunächst gar nicht zu fassen bekommt. Doch meine Hand klopft bereits auf meine Brust. Herzseite. Und von innen klopft es ungestüm zurück.

Da ist etwas Kleines, Flaches im Stoff. Und obwohl die Jacke so neu war, dass ich mich nicht an sie erinnere, finde ich den versteckten Reißverschluss sofort. Ich höre meinen Puls in den Ohren pochen, als meine Hand durch die Öffnung in die Innentasche greift und den kleinen Gegenstand zu fassen kriegt. Und von einem Moment zum nächsten verstehe ich alles. Alles, was von Bedeutung ist.

Von wegen, ich wollte sie oder auch nur ihren Körper nicht mehr. Seit dem ersten Blick in ihre von perfekt platzierten Sommersprossen umrandeten Augen gab es nicht einen einzigen Tag in meinem Leben, an dem ich Jess nicht gewollt habe. Diese Liebe reicht für jedes Leben, das das Schicksal für uns bereithalten könnte.

Auch wenn ich echt glaube, dass ich keine Zeit mehr verlieren sollte, nehme ich sie mir, um zwei Kissen, zwei Decken so schnell mit Jess' Lieblingsbettwäsche zu beziehen, wie ich noch nie zuvor ein Bett bezogen habe. Ich stelle die Kerzen auf die Fensterbank des Schlafzimmers und hole die Seife aus dem Schrank, die mir bereits am Tag meiner Rückkehr etwas Wichtiges erzählen wollte, und lege sie in das Körbchen in der Dusche. Als ich später unterwegs bin, kaufe ich noch eine gelbe Zahnbürste. Wenn sie heute Abend mit hierherkommt und bleibt, wird Jess auf ihr Zuhause treffen, und sie wird verstehen, dass Leben ohne sie für mich nicht funktioniert hat. Nie.

Oh, ich war so clever.

Oh, ich war so dämlich.

Endlich angekommen, stürme ich so schnell durch das Café und auf die Tür des Abstellraums zu, wie ich es kann. Emre sieht überrascht auf.

„Du hast es gewusst", rufe ich fassungslos im Vorbeihetzen. „Du Scheißkerl hast, verflucht noch mal, die ganze Zeit gewusst, wieso ich mit ihr da oben war."

Nun lacht er und ringt die Hände gen Himmel. „O Mann, endlich. Viel Glück!"

Im nächsten Moment fällt die Tür krachend hinter mir ins Schloss, und ich stürme die Treppen hoch. Gerade noch kann ich mich davon abhalten, mit den Fäusten gegen die Tür zu trommeln, um sie nicht noch mehr zu erschrecken als nötig. Also klingle ich und klopfe dann beherrscht. „Jess, ich bin's", rufe ich außer Atem.

Schritte nähern sich kaum hörbar. Dann wird die Tür geöffnet. „Hi. Ich bin fast fertig." Ihr überraschtes Lächeln bedeckt ihr gesamtes Gesicht, ehe sie in der Bewegung auf mich zu abrupt innehält und auf meine Kleidung starrt. Alles Blut weicht aus ihrem Gesicht. Oh, verdammt, daran hatte ich gar nicht mehr gedacht.

„Ja?", fragt sie unsicher, als ich nicht zu reden beginne. Noch immer wandert ihr Blick auf und ab über meine Kleidung.

„Ich wollte Mercy nicht verkaufen", stoße ich hervor.

„Wie bitte?"

„Ich wollte Mercy nicht verkaufen. Ich habe dir das nur erzählt."

Auf ihrem Gesicht zeichnet sich ein Höchstmaß an Verwirrung ab. „Okay. Wieso?"

„Weil ich befürchtet habe, dass du sonst nicht mitkommst. Ich brauchte einen Grund, um dich dort hochzubekommen."

„Wieso?", fragt sie noch einmal. Nicht weniger irritiert.

„Du hast es doch selbst gesagt: Wir mussten einen Abschluss finden."

Ihre Miene bewegt sich zwischen immer noch irritiert und besorgt. Vermutlich deshalb, weil mein Grinsen einfach nicht zu den besorgniserregenden Worten passen will.

„Abschluss von …?", fragt sie zaghaft.

„Dem, was wir geworden waren." Ich räuspere mich nervös. „Jess, ich weiß jetzt, was ich sagen wollte. Da oben am Aussichtspunkt. Und ich weiß, wieso es dir so bedeutend vorkam."

Sie sieht mich nur an, so forschend, als könne sie dann herausfinden, was es ist. Und dann, ganz plötzlich, verändert sich etwas in ihrer Miene. Sie wird ganz weich. Neue-Jess-weich. Vielleicht ist es mein Lächeln, vielleicht sind es eine Million Lichterketten, die gerade in meinen Augen glühen, vielleicht versteht sie es auch nur endlich selbst. In ihre Augen steigen Tränen, die anders glitzern als je zuvor. Erst da merke ich, dass ich selbst feuchte Augen habe.

„Willst du es hören?", frage ich rau.

Sie nickt, ehe ihr eine Träne über die Wange läuft.

Erleichtert lache ich auf, in der Hoffnung, dass ich nicht anfange zu heulen. Dann fasse ich in die Innenseite meiner Jacke, öffne den versteckten Reißverschluss und ziehe den Inhalt heraus, ehe ich ihn in meiner Faust verschwinden lasse.

„Ohne dich, Jess, heißt es nicht mehr Leben. Ohne dich ist es nur ein einziges, ewiges Tage-Zählen."

Sie starrt mir in die Augen, anschließend auf meine geschlossene Hand, die sich wie eine Muschel millimeterweise für sie öffnet. Dann atmet sie hörbar ein, ihre Hand legt sich auf ihre Brust. Ungläubig gleitet ihr Blick von dem Ring auf meiner Handfläche zu meinem erwartungsvollen Gesicht.

„Hör zu, Jess ...", murmle ich zärtlich.

Doch sie nickt bereits. „Ja."

Epilog

Zwei Monate später

JESS

IMMER wieder späht Cem aus dem Augenwinkel zu mir herüber. Hätte man mir vor Kurzem noch gesagt, dass ich je wieder in diesem Auto mitfahren werde, geschweige denn genau diesen Weg, hätte der Gedanke nur ein inneres Wimmern in mir ausgelöst. Doch nun, während wir uns in Mercy so langsam die beleuchteten Wege hinaufschlängeln, dass ich mich vermutlich jederzeit aus der Tür stürzen könnte, ohne mir auch nur das Knie aufzuschrammen, fühlt es sich nach etwas Unausweichlichem an, nach etwas, das ich nur vor mir hergeschoben habe.

Langsam nähern wir uns unserem Ziel, er steuert genau auf den Parkplatz zu, auf dem wir immer standen, genau auf den, auf dem ich mein zweites Leben an ein drittes verlor. Mein Puls rast, mein Atem geht schwer, das ist der erste Moment, in dem ich glaube, es doch nicht zu schaffen.

„Alles okay?", fragt er aufmerksam.

„Kannst du weiterfahren?", bitte ich keuchend.

„Wieder runter? Klar", erwidert er, ohne zu zögern.

Wieder runter? Aufgeben? Schon wieder hier?

„Nur ein Stück weiter nach vorn", höre ich mich sagen – auch wenn ich nicht recht nach mir klinge.

„Bleib bei mir, Jess", sagt er sanft und legt seine Hand mit dem schlichten, goldenen Ring auf meine, wie um mich am Boden zu halten.

Angestrengt halte auch ich mich an dem fest, was ich heute bin. Und in dem Moment, in dem mir bewusst wird, dass ich denke *Was ich heute bin* und nicht *Was von mir noch übrig ist*, weiß ich, dass ich das hier schaffen werde.

„Ich bin da", wispere ich und glaube mir.

Er fährt auf den vordersten Parkplatz und bringt Mercy behutsam zum Stehen. Dann sitzen wir da, schweigend. Vermutlich wartet er auf mein Signal, doch ich bin noch nicht so weit. Ich blicke auf den in der Dämmerung liegenden Aussichtspunkt, der für mich so oft Himmel und einmal die absolute Hölle bedeutete. Dahin soll es also gehen, um Abschied zu nehmen – von allem, was furchtbar war, doch noch mehr von all dem, was so schön hätte sein können. Und ich will das.

Tief atme ich durch und sehe zu meinem Ehemann. Angespannt blickt er auf die Stelle, die auch ich eben noch betrachtet habe, und plötzlich wird mir eines klar: Ich fürchte mich vor etwas Bestimmtem, doch für ihn sind die lauernden Dämonen überall. Weil sie nirgends in ihm wirklich verweilt haben.

„Alles okay?", frage ich ihn sanft wie eben noch er mich.

Er reibt sich über das Gesicht, doch die Scham kann er nicht verheimlichen. „Ich habe nicht damit gerechnet, dass es für mich so …" Er schluckt. „Ich wollte dich so gern beschützen, und jetzt spüre ich nichts als Panik bei dem Gedanken, diese Tür zu öffnen."

Ich verschränke meine Finger mit seinen. „Alles andere fände ich seltsam."

„Ja?", fragt er.

Allein mein Nicken scheint einen Teil seiner Furcht zu nichts zerfallen zu lassen. Und das Seltsamste ist, dass seine Angst meiner eigenen ein Stück Macht raubt. Ich würde jederzeit mein Leben für ihn geben, und er gäbe seines für mich. Irgendwie sind wir beim letzten Mal hier oben tatsächlich Hand in Hand verblutet. Aber genau wie damals sind wir heute zusammen hier, und dieses Mal wird uns kein Wort trennen, schon gar kein *Lauf*. Heute werden wir vieles gehen lassen, doch nie wieder uns.

„Ich passe auf dich auf", wispere ich.

Erstaunt blickt er zu mir herüber.

„Und ich weiß", wispere ich weiter, „du wirst immer auf mich aufpassen. Ich bin so weit, wenn du es bist."

Noch einmal blickt er zum Aussichtspunkt, an dem er hilflos, bewusstlos und erniedrigt lag. Seine Brust hebt und senkt sich einmal sichtbar, und als seine Hand etwas fester meine umschließt, weiß ich es, noch ehe er es ausspricht:

„Ich bin so weit."

Er nimmt die Tüte vom Rücksitz, sieht mich noch einmal fragend an, und als ich nicke, öffnet er die Tür. Das letzte Mal habe ich einen Türöffner betätigt, als er dort am Boden lag. Doch plötzlich gesellt sich auch ein anderer Gedanke hinzu, noch nicht ganz sicher auf den Beinen wie ein frisch geborenes Bambi, aber an meiner Seite: Das letzte Mal habe ich einen Türöffner betätigt, als ich mein Möglichstes getan habe, um ihm zu Hilfe zu eilen.

Ich steige aus, noch ehe Cem meine Tür erreicht und seine Hand nach meiner ausstrecken kann. Doch als die Tür verschlossen ist, lege ich meine, ohne zu zögern, in seine hinein.

In seinem Mundwinkel zuckt es nervös. In meinem Mundwinkel zuckt es nervös.

Während wir uns langsam dem Aussichtspunkt nähern, werfen wir immer wieder einen Blick zurück. Doch hier zu stehen, fühlt sich nicht ansatzweise so furchteinflößend an, wie ich es mir immer vorgestellt habe.

„Bist du so weit?", fragt er.

„Ja. Du auch?"

Als Antwort zieht er die Lampions aus der Tüte. Das Papier ist wunderschön. Eines gelb mit bunten Blüten versetzt – es ist für Lucie. Das andere ist in einem warmen Weiß und voller halb darin versunkener goldener Sterne – so viele Träume, die wir nie auch nur zu Ende gedacht haben.

Ich ziehe das Feuerzeug aus meiner Jackentasche. Und dann stehen wir da, und ich warte voller Hoffnung auf Worte. Ich dachte, sie müssten im richtigen Moment zu mir finden, ich dachte, ich könne sie gar nicht nicht finden, wenn es so weit ist. Doch was sagt man jemandem, der nie gelebt hat, mit dem man aber so gern unendlich viel

Zeit verbracht hätte? Was sagt man einem Sinnbild für *Nicht mehr*, das sich zuvor so sehr nach *Noch nicht* und gleichzeitig nach dem zärtlichsten *Bald, bald ...* angefühlt hat.

Ob es Cem genauso geht? Denn auch er schweigt.

„Ich habe keine Worte." Jede Silbe kämpft sich rau durch meine Kehle. „Wie soll man denn all die Träume, all die Hoffnung, die man für seine Kinder hatte, in Worte fassen? Und was ist, wenn ich etwas vergesse?"

Vielleicht ist das das Schlimmste. Dass ich von den unzähligen Dingen auch nur ein paar vergessen könnte – ein Zipfelchen Liebe, das ich ihnen nachts um halb vier beim Halten ihrer fieberheißen Hand hätte geben wollen, einen Hauch Hoffnung, den ich ihnen nach ihrem ersten schlechten Schultag hätte schenken können.

„Ich *werde* so vieles vergessen", krächze ich. „Ich kann sie doch nicht ziehen lassen, wenn ich so vieles vergesse."

Cem zuckt hilflos mit den Schultern. Noch ein zweites Mal. Dann weitet sich sein Brustkorb, ehe er spricht:

„Wir brauchen vielleicht gar keine Worte. Für mich ist es vielmehr ein riesiges Knäuel an Gefühlen. Womöglich sind unsere Gefühle genug. Wir dürfen ihnen alles mitgeben, was wir für sie empfinden und was wir uns für sie und mit ihnen gewünscht hätten. Und sie freizulassen, bedeutet nicht, ihnen danach nichts mehr geben oder sagen zu können. Sie sind in Freiheit. Aber sie sind immer noch da. Etwas so Bedeutsames wie eine Seele löst sich doch nicht plötzlich in Nichts auf."

„Wir können es ihnen stumm sagen", wird auch mir klar. Die Vorstellung beruhigt mich sehr.

Wir schmiegen uns aneinander, und gemeinsam legen wir unsere Hände auf das Papier. Wir denken an jedes Lachen, jedes Lächeln, das wir uns erträumt haben. In unseren Gedanken halten wir weinende Babys, pusten wir aufgeschrammte Knie heil, lauschen wir bedeutungsschwerem Brabbeln, kochen wir Suppe aus Blättern und Tannenzapfen. Wir springen in Pfützen und über Meereswellen, halten Schultüten und erstmals gebrochene Herzen in unseren warmen Händen, wir wischen Brei von Wänden und ziehen voller Vertrauen zum ersten Mal Schwimmflügel von dünnen Ärmchen.

Wir weinen, wir lächeln, wir wünschen.

Doch am meisten lieben wir – in jeder Träne, in jeder Berührung und jedem noch so traurigen, noch so schönen Gedanken lieben wir. Vielleicht ist das das größte Geschenk – die Erkenntnis, dass in all dem Schmerz, all der Trauer, all der Wut so unendlich viel Liebe steckt.

Und dann, irgendwann, sind wir so weit, uns allen Freiheit zu schenken.

Lucie, unser größtes winziges Mädchen, lassen wir als Erste ziehen. Gemeinsam entzünden wir den Lampion, lassen los und schenken Lucies Seele die Freiheit, die sie nach den Fesseln unserer Trauer bereits so lange verdient. Als sie sich auf den Weg macht, sieht sie in meinen Gedanken endlich noch einmal vollkommen lebendig aus.

Frieden. Wenn ich ihr eines wünsche, dann ist es Frieden. Ich wünsche ihr, dass sie sich ein wenig ausruhen kann, ehe sie vielleicht eines Tages in ein neues Leben finden darf. Wer weiß? Sollte sie sich noch einmal auf den Weg machen, sollten wir es tun, findet sie vielleicht sogar zu uns … Ich wünschte so sehr, sie eines Tages wirklich kennenzulernen. In einem anderen Leben.

Dann sind all die anderen feinst gewobenen Seelen, all unsere einst so lebendigen Träume an der Reihe.

Das Feuerzeug zittert in meiner Hand, der Lampion legt sich ungeduldig in den Wind. Ich kann Cems Blick auf mir spüren. Erst in diesem Moment wird mir bewusst, wie schwierig es wirklich ist, das ziehen zu lassen, was es niemals gab, was es niemals geben wird. Etwas wirklich zu verabschieden, dessen Fehlen einen selbst in Flammen aufgehen lässt. Und Lucie ist bereits so weit entfernt.

„Vielleicht eines Tages", flüstert Cem zu meiner Überraschung.

Ich blicke zu ihm auf. „Vielleicht eines Tages", wispere auch ich.

Cems Hand schließt sich so behutsam um meine, als zeige er mir zum hundertsten Mal, wie man einen Schwan erschafft. Seine andere Hand hält die Träume mit mir gemeinsam fest. Bis die Flamme zum Leben erwacht.

An diesem Lampion klebt so viel zerstörte Hoffnung, er ist getränkt mit so viel toter Lebendigkeit, dass ich glaube, er müsse wie ein Stein in die Tiefe stürzen.

„Lass los", wispert Cem. Und dann tue ich es – entlasse den einstigen Traum in die Freiheit. Feuervögeln gleich schweben sie der verlorenen Schwester hinterher – ich bin so dankbar, dass keiner von ihnen am Ende allein ist. Dass auch Cem und ich es nicht sind.

Bereits der Anblick des lebendigen Feuers schmilzt die Ränder mancher totgeglaubter Scherben in uns, macht sie weich, um sie wieder neu zu verbinden.

Die sich entfernenden Flammen züngeln den ersten Sternen entgegen, als wären sie einer von ihnen. Sternenkinder. Beinahe fröhlich tanzen sie im Wind, in der neu gewonnenen Freiheit umher, drehen sich im Kreis, fallen hinab, wirbeln hinauf. Als ließen wir sie zum ersten Mal in ihrem Leben endlich schaukeln.

Und dann entschwinden sie.

Zum letzten Mal.

Dunkelheit.

Dunkelheit und dahinter unzählige funkelnde Sterne.

Ich schluchze auf, laut und qualvoll. Und doch kann ich auch mein Stückchen Freiheit darunter ausmachen. Neben mir erklingt ein Laut, der meinem so ähnlich ist, als würde dieser Schritt auch bedeuten, dass Cem und ich nie wieder zwei werden können.

Können wir nicht.

Ich blicke zu ihm. Er blickt zu mir.

Ich lächle unter Tränen. Er lächelt unter Tränen.

Meine Hand greift nach seiner. Seine andere Hand legt sich auf meine Wange. Zwei salzig benetzte Münder treffen sich zärtlich zwischen all den Sternen.

Es ist ein trauriger Kuss. Ja, ein trauriger Kuss und ein Kuss der Freiheit.

Danksagung

„Zwei Nächte und drei Leben lang" hat einen ganz besonderen Platz in meinem Autorinnen-Dasein: Nach einigen anderen Hoffnungsträgern war die Geschichte von Jess und Cem die erste, die ich nach der Veröffentlichung von „Zwei in Solo" tatsächlich fertig geschrieben habe. Manchmal ist es selbst im Nachhinein ein großes Rätsel, wieso es einer bestimmten Idee gelingt, ein Buch zu werden, und anderen nicht. Denn für diese hier war der Weg alles andere als leicht. Und doch macht es mich dankbar, dass gerade Jess und Cem, die so viel erleiden mussten, ihn mit mir gegangen sind. Sie sind eben Kämpfer und haben auch aus mir Mut und Durchhaltevermögen hervorgelockt.

Nun möchte ich zunächst all den Leserinnen und Bloggerinnen danken, die dieses Buch lesen und ihm damit helfen, seine Bestimmung zu erfüllen. Ganz besonders danke ich denen, die mich bereits seit meinem ersten Buch begleiten und mit mir auf das erlösende Wörtchen *Ende* hingefiebert haben. Ihr habt mir das Gefühl gegeben, dass es keine Alternative zum Durchhalten gibt.

Um diesen magischen Moment zu erreichen, da die Geschichte Teil der Buchwelt werden kann, brauchte es jedoch die Hilfe einer ganzen Menge anderer Menschen:

Lieber Tim, liebe Julie vom FeuerWerke Verlag – ich danke euch für euer Vertrauen in die Geschichte. Immer hatte ich das Gefühl, dass wir uns aus unterschiedlichen Blickwinkeln auf Augenhöhe begegnen können. Ich bin sehr froh, den Roman nun zusammen mit euch in die Welt zu schicken.

Liebe Claudia, ich danke dir so sehr für alles, was du mich während dreier gemeinsamer Lektorate gelehrt hast. Ich danke dir für all das Gold, das du mich hast schürfen lassen, für all die Worte zu und zwischen den Zeilen. Und am meisten danke ich dir dafür, dass ich auch in den verzweifeltsten Überarbeitungsrunden immer wusste: Am

Ende wirst du es richten. Danke für diesen Funken Sicherheit in all dem Chaos.

Ich danke meinen wundervollen Autoren-Kolleginnen, die so sehr mitfühlen konnten, welcher Herzschmerz mit 25.000 gelöschten Wörtern einhergeht und dass man manches Mal nur noch aufgeben will. Und es doch nicht kann. Die Gespräche mit euch haben mir so geholfen.

Liebe Ella, ohne dich wäre dieses Buch nicht, was es ist. Vielleicht wäre es auch einfach gar nicht. Weil ich ohne deinen Zuspruch aufgegeben oder zumindest nur hinkend ins Ziel gefunden hätte. Danke für jedes virtuelle Händchenhalten.

Liebe Silke, meine Super-Osteopathin. Du bist nicht nur diejenige, die immer wieder dafür sorgt, dass ich noch halbwegs gerade und schmerzfrei am Schreibtisch sitzen kann. Du hast auch so herrlich geduldig dafür gesorgt, dass ich Cems Verletzungen und Symptome sowie seinen körperlichen Heilungsprozess perfekt nachvollziehen konnte. Das war Gold wert.

Lieber A., dir danke ich dafür, dass du nicht müde wirst, mich daran zu erinnern, was ich geschafft habe, wenn ich es gerade nicht sehen kann. Und dafür, dass du meine Ängste und Sorgen ernst nimmst, auch wenn du sie nicht immer verstehen kannst.

Liebe R., umrahmt von unsichtbaren Herzchen wirst du vermutlich in der Danksagung eines jeden meiner Bücher stehen. Weil du grandios bist, ein so liebenswertes und mich watteweich mit Liebe bewerfendes Wesen. Allein dein Dasein inspiriert mich, du machst mein Leben noch so viel wertvoller.

Und ich danke dir, Mama. So oft warst du da, wenn R. krank war, damit ich auch zu menschlichen Zeiten schreiben konnte. Vor allem aber danke ich dir dafür, dass du mich schon immer mit deiner Fantasie beschenkt hast, sodass das Geschichtenerzählen für mich etwas von Atmen hat.

Wie schön, dass es euch gibt!

Eine kleine Bitte zum Schluss ...

Wir hoffen, Ihnen hat dieses Buch gefallen ...

Der schnellste Weg, andere Leser da draußen an Ihren Erfahrungen mit diesem Buch teilhaben zu lassen, ist eine Rezension im Online-Buch-Shop. Ihr Feedback hilft nicht nur anderen Lesern, Neues zu entdecken, sondern auch dem Autor, zu verstehen, was aus Lesersicht in diesem Buch gut und weniger gut ist. So kann sich der Autor weiterentwickeln und Ihnen sowie anderen Lesern in Zukunft noch schönere Geschichten präsentieren. Außerdem sind Ihre Erfahrungen, Erkenntnisse und Eindrücke als ehrliches Leser-Feedback eine enorme Wertschätzung vieler liebevoller Arbeitsstunden, die in dieses Buch geflossen sind.

Danke also schon im Voraus, wenn Sie sich zwei bis drei Minuten Zeit nehmen und eine kleine Bewertung zum Buch z.B. auf Amazon veröffentlichen.

Mehr zum Autor finden Sie auf
www.facebook.com/pg/eljajanusschreibt/
www.instagram.com/eljajanus/ und
www.feuerwerkeverlag.de/elja-janus/

Abonnieren Sie auch unseren Verlags- und Autoren-Newsletter und erfahren Sie so als Erster von unseren **Neuerscheinungen, Autorennews** und exklusiven **Buch-Gewinnspielen**:
www.feuerwerkeverlag.de/newsletter

Weitere Bücher des Verlages

Zwei in Solo

Elja Janus

Als Sophie und ihr ehemaliger Schüler Milo nach Jahren wieder aufeinandertreffen, fühlen sie sich sogleich zueinander hingezogen. Dabei sind sie so verschieden - sie, die gelernt hat, jedes Gefühl zu unterdrücken, und er, der in ein Leben voller Gewalt und Machtkämpfe geboren wurde. Als sie bereit sind, sich wirklich aufeinander einzulassen, wird aus Sophie und Milo endlich Solo. Doch ihre kleine Welt ist dem Untergang geweiht, wenn die beiden ihre Vergangenheit nicht hinter sich lassen können ...

Denn Geister vergessen nie

Jessica Koch

Amy hat das Wichtigste in ihrem Leben verloren. Sie ist kurz davor, alles aufzugeben, als plötzlich Mian vor ihr steht.

Mian ist anders. Er kann spüren, was Amy fühlt. Und er schaut nicht nur bis in den letzten Winkel ihres Herzens, er erkennt auch als Einziger ihren unendlichen Schmerz.

Als Amy und Mian mit einer Gruppe von Freunden zu einem zweiwöchigen Segeltrip aufbrechen, entwickelt sich eine tiefe Liebe zwischen den beiden, und Amys Herz beginnt langsam zu heilen. Doch das Glück scheint nur von kurzer Dauer. Denn als Amy bemerkt, dass auch Mian mit den Dämonen seiner Vergangenheit kämpft, kommt es auf dem Schiff plötzlich zur Katastrophe. Und am Ende wird ihnen klar – die Geister aus der Vergangenheit vergessen nie ...

Immer noch wir

Elja Janus

Über fünfundzwanzig Jahre ist es her, dass Lina und Joe ihre bepinselten Händchen gegeneinander drückten, um eine neue Farbe zu erschaffen - so einzigartig wie ihre Freundschaft. Als sie sich nun unerwartet auf einer Party wieder gegenüberstehen, wissen beide schnell: Dieses Mal ist es so viel mehr. Doch mit den Gefühlen füreinander wächst auch Joes Impuls zu fliehen. Kann Lina ihn davon überzeugen, dass es für die Liebe immer eine zweite Chance gibt?

Das Dorf (Finsterzeit 1)

Sandra Toth

Lara und Thomas stehen fassungslos vor den Trümmern ihrer Zeit. Die erbarmungslos vorangetriebene Energiewende hat das Land in Arm und Reich gespalten, das Stromnetz ist zusammengebrochen. Hunger, Gewalt und Mord sind an der Tagesordnung - alle sind auf der Flucht.

Doch es gibt einen vermeintlich sicheren Ort, eine Festung, die schon vor dem Zusammenbruch erbaut wurde und geschützt vor den katastrophalen Zuständen im Land zu sein scheint. Diesen Ort zu erreichen, ist das Ziel des jungen Paares, die einzige Hoffnung eines gesamten Dorfes und die letzte Chance eines Mannes, wieder mit seiner Familie vereint zu sein. Auf dem Weg dorthin geht es um Leben und Tod – und letztendlich auch um die einzige Chance auf eine Zukunft für Lara und Thomas …